C000193834

Gustave Flaubert

Textes de jeunesse

Textes

Le code de la propriété intellectuelle du 1er juillet 1992 interdit en effet expressément la photocopie à usage collectif sans autorisation des ayants droit. Or, cette pratique s'est généralisée dans les établissements d'enseignement supérieur, provoquant une baisse brutale des achats de livres et de revues, au point que la possibilité même pour les auteurs de créer des œuvres nouvelles et de les faire éditer correctement est aujourd'hui menacée. En application de la loi du 11 mars 1957, il est interdit de reproduire intégralement ou partiellement le présent ouvrage, sur quelque support que ce soir, sans autorisation de l'Éditeur ou du Centre Français d'Exploitation du Droit de Copie , 20, rue Grands Augustins, 75006 Paris.

ISBN : 978-3-96787-680-2

10 9 8 7 6 5 4 3 2 1

Gustave Flaubert

Textes de jeunesse

Textes

Table de Matières

Un parfum à sentir

ou

les Baladins

– conte philosophique, moral, immoral, –

(ad libitum)

Avril 1836

Deux mots

Ces pages écrites sans suite, sans ordre, sans style, devront rester ensevelies dans la poussière de mon tiroir et si je me hasarde à les montrer à un petit nombre d'amis ce sera une marque de confiance dont je dois avant tout leur expliquer la pensée.

Mettre en présence et en contact la saltimbanque laide, méprisée, édentée, battue par son mari, la saltimbanque jolie, couronnée de fleurs, de parfums et d'amour, les réunir sous le même toit, les faire déchirer par la jalousie jusqu'au dénouement qui doit être bizarre et amer puis ensuite ayant montré toutes ces douleurs cachées, toutes ces plaies fardées par les faux rires et les costumes de parades, après avoir soulevé le manteau de la prostitution et du mensonge, faire demander au lecteur : À qui la faute ?

La faute ce n'est certes à aucun des personnages du drame.

La faute c'est aux circonstances, aux préjugés, à la société, à la nature qui s'est faite mauvaise mère.

Je demanderai ensuite aux généreux philanthropes qui n'ont d'autres preuves du progrès intellectuel que les chemins de fer et les écoles primaires, je leur demanderai à ces heureux savants s'ils ont lu mon conte quel remède ils apporteraient aux maux que je leur ai montrés. Rien n'est-ce pas ? et s'ils trouvaient le mot ils diraient ἀυαγχή. La faute, c'est à cette divinité sombre et mystérieuse qui née avec l'homme subsiste encore après son néant, qui s'aposte à la face de tous les siècles et de tous les empires et qui rit dans sa férocité en voyant la philosophie et les hommes se tordre dans leurs sophismes pour nier son existence tandis qu'elle les presse tous dans sa main de fer comme un géant qui jongle avec des crânes desséchés !

Gve Flaubert

Février 1836.

I

La parade allait commencer. Quelques musiciens accordaient leurs hautbois et leurs déchirants violons, des groupes se formaient autour de la tente, et des yeux de paysans se fixaient avec étonnement et volupté sur la grande enseigne où étaient écrits en lettres rouges et noires ces mots gigantesques : troupe acrobatique du sieur Pedrillo.

Plus loin sur un carré de toile peinte l'on distinguait facilement un homme aux formes athlétiques nu comme un sauvage et levant sur son dos une quantité énorme de poids. Une banderole tricolore lui sortait de la bouche sur laquelle était écrit : Je suis l'Hercule du Nord.

Vous dire ce que le pierrot hurla sur son estrade, vous le savez aussi bien que moi, certes dans votre enfance vous vous êtes plus d'une fois arrêté devant cette scène grotesque et vous avez ri comme les autres des coups de poing et des coups de pied qui viennent à chaque instant interrompre l'Orateur au milieu de son discours ou de sa narration.

Dans la tente c'était un spectacle différent : trois enfants dont le plus jeune avait à peine sept ans, sautaient sur la balustrade intérieure de l'escalier, ou bien s'exerçaient sur la corde à la

Représentation.

Débiles et faibles, leur teint était jaune et leurs traits indiquaient le malheur et la souffrance.

À travers leur chemisette rose et bordée d'argent, à travers le fard qui couvrait leurs joues, à travers leur sourire gracieux qu'ils répétaient alors, vous eussiez vu sans peine des membres amaigris, des joues creusées par la faim et des larmes cachées.

– Dis donc Auguste, disait le plus grand à un autre qui s'élevait avec la seule force du poignet de terre sur la corde, dis donc, répétait-il à voix basse et comme craignant d'être entendu d'un homme à figure sinistre qui se promenait autour d'eux, il me semble qu'il y a bien longtemps que maman est partie.

– Oh oui bien longtemps, reprit-il avec un gros soupir.

– Ne t'avais-je pas défendu, Ernesto de jamais parler de cette femme-là ? Elle m'ennuyait, elle est partie au diable, tant mieux, mais tais-toi, la première fois que tu m'échaufferas les oreilles avec son nom, je te battrai.

Et l'homme sortit dans la rue après cette recommandation.

– Il est toujours comme ça, reprit l'enfant aussitôt que Pedrillo fut sorti, n'ouvrant la bouche que pour nous dire des choses dures et qui vous font mal à l'âme. Oh il est bien méchant, notre pauvre mère au moins elle nous aimait celle-là.

– Oh maman n'est-ce pas, dit le plus jeune, il m'en ennuie bien, et il se mit à pleurer.

– Comme il la battait, dit Auguste, parce qu'il disait qu'elle était laide, pauvre femme.

– Essuie donc tes larmes, voilà le monde qui entre, il faut sourire au contraire.

***

Chacun prit sa place sur les bancs, et bientôt la tente se trouva pleine. La parade était finie et Pedrillo était rentré lui-même après avoir répété plusieurs fois de suite : Messieurs, messieurs, on ne paye qu'en sortant.

D'abord, le plus jeune des enfants monta d'un pas assez leste l'escalier qui conduisait à la corde. Les premiers pas furent incertains, mais bientôt il fut encouragé par la phrase banale de Pedrillo qui suivant des yeux ses moindres gestes lui répétait à chaque instant :

– Courage monsieur courage, bien très bien, vous aurez du sucre ce soir.

Il descendit.

Son autre frère monta après lui, et il se hasarda à faire quelques sauts, il tomba [sur la] tête ; Pedrillo le releva avec un regard furieux. Il alla se cacher en pleurant.

Le tour était à Ernesto.

Il tremblait de tous ses membres, et sa crainte augmenta lorsqu'il vit son père prendre une petite baguette de bois blanc qui jusqu'alors était restée sur le sol.

Les spectateurs l'entouraient, il était sur la corde, et le regard de Pedrillo pesait sur lui.

Il fallait avancer.

Pauvre enfant, comme son regard était timide et suivait scrupuleusement les contours de la baguette qui restait à bout portant devant ses yeux comme le fond du gouffre lorsqu'on est penché sur le bord d'un précipice.

De son côté la baguette suivait chaque mouvement du danseur, l'encourageait en s'abaissant avec grâce, le menaçait en s'agitant avec fureur, lui indiquait la danse en marquant la mesure, sur la corde. En un mot c'était son ange gardien, sa sauvegarde ou plutôt, le glaive de Damoclès pendu sur sa tête par l'idée d'un faux pas.

Depuis quelque temps le visage d'Ernesto se contractait convulsivement, l'on entendait quelque chose qui sifflait dans l'air, et les yeux du danseur aussitôt s'emplissaient de grosses larmes qu'il avait peine à dévorer.

Cependant il descendit bientôt, il y avait du sang sur la corde.

L'Hercule du Nord, nom théâtral de Pedrillo, avait commencé ses tours de force lorsqu'on entendit la sentinelle qui veillait à la porte se disputer avec quelqu'un du dehors.

– Non vous n'entrerez pas vous dis-je, vous n'entrerez pas.

– Je veux entrer moi.

– On ne reçoit pas des gens comme vous.

– Je veux parler à Pedrillo, moi, je veux lui parler, entendez-vous ?

– Corbleu, répétait le bon soldat irrité, corbleu vous dis-je, on n'entre pas ici habillée comme vous êtes. On ne reçoit pas des mendiants.

Cette dispute détourna l'attention des spectateurs. Pedrillo alla voir qui est-ce qui le demandait.

– Ah, ah c'est toi vieille sorcière, dit-il à une femme en haillons, et dont l'aspect était misérable. Je ne m'attendais pas à te voir de sitôt. Où étais-tu donc partie ? Mais tiens tu me diras tout cela plus tard. Entre Marguerite, nous représentons maintenant, entre tu vas nous servir, – tu vas sauter, entends-tu, fais de ton mieux.

Il n'y avait pas à répliquer, pourtant elle se hasarda à lui dire :

– Pedrillo tu vois bien qu'ils vont se moquer de moi, je suis mal habillée, et voulait dire autre chose mais elle n'osa.

– Entre, entre.

Il le fallut, mais aussitôt que les spectateurs la virent un murmure s'éleva accompagné d'un rire moqueur, de ce rire féroce que l'on donne à l'homme qui tombe, de ce rire dédaigneux que l'Orgueil en habits dorés jette à la prostitution, de ce rire que l'enfant souffle sur le papillon dont il arrache les ailes.

Ce ne fut pas sans peine que Marguerite monta l'escalier, à peine avait-elle fait deux pas qu'elle tomba lourdement à terre, un cri perçant sortit de sa poitrine, la baguette était rompue en morceaux.

En peu d'instants la tente fut déserte. La plupart des spectateurs sortirent........................

Cette dernière scène domestique avait scandalisé le plus grand nombre et désenchanté un petit garçon aux joues rondes et rosées qui jusqu'alors avait souhaité d'être danseur de corde pour avoir des pantalons roses, et des bottines de maroquin.

II

– Ne t'en avais-je pas bien [prévenu] ? dit Marguerite lorsqu'elle fut seule avec ses enfants et Pedrillo.

– Qu'avais-tu donc ?

– Je suis malade, je souffre encore, va. Oh je souffre beaucoup, Pedrillo, si tu m'aimais comme je t'aime.

– Allons, vas-tu recommencer tes plaintes Marguerite, tu sais bien que ça m'ennuie. Voyons qu'as-tu donc eu ?

– Tu le sais mieux que moi. Comment, tu ne te souviens pas de ce jour où je suis tombée comme aujourd'hui... J'avais la jambe cassée... Le soir je ne voulus pas manger, je pleurais trop, je ne voulais pas te dire que désormais je t'étais devenue inutile. Je ne voulais pas aller à l'hôpital de peur d'abandonner Ernesto et Garofa.

– Eh bien tu as pourtant été à l'hôpital.

– Hélas oui, sans cela j'allais mourir.

Et les saltimbanques se retirèrent sous une toile à matelots derrière laquelle était posée sur des charbons la soupe du dîner qui bouillait à petit feu.

La nuit était venue, elle était froide et humide, un vent de novembre soufflait avec violence, et faisait trembler les arbres du boulevard, de temps en temps même il pénétrait dans la tente et venait faire vaciller la chandelle autour de laquelle étaient groupés les danseurs de corde. Rangés en rond autour d'une énorme grosse caisse, chacun tenait devant lui son écuelle dont la vapeur réchauffait [ses] doigts tremblotants.

Le mince flambeau qui les éclairait, tranchant sur l'obscurité de la nuit, se reflétait sur leurs visages ainsi groupés et leur donnait un air étrange et singulier.

Tous étaient silencieux, et attendaient que quelqu'un interrompît le silence, ce fut Pedrillo.

– Eh bien, dit-il en regardant Marguerite et en reprenant sa phrase qu'il avait commencée il y avait une demi-heure, c'était donc là que tu étais partie... Maintenant es-tu guérie ?

Marguerite leva la tête, regarda un moment ses enfants, puis la rabaissa et se prit à pleurer : non, dit-elle tout doucement, non je boite encore.

– Que ferai-je de toi Marguerite, voyons à quoi seras-tu bonne ?

La pauvre femme se pencha vers son mari, lui dit quelques mots à l'oreille, – Enfants, reprit celui-ci, allez dormir, – Entendez-vous, dépêchez-vous donc.

***

Cette phrase parut étrange, à Garofa qui dit d'un air attristé :

– Et du sucre ?

Pedrillo sourit amèrement : – Tu seras bien heureux si tu as du pain demain, pauvre enfant. Ce sourire était forcé. Ses lèvres bleuies par le froid laissèrent voir deux rangées de dents blanches et ses grands yeux noirs se fixaient sur l'enfant d'une manière qui lui fit peur.

En ce moment-là le vent redoublant de violence faisait craquer la cabane.

– Du sucre, mais pourtant tu m'en avais promis ?

– Tais-toi te dis-je.

– Oh papa je t'en prie.

Il le repoussa fortement, et le pauvre enfant s'en alla coucher en pleurant.

Pedrillo souffrait tout autant que lui, un mouvement convulsif lui faisait claquer les dents.

– Comme tu l'as rudoyé, dit Marguerite.

– C'est vrai, il resta dans une rêverie profonde et comme endormi même dans des pensées déchirantes.

Un second coup de vent vint éteindre la chandelle.

– J'ai froid, dit Marguerite en se rapprochant de lui, j'ai bien froid, prête-moi ton manteau.

– Mon manteau... mais je l'ai vendu mon manteau.

– Pourquoi ?

– Pour du pain Marguerite... ne faudra-t-il pas que je t'en donne aussi ?

– Que voulais-tu donc me dire tout à l'heure, que tu as fait retirer les enfants ?

– Ce que je voulais te dire, je ne sais...

– Mais j'ai bien froid.

– Que faire Marguerite, je n'ai plus rien, rien... il s'arrêta et reprit, rien qu'une balle...

– Oh par grâce pour moi Pedrillo.

Et elle l'entoura de ses deux bras rouges et amaigris.

À voir ainsi cette femme laide et couverte de haillons, embrasser avec tant d'amour cet homme qui la repoussait comme par un sentiment naturel, à voir cette misère et cette tendresse, c'était un spectacle hideux et sublime.

– Alors, dit Pedrillo, demain tu iras sur la place, avec tes enfants, tu prendras mon violon et tu tâcheras de faire que nous ayons du pain.

Une demi-heure après les baladins étaient tous endormis, le vent s'était apaisé.

La lune débarrassée de ses nuages qui l'entouraient, resplendissait belle et claire dans une blanche gelée d'hiver et argentait l'enseigne qui avait cessé de bondir et de se replier sur elle-même. La tente était tranquille, pourtant on entendait quelquefois des soupirs et des sanglots.

C'était une femme qui pleurait.

III

Le lendemain Marguerite se leva de bonne heure, elle n'avait pas dormi de la nuit ; ses mains étaient trempées d'une sueur moite et malade. Une humidité fiévreuse avait rougi ses pieds, sa tête était chaude et brûlante.

Elle prit le violon de Pedrillo, un vieux tapis de Perse, et sortit avec Ernesto et Garofa.

N'avez-vous jamais rencontré par un temps de neige ou d'hiver quelque figure de mendiant accroupi aux portiques d'une église ? Le soir au détour d'une rue sombre et étroite ne vous êtes-vous point senti arrêté par votre manteau ? Vous vous détourniez... et c'était quelque mendiant en haillons, quelque pauvre femme qui vous disait en pleurant ces mots amers : J'ai faim, et puis elle sanglotait quand votre ombre s'échappant s'arrêtait à la porte d'un spectacle entre les équipages et les livrées d'or.

Vous vous êtes peut-être rappelé ensuite au milieu d'un entracte ces figures tristes et décolorées vues à la lueur du réverbère, et si votre âme est bonne et généreuse, vous êtes sorti pour les revoir et les secourir. Mais il n'était plus temps... la femme peut-être était entrée au lupanar. Acheter un morceau de pain. Une vie de prostitution, et le mendiant se débattait entre les arches du Pont-Neuf tandis que l'orchestre grondait et que les mains applaudissaient d'enthousiasme.

Pour moi rien ne m'attriste tant que la misère cachée sous les haillons de la richesse, que le galon d'un laquais autour des cheveux nus de la pauvreté, qu'un chant qui couvre des sanglots, qu'une larme sous une goutte de miel.

Aussi je plains d'un amour bien sincère les baladins et les filles de joie.

Mais si vous aviez rencontré Marguerite avec ses deux enfants, Marguerite jouant du violon et ses enfants sautant sur le tapis, si vous aviez vu l'indifférence de cette foule curieuse et barbare qui s'avançait avec son regard stupide et ironique, votre cœur eût saigné devant cet excès d'égoïsme parvenu à son plus beau degré de logique.

C'est vrai, la société a bien autre chose à faire que de regarder une baladine et ses marmots, l'état s'occupe fort peu si elle [a] du pain, d'abord il n'a point d'argent à lui donner, ne faut-il pas qu'il paye ses 86 bourreaux ?

En effet, je l'avoue par une rude matinée de novembre personne n'est disposé à s'arrêter sur la place pour regarder des tours de force ? Qui se fût arrêté avec intérêt devant Marguerite ?

Ses cheveux étaient rouges et retenus par un peigne de corne blanche. Sa taille était large et mal faite. Quant à sa robe on ne la voyait pas, car un morceau de toile percé de couleur brune l'entourait jusqu'aux genoux, puis l'oeil descendant jusqu'à terre trouvait un mollet gros et mal fait entouré d'un bas rose, puis des pieds informes serrés dans des brodequins d'un cuir épais et cassé. Elle n'avait sur la tête qu'un bonnet de gaze, avec des rubans roses et quelques fleurs fanées qui tombaient sur ses joues pâles et sur sa mâchoire sans dents.

Il y avait déjà près d'une heure qu'Ernesto et Garofa s'épuisaient pour attirer les yeux de la foule, Marguerite avait plus d'une fois appelé de sa voix rauque et couverte de larmes, à la générosité des gens qui passaient devant eux, lorsqu'un brillant carrosse attelé de deux chevaux blancs passa auprès des danseurs en leur jetant de la boue sur leurs vêtements. Le manteau et les bas roses de Marguerite en furent couverts, elle baissa les yeux sur son violon et répandit quelques larmes qui coulèrent le long du bois et vinrent se perdre dans l'intérieur de l'instrument. Ses larmes redoublèrent et elle se cacha la tête sous son manteau. Alors elle fut en proie à une sorte de rêverie bizarre et déchirante. Elle se figurait entourée de carrosses qui lui jetaient de la boue, elle se voyait sifflée, méprisée, honnie, elle voyait ses enfants mourir de faim autour d'elle, son mari devenu fou, alors tous ses souvenirs repassèrent dans son esprit, elle voyait son lit, où [elle] était couchée à l'hôpital, elle se ressouvint de la soeur qui la soignait, des coups que Pedrillo lui avait donnés la veille, de l'accueil qu'on lui avait fait lorsqu'elle parut... et tous ses souvenirs passaient dans son esprit comme des ombres paraissant, disparaissant, et s'effaçant tour à tour. Elle ne dormait pas, mais elle rêvait, et ses yeux baissés sur sa poitrine répandaient des larmes qui étaient chaudes en tombant sur ses mains.

Depuis quelque temps elle ne jouait plus, ses enfants continuaient de danser, et l'on s'était arrêté en les voyant ainsi exécuter leurs exercices tandis que la femme tenait son violon sans en tirer une seule note.

Bientôt elle se réveilla en sursaut – Cette figure ébahie, avec ses deux grands yeux gris s'ouvrant tout à coup sembla grotesque et fit rire. Son accoutrement bizarre, ses bas roses avec son manteau troué et qui était presque pareil au tapis étendu sur le pavé, ses fleurs fanées et ses cheveux rouges étaient ridicules, une seule parole se fit entendre, – Qu'elle est laide, – et l'on s'en alla en riant.

Il faisait froid, bien froid même, Marguerite ne sentait plus ses doigts et n'avait pas la puissance de les remuer, elle laissa tomber le violon... il se brisa et les morceaux rebondirent sur le tapis en rendant un son criard et faussé.

Elle le regarda encore sautiller quelque temps, les bras croisés et la poitrine haletante. Qu'allait dire Pedrillo lorsqu'il verrait revenir Marguerite sans argent, sans argent.

Oh cette pensée-là torturait Marguerite, elle lui serrait le cœur, et le lui déchirait sans pitié. Mille projets ridicules d'éviter la colère de son mari lui venaient à l'esprit comme un cauchemar et puis s'évanouissaient poussés par d'autres plus bizarres encore.

Tantôt, elle voulait fuir avec ses enfants, où ? elle l'ignorait ! mais fuir, au moins, fuir le regard pénétrant et atroce de Pedrillo, fuir son rire lugubre, fuir ces mots : Qu'allons-nous devenir Marguerite ?

***

Une autre fois, elle pensait à Dieu,... puis elle invoquait Satan, et souhaitait mourir,... et elle tenait à la vie pour ses enfants. Que seraient-ils devenus sans elle ?

Enfin roulant le vieux tapis et enveloppant les éclats du violon, elle partit de cette place, où elle avait reçu tant d'affronts, versé tant de larmes.

Une idée riante lui vint à l'esprit, elle sourit légèrement,... c'est qu'elle pensait qu'en vendant son manteau ou le tapis, elle pourrait apporter de l'argent à Pedrillo, et faire raccommoder son violon.

....

Mais Pedrillo à son tour lui demanderait qu'est-ce qu'elle avait fait de son manteau.

Cette triste objection qu'elle se fit à elle-même, la rendit encore plus malheureuse, et elle accusa le ciel de lui avoir donné une minute l'espérance qui battue par la réalité fouette l'âme et la martyrise.

***

Il était environ alors deux ou trois heures d'après-midi, le soleil était beau et venait réchauffer comme il arrive de temps en temps dans les dimanches d'hiver toute une ville qui se promène sur les boulevards. C'était l'heure des vêpres, beaucoup de monde s'agitait dans les rues, et quelques boutiques étaient ouvertes.

Marguerite s'arrêta devant celle d'un pâtissier à l'entour de laquelle quelques gâteaux sortant du four répandaient une vapeur tiède et odoriférante et qui venait chatouiller le nez des passants.

Lorsqu'elle s'arrêta aux vitres, elle vit dans l'intérieur une mère de famille avec deux enfants qui étaient à peu près de l'âge d'Ernesto et de Garofa.

Tous les deux c'étaient de gentils garçons à la chevelure blonde, au teint frais et rosé. Leurs habits étaient propres et bien faits et leur linge dépassant à travers leur cravate de satin était blanc comme le sucre qui couvrait leurs gâteaux.

Cette vue fit mal à Marguerite.

À côté de la dame en chapeau et en manteau vert avec une ceinture en corde d'or se tenait une femme de chambre qui portait dans ses bras un petit épagneul noir. Quand les enfants en eurent assez ils donnèrent leurs restes à l'animal qu'ils engageaient à prendre à force de caresses. Marguerite trépignait de colère elle qui avait faim, elle à qui ses enfants avaient demandé déjà plus d'une fois dans la journée du pain, un seul morceau de pain, son front était brûlant, et elle s'appuyait contre le carreau pour le refroidir.

Quand la dame eut payé les friandises elle sortit avec ses enfants, et sa robe de soie en passant effleura avec bruit les mains de Marguerite.

Par un singulier sentiment dont elle aurait eu peine à se rendre compte elle-même, elle resta encore longtemps le visage collé contre les vitres ; mais le pâtissier ennuyé la renvoya avec une injure.

Qu'avait-elle à dire ?

En traversant une rue sombre et tortueuse, elle vit étendue sur un lit une femme qui chantait des chansons obscènes. Alors elle repensa à Pedrillo, à ce qu'elle allait devenir… et puis elle regarda cette femme longtemps, elle écouta les chants…

– Oh non non – Qui voudrait de moi ?

IV

L'or roulait sur les tables. C'était une maison de jeu mais non un tripot autorisé par la loi, un tripot du Palais-Royal, où vous avez vu venir des ministres, des princes, des banquiers, avec leur cravate aussi bien mise qu'à l'ordinaire, avec une impassibilité de regard qui indiquait qu'ils étaient experts dans cet infâme commerce.

Mais une maison de jeu avec toute sa prostitution hideuse, un de ces taudis où parfois le lendemain on trouve quelque cadavre mutilé entre des verres brisés et des haillons tout rouges de sang.

La salle était basse et ses murs enfumés ; des hommes salement vêtus entouraient des tables autour desquelles d'autres visages se tassaient avec avidité, et leurs yeux flamboyaient à travers leurs épais sourcils, leurs dents se serraient, leurs mains se crispaient de rage. Et malgré les rides sombres de leur front vous auriez lu peut-être bien des crimes qui s'amoncelaient avec leurs angoisses.

Quelques femmes à moitié nues se promenaient paisiblement autour d'eux. Et plus loin dans un coin deux hommes armés debout devant une jeune fille couchée sur le pavé et liée avec des cordes tiraient à la courte paille.

– Vous frémissez peut-être, aimable lectrice, à la peinture de cette moitié de la société, la maison de jeu, l'autre c'est l'hôpital et la guillotine.

Ah voyez-vous jeune enfant, c'est que faussée par une éducation vicieuse, vous n'êtes pas descendue jusque dans la misère, vous n'avez pas vu son délire, vous n'avez pas entendu ses hurlements de rage, vous n'avez pas sondé ses plaies, vous n'avez pas compris ses douleurs amères, son désespoir et ses crimes.

Ah pauvre jeune fille c'est qu'il est des lieux dont vous ignorez l'existence, c'est qu'on vous a caché un mot qui est toute notre société : prostitution.

Puis quand le silence de l'attente avait fait place au bruit aigre du râteau, alors c'étaient les jurons les plus terribles, des serments hideux, des vengeances qui s'accomplissaient à l'instant de leur création, et la lueur de la lampe venait briller sur la lame de quelque poignard qui s'enfonçait dans la poitrine d'un homme.

Et alors le maître séparait les combattants en jetant une femme au milieu d'eux.

La porte violemment ébranlée remua tout à coup. On ouvrit.

Un homme entra.

Il avait un costume de Baladin. Sa taille était grande, une profusion de cheveux noirs et en désordre, lui couvraient les yeux, et empêchaient d'en voir l'expression. Mais elle devait être terrible dans ce moment-là. Sa main droite se tenait fortement serrée,... tenez, dit-il en jetant son argent sur une table,... tenez... et il s'arrêta pour pousser un rire convulsif... voilà dix francs.

Oh plaignez-le, ce joueur, ce baladin, cet homme de mauvaise vie, cet homme qui n'aime pas [ses] enfants. Qui bat sa femme. Oh plaignez-le parce que c'est un infâme, un baladin, un homme de mauvaise vie, un homme qui bat sa femme, et qui n'aime pas ses enfants.

C'est que la misère a voulu qu'il soit baladin, la faim lui a tellement aiguisé les dents qu'elle l'a poussé dans une maison de jeu. Son éducation l'a fait un homme de mauvaise vie, sa femme est laide, rouge, édentée. Oh une femme rouge, et ses enfants lui déplaisent parce qu'ils lui disent J'ai faim : et ce cri-là lui fait mal car il n'a rien à leur donner.

Plaignez-le. Tout à l'heure, sa femme est rentrée,... elle avait cassé son violon,... elle n'apportait pas de pain.

Il était 6 heures d'après-midi, il faisait froid et tous avaient faim.

Vouliez-vous qu'il laissât mourir ses enfants, ses pauvres enfants, qui les mains jointes comme devant l'autel rampaient à ses genoux, en lui disant avec un sourire et des larmes – du pain – .

À genoux les mains jointes devant un Saltimbanque – vous voyez bien que la misère fait faire des bassesses.

Et puis dans son désespoir, il avait battu sa femme, il avait maudit ses enfants, il avait appelé Satan... il avait chargé son pistolet... par un sentiment machinal il l'avait laissé tomber puis, la tête lui brûlait, tout tournait autour de lui, et il avait vendu son arme... il se trouvait alors dans une maison de jeu,... et c'est avec une sollicitude bien douloureuse qu'il regardait ses deux pièces rouler sur le tapis, ses deux pièces qui allaient décider de sa vie, de celle de ses enfants, de celle de sa femme.

Maintenant s'il perd, il se mettra brigand, assassin peut-être. – On le conduira sur l'échafaud, les mères en passant le montreront à leurs enfants comme un monstre, comme un être hideux dont un seul de ses regards peut faire mal et sa tête roulera sur les planches humides,... et la foule en passant, donnera encore des malédictions à son tronçon... Eh, voilà un bien grand coupable – C'est un homme qui avait faim.

Sa femme, si elle n'en meurt pas de douleur, elle mourra de misère ou bien encore elle se mettra ignoble fille de joie.

Et la foule lui crachera au visage en riant. C'est la femme d'un assassin, c'est une fille publique – et elle est laide –

Quant à ses enfants, la charité des hôpitaux les ramass[er]a peut-être ; on les élèv[er]a dans une crainte religieuse des autres hommes, on les séquestrera de la société. On leur donnera un habit s'ils ont froid, un morceau de pain s'ils ont faim. – Mais leurs larmes – Ah elles resteront longtemps à couler sur leur visage, elles creuseront leurs joues...

Les enfants des riches, en passant leur jetteront parfois, quelque or bien brillant, avec un rire d'ironie.

Et puis devenus hommes ils machineront des crimes en haine de cette société qui les a maudits parce qu'ils sont les fils du maudit.

***

Voilà tout ce qui tournait, sautait, tourbillonnait, dansait dans Pedrillo.

Toutes ces idées-là se réalisaient dans son imagination ; il ne les inventait pas mais il les voyait, il les sentait.

Mais il ne comprenait pas par exemple pourquoi sa famille était malheureuse. Non il ne le comprenait pas, et se raidissant contre le ciel, s'il l'avait pu il aurait détruit la création, il aurait anéanti Dieu.

Sa respiration était forcée... il soupirait par moments... il croyait peut-être devenir fou. Il a vingt francs... il les prend avec joie, les serre, les embrasse,... il les rejette avec un geste d'orgueil...

La salle résonne de cris... pour qui cet or passe à travers les dents du râteau qui déborde de la table ?.. C'est à Pedrillo riche de dix mille francs.

... Il rit, il pleure, il saute, il les rejette encore une fois l'insensé, il est heureux maintenant. Dix mille francs. C'est un homme vertueux... il peut s'acheter un habit, donner une robe à sa femme, à ses enfants des jouets, dix mille francs – Il peut, avec son or dans ses poches jeter à la misère son contingent d'opprobre, c'est un homme honnête – dix mille francs – Ah Ah – Ses traits se décomposent, son rire s'apaise, son regard est moins vif, sa tête moins haute. – Ah – ah, il n'a plus que 400 francs... il pose sa main à sa poitrine... il a encore 50 francs... il jette un léger cri de douleur... il n'a plus que 5 francs... maintenant... rien.

La mauvaise fortune ne paraissait point l'avoir accablé – et comme son voisin lui en demanda la Cause : tenez, dit-il avec le même rire et le même accent qu'il avait eus en jetant ses dix francs – tenez et il découvrit sa poitrine, elle était toute sanglante, et ses mains avaient de la chair humaine au bout des ongles.

V

Il était nuit, mais une nuit sombre, sans astre, une de ces nuits qui font peur, qui vous font voir des fantômes, et des spectres dansant sur le mur blanc des cimetières, de ces nuits dont le vent fait frémir d'horreur et dresser les cheveux sur la tête, de ces nuits où l'on entend au loin le cri plaintif de quelque chien rôdant autour d'un hôpital.

Pedrillo était sorti de la maison de jeu.

L'air frais de la nuit vint rafraîchir son front et lui rendre le sentiment réel de sa position. Mais peu à peu l'imagination prit le dessus. Il rêvait en marchant, tous les objets qu'il voyait prenaient une forme gigantesque. Les arbres que le vent faisait frémir avec plus de furie que la nuit précédente lui apparaissaient comme des géants hideux, toutes les maisons étaient pour lui des tripots, entendait-il le bruit d'un orchestre en passant près d'un bal c'était la musique de l'enfer ; une femme passait-elle en tournoyant près d'un rideau rouge, c'était une courtisane. Le bruit des verres sur le plateau c'était une orgie. Bientôt la neige tomba, et regardant ses habits il se voyait entouré d'un linceul.

C'était ainsi assiégé qu'il parcourait les rues en courant. Quelquefois il s'arrêtait et s'asseyait sur une borne, il regardait quelque rayon de la lune, et les nuages qui roulaient sur les étoiles.

Ils prenaient tous les formes les plus bizarres et les plus grotesques. C'étaient des monstres, grimaçants... puis des tas d'or... une femme avec ses enfants... un lion rugissant dans sa cage... une morgue et un cadavre sur la dalle humide... et il entendait le sifflement des monstres, le bruit de l'or résonnant sur les tables. Il voyait les larmes de cette femme et de ses enfants, il entendait le rugissement du lion... il sentait l'odeur cadavéreuse de ce corps déjà verdâtre. Il le regarda longtemps puis le nuage prit une autre forme... il eut peur, se mit à courir n'osant regarder derrière lui ; et quand il arriva à sa tente... il était haletant hors d'haleine et ses traits étaient bouleversés.

Marguerite était sur sa porte à l'attendre.

Elle n'osa rien lui demander, car elle comprit assez, elle dont le malheur avait plus d'une fois coupé son âme, elle comprit la sueur qui coulait de son visage. Elle vit pourquoi ses yeux étaient rouges de colère. Elle devina les choses qu'il pensait, à travers la pâleur de son front, et elle savait ce que voulaient dire ses claquements de dents.

Ils restèrent tous deux ainsi sans rien dire, sans se communiquer ni leur peine ni leur désespoir. – Mais leurs yeux pourtant avaient parlé et s'étaient dit des pensées tristes et déchirantes.

Le lendemain quand les enfants s'éveillèrent Pedrillo leur ordonna de faire leurs paquets, lui-même défit sa tente, la plia dans la voiture. Et à neuf heures du matin, tirée par la rossaille, la carriole roulait lentement sur le pavé. La pluie n'avait point cessé depuis la veille, elle venait battre sur les parois de bois de la voiture. Son bruit régulier avec celui du vent et le mouvement des soupentes endormirent peu à peu les baladins entassés sur leurs toiles et leurs costumes [de] parades.

Déjà tous, les yeux fermés, se laissaient balancer par les secousses, lorsque Ernesto qui conduisait le cheval rencontra deux voitures qui portaient une ménagerie. En passant à côté de celle de nos gens le montreur d'animaux reconnut à travers les vitres couvertes de vapeur la tête de Pedrillo. Or Pedrillo c'était une vieille connaissance.

Il réveilla la troupe en faisant claquer son fouet, et le premier mot qu'il adressa à son compagnon fut un juron accompagné des quelques *F* et autant de *B* puis après cet exorde il commença sa phrase en disant : Il fait joliment du bouillon aujourd'hui. Le père Éternel se vide la vessie.

Pedrillo leva sa figure bleuie et regarda cet homme avec surprise.

– Tiens c'est toi, dit-il étonné en ouvrant la lucarne.

– Parbleu est-ce que tu ne me reconnais pas ? Tu es donc bien fier. Pourtant tu n'as pas l'air trop bien fortuné. Et je crois que tu n'es pas *foutu* pour avoir une ménagerie comme la mienne. Ce disant il montra du doigt ses cages et une jeune fille assise à ses côtés.

Au premier village qu'ils rencontrèrent ils firent entrer leurs voitures sous le hangar d'une ferme ; et là les baladins descendirent et s'embrassèrent.

Pedrillo n'eut point de mal à embrasser Isabella. Mais quant à Isambart ce fut bien différent.

– Comment l'appelles-tu ? demanda-t-il à son ami.

– Marguerite.

– C'est une fraîche marguerite. Et il toucha délicatement du bout de ses lèvres le front rougeâtre.

– Ah ça, continua-t-il, nous voilà réunis. Veux-tu voyager ensemble – Nous associer ?

– Mais... hum... hum comme tu voudras.

Il ne fallait pas laisser échapper une aussi belle condition – Pedrillo le comprit bien, il lui frappa vigoureusement dans la main en disant :

– Soit – tu es un brave –

Isambart fit la grimace mais il n'y avait plus moyen de reculer, et puis la famille de Pedrillo, pensait-il, fera des tours de corde tandis que moi je montrerai mes animaux, tout le monde y gagnera – Après ça qu'il prenne Isabellada s'il veut je n'y tiens guère.

Ils attendirent que la pluie fût passée, remontèrent dans les carrioles pour se diriger vers la ville la plus voisine où ils devaient donner des *représentations.* Quand Isambart disait ce mot, il ôtait son chapeau et ajoutait : À l'aimable société qui s'y trouvera.

VI

Vous avez vu cent fois Isambart. C'est un homme petit, trapu, au teint frais et rosé, au nez rouge, aux yeux gris. C'est lui qui dans toutes les troupes d'acrobates, vous a fait rire si vous êtes enfant, et pitié si vous êtes plus grand.

C'est lui qui avec ses bas rouges, sa culotte courte, ses souliers à larges boucles d'argent, son chapeau à l'hidalgo, gris, ras, et orné d'une plume de coq, c'est lui dis-je qui reçoit toujours la craie au milieu du visage, en en frappant la corde, c'est lui qui tombe par terre, reçoit les claques,... c'est lui qui allumant les quinquets se laisse dégringoler du haut de l'échelle. Puis il prend un air *grave* et singeant le régisseur il s'avance le chapeau sous le bras annoncer le programme.

Marguerite vous la connaissez aussi, c'est elle qui reçoit les trois sous que chaque spectateur doit donner en sortant, elle a les sabots aux pieds, des bas blancs bien tirés sur le mollet, et un mouchoir d'indienne sur la tête en forme de béret.

Vous avez vu Pedrillo. C'est cet homme grand, mince, marqué de petite vérole, qui saute sur la corde d'un pas léger, et qui bondit et qui saute sans balancier.

Depuis deux ans nos deux troupes vivaient en bonne intelligence, et la famille de Pedrillo ne s'était pas repentie de son association. Tous vivaient heureux, tranquilles, sans souci, mangeant le soir ce qu'ils avaient gagné tout le jour... Marguerite seule était malheureuse.

Et pourtant,... son mari ne la battait plus... ses enfants avaient du pain.

***

Ah c'est que Isabellada était jeune, jolie, elle avait vingt ans ; ses dents étaient blanches, ses yeux beaux, ses cheveux noirs, sa taille fine, son pied mignon. Et Marguerite était laide, elle avait 40 ans, les yeux gris, les cheveux rouges, la taille grosse, le pied large. L'une était la femme et l'autre l'amante. L'une était celle qui donnait toujours des reproches,... et l'autre de si ardents baisers. – Isabellada était devenue mère, et elle avait un enfant aussi beau qu'elle. C'était le second amour de Pedrillo.

Isambart avait regardé tout cela d'un oeil de philosophe, et s'était contenté de faire là-dessus une mauvaise pointe en disant que l'on n'aurait plus besoin d'aller chercher de l'eau pour faire la soupe puisqu'on avait deux mers sous la tente. Il le répétait à tout venant et disait ensuite : n'est-ce pas que je suis farceur ?, et il en avait pour une demi-heure à rire.

Ce qui humiliait davantage Marguerite c'était cette comparaison perpétuelle de tous les jours, de tous les instants, qu'elle avait à soutenir avec Isabellada.

Ce mépris qui s'attachait à sa personne, à tout ce qu'elle faisait, mais ce qui lui faisait le plus de mal c'était lorsqu'elle entendait le soir les baisers des deux amants heureux, lorsqu'elle les voyait s'entrelacer de leurs bras sans crainte, sans pudeur. Mais avec amour. Et puis l'enfant de Pedrillo, elle [le] haïssait d'une jalousie sombre et amère.

Un jour, c'était dans l'été ; toute la troupe à l'exception des enfants dansait dans le carrefour d'une rue assez déserte.

Marguerite et Isabellada dansaient aussi. Pauvre Marguerite.

Pedrillo un bonnet chinois sur la tête, des timbales aux genoux, une flûte de Pan à la bouche, frappant de la grosse caisse, composait tout l'orchestre. Isabellada en robe blanche, une écharpe rose autour du cou, sautait, dansait, tourbillonnait sur le vieux tapis de Perse.

Son regard était vif et lançait des éclairs ; sa taille était fine, svelte et se pliait et s'abaissait et se dressait comme le cou d'un cygne.

Oh non ce n'était point une robe, c'était un léger jupon blanc avec des fleurs brodées au bas, un léger jupon tombant au milieu des cuisses sur des bas roses qui les serraient avec volupté.

C'était sa valse, sa danse, tourbillonnante comme des pensées d'amour qui bondissent dans le cœur d'un poète.

Et sa gorge si blanche, blanche comme du marbre le plus blanc, sa gorge, si pure, si fraîche, si suave... Et sa tête... et ses yeux... et son sourire...

Oh la gorge d'une femme quand elle est jeune et jolie, quand on la sent comme une rose à travers la mousseline sautillante au mouvement de sa danse, oh la gorge d'une femme, n'est-ce pas que c'est là... dans vos rêves d'amour... dans vos nuits d'insomnies... dans ces nuits que l'on passe à pleurer et à maudire sa mère. N'est-ce pas que c'est sur sa gorge que vous a[vez] posé votre tête toute chaude et toute bouillante, c'est sur sa gorge que vous avez tressailli d'amour, que toutes les fibres de votre âme ont vibré comme la lyre touchée par le doigt d'une jeune fille et se sont raidies de volupté comme les muscles d'un athlète.

N'est-ce pas entre ses deux seins que vous avez dévoré de si ardents baisers.

N'est-ce pas dans son regard si doux que vous avez bu la vie, n'est-ce pas dans ses sourires que vous avez vécu.

N'est-ce pas que son pied mignon, sa jambe si bien faite étaient là sur votre lit à s'entrelacer dans les vôtres ?

Et puis sa figure, sur cette gorge, sur cette taille de femme, sur tout cet ensemble de gracieux, de céleste, de divin, il y avait dans son regard, dans le mouvement de sa prunelle, dans le bruit que sa robe faisait en tournant dans l'air, dans la manière dont son pied pivotait sur le tapis troué, quelque chose d'inexprimable et d'inouï, de rêveur et de pur.

Elle n'avait pas l'air d'une femme, ainsi sautant, tourbillonnant, dansant... Oh non ce n'était pas une femme c'était une pensée d'amour.

À la voir ainsi au milieu de cette musique aigre et bizarre, entre Isambart et Marguerite,... c'était un diamant sur un tas de boue.

Isambart faisait encore l'insipide paillasse, il avait un justaucorps, des bas bleus et blancs, et une perruque moitié rouge, moitié noire. – Sous ce costume grotesque il disait mille choses plaisantes, ennuyeuses.

Et Marguerite que faisait-elle ?

Elle souffrait, elle pleurait en silence. Oui mais [pour] vous ce n'est rien, souffrir, pleurer.

Je comprends.

Eh bien... chaque spectateur qui venait regarder avec extase la sylphide jetait les yeux sur l'autre femme qui était là à quelques pas.

Que faisait-elle ?

Des tours de force.

Oui à côté de cette jeune fille si belle, si fraîche, se trouvait là comme contrepoids une femme rouge aux joues épaisses, aux pieds mal faits, à la tenue déhanchée. Elle s'avançait aussi au son de la même musique. Et ses pieds touchaient le même tapis que ceux d'Isabellada... Oui cette femme qui sautait si légèrement, qui vous inondait des éclairs de sa brillante prunelle, qui faisait tressaillir votre corps d'un long frisson d'amour quand sa robe en passant effleurait vos cuisses,... c'était une baladine comme Marguerite. Elle était au même degré que cette masse de chair qui se contournait avec force, qui marchait la tête renversée au même niveau que les pieds, ne laissant apercevoir sous sa longue robe bleue qu'un ventre à la place d'une tête et que des seins qui tombaient avec dégoût et pesanteur.

Puis lorsqu'elle se relevait son visage était couleur de pourpre, ses yeux tout violets et pleins de sang, et ses veines gonflées.

Et sur tout cet ensemble grotesque, il y avait pourtant répandu un certain air de courtisane, de flatterie, sa bouche sans dents voulait sourire elle faisait une grimace, son regard ennuie et pèse, mais elle déplaît souverainement lorsqu'elle dit d'une voix aigre et d'un ton de pie-grièche :

« *Et regardez bien messieurs comme ceci est difficile.* »

Et la musique continuait, Isabella dansait, sautait, tourbillonnait comme des pensées d'amour dans le cœur d'un poète.

De temps en temps quelque chose se faisait entendre dans un plat qui était sur le tapis.

– *Y a gras,* dit Isambart en défaisant sa perruque.

VII

Vous ne savez peut-être pas ce que sont les quatre masques qui s'avancent crochés tous ensemble dans la rue du théâtre.

Il y a un pierrot avec une tête de boeuf, c'est un homme petit, large, de bonne humeur et qui promet de s'en donner une *bosse,* c'est son expression.

À sa gauche est un domino noir qui marche la tête baissée,... ce domino a l'air d'une femme.

Puis c'est un Diavolo assez bien fait qui parle tout bas à une jolie Suissesse au cotillon court, et qui porte fièrement une tête sans masque.

Singulière chose qu'un bal masqué.

Ne croyez pas que je vous parle de ceux de l'Opéra qui naissent au mois de janvier, et meurent le mardi-gras, des bals de l'Opéra, où l'on s'ennuie, où je n'ai jamais été parce que là encore, vous voyez sur le masque la lunette d'or du banquier, sous la patte du singe le gant parfumé d'un dandy. Non. Mais c'était un bal du peuple, où il va seul, les manches retroussées, où pour 20 sous il rit toute une nuit dans sa bonne grosse joie.

Un bal où l'on s'intrigue plus qu'aux autres, où il est de mauvais goût de se fâcher, et que les directeurs bravant les préjugés des saisons livrent au public si le dimanche est beau, et si le pain n'est pas cher.

C'est à ces bals-là qu'il y a des danses impudiques et qui vous feraient rougir pauvre fille.

Et si vous [y] alliez le lendemain vous ne seriez plus vierge peut-être.

Et l'on s'y amuse pourtant, l'on est heureux – les hommes sans pudeur – les femmes souillées – sans honneur.

On est heureux sans vertus.

Singulier n'est-ce pas ? Vous ne vous êtes pas douté qu'on pût être heureux sans vertus.

– C'est vrai pourtant. En ce cas, à quoi servent-elles ?

Vous avez reconnu ces masques... ce sont nos saltimbanques.

Jadis ils n'avaient pas de pain, et aujourd'hui ils courent au théâtre.

C'est qu'ils ont de l'argent, oui de l'Argent. D'où leur vient-il ? d'Isabellada. Ne croyez point que ce soit aux animaux d'Isambart, et à ses grimaces, aux tours de force de Marguerite qu'ils doivent leur fortune.

Du tout ! C'est à cette belle enfant qui saute maintenant une valse hongroise, au milieu du bal, éperdue, enivrée, accablée d'applaudissements, de fleurs et du brouhaha d'une salle entière qui trépigne de joie.

Un seul masque reste pensif sur sa banquette. Il est triste, et les applaudissements de la salle le font pleurer. La grâce d'Isabellada lui est à charge.

C'est qu'aussi là comme autre part, il est venu apporter sous son masque et sa jalousie amère, et sa haine furieuse et ses peines, et ses plaies saignantes et ses blessures profondes.

C'est le domino noir.

Quant à Isambart il dansait, lourdement, criait fort, intriguait le premier venu et puis il allait s'asseoir à la table de jeu, avec d'autres pierrots, trichait, riait aux éclats, faisait du vacarme, attroupait tout le monde autour de lui, et puis il recommençait. Marguerite depuis quelque temps l'avait perdu de vue, lorsqu'elle se sentit frappée sur l'épaule.

Elle se retourna.

C'était un pierrot avec une tête de boeuf.

Elle reconnut notre homme.

Mais lorsque celui-ci vint à lui dire – Je te connais bien, beau masque – ce n'était plus sa voix – non bien sûr ce n'était pas lui – Qu'en savait-elle après tout, car il y en avait tant d'autres du même costume et cette mode de porter des têtes d'animaux était alors fort en usage.

Quant à la voix elle était déguisée sous le masque.

– Je te connais bien, dit le pierrot, veux-tu que je te dise ton nom ?

– Oui.

– Marguerite La Rouge Laide.

Cette voix grêle et chevrotante, cette figure stupide de boeuf ouvrant ses larges narines, avec son rire imbécile fit peur à Marguerite. Elle se tapit dans son coin en tremblant.

– Tiens regarde, continua-t-il, cette jeune fille sauter là-bas, – la reconnais-tu ?

Et il montrait Isabellada, et sa large figure riait toujours, et sa voix continuait :

– Elle est plus jolie que toi, vois-tu comme son sein palpite, avec grâce, comme ses mains sont blanches, comme son costume lui dessine bien sa taille ?

Marguerite trépignait d'impatience, elle se mordait les lèvres, et commença à pleurer, et l'on vit ses larmes couler sur son masque noir et y laisser une trace blanche.

Et la tête de boeuf riait toujours ouvrant ses larges narines et ses lèvres s'écartaient avec une stupidité qui avait quelque chose de féroce, il continua avec plus de vitesse :

– Ce soir après le bal quand les lumières seront éteintes, lorsque tu retourneras dans ta tente joindre tes enfants, tu entendras non loin de toi le bruit des baisers d'amour.

– Oh grâce, grâce.

Et le masque riait de plus belle. Il se mit même à agiter ses longues manches autour de la tête de Marguerite et à lui en caresser les joues.

– Et cette femme que tout le monde admire maintenant sera à un seul homme. À ton mari.

– Ah pitié Isambart, pitié.

– Tenez, dit-il en riant et en s'adressant au public, en voilà une qui se fâche parce que je lui dis que son mari en caresse une autre, il se retourna vers Marguerite, l'amena dans l'embrasure d'une fenêtre. Alors elle ne pouvait plus lui échapper, il pouvait lui cracher toutes ces injures à la face, il pouvait lui raconter jusqu'au bout toutes les peines qu'elle avait eues, lui dire combien elle était laide, lui montrer toute la différence qu'il y avait entre elle et la danseuse, lui peindre jusqu'au dernier détail l'amour de Pedrillo, il pouvait lui représenter avec chaleur leurs entrelacements dans le lit nuptial, leurs mots à moitié dits, leurs soupirs entrecoupés.

C'est ce qu'il fit.

– Tu seras éveillée demain par les éclats de rire d'un enfant, ce sera le leur.

– Ô Isambart que t'ai-je fait ?

– Rien mais tu me déplais, tantôt quand je te voyais faire tes tours, que j'aurais eu de plaisir à jeter de la boue sur ta robe bleue, à tirer tes cheveux, à meurtrir tes seins. Je sais bien, tu ne m'as jamais rien fait – tu es peut-être meilleure qu'une autre. Mais enfin tu me déplais, je te souhaite du mal. C'est un caprice. D'abord pourquoi pleurer toujours, avoir un air si sombre, une démarche si déplaisante, une tournure qui me fait bisquer enfin ?

Et puis toujours geindre et se lamenter, – eh bien morbleu, pourquoi ne t'en vas-tu pas d'avec nous, car nous te nourrissons et ce n'est jamais pour toi que nous recevons de l'argent. Tes enfants dis-tu ? et bien le *bureau* les ramassera bien. Moi à ta place, *je ferais la vie* au moins...

....

Ah non t'es trop laide.

Oh mais quand je vois tes yeux de chat à travers ton masque... qué figure qui me déplaît... il quitta son air en colère et partit en riant aux éclats.

***

Isabellada, épuisée, demanda à Pedrillo à s'en aller, et en quittant le bal, elle s'appuya sur son bras langoureusement, laissa voir sa gorge décolletée, et son dos couvert d'une sueur odoriférante.

On l'applaudit encore.

VIII

Pedrillo en effet laissa seule Marguerite, et alla du côté de la ménagerie. Isambart les laissa tranquilles, se coucha vite, et ne se réveilla que le lendemain à une heure d'après-midi.

Le domino noir ôta son masque qui l'étouffait, et resta le coude appuyé sur la table, regardant brûler la chandelle et enfoncée dans ses souvenirs du bal.

Les paroles d'Isambart lui revenaient à l'esprit, elle entendait son rire éclatant perçant à travers son masque.

C'était le souvenir de la danse d'Isabellada qui lui faisait mal, tous ces applaudissements pour une autre, tous ces dédains pour elle, l'amour de Pedrillo pour son enfant. Et la tête de boeuf lui revenait encore dans l'esprit, avec ses narines ouvertes, et son rire féroce.

Son expression stupide l'effrayait encore.

Je ne sais si vous avez comme moi étudié, tous ces visages grotesques. Mais il y en a quelques-uns dont l'auteur doit être bien athée et bien misanthrope pour réunir sur le même carton la ressemblance de la brute avec l'homme.

La haine sans cause [d'Isambart] lui avait fait une singulière impression. Sa haine avait pour motif qu'elle marchait mal, que ses cheveux étaient rouges et qu'elle aimait ses enfants.

Ce remède ignoble à ses maux qu'il lui avait proposé... cette insulte outrageante de lui avoir fait sentir qu'on la nourrissait par pitié, qu'elle leur était à charge, tout cela la faisait souffrir, elle qui aimait tant son Pedrillo, elle qui n'avait demandé au ciel qu'une vie d'amour, qu'un mari qui l'aim[ât], qui comprît toutes ses tendres affections et qui sentît toute la poésie qu'il [y] avait dans ce cœur de Baladine, de femme honnie, méprisée de la société. Ah, se disait-elle en elle-même, lorsqu'elle voyait passer en chapeau une femme honnête, – pourquoi ne suis-je point comme elle ? ; – et alors l'envie lui prenait au cœur. Quand elle voyait danser Isabellada – elle demandait au ciel pourquoi la nature ne l'avait point faite ainsi. Et elle haïssait la maîtresse de son mari – Oh dans ces moments-là quand elle avait froid, quand elle voyait Pedrillo vivre heureux et content – alors [elle] était méchante et ne croyait plus en Dieu.

Encore elle se serait passée d'argent – Elle demanda de l'amour à la société – On lui rit à la face – De l'humanité – On lui montra le chemin de l'hôpital – De la pitié – C'est une baladine – Ah de la pitié à une baladine – À une voleuse d'enfants, à une coureuse des rues –

Eh bien à cette société qui n'avait voulu lui donner ni pain, ni amour, ni pitié, elle voua la haine et la jalousie. À Dieu qu'elle avait imploré tant de fois les genoux sur le pavé, les larmes aux yeux, à Dieu qui n'écouta pas ses prières, elle donna l'impiété.

À la nature qui l'avait maltraitée le mépris.

Aussi quand elle voyait des gens riches, heureux, estimés, dont on prenait soin, elle leur souhaitait les calamités les plus grandes. Elle riait des prières des pauvres, de leurs voeux, de leurs reliques, et en passant elle crachait sur le seuil des églises.

Quand elle voyait une femme gracieuse, au doux sourire, aux yeux tendres et langoureux, aux cheveux de jais, au cou d'albâtre, elle se moquait de la foule qui l'admirait. Elle se disait :

– Qu'aurait-il fallu pour qu'elle fût comme moi ? Des cheveux d'une autre couleur, des yeux plus petits, une taille moins bien faite. Et elle serait comme Marguerite. Si son mari ne l'avait point aimée, l'avait méprisée, l'avait battue, elle serait laide, méprisée comme Marguerite.

C'est dans ces pensées-là qu'elle était alors puis peu à peu elle s'assoupit. Elle dormait le coude appuyé sur la table, la joue dans la main et la chandelle brûlait toujours.

IX

Le lendemain elle fut réveillée par la voix d'Ernesto qui se disputait avec Isabellada.

Elle se mit à les écouter.

– Pourquoi me l'avez-vous pris ? N'était-ce pas à moi ? Je veux la ravoir.

Marguerite s'habilla à la hâte, se cacha derrière la voiture aux animaux, et les regarda sans rien dire.

Elle vit la soeur d'Isambart, qui tenait la couverture d'un de ses enfants, et qui ne voulait pas lui rendre.

Elle avait déjà bien d'autres motifs pour haïr cette femme sans que celui-ci vînt s'y joindre encore, elle ne put supporter plus longtemps cette vue, elle sauta en un seul bond sur elle, lui arracha la couchette.

– Encore, toujours toi Isabellada. Elle prononça ce mot de la manière la plus dure qu'il lui était possible car son harmonie lui déplaisait.

– N'est-ce point assez, continua-t-elle avec verve et chaleur, n'est-ce point assez que tu viennes chez nous t'y établir, y dominer, y faire la souveraine, que tu prennes mon mari, que tu me l'enlèves tous les jours de ma couche pour le porter dans la tienne, n'est-ce pas assez, fille de Satan, de nous insulter en public par ta beauté que tu prostitues à l'admiration du premier venu, dis, réponds, n'est-ce pas assez, l'infamie et l'outrage ne sont-ils pas portés assez haut sans que tu viennes encore arracher les linges qui cachent le sang de nos plaies ? – Il retomberait sur toi, le sang, prends-y garde.

Ah ah, les belles filles, les jolies à qui tout le monde jette des fleurs, des louanges, de l'argent, vous nous donnez en échange le mépris, la honte et la misère.

Tiens Pedrillo, regarde si je n'ai pas raison.

– Qu'y a-t-il Isabellada ?

– Son enfant a voulu prendre la couverture du mien – et Marguerite soutient que c'est à elle.

– Marguerite qu'as-tu à dire ?

– Elle ment Pedrillo, ne l'écoute pas.

– C'est toi Marguerite, et il la repoussa durement dans la tente.

Là elle s'arracha les cheveux, déchira ses habits, se roula par terre, se mit le visage en sang.

Elle se releva.

Il faut donc boire l'amertume jusqu'à la lie, eh bien oui encore, encore, – Isabellada, danse mieux s'il est possible, Pedrillo aime-la plus encore et moi je vous haïrai davantage.

Tout à coup, elle se jeta aux genoux de Pedrillo qui entrait dans la tente au même moment.

– Que viens-tu faire ici ?

– Prendre de l'argent.

– Pour qui ?

– Pour elle.

– Ah oui, elle, elle, toujours. Ah Pedrillo, tu l'aimes donc bien ?

– Oui.

– Grâce, oh ne m'accable plus de sa présence, de son nom, de sa beauté. Je t'en prie aime-moi. Que te faut-il pour te plaire ? Mais je t'en prie ne me parle plus.

Cette femme, le visage ensanglanté, les habits déchirés, pleurant, se tordant de rage à ses pieds, l'attendrit un moment.

– Que veux-(tu] ma Marguerite ?

– Pedrillo laisse pour maintenant, mais un jour quand *elle*, tu m'entends, *Elle*, quand elle m'aurait tuée par ses insultes, tu sais comme le lion de Numidie, rugit bien dans sa cage, tu sais avec quelle volupté il dévore la viande qu'on lui donne le soir. Eh bien, un jour je te demanderai, le même honneur.

– Qu'as-tu voyons, Marguerite, reviens à toi.

– Ce que j'ai. Je suis jalouse, ah tu ne l'as jamais été toi. Ce que j'ai, je suis folle peut-être, je n'en sais rien. Mais je la hais et je t'aime.

X

Il fait chaud, le soleil darde ses rayons sur la route pleine de poussière, et les pommiers qui la bordent ont leurs feuilles toutes brûlées – C'est par ces vigoureuses chaleurs du mois de juin qu'il est doux de se laisser ballotter par le mouvement de la calèche, de s'abandonner à quelque rêve plein de poésie tandis que les rideaux bleus des vasistas sont fermés et laissent passer cependant quelque petit nuage de poussière chassé par le vent et qui vient couvrir vos habits.

Cela est vrai. Mais tout le monde ne voyage pas en calèche, et nos baladins dormaient alors dans leurs carrioles. Marguerite et Pedrillo marchent à pied, et causent tous deux. Le silence n'était alors interrompu que par le son de leurs voix qui se faisait seul entendre au milieu de la campagne, par le pas des chevaux sur la poussière, et par le bourdonnement d'une abeille qui bourdonnait autour de la cage du lion et l'empêchait de se livrer à ses rêves ; car il en avait peut-être aussi, lui ; il pensait, à son soleil d'Afrique, à sa tanière qu'il avait laissée bien loin là-bas dans d'autres pays, il pensait à son vaste désert, à la lionne qui couchait avec lui sous l'ombre du palmier, et il mordait le bout de ses griffes avec mélancolie.

Laissons-le penser à son bonheur d'autrefois, laissons-le rêver à ses joies brutales, et revenons aux peines de Marguerite.

– Tu l'aimes donc bien, dit-elle tout à coup.

– Eh bien oui Marguerite, pourquoi toujours le demander ?

– Que lui trouves-tu de bien ?

– Tout – mais tu m'ennuies, que veux-tu ?

– La mort.

– Ah tu es folle.

– Peut-être, – tu es méchant, je ne te demande pas l'amour, je ne te demande pas la pitié, mais je te demande, la cause de cet amour puis la mort après.

– Quant à la cause je n'en sais rien, dit Pedrillo d'un ton courroucé. Quant à la mort, je t'en prie, Marguerite, tu sais que l'homme a des accès de colère.

– Et la femme des accès de jalousie, répondit Marguerite en riant ironiquement, oui de jalousie. C'est-à-dire de haine. Je te demandais la cause de ton amour pour Isabellada, eh bien moi je vais te dire la cause de ma haine pour elle et pour toi.

– Marguerite prends garde.

– Non – la voilà, la cause, elle est belle, je hais les belles parce que je suis laide. Tu l'aimes, et je la hais, je hais ceux qu'on aime, tu es heureux, toi, je hais les heureux, vous êtes riches et je hais les riches, parce qu'on ne m'aime pas, parce que je suis malheureuse, et misérable.

Pourquoi hein Pedrillo, pourquoi m'as-[tu] rejetée toujours comme quelque chose dont on a honte ? Ah oui, parce que tu craignais la risée publique, eh bien je te hais parce que j'aime ce que la société méprise, j'aime les baladins, moi, j'aime les filles de joie, et celles du dernier rang, et je déteste ton Isabellada. Oh si je pouvais je l'écraserais sous mon pied, avec quelle joie je piétinerais sur son corps, sur ses seins, sur sa tête, sur sa figure, je la mangerais, je la dévorerais avec plaisir.

Pedrillo fit un geste de colère.

– Marguerite prends garde, le lion est là dans sa cage. De grâce finis, pas un mot.

– Il fallait que tu fusses un homme sans pudeur et sans âme pour me mépriser ainsi, pour bafouer, pour salir, pour traîner dans la boue cette pauvre Marguerite qui t'aimait tant, qui s'était jetée dans tes bras, pleine de poésie et d'amour, et que tu as repoussée du pied comme un chien galeux qui veut lécher son maître.

– Ô Marguerite, Marguerite, tu vas me faire faire quelque chose d'odieux, d'horrible.

– Encore cette femme, elle avait des enfants et leur père les traitait sans pitié, pas de pain quelquefois – Et s'ils ne sont pas morts, c'est que Dieu a veillé sur eux. Le sanglier, la bête féroce, dévore quelquefois ses enfants, mais il ne les fait pas périr dans les agonies de la faim – Eh bien oui va jette-moi si tu veux à ce lion, je ne te demanderai ni secours ni pardon. Non car si tu m'as abreuvée d'amertume, je t'empoisonnerai d'injures, d'insultes et de reproches. Écoute, écoute j'en ai encore à dire, écoute que je dise encore une fois que je hais Isabellada. Oui je la déteste, je voudrais l'avoir entre mes mains, l'écraser, la déchirer de mes ongles et plonger ma tête dans son sang, et m'y désaltérer en la replongeant encore.

***

Le lion rugit dans sa cage, il fait sonner sa queue, il remue sa crinière, et la gueule ouverte il attend une femme que Pedrillo a dans ses bras.

Celui-ci ouvre la porte et la précipite.

Déjà le fier animal l'avait saisie lorsqu'Isambart survenu à ses rugissements arracha Marguerite. Elle avait la poitrine déchirée et ses mains portaient l'empreinte de ses griffes.

XI

Quelle est cette femme qui sort en chancelant de l'hôpital ? Sa taille est grosse, ses cheveux rouges, son regard stupide. Un bonnet de dentelle avec des fleurs sales lui couvre la tête, ses habits sont déchirés et son aspect est misérable et fait pitié. C'est une folle.

Vous voyez bien que son rire est étrange, ses mots entrecoupés, qu'elle court, qu'elle s'arrête. Bien sûr. C'est une folle.

Ses mains et son visage [ont] des balafres. Bien sûr. C'est Marguerite. Oui c'était elle.

Elle marcha ainsi pendant deux jours, ne sachant où elle allait, sans avoir rien pris, rien ramassé, rien que la boue qu'on lui jetait en passant.

Les gamins couraient après elle et lorsqu'elle se détournait pour leur dire : il fallait que vous soyez sans pudeur et sans âme, sa figure grimaçant, son costume, et ses fleurs sur le bonnet déchiré les faisaient rire, et ils l'accablaient de leurs huées et de leurs cris de dédain.

Fatiguée, harassée, n'en pouvant plus, elle tomba presque évanouie sur le gazon d'un boulevard.

Tout à coup elle releva la tête, promena ses regards hébétés autour d'elle – et s'écria d'une voix tonnante, – Mes enfants où sont-ils ? – Auguste – Ernesto – Garofa –

Un tilbury vint à passer.

Une grande dame s'y charrait à son aise. Son cachemire blanc tombait derrière jusque sur le siège du domestique. Les plumes blanches et noires de son chapeau s'agitaient avec grâce dans l'air. Son sourire était doux, sa taille fine. Elle paraissait heureuse, elle avait des diamants, un équipage, des cachemires, et des colliers d'or.

Marguerite courut vers elle, s'accrocha aux rayons de la voiture et avec des trépignements de colère :

– N'est-ce pas assez d'infamie et d'injures sans venir, arracher le linge qui couvrait nos plaies ?... c'est toi Isabellada. Oh va je te reconnais bien, c'est toujours cet air de courtisane cette taille impudique.

Elle ne se trompait pas.

Un jour qu'Isabellada dansait sur la place, un grand seigneur la vit, et depuis ce jour elle devint sa dame de compagnie.

– Quelle est cette femme ? dit le monsieur qui était en tilbury.

– Je ne sais, une folle sans doute.

– Si je suis folle, peut-être.

– John chassez-la.

Le domestique lui donna des coups de fouet sur le visage. Mais elle restait toujours accrochée aux rayons de la roue.

– Non je ne m'en irai pas, disait-elle, écoute, écoute encore, si tu m'as abreuvée d'amertumes je peux t'empoisonner d'insultes, de reproches et d'outrages.

– La folle ! la folle ! criait le peuple en courant après Marguerite.

Elle s'arrêta, se frappa le front.

– La mort, dit-elle en riant.

Et elle se dirigea à grands pas vers la Seine.

XII

On venait de retirer un cadavre de l'eau, et il était exposé à la morgue.

C'était une femme, un bonnet de dentelle avec des fleurs sales lui couvrait la tête, ses habits étaient déchirés et laissaient voir des membres amaigris. Quelques mouches venaient bourdonner à l'entour et lécher le sang figé sur sa bouche entr'ouverte, ses bras gonflés étaient bleuâtres, et couverts de petites taches noires.

Le soleil était sur son déclin et un de ses derniers rayons perçant à travers les barreaux de la morgue vint frapper sur ses yeux à moitié fermés et leur donner un éclat singulier.

Ce corps couvert de balafres, de marques de griffes, gonflé, verdâtre, exposé ainsi sur la dalle humide était hideux et faisait mal à voir.

L'odeur nauséabonde, qui s'exhalait de ce cadavre en lambeaux, et qui faisait éloigner tous les passants oisifs, attira deux élèves en médecine.

– Tiens, dit l'un d'eux après l'avoir considérée quelque temps, elle était à l'hôpital l'autre jour. Il se tut et l'examina attentivement.

C'était un véritable élève en médecine, avec un habit vert râpé, couvert de duvet, une casquette rouge, et une pipe de faïence dans laquelle il fumait le fin Maryland.

– Mais si nous l'achetions ?

– Que voudrais-tu en faire ?

– Gare, cria la voix d'un cocher. C'était celui du tilbury de l'autre jour qui conduisait Mademoiselle à l'Opéra.

Nos disciples d'Esculape se rangèrent aussitôt.

En se retournant, le fumeur laissa tomber sa pipe.

– Sacré nom de Dieu, dit-il en frappant du pied, voilà la troisième que je casse de la journée.

1er avril 1836

Moralité

Maître Michel de Montaigne, Gascon docte et prud'homme, bardereau, a dict :

Cecy est un livre de bonne foy... je donne mon advis, non comme bon mais comme mien.

Moi je dirai aussi que c'est de bonne foy que sont écrites ces pages. Et même je les ai composées avec feu et enthousiasme.

J'ai voulu tonner contre les préjugés et je ferai peut-être crier contre un auteur aussi impudent que moi.

Quant à ce que j'ai mis comme titre *Un parfum à sentir* j'ai voulu dire par là que Marguerite était un parfum à sentir, j'aurais pu ajouter une fleur à voir, car pour Isabellada, sa beauté était tout.

Maintenant de peur que la très Sainte Église Catholique, Apostolique et Romaine, ne lance contre moi ses foudres à cause de mon titre cocasse

Conte philosophique, immoral, moral

(ad libitum)

je me justifierai quand on m'aura fait la définition de ce qui est moral d'avec ce qui ne l'est pas.

Ce que vous voudrez

Vous ne savez peut-être pas quel plaisir c'est ! composer !

Écrire, oh écrire c'est s'emparer du monde, de ses préjugés, de ses vertus et le résumer dans un livre.

C'est sentir sa pensée naître, grandir, vivre, se dresser debout sur son piédestal, et y rester toujours.

Je viens donc d'achever ce livre étrange, bizarre, incompréhensible. Le premier chapitre, je l'ai fait [en] un jour. J'ai été ensuite pendant un mois sans y travailler, en une semaine, j'en ai fait 5 autres, et en deux jours je l'ai achevé.

Je [ne] vous donnerai pas d'explications sur sa pensée philosophique. Elle en a une, triste, amère, sombre et sceptique... cherchez-la –

Je suis maintenant fatigué, harassé, et je tombe de lassitude sur mon fauteuil sans avoir la force de vous remercier si vous m'avez lu, ni celle de vous engager à ne pas le faire si vous ne connaissez pas le titre de mon originale production.

1er avril 1836

Gve Flaubert.

La femme du monde[1]

D'où je conclus, Dieu me pardonne et le Diable m'emporte, que Satan fait la queue au Père éternel.

Auberge des Adrets.

I

Tu ne me connais pas, frêle et chétive créature ; eh bien écoute.

II

Mon nom est maudit sur la terre ; pourtant le malheur, le désespoir, l'envie qui y dominent en tyrans m'appellent souvent à leur secours.

III

Je me réjouis dans les grandes cités et je dirige mes coups sur les peuples des villes.

IV

Pourtant je vais aussi chez le laboureur, je prends ses brebis dans son étable, je prends la chèvre qui broute sur la colline, le chamois qui bondit sur le rocher aigu ; je prends l'oiseau dans son vol, et le roi sur son trône.

V

Du jour où Adam et sa compagne furent chassés du paradis, moi, la fille de Satan, je me tins depuis ce temps à la face de tous les empires, de tous les siècles, de toutes les dynasties de rois, que je brisais sous mes pieds de squelette.

VI

En vain j'ai entendu des peuples dévorés par la peste crier après la vie, en vain j'ai vu des rois qui se cramponnaient à leur couronne, en vain j'ai vu les larmes d'une mère qui me demandait son enfant ; leur prière me semblait ridicule.

VII

Et je broyais avec avidité, sous mes dents, brillante jeunesse, empire puissant, siècles pleins de gloire et d'honneur, rois, empereurs ; j'effaçais leur blason, leur gloire, et, dans mes mains décharnées, je réduisais en poudre le sceptre doré aussi facilement que la houlette du pasteur.

1 Dans la nuit du 1er au 2 juin 1836. – Fait en moins d'une demi-heure.

VIII

J'aime à m'introduire dans le lit d'une jeune fille, à creuser lentement ses joues, à lui sucer le sang, à la saisir peu à peu et à la ravir à son amant, à ses parents qui pleurent et sanglotent sur cette pauvre rose si vite fanée.

IX

Alors je me réjouis sur son front encore blanc, je contemple ses lèvres ridées par la fièvre, j'entends avec plaisir le bourdonnement des mouches qui viennent autour de sa tête, comme signes de putréfaction.

X

Et je ris avidement en voyant les vers qui rampent sur son corps.

XI

J'aime à prendre place aux banquets royaux, aux gais repas champêtres ; je m'assieds sur la pourpre, je m'étends sur l'herbe, et mon doigt glacé s'applique sur le front des seigneurs, sur le front du peuple.

XII

Souvent, en entendant les éclats de rire des enfants, en les voyant se parer de fleurs, je les ai emportés dans mes bras ; j'ai orné ma tête de leurs bouquets et j'ai ri comme eux ; mais, à ce son creux et sépulcral qui sortait de ma maigre poitrine, on reconnaissait que c'était une voix de fantôme.

XIII

Non, pourtant ! Ce fantôme était la plus vraie de toutes les vérités de la terre.

XIV

Et contre elle venant se briser tout, tout, et le fils de Dieu lui-même.

XV

Car cite-moi une vague de l'Océan, une parole de haine ou d'amour, un souffle dans l'air, un vol dans les cieux, un sourire sur les lèvres, qui ne soit effacé.

XVI

Tout l'avenir, te dis-je, viendra tomber devant ma faulx tranchante, – et même le monde.

XVII

Jadis, au temps des Caligula et des Néron, je hurlais dans l'arène, je venais aider Messaline à ses obscènes supplices, je frappais les chrétiens, et je rugissais dans le Colisée avec les tigres et les lions.

XVIII

En France, au temps des rois, je venais siéger à leurs conseils ; j'étais alors, par exemple, la Saint-Barthélemy.

XIX

Rien ne m'a échappé, pas même le siècle de Voltaire qui s'élevait haut et grand, la tête fière et le visage arrogant, tout boursouflé de philosophie, de corruption et d'emphase ; je lui ai envoyé 93.

XX

Le siècle du grand homme ne m'a pas échappé non plus, qui, avec son air de cagotisme et sa main de philanthrope, est une vieille courtisane qui revient de ses fautes et commence une nouvelle vie.

XXI

Eh bien, à lui, si content de ses colonies d'Afrique, de ses chemins, de ses voitures à vapeur, je lui ai envoyé un fléau, une peste, mais une peste qui vient comme une bombe éclater au milieu d'un banquet plein de parfums et de femmes, qui vous prend les hommes, les enfants, et les étouffe aussitôt, le choléra, le hideux choléra qui, avec ses ongles noirs, son teint vert, ses dents jaunes, ses membres qui se convulsionnent, entraîne l'homme à la tombe plus vite que la flèche ne traverse les airs, que l'éclair ne fend les cieux.

XXII

Il est vrai de dire que les sangsues du docteur Broussais, la vaccine, le pâte de Regnault aîné, le remède infaillible pour les maladies secrètes, m'ont déconcertée un peu ; alors j'ai réuni mes forces et j'ai donné la Chambre des Pairs, la mascarade, l'attentat du 28, et la loi Fieschi.

XXIII

J'aime la voix d'une vieille femme qui prie sur un mort.

XXIV

J'aime le tintement rauque et glapissant des cloches.

XXV

J'aime à entendre vibrer son marteau alors qu'il frappe minuit, et que les sorciers se rendent au sabbat avec des sifflements étranges et aigus.

XXVI

Je bondis de volupté quand je me vautre à mon aise dans un beau char de parade, quand les hommes déploient la vanité jusqu'au bout ; c'est un curieux spectacle.

Allons donc, chien, rends des honneurs au chien qui pourrit sur la borne !

Allons donc, société, rends donc des honneurs au riche qui passe dans un corbillard ; les chevaux, tout couverts d'argent, font étinceler le pavé ; les dais, reluisants d'or et de pierreries, sont magnifiques ; on fait des discours sur les vertus du défunt ; il était libéral sans doute, et magnifique ; les pauvres ont deux sous, un pain et un cierge ; il dépensait splendidement son argent.

Allons donc, chien, fais le panégyrique du chien que dévorent les corbeaux ; dis qu'il mangeait avec gloutonnerie son morceau de cheval qu'on lui jetait chaque soir.

XXVII

J'aime encore à détailler toutes les souffrances qu'endurent ceux que je prends dans mes embrassements.

Maintenant, me reconnais-tu ? J'ai une tête de squelette, des mains de fer, et dans ces mains une faulx.

On m'appelle la Mort.

Le linceul qui entourait ses os se déchira et laissa voir à nu des entrailles à demi pourries que suçait un serpent.

La peste à Florence

Gve Flaubert

C'est que je te hais d'une haine de frère

Al. Dumas

(Don Juan de Marana)

La Peste

à

Florence

Septembre 1836

I

Il y avait autrefois à Florence une femme d'environ 60 ans que l'on appelait Beatricia. Elle habitait dans le quartier le plus misérable de la ville et ses seuls moyens de vivre se réduisaient à dire la bonne aventure aux grands seigneurs et à vendre quelques drogues à ses voisins pauvres lorsqu'ils étaient malades. La mendicité complétait ses revenus.

Elle avait été grande [dame] dans sa jeunesse. Mais alors elle était si voûtée qu'on lui voyait à peine la figure. Ses traits étaient irréguliers, elle avait un grand nez aquilin, de petits yeux noirs, un menton allongé et une large bouche d'où sortaient deux ou trois dents longues, jaunes et chancelantes [qui] répandaient sans cesse de la salive sur sa lèvre inférieure. Son costume avait quelque chose de bizarre et d'étrange. Son jupon était bleu et sa camisole noire. Quant à ses chaussures – elle marchait toujours nu-pieds en s'appuyant sur un bâton plus haut qu'elle.

Joignez à cela une magnifique chevelure blanche qui lui couvrait les épaules et le dos et qui tombait des deux côtés de son visage sans ordre et sans soin car elle n'avait pas même un simple bandeau pour les retenir.

Le jour et une partie de la nuit elle se promenait dans les rues de Florence mais le soir elle rentrait chez elle pour manger et pour dire la Bonne aventure à ceux qui n'avaient pas voulu s'arrêter en public devant une pareille femme et qui avaient honte de leur superstition.

Un jour donc elle fut accostée par deux jeunes gens de distinction qui lui ordonnèrent de les conduire chez elle. Elle obéit et se mit à marcher devant eux.

Pendant la route et en traversant les rues sombres et tortueuses du vieux quartier de la ville le plus jeune des deux témoignait ses craintes à l'autre et lui reprochait l'envie démesurée qu'il avait de se faire dire son avenir.

– Quelle singulière idée as-tu, lui disait-il, de vouloir aller chez cette femme. – Cela est-il sensé ? – Songe que maintenant il est près de huit heures, que le jour baisse, songe encore qu'en allant dans ce sale quartier de la plus vile populace, nos riches épées, les plumes de nos feutres, et nos fraises de dentelles peuvent faire supposer qu'il y a de l'or...

– Ah tu es fou Garcia, interrompit François, quel lâche tu fais.

– Mais enfin cette femme la connais-tu ? Sais-tu son nom ?

– Oui. C'est Beatricia.

Ce mot produisit un singulier effet sur le jeune homme et l'arrêta tout court d'autant plus que la devineresse entendant prononcer son nom s'était retournée – et cette pâle figure le fixant avec ses longs cheveux blancs que le vent agitait légèrement le fit tressaillir.

Garcia comprima sa crainte et continua de marcher silencieusement mais se rapprochant de plus en plus de son frère François.

Enfin au bout d'une demi-heure de marche ils arrivèrent devant une longue allée qu'il fallait traverser avant d'arriver chez Beatricia.

– Tu peux faire tes opérations ici, lui dit Garcia en s'adressant à la vieille femme.

– Impossible, attendez encore quelques instants, nous voici arrivés, et elle ouvrit une porte qui donnait sur un escalier tortueux et en bois de chêne.

Après avoir monté bien des marches Beatricia ouvrit une autre porte. C'était celle de son cabinet éclairé par une lampe suspendue au plafond. Mais sa pâle lumière éclairait si peu que l'obscurité était presque complète. Pourtant avec quelque soin et comme l'appartement était bas et petit on voyait dans l'ombre quelques têtes de morts, et si la main par hasard tâtonnait sur une grande table ronde qui se trouvait là, elle rencontrait aussitôt des herbes mouillées et de longs cheveux encore tout sanglants.

– Vite dépêche-toi, dit François.

Beatricia lui prit la main et l'ayant amené sous la lampe, elle lui dit :

– Tiens, vois-tu ces trois lignes en forme d'M ? – Cela est signe de Bonheur. – Les autres lignes qui s'entrecroisent et s'entrelacent vers le pouce indiquent qu'il y aura des trahisons, ta famille, toi-même, tu mourras par la trahison d'un de tes proches. Mais je te le dis, tu verras bientôt réussir tes projets. Va.

– À moi, dit Garcia d'une voix tremblante. Beatricia lui prit sa main droite. – Elle était brûlante.

– Ta vie sera entremêlée de biens et de maux. Mais le cancer de l'envie et de la haine te rongera le cœur, le glaive du meurtre sera dans ta main et tu trouveras dans le sang de ta victime l'expiation des humiliations de ta vie – Va.

– Adieu femme de l'enfer, dit Garcia en lui jetant une pièce d'or qui roula sur les pavés et alla frapper un crâne. Adieu, femme de Babylone, que la malédiction du ciel tombe sur ta maison et sur ta science et fasse que d'autres ne se laissent point prendre à tes discours... Ils sortirent aussitôt et l'escalier résonnait encore du bruit de leurs pas que Beatricia contemplait par sa fenêtre les étoiles qui brillaient au ciel et la lune qui argentait les toits de Florence.

II

Rentré chez Cosme son père, Garcia ne put fermer l'oeil de la nuit, il se leva n'en pouvant plus car la fièvre battait avec violence dans ses artères, et il rêva toute la nuit à la prédiction de Beatricia.

Je ne sais si comme moi vous êtes superstitieux mais il faut avouer qu'il [y] avait dans cette vieille femme aux longs cheveux blancs, dans son costume, dans toute sa personne, dans ses paroles sinistres, dans cet appareil lugubre qui décorait son appartement avec des crânes humains et avec des cheveux d'exécutés quelque chose de fantastique, de triste et même d'effrayant qui devait, au 17e siècle, en Italie, à Florence et la nuit effrayer un homme tel que Garcia de Médicis.

Il avait alors vingt ans. C'est-à-dire que depuis vingt ans il était en proie aux railleries, aux humiliations, aux insultes de sa famille. En effet c'était un homme méchant, traître et haineux que Garcia de Médicis mais qui dit que cette méchanceté maligne, cette sombre et ambitieuse jalousie qui tourmentèrent ses jours ne prirent pas naissance dans toutes les tracasseries qu'il eut à endurer ?

Il était faible, et maladif. François était fort et robuste, Garcia était laid, gauche, il était mou, sans énergie, sans esprit. François était un beau cavalier aux belles manières, c'était un galant homme. Il maniait habilement un cheval, et forçait le cerf aussi aisément que le meilleur chasseur des états du Pape.

C'était donc l'aîné le chéri de la famille. À lui tous les honneurs, les gloires, les titres et les dignités. Au pauvre Garcia l'obscurité et le mépris.

Cosme chérissait son fils aîné. Il avait demandé pour lui le cardinalat, il était sur le point de l'obtenir tandis que le cadet était resté simple lieutenant dans les troupes de son père.

Il y avait déjà longtemps que la haine de Garcia couvait lentement dans son cœur. Mais la prédiction de la vieille compléta l'oeuvre que l'orgueil avait commencée. Depuis qu'il savait que son frère allait être cardinal, cette idée-là lui faisait mal. Dans sa haine il souhaitait la mort de François. – Oh comment, se disait-il à lui-même en pleurant de rage et la tête dans ses mains. Oh comment, cet homme que je déteste sera Monseigneur le Cardinal François, plus qu'un duc, plus qu'un roi, presque le pape. Et moi... Ah moi son frère, toujours pauvre et obscur, comme le valet d'un bourgeois. – Quand on verra dans les rues de Florence la voiture de Monseigneur qui courra sur les dalles – si quelqu'enfant ignorant des choses de ce monde demande à sa mère :

– Quels sont ces hommes rouges derrière le Cardinal ?

– Ses valets.

– Et cet autre qui le suit à cheval habillé de noir ?

– Son frère. Son frère qui le suit à cheval. Ah dérision et pitié – Et dire – qu'il faudra respecter ce Cardinal, dire qu'il faudra l'appeler Monseigneur, se prosterner à ses pieds.

Ah quand j'étais jeune et pur, quand je croyais encore à l'avenir, au bonheur, à Dieu, – je méprisais les sarcasmes de l'impie. Ah je comprends maintenant, les joies du sang, les délices de la vengeance, et l'athéisme et l'impureté – et il sanglotait.

Le jour était déjà venu quand on vit de loin accourir un courrier aux armes du pape. Il se dirigea vers le palais ducal.

Garcia le vit, et il pleura amèrement.

III

C'était par une folle nuit d'Italie au mois d'août, à Florence. Le palais ducal était illuminé, le peuple dansait sur les places publiques. Partout c'était des danses, des rires et du bruit. Pourtant la peste avait exercé ses ravages sur Florence et avait décimé ses habitants.

Au palais aussi c'était des danses, des rires et du bruit mais non de joie. Car la peste là aussi avait fait ses ravages dans le cœur d'un homme, l'avait comprimé et l'avait endurci mais une autre peste que la contagion. Le malheur qui étreignait Garcia dans ses serres cruelles le serra si fort qu'il le broya comme le verre du festin entre les mains d'un homme ivre.

Or c'était Cosme de Médicis qui donnait toutes [ces] réjouissances publiques parce que son fils chéri François de Médicis était nommé Cardinal. C'était sans doute pour distraire le peuple des événements sinistres qui le préoccupaient, pauvre peuple – que l'on amuse avec du fard et des costumes de théâtre tandis qu'il agonise. Oh c'est que souvent un rire cache une larme.

Peut-être qu'au milieu de la danse dans le salon du duc quelqu'un des danseurs allait tomber sur le parquet et se convulsionner à la lueur des lustres et des glaces. Qui dit que cette jeune femme ne va pas s'évanouir tout à coup ? Peut-être son délire commence-t-il. Tenez, voyez-vous ses mains qui se crispent, ses pieds qui trépignent, ses dents qui claquent – Elle agonise, elle râle, ses mains défaillantes errent sur sa robe de satin, et elle expire dans sa parure de bal.

La fête était resplendissante et belle. Cosme avait appelé tous les savants et les artistes de l'Italie. Le Cardinal François était au comble de la gloire et des honneurs.

On lui jetait des couronnes, des fleurs, des odes, des vers. C'était des louanges et des flatteries, des adulations.

Dans un coin de la salle on voyait à un des groupes les plus considérables un homme vêtu de noir dont le maintien sérieux annonçait sans doute quelque profession savante. C'était le docteur Roderigo le médecin et l'ami des Médicis.

C'était un singulier homme que le docteur Roderigo. Alchimiste assez distingué pour son époque il était peu versé dans la science qui le faisait vivre et savait bien mieux celle dont il ne s'occupait que comme passe-temps.

L'étude des livres et celle des hommes avaient imprimé sur sa figure un certain sourire sceptique et moqueur qui effaçait légèrement les rides sombres de son front. Dans sa jeunesse il avait beaucoup étudié surtout la philosophie et la théologie mais au fond n'y ayant trouvé que doute et dégoût et il avait abandonné l'hypothèse pour la réalité et le livre pour le monde.

Autre livre aussi où il y a tant à lire.

Il était alors à s'entretenir avec le comte Salfieri et le duc de Florence. Il aimait particulièrement l'entretien de ce dernier parce qu'il trouvait là quelqu'un qui écoutait tous ses discours sans objection et qui y répondait toujours par un oui approbatif et lorsqu'on a une opinion hasardeuse, un système nouveau, on préfère l'exposer devant un homme supérieur à vous par le sang et inférieur par les moyens. Voilà pourquoi le docteur Roderigo qui était un homme de beaucoup d'esprit aimait la société de Cosme II de Médicis qui n'en avait guère.

Il y avait déjà près de deux heures qu'il tenait le duc dans une dissertation sur les miracles de l'Ancien Testament et déjà plusieurs [fois] Cosme s'était avoué vaincu car à sa religion simple et naïve Roderigo opposait de puissantes objections et une logique vive et pressante.

– Rangez-vous donc, lui dit Salfieri, vous empêchez cette jeune fille de danser, allons autre part, ici nous gênons. Voulez-vous une partie de dés ?

– Volontiers, répondit le médecin saisissant cette occasion de finir la conversation car il avait quelquefois peur d'humilier le complaisant prince.

Quant à celui-ci après chaque entretien qu'il avait eu avec son médecin il s'en allait toujours avec une croyance de moins, une illusion détruite et un vide de plus dans l'âme. Il le quittait en disant tout bas : Ce diable de Roderigo – il est bien instruit, il est bien habile. Mais Dieu me pardonne si ce n'est pas péché de croire un pareil homme – pourtant ce qu'il dit est vrai.

Et le lendemain il courait entamer avec lui quelque discussion philosophique.

Sa magnificence s'était largement déployée dans la fête de ce jour, et rarement on en avait vu de pareille, tout était beau, digne et somptueux, c'était riche, c'était grandiose. Mais au milieu de toutes ces figures où le luxe et la richesse éclataient, au milieu de ces femmes parées de perles, de fleurs et de diamants, entre les lustres, les glaces, au bruit du bolero qui bondissait, au milieu de ce bourdonnement de la fête, au retentissement de l'or sur les tables, au milieu donc de tout ce qu'il y avait d'enivrant dans le bal, d'entraînant dans la danse, d'enchanteur dans cette longue suite d'hommes et de femmes richement parés où il n'y avait que doux sourires, galantes paroles on voyait donc – apparaître là au milieu du bal comme le spectre de Banco la haute figure de Garcia – sombre et pâle.

– Il était venu là aussi lui – tout comme un autre – apporter au milieu des rires et de la joie sa blessure saignante et son profond chagrin. Il contemplait tout cela d'un oeil morne et triste, comme quelqu'un d'indifférent aux petites joies factices de la vie, comme le mourant regarde le soleil sur son grabat d'agonie.

À peine si depuis le commencement du bal quelqu'un lui avait adressé la parole, il était seul au milieu de tant de monde, seul avec son chagrin qui le rongeait et le bruit de la danse lui faisait mal, la vue de son frère l'irritait à un tel point que quelquefois en regardant toute cette foule joyeuse et en pensant à lui-même, à lui désespéré et misérable sous son habit de courtisan, il touchait à la garde de son épée et qu'il était tenté de déchirer avec ses ongles la femme dont la robe l'effleurait en passant l'homme qui dansait devant pour narguer la fête et pour nuire aux heureux.

Son frère s'aperçut qu'il était malade et vint à lui d'un air bienveillant.

– Qu'as-tu Garcia ? lui dit-il – Qu'as-tu, ta main crève ton gant, tu tourmentes la garde de ton épée.

– Moi oh je n'ai rien, Monseigneur.

– Tu es fier Garcia.

– Oh oui, je suis fier va, bien fier, plus fier que toi peut-être, c'est la fierté du mendiant qui insulte le grand seigneur dont le cheval l'éclabousse et il accompagna ces derniers mots d'un rire forcé.

Le cardinal lui avait tourné le dos en haussant les épaules, et il alla recevoir les félicitations du duc de Bellamonte qui arrivait alors suivi d'un nombreux cortège.

– Un homme venait de s'évanouir sur une banquette, le premier valet qui passait par là le prit dans ses bras et l'emmena hors de la salle.

Personne ne s'informa de cet homme.

– C'était Garcia.

IV

Quelques archers rangés en ordre dans la cour attendaient l'arrivée des seigneurs pour partir – Car leurs chevaux étaient impatients et ils piaffaient tous désireux qu'ils étaient de courir dans la plaine. – Les chiens que chaque cavalier tenait en laisse aboyaient autour d'eux en leur mordant les jambes et déjà plus d'un juron, plus d'un coup de cravache avaient calmé l'ardeur de quelques-uns.

Le duc et sa famille étaient prêts et n'attendaient plus que quelques dames et le bon docteur Roderigo qui arriva monté sur une superbe mule noire. La grande porte s'ouvrit et l'on se mit en route, les hommes montés sur des chevaux, et la carabine sur l'épaule et le couteau de chasse au côté gauche.

Quant aux dames elles suivaient par-derrière montées sur des haquenées et le faucon au poing.

Cosme et le Cardinal ouvraient la marche, en passant sous la porte la jument de ce dernier eut peur de la toque rouge d'une des sentinelles et fit un bond qui faillit renverser son cavalier.

– Mauvais présage, grommela le duc.

– Bah est-ce que vous croyez à ces niaiseries-là, vous plaisantez sans doute, dit Roderigo. Cosme se tut et enfonça l'éperon dans le flanc de son cheval qui partit au trot – On le suivit.

Le bruit des chevaux sur le pavé et celui des épées qui battaient sur la selle firent mettre tous les habitants aux fenêtres pour voir passer le cortège de Monseigneur le duc Cosme II de Médicis qui allait à la chasse avec son fils le Cardinal.

Arrivée sur une grande place la compagnie se divisa en trois bandes différentes. Le premier piqueur donna du cor et les cavaliers partirent au galop dans les rues de Florence.

Cosme était avec Roderigo, Garcia avec François et Bellamonte avec les dames et les archers devait forcer le gibier.

Le temps était sombre et disposé à l'orage. L'air était étouffant et les chevaux étaient déjà blancs d'écume.

Il fait beau dans les bois, on y respire un air frais et pur. Alors on était en plein midi et chacun éprouvait la douce sensation que procure l'ombrage lorsque l'on voit au loin passer quelque rayon du soleil à travers les branches. Car il faut vous dire que l'on était alors dans la forêt.

Garcia vêtu de noir, sombre et pensif, avait suivi machinalement son frère qui s'était écarté pour aller à la piste du cerf dont il venait tout à l'heure de perdre les traces. Ils se trouvèrent bientôt isolés et seuls dans un endroit où le bois devenant de plus en plus épais, il leur fut impossible d'avancer. Ils s'arrêtèrent, descendirent de cheval et s'assirent sur l'herbe.

– Te voilà donc Cardinal, dit vivement Garcia qui jusqu'alors avait été silencieux et triste. Ah te voilà Cardinal, il tira son épée. Un Cardinal, et il rit de son rire forcé et éclatant dont le timbre avait quelque chose de cruel et de féroce –

– Cela t'étonne Garcia ?

– Oh non, te souviens-tu de la prédiction de Beatricia ?

– Oui, eh bien ?

– Te souviens-tu de sa chambre où il y avait des cheveux d'exécutés et des crânes humains – te souvient-il de ses longs cheveux blancs ? N'est-ce pas hein mon Cardinal, n'est-ce pas que cette femme avait quelque chose de satanique dans sa personne et d'infernal dans son regard ? – Et ses yeux brillaient avec une expression qui fit frémir François.

– Où veux-tu en venir avec cette femme ?

– Te souvient-il de sa prédiction ? – te souvient-il qu'elle t'avait dit que tes projets réussiraient ? Oui n'est-ce pas ? tu vois que j'ai la mémoire bonne quoiqu'il y ait deux jours et que ces deux jours aient été pour moi aussi longs que des siècles. Ah il y a dans la vie des jours qui laissent le soir plus d'une ride au front. Et des larmes roulaient dans ses yeux.

– Tu m'ennuies Garcia, lui dit brusquement son frère.

– Je t'ennuie. Ah. Eh bien tes projets ont réussi. La prédiction s'est accomplie, mais oublies-tu qu'elle avait dit que le cancer de la jalousie et de la rage m'abîmerait l'âme ? oublies-tu qu'elle avait dit que le sang serait mon breuvage et un crime la joie de ma vie ? oublies-tu cela ? – Va sa prédiction est juste. Vois-tu la trace des larmes que j'ai versées depuis deux jours ? Vois-tu les places de ma tête où manquent les cheveux ? Vois-tu les marques rouges de mes joues ? Vois-tu comme ma voix est cassée et affaiblie ? Car j'ai arraché mes cheveux de colère, je me suis déchiré le visage avec les ongles et j'ai passé les nuits à crier de rage et de désespoir.

Il sanglotait et on eût dit que le sang allait sortir de ses veines.

– Tu es fou Garcia, dit le Cardinal en se levant effrayé.

– Fou. Ah oui fou. Assassin peut-être. Écoute, Monseigneur le Cardinal François nommé par le pape. Écoute notre vie c'était un duel terrible à mort mais un duel à outrage dont le récit fait frémir d'horreur, tu as eu l'avantage jusqu'alors, la société t'a protégé. Tout est juste et bien fait – Tu m'as supplicié toute ma vie, je t'égorge maintenant, – et il l'avait renversé d'un bras furieux et tenait son épée sur sa poitrine.

– Oh pardon, pardon Garcia, disait François d'une voix tremblante – que t'ai-je fait ?

– Ce que tu m'as fait tiens ?

Et il lui cracha au visage.

– Je te rends injure pour injure, mépris pour mépris, tu es Cardinal j'insulte ta dignité de Cardinal, tu es beau, fort et puissant j'insulte ta force, ta beauté et ta puissance. Car je te tiens sous moi, tu palpites de crainte sous mon genou. Ah tu trembles. Tremble donc et souffre comme j'ai tremblé et souffert. Tu ne savais pas toi dont la sagesse est si vantée combien un homme ressemble au démon quand l'injustice l'a rendu bête féroce. Ah je souffre de te voir vivre tiens.

....

Et un cri perçant partit de dessous le feuillage et fit envoler un nid de chouettes.

Garcia remonta sur son cheval et partit au galop. Il avait des taches de sang sur sa fraise de dentelles.

***

Les bons habitants de Florence furent réveillés vers minuit par un grand bruit de chevaux et de cavaliers qui traversaient les rues avec des torches et des flambeaux.

C'était monseigneur le duc qui revenait de la chasse.

Plus loin suivaient silencieusement quatre valets portant une litière, ils avaient l'air de vouloir passer inaperçus et ils marchaient à petits pas. À côté d'eux il y avait un homme qui paraissait leur chef. Il était triste, enveloppé dans son manteau et la tête baissée sur sa poitrine, il semblait vouloir comprimer des larmes.

Quand on arriva au château du duc une femme courut au-devant des chasseurs en demandant où était le Cardinal. Quand elle aperçut la litière elle demanda au duc son mari :

– Qu'y a-t-il là-dedans ?

L'homme au manteau lança à Garcia un regard sévère et froid puis hésitant quelques secondes il dit avec un accent qui faisait mal à entendre :

– Un cadavre –

V

Un demi-jour éclairait l'appartement et les rideaux bien fermés n'y laissaient entrer qu'une lumière douce et paisible.

Un homme s'y promenait à grands pas. C'était un vieillard. Il paraissait [avoir] des pensées qui lui remuaient fortement l'âme, tantôt il allait à sa table et y prenait une épée nue qu'il examinait avec répugnance, tantôt il allait vers le fond où était tendu un large rideau noir autour duquel venaient bourdonner les mouches. Il faisait frais dans cette chambre et l'on y sentait même quelque chose d'humide et de sépulcral semblable à l'odeur d'un amphithéâtre de dissection.

Enfin il s'arrêta tout à coup et frappant du pied avec colère : – Oh

Oui – Oui que justice se fasse – il le faut. – Le sang du juste crie vengeance vers nous – Eh bien vengeance. Et il ordonna à un de ses valets d'appeler Garcia.

Celui-ci arriva bientôt, ses lèvres étaient blanches et ridées comme quelqu'un qui sort d'un accès de fièvre et ses cheveux noirs rejetés en arrière laissaient voir un front pâle où la malédiction de Dieu semblait empreinte.

– Vous m'avez demandé mon père ? dit-il en [entrant].

– Oui. Ah tu es déjà en toilette, tu as changé d'habits. Ce ne sont pas ceux que tu portais hier. Les taches se font bien voir sur un vêtement noir n'est-ce pas, Garcia ? Tes doigts sont humides. – Oh tu as bien lavé tes mains, tu t'es parfumé les cheveux.

– Mais pourquoi ces questions mon père ?

– Pourquoi ? Ah. Garcia mon fils – N'est-ce pas sur mon honneur que la chasse est un royal plaisir mais quelquefois on oublie son gibier et s'il ne se trouvait pas quelqu'un assez complaisant pour le ramasser...

Il prit son épée et amenant Garcia au fond de la salle, il ouvrit le rideau de la main gauche et détournant les yeux – Vois et contemple ! ! !

....

Étendu sur un lit le cadavre était nu, et le sang suintait encore de ses blessures. Sa figure était horriblement contractée, ses yeux étaient ouverts et tournés du côté de Garcia – Et ce regard morne et terne de cadavre lui fit claquer des dents. Sa bouche était entr'ouverte et quelques mouches à viande venaient bourdonner jusque sur ses dents, il y en avait alors cinq ou six qui restèrent collées dans du sang figé qu'il avait sur la joue puis il y avait ce teint livide de la peau, cette blancheur des ongles et quelques meurtrissures sur les bras et les genoux.

Garcia resta muet de stupeur et d'étonnement. – Il tomba à genoux, froid et immobile comme le cadavre du Cardinal. Quelque chose siffla dans l'air.

....

L'on entendit le bruit d'un corps pesant qui tombait sur le parquet et un râle horrible, un râle forcené, un râle d'enfer retentit sous les voûtes.

VI

Florence était en deuil – ses enfants mouraient par la peste. Depuis un mois elle régnait en souveraine dans la ville mais depuis deux jours surtout sa fureur avait augmenté. Le peuple mourait en maudissant Dieu et ses ministres, il blasphémait dans son délire et sur son lit d'angoisse et de douleur, s'il lui restait un mot à dire c'était une malédiction. Et puisqu'il était sûr de sa fin prochaine il se vautrait en riant stupidement dans la débauche et dans toute la boue du vice.

C'est qu'il est dans l'existence d'un homme de tels malheurs, des douleurs si vives, des désespoirs si poignants que l'on abandonne pour le plaisir d'insulter celui qui nous fait souffrir et que l'on jette avec mépris sa dignité d'homme comme un masque de théâtre. – Et l'on se livre à ce que la débauche a de plus sale, le vice de plus dégradant, on expire en buvant et au son de la musique.

C'est l'exécuté qui s'enivre avant son supplice.

C'est alors que les philosophes devraient considérer l'homme quand ils parlent de sa dignité et de l'esprit des masses.

Un événement important était pourtant venu distraire Florence plongée au milieu de ses cris de désespoir, et de ses prières, de ses voeux ridicules.

C'était la mort des deux fils de Cosme de Médicis que le fléau n'avait pas plus épargnés que le dernier laquais du dernier bourgeois.

C'était ce jour-là qu'on fêtait leurs obsèques et le peuple pour un instant s'était soulevé de son matelas, avait ouvert sa fenêtre de ses mains défaillantes et moites de sueur pour avoir la joie de contempler deux grands seigneurs que l'on portait en terre.

Le convoi passait triste et recueilli dans son deuil pompeux, au milieu de Florence.

Les corps de Garcia et de François étaient étendus sur des brancards tirés par des mules noires.

Tout était calme et paisible et l'on n'entendait que le pas lent des mules sur le pavé, le bruit du brancard dont les timons craquaient à chaque mouvement puis les chants [de] mort qui gémissaient à l'entour de ces deux cadavres puis dans le lointain de divers côtés on entendait comme un chant de tristesse le glas funèbre de la cloche qui gémissait de sa forte voix d'airain.

À côté des brancards marchaient le docteur Roderigo, le duc de Bellamonte, le comte de Salfieri.

– Est-il possible, dit ce dernier en s'adressant au médecin, est-il possible qu'un homme tué de la peste ait de si larges balafres ? Et il lui montrait les blessures de Garcia.

– Oui quelquefois. Ce sont des ventouses, et l'on n'entendait que le chant des morts et le glas funèbre des cloches qui gémissaient par les airs.

Moralité

Car à toutes choses
il en
faut
une.

Bibliomanie

Dans une rue de Barcelone, étroite et sans soleil, vivait, il y a peu de temps, un de ces hommes au front pâle, à l'oeil terne, creux, un de ces êtres sataniques et bizarres, tels qu'Hoffmann en déterrait dans ses songes.

C'était Giacomo, le libraire ; il avait trente ans, et il passait déjà pour vieux et usé. Sa taille était haute, mais courbée comme celle d'un vieillard ; ses cheveux étaient longs, mais blancs ; ses mains étaient fortes et nerveuses, mais desséchées et couvertes de rides ; son costume était misérable et déguenillé ; il avait l'air gauche et embarrassé ; sa physionomie était pâle, triste, laide et même insignifiante. On le voyait rarement dans les rues si ce n'est les jours où l'on vendait à l'enchère des livres rares et curieux. Alors, ce n'était plus ce même homme indolent et ridicule. Ses yeux s'animaient, il courait, il marchait, il trépignait ; il avait peine à modérer sa joie, ses inquiétudes, ses angoisses et ses douleurs ; il revenait chez lui, haletant, essoufflé, hors d'haleine. Il prenait le livre chéri, le couvait des yeux, le regardait et l'aimait, comme un avare son trésor, un père sa fille, un roi sa couronne.

Cet homme n'avait jamais parlé à personne, si ce n'est aux bouquinistes et aux brocanteurs. Il était taciturne et rêveur, sombre et triste ; il n'avait qu'une idée, qu'un amour, qu'une passion, les livres. Et cet amour et cette passion le brûlaient intérieurement, lui usaient ses jours, lui dévoraient son existence.

Souvent, la nuit, les voisins voyaient, à travers les vitres du libraire, une lumière qui vacillait : puis elle s'avançait, s'éloignait, montait, puis quelquefois elle s'éteignait. Alors ils entendaient frapper à leur porte, et c'était Giacomo qui venait rallumer sa bougie qu'un feuillet avait soufflée.

Ces nuits fiévreuses et brûlantes, il les passait dans ses livres ; il courait dans ses magasins ; il parcourait les galeries de sa bibliothèque avec extase et ravissement, puis il s'arrêtait, les cheveux en désordre, les yeux fixes et étincelants. Ses mains tremblaient en touchant les livres des rayons ; elles étaient chaudes et humides. Il prenait un livre, en retournait les feuillets, en tâtait le papier, en examinait les dorures, le couvert, les lettres, l'encre, les plis, et l'arrangement des dessins pour le mot *finis*. Puis il le changeait de place, le mettait dans un rayon plus élevé, et restait des heures entières à en regarder le titre et la forme.

Il allait ensuite vers ses manuscrits, car c'étaient ses enfants chéris ; il en prenait un, le plus vieux, le plus usé, le plus sale ; il en regardait le parchemin avec amour et bonheur ; il en sentait la poussière sainte et vénérable ; puis ses narines s'enflaient de joie et d'orgueil, et un sourire venait sur ses lèvres.

Oh ! il était heureux, cet homme ; heureux au milieu de toute cette science, dont il comprenait à peine la portée morale et la valeur littéraire, il était heureux au milieu de tous ces livres ; promenait ses yeux sur les lettres dorées, sur les pages usées, sur le parchemin terni. Il aimait la science comme un aveugle aime le jour.

Non, ce n'était point la science qu'il aimait, c'était sa forme et son expression. Il aimait un livre, parce que c'était un livre ; il aimait son odeur, sa forme, son titre. Ce qu'il aimait dans un manuscrit, c'était sa vieille date illisible, les lettres gothiques, bizarres et étranges, les lourdes dorures qui chargeaient les dessins ; c'étaient ces pages couvertes de poussière, poussière dont il aspirait avec délice le parfum suave et tendre. C'était ce joli mot *finis,* entouré de deux amours, portés sur un ruban, s'appuyant sur une fontaine, gravé sur une tombe, ou reposant dans une corbeille, entre les roses et les pommes d'or et les bouquets bleus.

Cette passion l'avait absorbé tout entier : il mangeait à peine, il ne dormait plus ; mais il rêvait des jours et des nuits entières à son idée fixe, les livres. Il rêvait à tout ce que devait avoir de divin, de sublime et de beau, une bibliothèque royale, et il rêvait à s'en faire une aussi grande que celle d'un roi. Comme il respirait à son aise, comme il était fier et puissant lorsqu'il plongeait sa vue dans les immenses galeries où son oeil se perdait dans les livres ! – il levait la tête, des livres – il l'abaissait, des livres – à droite, à gauche, encore des livres.

Il passait dans Barcelone pour un homme étrange et infernal, pour un savant ou un sorcier.

Il savait à peine lire. Personne n'osait lui parler, tant son front était sévère et pâle ; il avait l'air méchant et traître, et pourtant jamais il ne toucha à un enfant pour lui nuire ; il est vrai que jamais il ne fit l'aumône.

Il gardait tout son argent, tout son bien, toutes ses émotions pour les livres ; il avait été moine, et, pour eux, il avait abandonné Dieu. Plus tard, il leur sacrifia ce que les hommes ont de plus cher, après leur Dieu, l'argent ; ensuite il leur donna ce qu'on a de plus cher, après l'argent, son âme.

Depuis quelque temps surtout, ses veilles étaient plus longues. On voyait plus tard sa lampe des nuits qui brûlait sur ses livres ; c'est qu'il avait un nouveau trésor, un manuscrit.

Un matin, entra dans sa boutique un jeune étudiant de Salamanque. Il paraissait riche, car deux valets de pied tenaient sa mule à la porte de Giacomo. Il avait une toque de velours rouge, et des bagues brillaient sur ses doigts.

Il n'avait pourtant pas cet air de suffisance et de nullité habituel aux gens qui ont des valets galonnés, de beaux habits et la tête creuse. Non, cet homme était un savant, mais un riche savant. C'est-à-dire, un homme qui, à Paris, écrit sur une table d'acajou, a des livres dorés sur tranche, des pantoufles brodées, des curiosités chinoises, une robe de chambre, une pendule en or, un chat qui dort sur son tapis, et deux ou trois femmes qui lui font lire ses vers, sa prose et ses contes, qui lui disent : Vous avez de l'esprit, et qui ne le trouvent qu'un fat. Les manières de ce gentilhomme étaient polies. En entrant il salua le libraire, fit une profonde révérence et lui dit d'un ton affable :

– N'avez-vous point ici, maître, des manuscrits ?

Le libraire devint embarrassé, et répondit en balbutiant : « Mais, seigneur, qui vous l'a dit ?

– Personne, mais je le suppose, et il déposa sur le bureau du libraire une bourse pleine d'or qu'il fit sonner en souriant, ainsi que tout homme qui touche à de l'argent dont il est le possesseur.

– Seigneur, reprit Giacomo, il est vrai que j'en ai, mais je ne les vends pas ; je les garde.

– Et pourquoi ? qu'en faites-vous ?

– Pourquoi, Monseigneur ? – Ici il devint rouge de colère. – Ce que j'en fais ! Oh ! non, vous ignorez ce que c'est qu'un manuscrit.

– Pardon, maître Giacomo, je m'y connais, et, pour en donner la preuve, je vous dirai que vous avez ici la *Chronique de Turpin !*

– Moi, oh ! on vous a trompé, Monseigneur.

– Non, Giacomo, répondit le gentilhomme, rassurez-vous ; je ne veux point vous le voler, mais vous l'acheter.

– Jamais !

– Oh ! vous me le vendrez, répondit l'écolier, car vous l'avez ici, il a été vendu chez Ricciamy, le jour de sa mort.

– Eh bien ! oui, seigneur, je l'ai ; c'est mon trésor, c'est ma vie. Oh ! vous ne me l'arracherez pas ! Écoutez, je vais vous confier un secret. Baptisto, vous savez, Baptisto, le libraire, qui demeure sur la place Royale, mon rival et mon ennemi, eh bien ! il ne l'a pas, lui, et moi je l'ai !

– Combien l'estimez-vous ?

Giacomo s'arrêta longtemps, et répondit d'un air fier : « Deux cents pistoles, Monseigneur. » Il regarda le jeune homme d'un air triomphant, ayant l'air de lui dire : Vous allez vous en aller ; c'est trop cher, et pourtant je ne le donnerai pas à moins. Il se trompa, car celui-ci, lui montrant sa bourse :

– En voilà trois cents, dit-il.

Giacomo pâlit ; il fut près de s'évanouir. Trois cents pistoles ! répéta-t-il.

– Mais, je suis un fou, Monseigneur ; je ne le vendrais pas pour quatre cents.

L'étudiant se mit à rire, et, fouillant dans sa poche, dont il tira deux autres bourses. Eh bien ! Giacomo, en voilà 500. Oh ! non, tu ne veux pas le vendre, Giacomo, mais je l'aurai, je l'aurai aujourd'hui, à l'instant ; il me le faut. Dussé-je vendre cette bague, donnée dans un long baiser d'amour, dussé-je vendre mon épée garnie de diamants, mes hôtels et mes palais, dussé-je vendre mon âme ! il me faut ce livre. Oui, il me le faut à toute force, à tout prix ! Dans huit jours je soutiens une thèse à Salamanque. Il me faut ce livre pour être docteur ; il me faut être docteur pour être archevêque ; il me faut la pourpre sur les épaules pour avoir la tiare au front !

Giacomo s'approcha de lui, et le regarda avec admiration et respect comme le seul homme qui l'eût compris.

– Écoute, Giacomo, interrompit le gentilhomme, je vais te dire un secret qui va faire ta fortune et ton bonheur. Ici, il y a un homme, cet homme demeure à la barrière des Arabes ; il a un livre, c'est le *Mystère de Saint-Michel.*

– Le *Mystère de Saint-Michel,* – dit Giacomo en poussant un cri de joie ; oh ! merci, vous m'avez sauvé la vie.

– Vite ! donne-moi la *Chronique de Turpin.*

Giacomo courut vers un rayon ; là, il s'arrêta tout à coup, s'efforça de pâlir, et dit d'un air étonné : Mais, Monseigneur, je ne l'ai pas.

– Oh ! Giacomo, tes ruses sont bien grossières, et tes regards trahissent tes paroles.

– Oh ! Monseigneur, je vous jure ; je ne l'ai pas.

– Allons ! tu es un vieux fou, Giacomo ; tiens, voilà six cents pistoles. – Giacomo prit le manuscrit et le donna à ce jeune homme. – Prenez ce livre, dit-il ; lorsque celui-ci s'éloignait en riant, et disait à ses valets, en montant sur sa mule : – Vous savez que votre maître est un fou, mais il vient de tromper un imbécile. L'idiot de moine-bourru, répéta-t-il en riant, il croit que je vais être pape.

Et le pauvre Giacomo restait triste et désespéré, appuyant son front brûlant sur les carreaux de sa boutique en pleurant de rage, et regardant avec peine et douleur son manuscrit, objet de ses soins et de ses affections, que portaient les grossiers valets du gentilhomme.

– Oh ! sois maudit, homme de l'enfer ! sois maudit ! maudit cent fois, toi qui m'as volé tout ce que j'aimais sur la terre, où je ne pourrai vivre maintenant. Je sais qu'il m'a trompé, l'infâme, il m'a trompé ! S'il en était ainsi, oh ! je me vengerais. Non. Courons vite à la barrière des Arabes. Si cet homme allait me demander une somme que je n'ai pas, que faire alors ?... Oh ! c'est à en mourir !

Il prend l'argent que l'étudiant avait laissé sur le bureau et sort en courant.

Pendant qu'il allait par les rues, il ne voyait rien de tout ce qui l'entourait ; tout passait devant lui comme une fantasmagorie dont il ne comprenait pas l'énigme ; il n'entendait ni la marche des passants, ni le bruit des roues sur le pavé ; il ne pensait, il ne rêvait, il ne voyait qu'une chose ; les livres. Il pensait au *Mystère de Saint-Michel,* il se le créait dans son imagination, large et mince avec un parchemin orné de lettres d'or ; il tâchait de deviner le nombre des pages qu'il devait contenir. Son cœur battait avec violence comme celui d'un homme qui attend son arrêt de mort. Enfin il arriva.

– L'étudiant ne l'avait pas trompé ! ! !

Sur un vieux tapis de Perse tout troué étaient étendus par terre une dizaine de vieux livres.

Giacomo, sans parler à l'homme qui dormait à côté, couché comme les livres, et ronflant au soleil, tomba à genoux, se mit à parcourir, d'un oeil inquiet et soucieux, tous les dos de livres ; puis il se leva pâle et abattu ; il éveilla le bouquiniste en criant, et lui demanda :

– Hé ! l'ami, n'avez-vous pas ici le *Mystère de Saint-Michel ?*

– Quoi ! dit le marchand en ouvrant les yeux, ne voulez-vous pas parler d'un livre que j'ai ? regardez !

– L'imbécile ! dit Giacomo, en frappant du pied. En as-tu d'autres que ceux-là ?

– Oui. Tenez, les voici. Et il lui montra un petit paquet de brochures lié avec des cordes.

Giacomo les rompit avec colère, et en lut le titre en une seconde.

– Enfer ! dit-il, ce n'est pas cela. Ne l'as-tu pas vendu, par hasard ? Oh ! si tu le possèdes, donne, donne !... Cent pistoles... deux cents... tout ce que tu voudras.

Le bouquiniste, le regardant étonné :

– Ah ! vous voulez peut-être parler d'un petit livre que j'ai donné hier pour huit maravedis au curé de la cathédrale d'Oviédo ?

– Te souviens-tu du titre de ce livre ?

– Non.

– N'était-ce pas le *Mystère de Saint-Michel ?*

– Oui, c'est cela.

Giacomo s'écarta à quelques pas de là, et tomba sur la poussière, comme un homme fatigué d'une apparition qui l'obsède.

Quand il revint à lui, il faisait soir, et le soleil, qui rougissait à l'horizon, était à son déclin ; il se leva, et rentra chez lui malade et désespéré.

Huit jours après, Giacomo n'avait pas oublié sa triste déception, sa blessure était encore vive et saignante ; il n'avait point dormi depuis trois nuits ; car ce jour-là devait se vendre le premier livre qui eût été imprimé en Espagne, exemplaire unique dans ce royaume.

Il y avait longtemps qu'il avait envie de l'avoir. Aussi fut-il heureux, le jour où on lui annonça que le propriétaire était mort. Mais une inquiétude lui tenait à l'âme : Baptisto pourrait l'acheter ; Baptisto qui, depuis quelque temps, lui enlevait, non les chalands, peu lui importait, mais tout ce qui paraissait de rare et de nouveau ; Baptisto, dont il haïssait la renommée d'une haine d'artiste. Cet homme lui devenait à charge. C'était toujours lui qui enlevait les manuscrits aux ventes publiques : il enchérissait et il obtenait. Oh ! que de fois le pauvre moine, dans ses rêves d'ambition et d'argent, que de fois il vit venir à lui la longue main de Baptisto, qui passait à travers la foule, comme aux jours de vente, pour lui enlever un trésor qu'il avait rêvé si longtemps, qu'il avait convoité avec tant d'amour et d'égoïsme.

Que de fois aussi il fut tenté de finir avec un crime ce que ni l'argent, ni la patience n'avaient pu faire ; mais il refoulait cette idée dans son cœur ; tâchait de s'étourdir sur la haine qu'il portait à cet homme, et s'endormait sur ses livres.

Dès le matin, il fut devant la maison dans laquelle la vente allait avoir lieu ; il y fut avant le commissaire, avant le public et avant le soleil.

Aussitôt que les portes s'en ouvrirent, il se précipita dans l'escalier, monta dans la salle, et demanda ce livre. On le lui montra ; c'était déjà un bonheur.

Oh ! jamais il n'en avait vu de si beau, et qui lui complut davantage ; c'était une Bible latine, avec des commentaires grecs. Il la regarda et l'admira plus que tous les autres ; il le serrait entre ses doigts en riant amèrement, comme un homme qui se meurt de faim et qui voit de l'or.

Jamais non plus il n'avait rien tant désiré : oh ! qu'il eût voulu alors, même au prix de tout ce qu'il avait, de ses livres, de ses manuscrits, de ses 600 pistoles, au prix de son sang, oh ! qu'il eût voulu avoir ce livre, vendre tout, tout pour avoir ce livre, n'avoir que lui, mais l'avoir à lui ; pouvoir le montrer à toute l'Espagne avec un rire d'insulte et de pitié pour le roi, pour les princes, pour les savants, pour Baptisto et dire : – À moi ! à moi, ce livre, et le tenir dans ses deux mains toute sa vie ; le palper comme il le touche, le sentir comme il le sent, et le posséder comme il le regarde.

Enfin l'heure arriva. Baptisto était présent, le visage serein, et l'air calme et paisible. On arriva au livre. Giacomo offrit d'abord vingt pistoles, Baptisto se tut et ne regarda pas la Bible. Déjà le Moine avançait la main pour saisir ce livre qui lui avait coûté si peu de peines et d'angoisses quand Baptisto se mit à dire 40. Giacomo vit avec horreur son antagoniste qui s'enflammait à mesure que le prix montait plus fort et plus haut. – Cinquante ! s'écria-t-il de toutes ses forces. – Soixante ! s'écria Baptisto. – Cent ! quatre cents ! cinq cents ! ajouta le moine avec rage, et tandis qu'il trépignait d'impatience et de colère, Baptisto affectait un calme ironique et méchant. Déjà la voix aigre et cassée de l'huissier avait répété trois fois : Cinq cents, déjà Giacomo se rattachait au bonheur, quand un souffle échappé des lèvres d'un homme vint le faire évanouir. Car le libraire de la place Royale, se pressant dans la foule, se mit à dire : Six cents ! La voix de l'huissier répéta : Six cents, quatre fois, et aucune autre voix ne lui répondit. Seulement, on voyait, à un des bouts de la table, un homme, au front pâle, aux mains tremblantes, un homme qui riait amèrement de ce rire des damnés du Dante. Il baissait la tête, et avait la main dans sa poitrine ; quand il la retira, elle était chaude et mouillée, car il avait de la chair et du sang au bout des ongles.

On se passa le livre de main en main pour le faire parvenir à Baptisto. Ce livre passa devant Giacomo, il en sentit l'odeur, il le vit courir un instant devant ses yeux, puis s'arrêter à un homme qui le prit et l'ouvrit en riant. Alors le moine baissa sa tête pour cacher son visage, car il pleurait...

.... – En retournant par les rues, sa démarche était lente et pénible ; il avait une figure étrange et stupide ; sa tournure était grotesque et ridicule ; il avait l'air d'un homme enivré, car il chancelait : ses yeux étaient à moitié fermés ; il avait les paupières rouges et brûlantes ; la sueur coulait sur son front, et il balbutiait entre ses dents comme un homme qui a trop bu, et qui a pris trop de sa part au banquet de la fête.

Sa pensée n'était plus à lui : elle errait comme son corps, sans avoir de but ni d'intention ; elle était chancelante, irrésolue, lourde et bizarre ; sa tête était chaude comme des flammes ; son front le brûlait comme un brasier.

Oui, il était ivre de ce qu'il avait senti ; il était fatigué de ses jours ; il était soûl de l'existence.

Ce jour-là, c'était un dimanche : le peuple se promenait dans les rues en causant et en chantant. Le pauvre moine écouta les causeries et les chants ; il ramassa quelques bribes de phrases, quelques mots, quelques cris ; mais il lui semblait que c'était toujours le même son et la même voix ; c'était un brouhaha vague, confus, une bourrasque bizarre et bruyante, qui bourdonnait dans son cerveau et l'accablait.

– Tiens, disait un homme à son voisin, as-tu entendu parler de l'histoire de ce pauvre curé d'Oviedo, qui fut trouvé étranglé dans son lit ?

Ici, c'était un groupe de femmes qui prenaient le frais du soir sur leurs portes. Voici ce qu'entendit Giacomo en passant devant elles :

– Dites donc, Martha, savez-vous qu'il y a eu à Salamanque un jeune riche, don Bernardo, vous savez, celui qui, lorsqu'il vint ici, il y a quelques jours, avait une mule noire si jolie et si bien équipée, et qui la faisait piaffer sur les pavés ; eh bien ! le pauvre jeune homme, on m'a dit ce matin, à l'église, qu'il était mort !

– Mort ! dit une jeune fille.

– Oui, petite, répondit la femme ; il est mort ici, à l'auberge de Saint-Pierre. D'abord, il se sentit mal à la tête ; enfin il eut la fièvre, et, au bout de quatre jours, on le porta en terre.

Giacomo en entendit encore d'autres. Tous ces souvenirs le firent trembler, et un sourire de férocité vint errer sur sa bouche.

Le moine rentra chez lui, épuisé et malade ; il se coucha par terre sous le banc de son bureau et dormit ; sa poitrine était oppressée, un son rauque et creux sortait de sa gorge ; il s'éveilla avec la fièvre, un horrible cauchemar avait épuisé ses forces. Il faisait nuit alors, et onze heures venaient de sonner à l'église voisine, Giacomo entendit des cris : Au feu ! au feu ! Il ouvrit ses vitres, alla dans les rues, et vit, en effet, des flammes qui s'élevaient au-dessus des toits. Il rentra chez lui, et il allait reprendre sa lampe pour aller dans ses magasins, quand il entendit, devant ses fenêtres, des hommes qui passaient en courant, et qui disaient : C'est sur la place Royale, le feu est chez Baptisto. Le moine tressaillit ; un rire éclatant partit du fond de son cœur, et il se dirigea avec la foule vers la maison du libraire. La maison était en feu, les flammes s'élevaient hautes et terribles, et, chassées par les vents, elles s'élançaient vers le beau ciel bleu d'Espagne qui planait sur Barcelone, agitée et tumultueuse, comme un voile sur des larmes.

On voyait un homme à moitié nu ; il se désespérait, s'arrachait les cheveux, se roulait par terre en blasphémant Dieu et en poussant des cris de rage et de désespoir. C'était Baptisto. Le moine contemplait son désespoir et ses cris avec calme et bonheur, avec ce rire féroce de l'enfant riant des tortures du papillon dont il a arraché les ailes.

On voyait dans un appartement élevé des flammes qui brûlaient quelques liasses de papiers. Giacomo prit une échelle, l'appuya contre la muraille noircie et chancelante. L'échelle tremblait sous ses pas ; il monta en courant, arriva à cette fenêtre. Malédiction ? ce n'était que quelques vieux livres de librairie sans valeur ni mérite. Que faire ? Il était entré. Il fallait, ou avancer au milieu de cette atmosphère enflammée, ou redescendre par l'échelle dont le bois commençait à s'échauffer. Non, il avança.

Il traversa plusieurs salles ; le plancher tremblait sous ses pas, les portes tombaient lorsqu'il en approchait, les solives se fendaient sur sa tête. Il courait au milieu de l'incendie, haletant et furieux ; il lui fallait ce livre, il le lui fallait ou la mort : il ne savait où diriger sa course, mais il courait ; enfin, il arriva devant une cloison qui était intacte, il la brisa avec un coup de pied, et vit un appartement obscur et étroit. Il tâtonnait, sentit quelques livres sous ses doigts ; il en toucha un, le prit et l'emporta hors de cette salle ; c'était lui, le *Mystère de Saint-[Michel]* ; il retourna sur ses pas, comme un homme éperdu et en délire. Il sauta par-dessus les trous, il volait dans les flammes, mais il ne retrouva point l'échelle qu'il avait dressée contre le mur ; il arriva à une fenêtre et descendit en dehors, se cramponnant avec les mains et les genoux aux sinuosités. Ses vêtements commençaient à s'enflammer, et, lorsqu'il arriva dans la rue, il se roula dans le ruisseau, pour éteindre les flammes qui le brûlaient.

– Quelques mois se passèrent, et l'on n'entendait plus parler du libraire Giacomo, si ce n'est comme un de ces hommes singuliers et étranges dont la multitude rit dans les rues, parce qu'elle ne comprend point leurs passions et leurs manies.

L'Espagne était occupée d'intérêts plus graves et plus sérieux, un mauvais génie semblait peser sur elle. Chaque jour, de nouveaux meurtres et de nouveaux crimes, et tout cela paraissait venir d'une main invisible et cachée : c'était un poignard suspendu sur chaque toit et sur chaque famille ; c'étaient des gens qui disparaissaient tout à coup, sans qu'on eût aucune trace du sang que leurs blessures avaient répandu : un homme partait pour un voyage, il ne revenait plus.

On ne savait à qui attribuer cet horrible fléau ; car il faut attribuer le malheur à quelqu'un d'étranger, mais le bonheur à soi.

En effet, il est des jours si néfastes dans la vie, des époques si funestes pour les hommes, que, ne sachant qui accabler de ses malédictions, on crie vers le ciel. C'est dans les époques malheureuses pour les peuples que l'on crut à la fatalité.

Une police vive et empressée avait tâché, il est vrai, de découvrir l'auteur de tous ces forfaits. L'espion soudoyé s'était introduit dans toutes les maisons, avait écouté toutes les paroles, entendu tous les cris, vu tous les regards, et il n'avait rien appris. Le procureur avait ouvert toutes les lettres, brisé tous les cachets, fouillé dans tous les coins, et n'avait rien trouvé.

Un matin pourtant, Barcelone avait quitté sa robe de deuil pour aller s'entasser dans les salles de la justice, où l'on allait condamner à mort celui que l'on supposait être l'auteur de tous ces horribles meurtres. Le peuple cachait ses larmes dans un rire convulsif ; car lorsqu'on souffre et qu'on pleure, c'est une consolation, bien égoïste, il est vrai, mais enfin réelle, de voir d'autres souffrances et d'autres larmes.

Le pauvre Giacomo, si calme et si paisible, était accusé d'avoir brûlé la maison de Baptisto, d'avoir volé sa bible. Il était chargé encore de mille autres accusations. Il était donc là, assis sur le banc des meurtriers et des brigands ; lui, l'honnête bibliophile, lui, le pauvre Giacomo, lui qui ne pensait qu'à lire ses livres, était donc compromis dans des mystères de meurtre et d'échafaud.

La salle regorgeait de peuple. Enfin, le procureur se leva et lut son rapport ; il était long et diffus, à peine si on pouvait en distinguer l'action principale des parenthèses et des réflexions. Le procureur disait qu'il avait trouvé, dans la maison de Giacomo, la bible qui appartenait à Baptisto, puis que cette bible était la seule en Espagne. Or, il était probable que c'était Giacomo qui avait mis le feu à la maison de Baptisto, pour s'emparer de ce livre rare et précieux. Il se tut et se rassit essoufflé.

Quant au moine, il était calme et paisible, et ne répondit pas même par un regard à la multitude qui l'insultait.

Son avocat se leva, il parla longtemps et bien. Enfin, quand il crut avoir ébranlé son auditoire, il souleva sa robe et en tira un livre ; il l'ouvrit et le montra au public : c'était un autre exemplaire de cette bible.

Giacomo poussa un cri, et tomba sur son banc, en s'arrachant les cheveux. Le moment était critique, on attendait une parole de l'accusé, mais aucun son ne sortit de sa bouche. Enfin, il se rassit, regardant ses juges et son avocat comme un homme qui s'éveille. On lui demanda s'il était coupable d'avoir mis le feu chez Baptisto.

– Non, hélas ! répondit-il. Non : mais allez-vous me condamner ? Oh ! condamnez-moi, je vous en prie ; la vie m'est à charge, mon avocat vous a menti, ne le croyez pas. Oh ! condamnez-moi, j'ai tué don Bernardo, j'ai tué le curé, j'ai volé le livre, le livre unique, car il n'y en a point deux en Espagne. Messeigneurs, tuez-moi, je suis un misérable. Son avocat s'avança vers lui, et lui montrant cette bible : « Je puis vous sauver, regardez. »

– Oh ! moi qui croyais que c'était le seul en Espagne ! Giacomo prit le livre et le regarda : Oh ! dites-moi, dites-moi que vous m'avez trompé. Malheur sur vous, et il tomba évanoui.

Les juges revinrent et prononcèrent son arrêt de mort. Giacomo l'entendit sans frémir, et il parut même plus calme et plus tranquille. On lui fit espérer qu'en demandant sa grâce au pape, il l'obtiendrait peut-être. Il n'en voulut point, et demanda seulement que sa bibliothèque fût donnée à l'homme qui avait le plus de livres en Espagne.

Puis, lorsque le peuple se fut écoulé, il demanda à son avocat d'avoir la bonté de lui prêter son livre. Celui-ci le lui donna.

Giacomo le prit amoureusement, versa quelques larmes sur les feuillets usés, le déchira avec colère, puis il en jeta les morceaux à la figure de son défenseur, en lui disant : « Vous en avez menti, Monsieur l'avocat ; je vous disais bien que c'était le seul en Espagne ! »

Rage et impuissance

conte

Dieu n'est qu'un mot rêvé pour expliquer le monde.
Alp. de Lamartine

———

Rage et impuissance
conte malsain
pour
Les nerfs sensibles et les âmes dévotes
(Décembre 1836)
Gve Flaubert

Tout dormait calme et paisible dans le village de Mussen. De toutes les lumières qui avaient disparu lentement et les unes après les autres une seule brillait encore aux vitres de ce bon monsieur Ohmlin le médecin du pays.

Minuit venait de sonner à la petite église, la pluie tombait par torrents, et la neige sortie des flancs du mont Pilate tourbillonnait dans l'air emportée par les rafales de l'avalanche et la grêle résonnait sur les toits.

Cette lumière seule et isolée éclairait une chambre basse où était assise une femme d'environ soixante et quelques années. Elle était voûtée et couverte de rides, elle cousait mais la fatigue souvent surmontant son courage lui faisait fermer les yeux et pencher la tête puis si quelque coup de vent plus furieux et plus bruyant que tous les autres venait à faire craquer les auvents, si la pluie redoublait de violence alors elle se réveillait de son assoupissement, tournait ses petits yeux creux sur la chandelle dont la longue flammèche jetait encore quelque lueur autour d'elle, frissonnait, rapprochait son fauteuil de la cheminée – puis faisait un signe de croix.

C'était une de ces bonnes et honnêtes filles qui naissent et meurent dans les familles, qui servent leurs maîtres jusqu'à la mort, prennent soin de [leurs] enfants et les élèvent.

Celle-ci avait vu naître M. Ohmlin, elle avait été sa nourrice, plus tard elle était sa servante. Aussi tremblait-elle alors pour son pauvre [maître] parti dès le matin dans les montagnes et qui n'était point encore de retour. Elle n'osait plus reprendre son ouvrage, se tenait assise près du foyer les bras croisés, les pieds sur l'âtre du foyer et la tête baissée sur ses mains, elle écoutait avec terreur le vent qui sifflait dans la serrure et hurlait sur la montagne.

Triste et pensive elle tâchait de se rappeler une de ces légendes si terribles et si sanglantes qu'on contait chez elle, jadis dans sa jeunesse, quand toute la famille réunie autour du foyer écoutait avec plaisir une histoire de meurtre et de fantôme qui se passait ainsi dans les montagnes par une nuit d'hiver bien sombre et bien froide, au milieu des glaciers, des neiges et des torrents.

C'est dans ses souvenirs d'enfance qu'errait ainsi son imagination, et la vieille Berthe se retraçait ainsi toute sa vie qui s'était passée monotone et uniforme dans son village et qui dans un cercle si étroit avait eu aussi ses passions, ses angoisses et ses douleurs.

Mais bientôt elle entendit sur le pavé de la place voisine les aboiements sinistres et lugubres d'un chien et le pas saccadé d'un mulet. Elle tressaillit, se leva de sa chaise en s'écriant « C'est lui. » Puis elle courut à la porte et l'ouvrit.

Après quelques instants un homme parut dans la salle, il était entouré d'un large manteau brun tout blanc de neige, l'eau ruisselait sur ses vêtements.

– Du feu Berthe, dit-il en entrant – du feu je me meurs de froid.

La vieille fille sortit puis revint au bout de quelques minutes apportant dans ses bras des copeaux et un fagot qu'elle alluma avec les tisons blanchis qui jetaient encore quelque chaleur dans la cheminée.

Aussitôt un feu clair et pétillant éclaira l'appartement, M. Ohmlin retira son manteau et laissa voir un homme de taille ordinaire, maigre mais fort de complexion. Ses joues étaient creuses et pâles, et quand il eut ôté son chapeau on vit un crâne large et blanc couvert de peu de cheveux noirs. Il avait l'aspect sérieux et réservé. Sa barbe noire lui donnait un aspect triste et sombre tempéré par un sourire bienveillant qui régnait sur ses lèvres.

Il s'assit, mit ses pieds sur les chenets et caressa un de ces beaux chiens des Alpes assis à ses côtés. L'animal regardait tristement son maître et lui léchait ses mains humides rougies par le froid.

– Eh bien comment ça va-t-il ? dit Berthe en se rapprochant, – vos dents ?

– Mal Berthe. Oh bien mal, cet air froid des montagnes m'a fait souffrir. Il y a quatre nuits que je n'ai fermé l'oeil. Ce n'est pas de cette nuit que je dormirai.

Ici Fox (c'était le nom du chien favori qui était étendu aux pieds du médecin) Fox se mit à faire entendre ce son singulier et traînard que Berthe avait entendu lorsqu'il était arrivé avec son maître.

– Tais-toi Fox – tais-toi.

La pauvre bête se mit à geindre comme quelqu'un qui souffle ou qui pleure.

– Tais-toi Fox, poursuivit Berthe, tais-toi, et [elle] le repoussa rudement du pied.

– Pourquoi veux-tu le faire taire ? dit M. Ohmlin. Il est de mauvaise humeur, dam c'est tout simple, il est fatigué et il a faim.

– Tiens, dit Berthe en lui jetant un morceau de pain qu'elle alla chercher dans une armoire placée à côté de la cheminée, tiens –

Fox vit le pain d'un oeil terne et humide, tourna sa belle tête noire vers son maître et le regarda tristement.

– Pauvre bête, dit-il, qu'as-tu ?

– C'est signe de malheur, dit Berthe, Dieu et saint Maurice nous en préservent.

– Vieille folle – il est malade.

– Avez-vous faim, que voulez-vous ?

– Moi oh rien, je vais dormir – s'il m'est possible. Ou plutôt non. J'ai encore quelques pilules d'opium, je vais en essayer. Adieu Berthe, éteins le feu et dors bien ma brave fille. Quant à toi Fox, à la niche. Et il ouvrit la porte qui donnait sur la cour. Fox n'obéit point, il se coucha par terre et se traîna aux pieds de M. Ohmlin. Celui-ci impatienté le laissa et monta précipitamment dans sa chambre. Il se coucha précipitamment avec le frisson de la fièvre, avala son opium et s'endormit dans des rêves d'or.

Quant à Berthe elle dormait profondément et était pourtant réveillée quelquefois par les gémissements plaintifs du pauvre Fox qui était resté précipitamment dans l'escalier. La neige avait diminué, les nuages s'étaient évanouis et la lune commençait à se montrer derrière les sommets du mont Pilate –

Le matin vers les neuf heures la vieille Berthe s'éveilla, fit sa prière et descendit dans la salle, la porte n'était point ouverte. Elle s'en étonna. Comme il dort aujourd'hui le pauvre homme, se dit-elle, probablement il va bientôt sortir. Mais aussitôt Maître Bernardo arriva, c'était un médecin des environs.

– Où est-il ? dit-il en entrant.

– Dans sa chambre je pense, allez voir il dort encore.

Celui-ci monta et entra sans cérémonie en criant :

– Allons, levez-vous donc il est tard.

M. Ohmlin ne répondit pas, sa tête était penchée hors de son lit et ses bras étaient étendus hors de sa couche.

Bernardo s'en approcha et le remuant avec violence – Diable il a le sommeil dur.

Mais le corps céda au mouvement de la main et retomba dans sa position première comme un cadavre.

Bernardo pâlit, prit ses mains – elles étaient froides. Il s'approcha de sa bouche – il ne respirait pas. Il mit les doigts sur sa poitrine, pas un battement.

Il resta pâle et stupéfait, regarda ses paupières et les ouvrit, pas un regard – il ne vit que cet oeil terne et à demi fermé qu'ont les morts dans leur sommeil.

Bernardo sortit de la chambre du médecin en courant – Berthe lui demanda ce qu'il avait. Il ne répondit [pas], seulement il était pâle et ses lèvres étaient blanches.

Quelques heures après une douzaine de médecins tous tristes et calmes entouraient le lit de leur confrère, et un seul mot errait sur leurs lèvres, il est mort.

Chacun s'approchait du corps inanimé, le retournait sur tous les sens puis s'écartait avec horreur et dégoût en disant – il est mort.

Un seul d'entre eux osa croire que ce cadavre n'était qu'endormi et manquant de preuves il ne put appuyer sa prévision et finit par se rendre à l'avis des autres médecins.

C'était un de ces jours d'hiver tristes et pluvieux, une pluie fine battait dans l'air et des flocons de neige blanchissaient les rues du village. – Ce jour-là il était triste aussi le village. Son père, son bienfaiteur était mort. – Les maisons étaient fermées, on ne se parlait [pas], les enfants ne riaient plus sur la place, les hommes étaient attendris – et l'on pleurait.

Le modeste convoi s'avançait vers le cimetière modeste et beau de sa douleur. Quelques hommes vêtus de noir portaient le cercueil dont le [drap] noir se blanchissait de neige. Les enfants aux têtes blondes suivaient par derrière, silencieux et étonnés et les prêtres chantaient tout bas car des larmes couvraient leurs voix. Un ami suivait le mort dans sa tombe. Mais à celui-[là], sa douleur était profonde et triste, plus désespérée et plus intime que celle de tous ces hommes – celui-là, était-ce une femme – un enfant – une maîtresse – un ami ? – non c'était un chien.

Le pauvre Fox marchant la tête baissée, suivant son maître avec des cris plaintifs et des larmes aussi grosses que celles d'un homme.

Le cimetière était à mi-côte, le chemin était glissant et boueux, on n'entendait que le pas des prêtres et des hommes dont les gros souliers ferrés s'enfonçaient dans la boue – puis les chants des morts, la neige qui tombait – la pluie qui roulait dans les ornières et le vent qui agitait le drap du cercueil.

Enfin on creusa la terre, – on y déposa le coffre avec quelques prières pour l'éternité. – Le fossoyeur jeta dessus quelques pelletées de terre qui résonnèrent sur le bois de chêne en rendant un son vide et creux.

– On se sépara, la grille de fer résonna dans ses gonds et le cimetière redevint silencieux et paisible.

De tous les amis du convoi un seul était resté, Fox couché sur la terre et regardant [avec] tristesse les bougies vacillantes du convoi qui s'éloignaient dans le brouillard et ces longs vêtements noirs qui s'abaissaient lentement et comme des ombres dans la vallée brumeuse.

La nuit arriva bientôt belle et blanche de sa lune dont la lueur mélancolique s'abattait sur les tombes comme le doute sur le mourant.

M. Ohmlin dormait toujours d'un sommeil lourd et pesant – il rêvait – et c'était des songes beaux d'illusions, voluptueux d'amour et d'enchantements.

Il rêvait l'Orient – l'Orient avec son soleil brûlant, son ciel bleu, ses minarets dorés, ses pagodes de pierre, l'Orient avec sa poésie toute d'amour et d'encens, l'Orient avec ses parfums, ses émeraudes, ses fleurs, ses jardins aux pommes d'or – l'Orient avec ses fées, ses caravanes dans les sables. L'Orient avec ses sérails, séjour des fraîches voluptés. Il rêvait l'insensé les ailes blanches des Anges qui chantaient des versets du Coran aux oreilles du prophète, il rêvait des lèvres de femme pures et rosées, il rêvait de grands yeux noirs qui n'avaient d'amour que pour lui, il rêvait cette peau brune et olivâtre des femmes de l'Asie, doux satin qu'effleure si souvent dans ses nuits le poète qui les rêve, il rêvait tout cela – Mais le réveil allait venir morne et impitoyable comme la réalité qu'il apporte.

Il rêvait l'amour dans une tombe. Mais le rêve s'efface et la tombe reste. –

Il ouvre les yeux, se sent entouré dans de longs plis, il s'en dégage, palpe de ses mains tremblantes le bois qui l'entoure, sur sa tête, sur ses côtés, partout, partout... Il se tâte lui-même, se sent nu. Oh c'est un songe, un songe horrible, infernal, un pesant cauchemar. Arrière toute idée d'éternité, lui qui veut s'accrocher à la vie.

Mais l'éternité est là – là pauvre fou couchée avec toi dans son lit de noces, t'attirant vers elle, riant derrière ta tête avec une grimace de démon.

– Il a peur, peur de ce squelette hideux dont il lui semble palper les os sur sa poitrine.

– Oh non c'est impossible – et il voulut se rendormir, oublier tout cela, s'étourdir sur la réalité, effacer de sa pensée cette masse de plomb qui pesait sur sa tête et se bercer dans d'autres rêves.

Non – il avait trop rêvé – Ah d'autres rêves maintenant, rêve l'éternité si tu veux ; eh bien, l'Orient maintenant, rêve donc l'Orient dans ta tombe, dans une pensée de volupté et dans des rêves dorés.

Non non l'Agonie qui va et les rêves d'enfer – Mais l'Agonie qui s'arrache les cheveux, se tord de désespoir, appelle Satan et maudit Dieu.

Pourtant sa première terreur fut muette et calme. C'était un étonnement étrange et stupide – une stupeur d'idiot.

– Oh non non, se disait-il, voulant se faire illusion, non cela est impossible, oh non, mourir ainsi dans une tombe, mourir de désespoir et de faim, oh ce serait affreux et il touchait tout ce qui l'entourait, mais je suis un fou, je rêve, ce bois eh bien c'est ma couche – ce linge mon drap. – Mais enfer, une tombe, un linceul, et il poussa un de ces rires amers qui eût retenti bien fort s'il n'eût pas éclaté dans une tombe.

Et puis il avait froid, il se sentait nu, et l'humidité des sépulcres humectait sa peau, il tremblait. Ses dents claquaient et la fièvre battait dans ses artères, il se sentit piqué au doigt, le porta à ses yeux, il ne vit rien, il faisait si noir – à ses lèvres il sentit l'odeur du sang, il s'était écorché à un clou de sa tombe.

– Mourir, mourir ainsi sans secours, sans pitié. Oh non je sortirai de cet enfer, je sortirai de cette tombe, cela ne s'est jamais vu, c'est à en devenir fou avant de mourir de désespoir et oui je vais mourir. Oh mourir, [ne] plus vivre, quoi, rien, tout ce qui se passe sur cette terre, la nature, les champs, le ciel, les montagnes tout cela ah je vais le quitter. Je les ai quittés pour toujours, et il se tordait dans sa tombe comme le serpent sous les griffes du tigre.

Il pleurait de rage, il s'arrachait les cheveux, criait après la vie, lui si plein de force et de santé.

Que de larmes il versa sur ses mains. Que de cris il jeta dans sa tombe, que de coups de colère. Il frappa son cercueil. Il prit son linceul, le déchira avec ses ongles, le mit en pièces avec ses dents, – il lui fallait quelque chose à broyer, à anéantir sous ses mains, lui qui se sentait si impitoyablement écrasé sous celles de la fatalité.

Enfin il s'arrêta dans son désespoir, s'étendit sur sa planche, ferma les yeux et pensa à Dieu.

Un rayon d'espérance vint briller dans sa tombe il pensa à son âme dont il doutait depuis longtemps, il crut à Dieu qu'il blasphéma tout à l'heure et il espéra la vie dont il désespérait.

Il prêta l'oreille, entendit sur sa tête un bruit faible et léger. Il lui semblait qu'on grattait la terre sur lui – plus il écoutait, plus le bruit devenait fort – il sourit de bonheur, joignit les mains et pria Dieu.

Oh merci, merci, tu m'as rendu la vie, tu me la donnes donc la vie. Je ne mourrai pas [dans] cette tombe hideuse et froide. Je mourrai mais plus tard car je serai vieux dans bien des années, je vais vivre. La vie est à moi, ses délices, ses joies – et il pleurait de bonheur, il maudit son scepticisme d'homme du monde et ses préjugés impies.

Merci, merci Dieu de m'avoir rendu tout cela.

Il entendit distinctement sur sa tête des pas d'hommes. On venait le délivrer oh c'était sûr. Quelque âme charitable aura eu pitié de son malheur, on se sera douté que dans cette tombe était un homme au lieu d'un cadavre. – Et on vient le déterrer c'est tout simple, la chose est certaine, positive. Oh béni soit l'homme qui vient lui donner la vie – Oh béni soit celui-là.

Son cœur battait avec violence – il riait de bonheur, s'il eût pu il aurait sauté de joie.

Les pas se rapprochèrent, puis s'écartèrent – et tout redevint calme.

C'était le fossoyeur qui venait chercher sa pioche qu'il avait oubliée et comme il pleuvait il craignait qu'elle ne se rouillât.

Un bon enfant ce fossoyeur qui fumait une petite [pipe] allemande, avait un chapeau de paille des montagnes et aimait le vin du Rhin, il avait l'âme charitable car lorsqu'il vit un chien sale et couvert de boue qui s'amusait à bouleverser la terre bénite, au lieu de le tuer comme tout autre eût fait à sa place, il se contenta de le repousser du pied.

M. Ohmlin écouta longtemps, bien longtemps, rien – il écouta encore, rien. Oh c'était fini. Il fallait mourir.

Mourir comme il l'avait prévu, de cette mort horrible et cruelle qui arrive à chaque minute mais lentement vous brûle à petit feu, vous mange avec délices. Et quand mourir ? Quand finira ce supplice, cette agonie, ce râle qui dure tant de siècles ?

Et il se mit à rire de pitié pour ses anciennes croyances et puisque le ciel n'avait [pas] voulu le sauver, il appela l'enfer, l'enfer vint à son secours, lui donna l'Athéisme, le désespoir et les blasphèmes.

D'abord il douta de Dieu puis il le nia puis il en rit puis il insulta ce mot.

Bah, se disait-il en riant d'un rire forcé, où est-il le créateur des misères ? Où est-il ? qu'il vienne me délivrer s'il existe. Je te nie mot inventé par l'heureux, je te nie, tu n'es qu'une puissance fatale et stupide comme la foudre qui tombe et qui brûle.

Et il s'arrachait les cheveux et se déchirait le visage avec les ongles.

Tu crois que j'irai te prier dans mon heure dernière ? oh je suis trop fier et trop malheureux. Je n'irai pas t'implorer, je t'abhorre. L'éternité je la nie – ton paradis – chimère, ton bonheur céleste je le méprise, ton enfer je le brave, l'éternité c'est une tête de mort qu'on trouvera dans quelques mois [ici] à ma place.

Le rire était sur son front et les larmes étouffaient sa voix.

Moi bénir la main qui me frappe, embrasser le bourreau. Oh si tu peux te réunir sous la forme humaine – viens dans ma tombe avec moi que j[e t']emporte aussi vers l'éternité qui te dévorera un jour, que je te livre au néant qui te donne son nom, viens, viens que je te broie, que je t'écrase entre ma tombe et moi, que je mange ta chair, fais-toi quelque chose de palpable pour que je puisse te déchirer en riant –

Ses dents claquaient comme celles du démon quand il fut vaincu par le Christ.

Il était furieux et bondissant, roulant dans une tombe en maudissant Dieu avec des cris à la bouche et le désespoir dans l'âme.

Où es-tu Dieu du ciel ? viens si tu existes, pourquoi ne me délivres-tu pas ? Si tu existes pourquoi m'as-tu fait malheureux ? Quel plaisir à me voir souffrir ? Si je ne croyais pas à toi c'est que j'étais malheureux rends-moi la vie je t'aimerai. Si cela ne dépend pas de toi, eh bien fais-le puisque tu es tout-puissant – fais-le, donne-moi la foi, pourquoi ne veux-tu pas que je te croie ? tu vois que je souffre, que je pleure, abrège mes souffrances, taris mes larmes !

Puis il s'arrêta effrayé de ses blasphèmes. Il eut peur et trembla. Il avait peur et de Quoi ? La terre pouvait s'effacer, les révolutions pouvaient remuer la poussière du globe. Peu lui importait, il aurait toujours assez d'air pour respirer encore pendant quelques minutes dans une tombe – air corrompu, humide, échauffé et qui sentait le cadavre.

Mais il avait peur de l'éternité qu'il bravait, de ce mot dont il se moquait en riant couché sur le dos, accroupi dans sa tombe la face vers le ciel qui était pour lui les deux planches d'un cercueil – pour son malheur il doutait encore – il n'était sûr de rien.

Ne croyez point les gens qui [se] disent athées, ils ne sont que sceptiques et nient par vanité.

Eh bien lorsqu'on doute et qu'on a des souffrances on veut effacer toute probabilité, avoir la réalité vide et nue mais le doute s'augmente et vous ronge l'âme.

Il n'entendait que les aboiements de son chien qui pleurait sa mort ou qui devinait son malheur.

– Pauvre ami, dit-il, et il versa une larme de tendresse. La seule qui le soulagea.

Il était fatigué, avait les membres brisés – il avait faim – faim et rien sous la dent...

Enfin il se tourna sur le dos, se raccroupit en peloton, s'efforça de briser son cercueil – Je sortirai d'ici malgré toi, se disait-il avec fureur. Je vivrai malgré ta volonté, et penché sur le ventre il s'efforça avec des soubresauts et des secousses convulsives de faire ployer cette planche dure comme du fer.

Enfin par un dernier effort de rage et de désespoir il la brisa.

À la vue de cette tombe entr'ouverte ou plutôt sentant ployer, craquer son cercueil sur son dos, un rire de vainqueur éclata sur sa bouche – il se crut libre –

Mais la terre était là haute de six pieds, la terre qui allait l'écraser s'il faisait le moindre mouvement – car soutenue jusqu'alors par le cercueil, elle ne pouvait rester dans la position première et au moindre dérangement des planches elle allait tomber.

M. Ohmlin s'en aperçut, il pâlit et faillit s'évanouir. – Il resta longtemps immobile, n'osant faire le moindre geste, – enfin il voulut tenter un dernier effort qui devait le tuer et le sauver.

La terre fraîchement remuée ne lui offrirait point une forte résistance, il voulait se lever brusquement et la fendre avec sa tête.

Le désespoir rend fou.

Il se leva, mais la planche du cercueil s'abaissa sur sa tête, il la vit – elle tomba.

Les gens les plus patients s'ennuient de tout. C'est un vieux proverbe il est vrai car notre bon fossoyeur ennuyé des aboiements de ce chien mélancolique dont nous avons déjà parlé, s'avisa de voir ce qu'il y avait donc là de si intéressant. Il creusa la terre dans l'espoir d'y trouver quelque chose, un trésor peut-être... dam qui sait. –

Ce qui l'étonna fort c'est que le coffre était brisé. Diable, voilà qui est drôle, il y a là-dessous quelque chose – et il leva la planche. Voici [ce] qu'il vit et ce qu'il racontait plus tard lorsqu'il voulait se faire passer pour brave.

Le cadavre était tourné sur le ventre, son linceul était déchiré, sa tête et son bras droit étaient sous sa poitrine. Quand je l'eus retourné avec ma pelle je vis qu'il avait des cheveux dans la main gauche, il s'était dévoré l'avant-bras – Sa figure faisait une grimace qui me fit peur – il y avait de quoi. Ses yeux tout grands ouverts sortaient à fleur de tête, les nerfs de son cou étaient raides et tirés. On voyait ses dents blanches comme de l'ivoire car ses lèvres vertes relevées par les coins découvraient ses gencives comme s'il eût ri en mourant.

– Quant à Fox, il quitta le cimetière, alla courir dans les montagnes et fut un jour tué par des chasseurs qui n'avaient rien tué et qui lui lâchèrent un coup de fusil par passe-temps.

Pour Berthe – elle quitta le coin de son feu – et fut désignée sous les enfants du village par le nom de Berthe la folle. Les soirs quand la lune était belle, quand le vent hurlait sur la montagne, quand la neige blanchissait la terre, on voyait une vieille femme qui parcourait le chemin du cimetière en pleurant –

Un jour elle se jeta dans le torrent qui est au pied de la colline où s'élèvent les tombes et les cyprès.

Moralité

(cynique)

Pour indiquer la conduite que l'on doit tenir

à son heure dernière

Maître Michel de Montaigne honnête gas, prud'homme et de bonace nature a souvent dit en ses écrits – que sais-je – et Maître François Rabelais tourangeau chinonais, curé de Meudon, docteur en Médecine, bon viveur, grand suceur de piot, chiffonneur de filles et joyeux sceptique, a encore plus souvent dit en les siens – Peut-être.

Eh bien aimable et courageux lecteur et vous bénévolente et peu dormeuse lectrice, que pensez-vous qu'eût répondu notre homme du cercueil si quelque malavenant lui eût demandé son avis sur la bonté de Dieu ? eût-il répondu : peut-être ? existe-t-elle ? que sais-je ? Pour moi je pense qu'il eût dit : J'en doute ou je la nie.

Et si le même malotru eût continué ses sottes questions en lui représentant la bonté de ce même Dieu miséricordieux, il aurait envoyé au diable l'escogriffe en lui répondant :

brain,

comme dit Pantagruel festoyant et troublé par l'arrivée de Panurge, et notre homme eut bien fait car lorsqu'on crève ainsi écorché d'âme autant encore en jurant après l'équarisseur.

Or de ceci je conclus provisoirement qu'il ne faut point troubler les mourants dans leur agonie, les morts dans leur sommeil, les amants au lit, les suceurs du piot devant Dame-Jeanne et le père Éternel dans ses bêtises.

J'engage aussi et voilà toute la moralité de cette sotte oeuvre, j'engage donc, ayant trouvé la conduite du sus-écrit médecin louable et bonne, j'engage tous les marmots à jeter la galette à la tête du pâtissier lorsqu'elle n'est point sucrée, les suceurs du piot leur vin quand il est mauvais, les mourants leur âme quand ils crèvent et les hommes – leur existence à la face de Dieu lorsqu'elle est amère.

Gve Flaubert
15 décembre 1836

Rêve d'enfer

I

La terre dormait d'un sommeil léthargique, point de bruit à sa surface, et l'on n'entendait que les eaux de l'océan qui se brisaient en écumant sur les rochers. La chouette faisait entendre son cri dans les cyprès, le lézard baveux se traînait sur les tombes, et le vautour venait s'abattre sur les ossements pourris du champ de bataille.

Une pluie lourde et abondante obscurcissait la lumière douteuse de la lune, sur laquelle roulaient, roulaient et roulaient encore les nuages gris qui passaient sur l'azur.

Le vent de la tempête agitait les vagues et faisait trembler les feuilles de la forêt ; il sifflait dans les airs tantôt fort, tantôt faible, comme un cri aigu domine les murmures.

Et une voix sortit de la terre et dit :

– Fini le monde ! que ce soit aujourd'hui sa dernière heure !

– Non, non, il faut que toutes les heures sonnent.

– Hâte-les, dit la première voix. Extermine l'homme dans un septième chaos et ne crée pas d'autres mondes.

– Il y en a encore un, supérieur à celui-ci.

– Tu veux dire plus misérable, répondit la voix de la terre. Oh ! finis, pour le bien de tes créatures ; puisque tu as manqué jusqu'à présent toutes tes oeuvres, au moins ne fais rien désormais.

– Si, si, répondit la voix du ciel, les autres hommes se sont plaints de leur faiblesse et de leurs passions ; celui-là sera fort et sans passions. Quant à son âme...

Ici la voix de la terre se mit à rire d'un rire éclatant, qui remplit l'abîme de son immense dédain.

II

Le duc Arthur d'Almaroës était alchimiste, ou du moins il passait pour tel, quoique ses valets eussent remarqué qu'il travaillait rarement ; que ses fourneaux étaient toujours cendre et jamais brasier, que ses livres entrouverts ne changeaient jamais de feuillet ; néanmoins il restait des jours, des nuits et des mois entiers sans sortir de son laboratoire, plongé dans de profondes méditations, comme un homme qui travaille, qui médite. On croyait qu'il cherchait l'or, l'élixir de longue vie, la pierre philosophale. C'était donc un homme bien froid au-dehors, bien trompeur d'apparence : jamais sur ses lèvres ni un sourire de bonheur ni un mot d'angoisse, jamais de cris à sa bouche, point de nuits fiévreuses et ardentes comme en ont les hommes qui rêvent quelque chose de grand ; on eût dit, à le voir ainsi sérieux et froid, un automate qui pensait comme un homme.

Le peuple (car il faut le citer partout, lui qui est devenu maintenant le plus fort des pouvoirs et la plus sainte des choses, deux mots qui semblent incompatibles si ce n'est à Dieu : la sainteté et la puissance), le peuple donc était persuadé que c'était un sorcier, un démon, Satan incarné. C'était lui qui riait, le soir, au détour du cimetière, qui se traînait lentement sur la falaise en poussant des cris de hibou ; c'était lui que l'on voyait danser dans les champs avec les feux follets ; c'était lui dont on voyait, pendant les nuits d'hiver, la figure sombre et lugubre planant sur le vieux donjon féodal, comme une vieille légende de sang sur les ruines d'une tombe.

Souvent, le soir, lorsque les paysans assis devant leurs portes se reposaient de leur journée en chantant quelque vieux chant du pays, quelque vieil air national que les vieillards avaient appris de leurs grands-pères et qu'ils avaient transmis à leurs enfants, qu'on leur avait appris dans leur jeunesse et que jeunes ils avaient chanté sur le haut de la montagne où ils menaient paître leurs chèvres, alors, à cette heure de repos où la lune commence à paraître, où la chauve-souris voltige autour du clocher de son vol inégal, où le corbeau s'abat sur la grève, aux pâles rayons d'un soleil qui se meurt, à ce moment, dis-je, on voyait paraître quelquefois le duc Arthur.

Et puis on se taisait quand on entendait le bruit de ses pas, les enfants se pressaient sur leurs mères et les hommes le regardaient avec étonnement ; on était effrayé de ce regard de plomb, de ce froid sourire, de cette pâle figure, et si quelqu'un effleurait ses mains, il les trouvait glaciales comme la peau d'un reptile.

Il passait vite au milieu des paysans silencieux à son approche, disparaissait promptement et se perdait à la vue, rapide comme une gazelle, subtil comme un rêve fantastique, comme une ombre, et peu à peu le bruit de ses pas sur la poussière diminuait et aucune trace de son passage ne restait derrière lui, si ce n'est la crainte et la terreur, comme la pâleur après l'orage.

Si quelqu'un eût été assez hardi pour le suivre dans sa course ailée, pour regarder où tendait cette course, il l'eût vu rentrer dans le vieux donjon en ruines, autour duquel nul n'osait approcher le soir, car on entendait des bruits étranges qui se perdaient dans les meurtrières des tours, et, la nuit, il s'y promenait régulièrement un grand fantôme noir, qui étendait ses larges bras vers les nues et qui de ses mains osseuses faisait trembler les pierres du château, avec un bruit de chaînes et le râle d'un mourant.

Eh bien, cet homme qui paraissait si infernal et si terrible, qui semblait être un enfant de l'enfer, la pensée d'un démon, l'oeuvre d'un alchimiste damné, lui dont les lèvres gercées semblaient ne se dilater qu'au toucher frais du sang, lui dont les dents blanches exhalaient une odeur de chair humaine, eh bien, cet être infernal, ce vampire funeste n'était qu'un esprit pur et intact, froid et parfait, infini et régulier, comme une statue de marbre qui penserait, qui agirait, qui aurait une volonté, une puissance, une âme, enfin, mais dont le sang ne battrait point chaleureusement dans les veines, qui comprendrait sans sentir, qui aurait un bras sans une pensée, des yeux sans passion, un cœur sans amour.

Arrière aussi tout besoin de la vie, toute réalité matérielle ! tout pour la pensée, pour l'extase, mais une extase vague et indéfinie, qui se baigne dans les nuages, qui se mire dans la lune et qui tient de l'instinct et de la constitution, comme le parfum à la fleur.

Sa tête était belle, son regard était beau, ses cheveux étaient longs et s'ondulaient merveilleusement sur ses épaules en longs flots d'azur, lorsqu'il se penchait et se repliait lui-même sur son dos aux formes allongées, et dont la peau argentée d'un reflet de neige était douce comme le satin, blanche comme la lune.

Les autres créatures avaient eu avant lui des passions, un corps, une âme, et ils avaient agi tous pêle-mêle dans un tourbillon quelconque, se ruant les uns sur les autres, se poussant, se traînant ; il y en avait eu d'élevés, d'autres de foulés aux pieds ; tous les autres hommes enfin s'étaient pressés, entassés et remués dans cette immense cohue, dans ce long cri d'angoisse, dans ce prodigieux bourbier qu'on nomme la vie.

Mais lui, lui, esprit céleste, jeté sur la terre comme le dernier mot de la création, être étranger et singulier, arrivé au milieu des hommes sans être homme comme eux, ayant leur corps à volonté, leurs formes, leur parole, leur regard, mais d'une nature supérieure, d'un cœur plus élevé et qui ne demandait que des passions pour se nourrir, et qui, les cherchant sur la terre d'après son instinct, n'avait trouvé que des hommes, que venait-il donc faire ? il était rétréci, usé, froissé par nos coutumes et par nos instincts.

Aurait-il compris nos plaisirs charnels, lui qui n'avait de la chair que l'apparence ? les chauds embrassements d'une femme, ses bras humides de sueur, ses larmes d'amour, sa gorge nue, tout cela l'aurait-il fait palpiter un matin, lui qui trouvait au fond de son cœur une science infinie, un monde immense ?

Nos pauvres voluptés, notre mesquine poésie, notre encens, toute la terre avec ses joies et ses délices, que lui faisait tout cela, à lui qui avait quelque chose des anges ? Aussi il s'ennuyait sur cette terre, mais de cet ennui qui ronge comme un cancer, qui vous brûle, qui vous déchire, et qui finit chez l'homme par le suicide. Mais lui ! le suicide ? Oh ! que de fois on le surprit, monté sur la haute falaise, regardant d'un rire amer la mort qui était là devant, lui riant en face et le narguant avec le vide de l'espace qui se refusait à l'engloutir !

Que de fois il contempla longtemps la gueule d'un pistolet, et puis, comme il le jetait avec rage, ne pouvant s'en servir, car il était condamné à vivre ! Oh ! que de fois il passa des nuits entières à se promener dans les bois, à entendre le bruit des flots sur la plage, à sentir l'odeur des varechs qui noircissent les rochers ! Que de nuits il passa appuyé sur un roc et promenant dans l'immensité sa pensée qui volait vers les nues !

Mais toute cette nature, la mer, les bois, le ciel, tout cela était petit et misérable ; les fleurs ne sentaient rien sur ses lèvres ; nue, la femme était pour lui sans beauté, le chant sans mélodie, la mer sans terreur.

Il n'avait point assez d'air pour sa poitrine, point assez de lumière pour ses yeux et d'amour pour son cœur.

L'ambition ? un trône ? de la gloire ? jamais il n'y pensa. La science ? les temps passés ? mais il savait l'avenir, et dans cet avenir il n'avait trouvé qu'une chose qui le faisait sourire de temps en temps, en passant devant un cimetière.

Aurait-il craint Dieu, lui qui se sentait presque son égal et qui savait qu'un jour viendrait aussi, où le néant emporterait ce Dieu comme ce Dieu l'emportera un jour. L'aurait-il aimé, lui qui avait passé tant de siècles à le maudire ?

Pauvre cœur ! comme tu souffrais, gêné, déplacé de ta sphère et rétréci dans un monde comme l'âme dans le corps.

Souvent un instinct moqueur de lui-même lui portait une coupe à ses lèvres, le vin les effleurait sans qu'un sourire vînt les dilater, et puis il s'apercevait qu'il avait fait quelque chose de fade et d'inutile ; il prenait une rose et la retirait bien vite comme une épine. Un jour il voulut être musicien, il avait une idée sublime, étrange, fantastique, que n'auraient peut-être pas comprise les hommes, mais pour laquelle se serait damné Mozart, une idée de génie, une idée d'enfer, quelque chose qui rend malade, qui irrite et qui tue. Il commença, la foule éperdue trépignait, et criait d'enthousiasme, puis, muette et tremblante, elle se prosterna sur le pavé des dalles et écouta. Des sons purs et plaintifs s'élevaient dans la nef et se perdaient sous les voûtes, c'était sublime ; ce n'était qu'un prélude. Il voulut continuer, mais il brisa l'orgue entre ses mains.

Rien pour lui désormais ! tout était vide et creux ; rien, qu'un immense ennui, qu'une terrible solitude, et puis des siècles encore à vivre, à maudire l'existence, lui qui n'avait pourtant ni besoins, ni passions, ni désirs ! Mais il avait le désespoir !

III

Il se résigna, et sa nature supérieure lui en donna les moyens ; il alla vivre seul et isolé dans un village d'Allemagne, loin du séjour des hommes qui lui étaient à charge.

Un château en ruines, situé sur une haute colline, lui parut un séjour conforme à sa pensée, et dès le soir il l'habita.

Il vivait donc ainsi seul, sans suite, sans équipages, presque sans valets, et renfermé en lui-même, bornant sa société à lui-même ; son nom n'en acquérait ainsi chaque jour qu'une existence de plus en plus problématique ; les gens qui le servaient ignoraient le son de sa voix, ils ne connaissaient de son regard qu'un oeil terne et à demi fermé qui se tournait froidement sur eux en les faisant frémir ; du reste, ils étaient entièrement libres, c'est-à-dire que leur maître ne leur faisait aucun reproche, à peine s'il leur donnait des ordres.

Le château qu'habitait le comte avait pris à la longue quelque chose de la tristesse de ses hôtes ; les murailles noircies, les pierres sans ciment, les ronces qui l'entouraient, cet aspect silencieux qui planait sur ses tours, tout cela avait quelque chose de féerique et d'étrange. C'était pire au-dedans : de longs corridors obscurs, des portes qui claquaient la nuit violemment et qui tremblaient dans leur châssis, des fenêtres hautes et étroites, des lambris enfumés, et puis de place en place, dans les galeries, quelque ornement antique, l'armure d'un ancien baron, le portrait en pied d'une princesse, un bois de cerf, un couteau de chasse, un poignard rouillé, et souvent, dans quelques recoins sans lumière, des décombres, des plâtras qui tombaient du plafond du vieux salon lorsque le vent, par quelque soirée d'hiver, s'entonnait dans les longues galeries avec plus de fureur que de coutume, avec des mugissements plus prolongés.

Le concierge (c'était un vieillard aussi décrépi que le château) faisait sa tournée tous les jours dans l'après-midi ; il commençait par le grand escalier de pierre dont la rampe était ôtée depuis que le dernier possesseur l'avait vendue pour un arpent de terre ; il le montait lentement, et, arrivé dans la galerie principale, il ouvrait toutes les chambres, toutes portant leurs anciens numéros, toutes vides et délabrées, après avoir eu pourtant leur destination et leur emploi. Là, c'était le vieux salon, immense appartement carré dont on distinguait encore quelques lambeaux du velours cramoisi qui, dans le dernier siècle, en avait fait le somptueux ornement, la fraîche beauté ; d'abord, ce fut la salle du plaid, puis la chapelle, puis le salon. Alors il était encombré par une centaine de bottes de foin, déposées en cet endroit depuis vingt ans environ, et qui se pourrissaient à la pluie qui pénétrait facilement par les carreaux, chassée par le vent du soir ; le reste du salon était occupé par des vieux fauteuils, des harnais usés, quelques selles mangées par les vers et une grande quantité de fagots et de bois sec. Le concierge ne l'ouvrait jamais, si ce n'est pour y pousser quelque chose de vieux et de cassé, qu'il jetait négligemment et qui allait tomber sur un vieux tableau, sur une statue de jardin ou sur les fauteuils dépaillés. Il reprenait sa course lente et paisible au milieu du corridor et faisait retentir du bruit de ses souliers ferrés les larges dalles de pierre, qui en gardaient l'empreinte ; puis il revenait sur ses pas, regardant les nids d'hirondelles, s'établissant de jour en jour dans le château, comme dans leur domaine, et qui volaient et repassaient par les fenêtres du corridor dont toutes les vitres étaient étendues par terre, cassées et pêle-mêle, avec leurs encadrements en lames de plomb.

De grands peupliers bordaient le château ; ils se courbaient souvent au souffle de l'océan, dont le bruit des vagues se mêlait à celui de leurs feuilles, et dont l'air âpre et dur avait brûlé l'écorce. Une percée pratiquée dans le feuillage laissait voir, des plus hautes fenêtres, la mer qui s'étendait immense et terrible, devant ce château sinistre qui n'en semblait qu'un lugubre apanage.

Là, c'était le pont-levis, maintenant on y passe sur une terrasse ; ici les créneaux, mais ils tremblent sous la main, et au moindre choc les pierres tombent ; plus haut, le donjon, jamais le concierge n'y alla, car il l'avait abandonné, ainsi que les étages supérieurs, aux chauves-souris et aux hiboux qui voltigeaient le soir sur les toits, avec leurs cris lugubres et leurs longs battements d'ailes.

Les murs du château étaient lézardés et couverts de mousse, il y avait à leur contact quelque chose d'humide et de gras, qui pressait sur la poitrine et qui faisait frissonner ; on eût dit la trace gluante d'un reptile.

C'était là qu'il vivait. Il aimait les longues voûtes prolongées, où l'on n'entendait que les oiseaux de nuit et le vent de la mer ; il aimait ces débris soutenus par le lierre, ces sombres corridors et toute cette apparence de mort et de ruine ; lui, qui était tombé de si haut pour descendre si bas, il aimait quelque chose de tombé aussi ; lui, qui était désillusionné, il voulait des ruines, il avait trouvé le néant dans l'éternité, il voulait la destruction dans le temps. Il était seul au milieu des hommes ! il voulut s'en écarter tout à fait et vivre au moins de cette vie qui pouvait ressembler à ce qu'il rêvait, à ce qu'il aurait dû être.

IV

Le duc Arthur était assis dans un large fauteuil en maroquin noir, le coude appuyé sur sa table, la tête dans ses mains. La chambre qu'il habitait était grande et spacieuse, son plafond noirci par la fumée du charbon ; quant aux lambris, ils étaient cachés par une immense quantité de pots de terre, d'alambics, de vases, d'équerres et d'instruments rangés sur des tablettes.

Dans un coin était le fourneau, avec le creuset pour les magiques opérations ; puis, çà et là, sur des cendres encore chaudes, quelques livres entrouverts, dont quelques feuillets étaient arrachés à moitié et qui semblaient avoir été touchés par une main fiévreuse et brûlante, parcourus avec un regard avide et qui n'y avait rien lu.

Aucune lumière n'éclairait l'appartement, et quelques charbons qui se mouraient dans le fourneau jetaient seuls quelque lueur au plafond en décrivant un cercle lumineux et vacillant.

L'alchimiste restait depuis longtemps dans son immobile position : enfin il se leva, alla vers son creuset et le considéra quelque temps. La lueur rougeâtre des charbons illumina tout d'un coup son visage en le colorant d'un éclat fantastique. C'était bien là un de ces fronts pâles d'alchimistes d'enfer, ses yeux creux et rougis, sa peau blanche et tirée, ses mains maigres et allongées, tout cela indiquait bien les nuits sans sommeil, les rêves brûlants, les pensées du génie.

Et vous croyez que ce sourire d'amertume est un sourire de vanité ? vous croyez que ces joues creuses se sont amaigries sur les livres, que son teint s'est blanchi à la chaleur du charbon, et que celui-là maintenant qui pleurerait de rage si c'était un jeune homme, cherche un nom, une immortalité ? vous croyez que ces livres jetés avec colère, ces feuillets déchirés, et que cette main qui se crispe et qui se déchire, vous croyez qu'il se désespère ainsi pour n'avoir point trouvé une parcelle d'or, un poison qui fait vivre ?

Il allait retourner à sa place quand il aperçut, sur la muraille noircie, des lignes brillantes qui se dessinaient fortement et qui formèrent bientôt un monstre hideux et singulier, semblable à ces animaux que nous voyons sur le portique de nos cathédrales, affamé, les flancs creux, avec une tête de chien, des mamelles qui pendent jusqu'à terre, un poil rouge, des yeux qui flamboient et des ergots de coq.

Il se détacha de la muraille tout à coup et vint sauter sur le fourneau ; on entendit le bruit de ses pattes grêles et fines sur les pavés du creuset.

– Que me veux-tu ? dit-il à Arthur.

– Moi ? rien ! Mais, n'es-tu point l'esprit damné qui perd les hommes, qui torture leur âme ?

– Eh bien, oui, repartit le monstre avec un cri de joie, oui, je suis Satan.

– Que me veux-tu ? que viens-tu faire ici ?

– T'aider.

– Et à quoi ?

– À trouver ce que tu cherches, l'or, l'élixir.

– Vraiment oui ! Tu ne sais donc pas que je peux vivre des mondes, qu'une pensée de ma tête peut faire rouler l'or à mes pieds ? Non, Satan, si tu n'as de pouvoir que sur cela, quitte-moi, fuis, car tu ne peux me servir.

– Non, non, je resterai, dit Satan avec un singulier sourire, je resterai !

La vanité est ma fille aînée, elle me donne les âmes de tous ceux qui la prennent, pensa-t-il en lui-même, j'aurai son âme !

En ce moment, les charbons qui s'éteignaient jetèrent encore quelques nappes de lumière, qui passèrent sur la figure d'Arthur ; elle apparut à Satan plus belle et plus terrible que celle des damnés, et même des plus beaux.

– Tiens, sortons d'ici, lui dit Arthur, le vent agite les arbres, la mer gronde et le rivage est dévasté. Viens ! nous parlerons mieux de l'éternité et du néant au bruit de la tempête, devant la colère de l'océan.

Ils sortirent. Le chemin qui conduisait au rivage était pierreux et ombragé par les grands arbres noirs qui entouraient le château. Il faisait froid, la terre était sèche et dure ; il faisait sombre, pas une étoile au ciel, pas un rayon de la lune.

Arthur marchait, la tête nue et le visage découvert, il allait lentement, et prenait plaisir à se sentir le visage effleuré par sa chevelure bleue et soyeuse. Il aimait le fracas du vent et le bruit sinistre des arbres qui se penchaient avec violence. Satan était derrière ; il sautillait légèrement sur les pierres, sa tête était baissée et il hurlait plaintivement.

Enfin ils arrivèrent à la plage, le sable en était frais, mouillé, couvert de coquilles et de varechs, qui roulaient vers la mer avec les galets entraînés par le reflux. Ils s'arrêtèrent tous les deux.

Arthur riait sauvagement au bruit des flots.

– Voici ce que j'aime, dit-il, ou plutôt ce que je hais le moins, mais cette colère n'est pas assez brutale, assez divine. Pourquoi le flot s'arrête-t-il et cesse-t-il de monter ? Oh ! si la mer s'étendait au-delà du rivage et des rochers, comme elle irait loin, comme elle courrait, comme elle bondirait ! ce serait plaisir de la voir, mais cela...

– Tu veux donc la mort, dit Satan, la mort dans tout ?

– C'est le néant que j'implore.

– Et pourquoi ? tu crois donc que rien ne subsiste après le corps ? que l'oeil fermé ne voit plus et que la tête froide et pâle n'a point de pensée ?

– Oui, je crois cela, pour moi du moins.

– Et que veux-tu enfin ? que désires-tu ?

– Le bonheur !

– Le bonheur ? y penses-tu ? le bonheur !... tu l'auras dans la science, tu l'auras dans la gloire, tu l'auras dans l'amour.

– Oh ! nulle part ! Je l'ai cherché longtemps, je ne l'ai jamais trouvé ; cette science était trop bornée, cette gloire trop étroite, cet amour trop mesquin.

– Tu te crois donc supérieur aux autres hommes ? tu crois que ton âme...

– Oh ! mon âme !... mon âme !...

– Tu n'en as donc pas ? tu ne crois à rien... pas même à Dieu ? Oh ! tu succomberas, homme faible et vaniteux, tu succomberas, car tu as refusé mes offres ; tu succomberas comme le premier homme. Que son regard était fier, comme il était insolent et fort de son bonheur, lorsque, se promenant dans l'Éden, il contemplait d'un oeil béant et surpris ma défaite et mes larmes ! et lui aussi je le vis succomber, je le vis ramper à mes pieds, je le vis pleurer comme moi, maudire et blasphémer comme moi ; nos cris de désespoir se mêlèrent ensemble et nous fûmes dès lors des compagnons de torture et de supplice. Oh ! oui, tu tomberas comme lui, tu aimeras quelque chose.

– Et tu me prends donc pour un homme, Satan ? pour un de ces êtres communs et vulgaires qui croupissent sur ce monde où un vent de malheur m'a jeté dans sa démence et où je me meurs faute d'air à respirer, faute de choses à sentir, à comprendre et à aimer ? Tu crois que cette bouche mange, que ces dents broient, que je suis asservi à la vie comme un visage dans un masque ? Si je découvrais cette peau qui me recouvre, tu verrais que moi aussi, Satan, je suis un de ces êtres damnés comme toi, que je suis ton égal et peut-être ton maître. Satan, peux-tu arrêter une vague ? peux-tu pétrir une pierre entre tes mains ?

– Oui.

– Satan, si je voulais, je te broierais aussi entre mes mains. Satan, qu'as-tu qui te rende supérieur à tout ? qu'as-tu ? est-ce ton corps ? mets ta tête au niveau de mon genou et de mon pied, je l'écraserai sur le sol. Qu'as-tu qui fasse ta gloire et ton orgueil, l'orgueil, cette essence des esprits supérieurs ? Qu'as-tu ? réponds !

– Mon âme.

– Et combien de minutes dans l'éternité peux-tu compter où cette âme t'ait donné le bonheur ?

– Cependant, quand je vois les âmes des hommes souffrir comme la mienne, c'est alors une consolation pour mes douleurs, un bonheur pour mon désespoir ; mais toi, qu'as-tu donc de si divin ? est-ce ton âme ?

– Non ! c'est parce que je n'en ai pas.

– Pas d'âme ? eh quoi ! c'est donc un automate vivifié par un éclair de génie ?

– Le génie ! oh ! le génie ! dérision et pitié ! À moi le génie ? ah !

– Pas d'âme ? et qui te l'a dit ?

– Qui me l'a dit ? je l'ai deviné... Écoute, et tu verras. Lorsque je vins sur cette terre, il faisait nuit, une nuit comme celle-ci, froide et terrible. Je me souviens d'avoir été apporté par les vagues sur le rivage... Je me suis levé et j'ai marché. Je me sentais heureux alors, la poitrine libre ; j'avais au fond de moi quelque chose de pur et d'intact, qui me faisait rêver et songer à des idées confuses, vagues, indéterminées, j'avais comme un ressouvenir lointain d'une autre position, d'un état plus tranquille et plus doux ; il me semblait, lorsque je fermais les yeux et que j'écoutais la mer, retourner vers ces régions supérieures où tout était poésie, silence et amour, et je crus avoir continuellement dormi. Ce sommeil était lourd et stupide, mais qu'il était doux et profond ! en effet, je me souviens qu'il fut un instant où tout passait derrière moi et s'évaporait comme un songe. Je revins d'un état d'ivresse et de bonheur pour la vie et pour l'ennui ; peu à peu ces rêves que je croyais retrouver sur la terre disparurent comme ce songe ; ce cœur se rétrécit, et la nature me parut avortée, usée, vieillie, comme un enfant contrefait et bossu qui porte les rides du vieillard. Je tâchai d'imiter les hommes, d'avoir leurs passions, leur intérêt, d'agir comme eux, ce fut en vain, c'est comme l'aigle qui veut se blottir dans le nid du pivert. Alors tout s'assombrit à ma vue, tout ne fut plus qu'un long voile noir, l'existence une longue agonie, et la terre un sépulcre où l'on enterrait tout vif, et puis quand, après bien des siècles, bien des âges, quand, après avoir vu passer devant moi des races d'hommes et des empires, je ne sentis rien palpiter en moi, quand tout fut mort et paralysé à mon esprit, je me dis : « Insensé, qui veux le bonheur et n'as point d'âme ! insensé, qui as l'esprit trop haut, le cœur trop élevé, qui comprends ton néant, qui comprends tout, qui n'aimes rien, qui crois que le corps rend heureux et que la matière donne le bonheur ! Cet esprit, il est vrai, était élevé, ce corps était beau, cette matière était sublime, mais pas d'âme ! pas de croyance ! pas d'espoir ! »

– Et tu te plains ! lui dit Satan, en traînant ses mamelles sur le sable et s'étendant de toute sa longueur, tu te plains ! Heureux, bénis le ciel au contraire, tu mourras ! Tu ne désires rien, Arthur, tu n'aimes rien, tu vis heureux, car tu ressembles à la pierre, tu ressembles au néant. Oh ! de quoi te plains-tu ? qui te chagrine ? qui t'accable ?

– Je m'ennuie.

– Ton corps, pourtant, ne peut-il point te procurer les plaisirs des hommes ?

– Les voluptés humaines, n'est-ce pas ? leurs grands baisers, leurs tièdes étreintes ? Oh ! je n'en ai jamais goûté, je les dédaigne et les méprise.

– Mais une femme ?

– Une femme ? Ah ! je l'étoufferais dans mes bras, je la broierais de mes baisers, je la tuerais de mon haleine. Oh ! je n'ai rien, tu as raison, je ne veux rien, je n'aime rien, je ne désire rien... Et toi,

Satan, tu voudrais mon corps, n'est-ce pas ?

– Un corps ? Oh ! oui, quelque chose de palpable, qui sente, qui se voie, car je n'ai qu'une forme, un souffle, une apparence. Oh ! si j'étais un homme, si j'avais sa large poitrine et ses fortes cuisses... aussi je l'envie, je le hais, j'en suis jaloux... Oh ! mais je n'ai que l'âme, l'âme, souffle brûlant et stérile, qui se dévore et se déchire lui-même ; l'âme ! mais je ne peux rien, je ne fais qu'effleurer les baisers, sentir, voir, et je ne peux pas toucher, je ne peux pas prendre ; je n'ai rien, rien, je n'ai que l'âme. Oh ! que de fois je me suis traîné sur les cadavres de jeunes filles encore tièdes et chauds ! que de fois je m'en suis retourné désespéré et blasphémant ! Que ne suis-je la brute, l'animal, le reptile ! au moins il a ses joies, son bonheur, sa famille ; ses désirs sont accomplis, ses passions sont calmées. Tu veux une âme, Arthur ? Une âme ! mais y songes-tu bien ? Veux-tu être comme les hommes ? veux-tu pleurer pour la mort d'une femme, pour une fortune perdue ? veux-tu maigrir de désespoir, tomber des illusions à la réalité ? Une âme ! mais veux-tu les cris de désespoir stupide, la folie, l'idiotisme ? une âme ! tu veux donc croire ? tu t'abaisserais jusqu'à l'espoir ? Une âme ! tu veux donc être un homme, un peu plus qu'un arbre, un peu moins qu'un chien ?

– Eh bien non, dit Arthur en s'avançant dans la mer, non, je ne veux rien !

Puis il se tut, et Satan le vit bientôt courir sur les flots, sa course était légère et rapide et les vagues scintillaient sous ses pas.

– Oh ! dit Satan, dans sa haine jalouse, heureux, heureux... tu as l'ennui sur la terre, mais tu dormiras plus tard, et moi, moi, j'aurai le désespoir dans l'éternité, et quand je contemplerai ton cadavre...

– Mon cadavre ? dit Arthur, qui t'a dit que je mourrai ? Ne te l'ai-je pas dit ? je n'espère rien, pas même la mort.

– Les moyens les plus terribles...

– Essaie, dit Arthur qui s'était arrêté un instant sur la vague qui le ballottait doucement, comme s'il se fût tenu debout sur une planche.

Satan se tut longtemps et pensa à l'alchimiste : « Je l'ai trompé, se dit-il, il ne croit pas à son âme. Oh ! tu aimeras, tu aimeras une femme, mais, à celle-là je lui donnerai tant de grâce, tant de beauté, tant d'amour, qu'il l'aimera... car c'est un homme, malgré son orgueil et sa science. »

– Écoute, Arthur, lui dit-il, demain tu verras une fille de tes montagnes, tu l'aimeras.

Arthur se mit à rire.

– Pauvre sot, lui dit-il, je veux bien essayer, ou plutôt essaie de me tuer, si tu l'oses !

– Non, dit Satan, je n'ai de pouvoir que sur les âmes. Et il le quitta.

Arthur était resté sur les rochers, et quand la lune commença à paraître, il ouvrit ses immenses ailes vertes, déploya son corps blanc comme la neige, et s'envola vers les nues.

V

Il faisait soir et le soleil rougeâtre et mourant éclairait à peine la vallée et les montagnes. C'était à cette heure du crépuscule où l'on voit, dans les prés, des fils blancs qui s'attachent à la chevelure des femmes et à leurs vêtements de dentelles et de soyeuses étoffes ; c'était à cette heure où la cigale chante de son cri aigu, dans l'herbe et sous les blés. Alors on entend dans les champs des voix mystérieuses, des concerts étranges, et puis, bien loin, le bruit d'une sonnette qui s'apaise et diminue, avec les troupeaux qui disparaissent et qui descendent. À cette heure, celle qui garde les chèvres et les vaches hâte son pas, court sans regarder derrière elle, et puis s'arrête de temps en temps, essoufflée et tremblante, car la nuit va venir et l'on rencontre dans le chemin quelques hommes et des jeunes gens, et puis elle a seize ans, la pauvre enfant, et elle a peur.

Julietta rassemble ses vaches et se dirige vers le village, dont on distinguait quelques cabanes, mais, ce jour-là, elle était triste, elle ne courait plus pour cueillir des fleurs et pour les mettre dans ses cheveux. Non ! plus de sauts enfantins à la vue d'une belle marguerite que son pied allait écraser, plus de chants joyeux, ce jour-là, plus de ces notes perlées, de ces longues roulades ; non ! plus de joie ni d'ivresse, plus ce joli cou blanc qui se courbait en arrière, et d'où sortait en dansant une musique légère et toute chaude d'harmonie, mais, au contraire, des soupirs répétés, un air rêveur, des larmes dans les yeux, et une longue promenade, bien rêveuse et bien lente, au milieu des herbes, sans faire attention qu'elle marche dans la rosée et que ses vaches ont disparu, tant la jeune fille est nonchalante et toute mélancolique.

Que de fois, dans ce jour, elle courut après son troupeau ; que de fois elle revint se rasseoir, lasse et ennuyée, et là, penser, ou plutôt ne penser à rien ! Elle était oppressée, son cœur brûlait, il désirait quelque chose de vague, d'indéterminé, il s'attachait à tout, quittait tout, il avait l'ennui, le désir, l'incertitude ; ennui, rêve du passé, songe sur l'avenir, tout cela passait dans la tête de l'enfant, couchée sur l'herbe et qui regardait le ciel les mains sur son front. Elle avait peur d'être ainsi seule au milieu des champs, et pourtant elle y avait passé son enfance, se jouant dans les bois et courant dans les moissons ; le bruit du feuillage la faisait trembler, elle n'osait se retourner, il lui semblait toujours voir derrière sa tête la figure de quelque démon grimaçant avec un rire horrible.

Elle regarda longtemps les rayons rougeâtres du soleil qui diminuait de plus en plus, et qui décrivait, de place en place, des cercles lumineux qui s'agrandissaient, disparaissaient, puis revenaient bientôt ; elle attendit que la cloche de l'église eût fini de sonner et quand ses dernières vibrations furent perdues dans le lointain, alors elle se leva péniblement, courut après son troupeau, et se mit en marche pour retourner chez son père.

Tout à coup elle vit, à une cinquantaine de pas, une vingtaine de petites flammes qui s'élevaient de la terre ; les flammes disparurent, mais au bout de quelques minutes, Julietta les revit encore ; elles se rapprochèrent peu à peu, et puis une disparaissait, puis une autre, une troisième, et enfin la dernière qui sautillait, s'allongeait et dansait avec vivacité et folie. Les vaches s'arrêtèrent tout à coup, comme si un instinct naturel leur prescrivait de ne plus avancer, et firent entendre un beuglement plaintif qui se traîna longtemps, monotone, et puis mourut lentement. Les flammes redoublèrent, et l'on entendait distinctement des rires éclatants et des voix d'enfants. Julietta pâlit et s'appuya sur la corne d'une génisse, immobile et muette de terreur ; elle entendit des pas derrière sa tête, elle sentit ses joues effleurées par un souffle brûlant et un homme vint se placer debout devant elle.

Il était richement vêtu, ses habits étaient de soie noire, sa main gantée reluisait de diamants ; au moindre de ses gestes on entendait un bruit de sonnettes argentines, comme mêlées à des pièces d'or ; sa figure était laide, ses moustaches étaient rouges, ses joues étaient creuses, mais ses yeux brillaient comme deux charbons, ils étincelaient sous une prunelle épaisse et touffue comme une poignée de cheveux ; son front était pâle, ridé, osseux, et la partie supérieure en était soigneusement cachée par une toque de velours rouge. On eût dit qu'il craignait de montrer sa tête.

– Enfant, dit-il à Julietta, belle enfant !

Et il l'attira vers lui d'une main puissante, avec un sourire qu'il tâchait de faire doux et qui n'était qu'horrible.

– Aimes-tu quelqu'un ?

– Oh ! laissez-moi, dit la jeune fille, je me meurs entre vos bras ! vous m'écrasez !

– Eh quoi ! personne ? continua le chevalier. Oh ! tu aimeras quelqu'un, car je suis puissant, moi, je donne la haine et l'amour. Tiens, asseyons-nous ici, continua-t-il, sur le dos de ta vache blanche.

Celle-ci se coucha sur le côté et prêta le flanc, l'inconnu s'assit sur son cou, il tenait d'une main une de ses cornes et de l'autre la taille de Julietta.

Les feux follets avaient cessé, le soleil n'éclairait plus, il faisait presque nuit et la lune, pâle et faible, luttait avec le jour.

Julietta regardait l'étranger avec terreur ; son regard était terrible.

– Laissez-moi ! dit-elle, oh ! laissez-moi, au nom de Dieu !

– Dieu ? reprit-il amèrement, et il se mit à rire. Julietta, continua-t-il, connais-tu le duc Arthur d'Almaroës ?

– Je l'ai vu quelquefois, mais c'est comme de vous, j'en ai peur... Oh ! laisse-moi, laisse-moi ; il faut que je m'en aille... mon père ! oh ! s'il savait...

– Ton père ! eh bien ?

– S'il savait, vous dis-je, que vous me retenez ainsi, le soir... oh ! mais il vous tuerait !

– Je te laisse libre, Julietta, pars !

Et il laissa tomber son bras qui la tenait vivement étreinte.

Elle ne put se lever, quelque chose l'attachait au ventre de l'animal qui geignait tristement et humectait l'herbe de sa langue baveuse ; il râlait et remuait sa tête sur le sol comme s'il se mourait de douleur.

– Eh bien, Julietta, pars ; qui t'empêche ?

Elle s'efforça encore, mais rien ne put lui faire faire un mouvement, sa volonté de fer se brisait devant la fascination de cet homme et son pouvoir magique.

– Qu'êtes-vous donc ? lui dit-elle, quel mal vous ai-je fait ?

– Aucun... mais parlons du duc Arthur d'Almaroës. N'est-ce pas qu'il est riche, qu'il est beau ?

Ici il se tut, se frappa le front de ses deux mains : « Oh ! qu'il vienne ! qu'il vienne donc ! »

Et puis ils restèrent ainsi tous deux longtemps, bien longtemps, la jeune fille tremblante, et lui l'oeil fixé sur elle et la contemplant avidement.

– Es-tu heureuse ? lui demanda-t-il.

– Heureuse ? Oh, non !

– Que te faut-il ?

– Je ne sais, mais je n'aime rien, rien ne me plaît, surtout aujourd'hui, je suis bien triste, et ce soir encore... votre air méchant... Oh ! j'en deviendrai folle !

– N'est-ce pas, Julietta, que tu voudrais être reine ?

– Non !

– N'est-ce pas, Julietta, que tu aimes l'église et son encens, sa haute nef, ses murailles noircies et ses chants mystiques ?

– Non.

– Tu aimes la mer, les coquilles au rivage, la lune au ciel et des rêves dans tes nuits ?

– Oh ! oui ! j'aime tout cela.

– Et qu'y rêves-tu dans tes nuits, Julietta ?

– Que sais-je ?

Et elle devint toute pensive.

– N'est-ce pas que tu souhaites une autre vie, des voyages lointains ? n'est-ce pas que tu voudrais être la feuille de rose pour rouler dans l'air, être l'oiseau qui vole, le chant qui se perd, le cri qui s'élance ? n'est-ce pas que le duc Arthur est beau, riche et puissant ! Et lui aussi, il aime les rêves, les sublimes extases.

« Oh ! qu'il vienne ! qu'il vienne ! continua-t-il tout bas, qu'il vienne ! elle l'aimera et d'un amour chaud, brûlant, entier, ils se perdront tous deux. »

La lune roulait sous les nuages, elle éclairait la montagne, la vallée et le vieux château gothique, dont la sombre silhouette se dessinait au clair de lune comme un fantôme sur le mur du cimetière.

– Levons-nous, dit l'inconnu, et marchons !

L'étranger prit Julietta et l'entraîna sur ses pas, les vaches bondissaient, galopaient dans les champs, elles couraient, éperdues, les unes après les autres, puis revenaient autour de Julietta en sautant et en dansant ; on n'entendait que le bruit de leurs pas sur la terre et la voix du cavalier aux éperons d'or qui parlait et parlait toujours d'un son singulier comme un orgue. Il y avait longtemps qu'ils marchaient ainsi, le chemin était facile, et ils marchaient rapidement sur l'herbe fraîche, glissante sous les pieds comme une glace polie. Julietta était fatiguée, ses jambes s'affaissaient sous son corps.

– Quand arriverai-je ? demandait-elle souvent.

Et son regard mélancolique s'élançait dans l'horizon qui ne lui offrait qu'une obscurité profonde. Enfin elle reconnut, après bien longtemps, la masure de son père. L'étranger était toujours à ses côtés, il ne disait plus rien, seulement son visage était gai et il souriait comme un homme heureux ; quelques mots d'une langue inconnue s'échappaient de ses lèvres, et puis il prêtait l'oreille attentivement, silencieux et la bouche béante.

– Aimes-tu le duc Arthur ? demanda-t-il encore une fois.

– Je le connais à peine, et puis, que vous importe ?

– Tiens, le voilà ! lui dit-il.

En effet, un homme passa devant eux, il était nu jusqu'à la ceinture, son corps était blanc comme la neige, ses cheveux étaient bleus et ses yeux avaient un éclat céleste.

L'inconnu disparut aussitôt.

Julietta se mit à courir, puis, arrivée à une porte en bois entourée d'une haie, elle se cramponna au marteau de fer et sonna à coups redoublés. Un vieillard vint ouvrir, c'était son père.

– Pauvre enfant, lui dit-il, d'où viens-tu ? entre !

Et la jeune fille aussitôt se précipita dans la maison, où sa famille l'attendait depuis plusieurs heures avec angoisse ; chacun aussitôt poussa des cris de joie, on l'embrassa, on la questionna, et l'on se mit à table autour d'un énorme pot en fer d'où s'exhalait une vapeur épaisse.

– As-tu ramené les vaches ? lui demanda sa mère.

Et sur sa réponse affirmative, elle lui prescrivit d'aller les traire. Julietta sortit et revint au bout de quelques minutes, apportant un énorme seau de fer-blanc qu'elle déposa avec peine sur la table... mais c'était du sang.

– Ciel ! du sang ! s'écria Julietta – elle devint pâle et tomba sur les genoux de sa mère – oh ! c'est lui !

– Qui ?

– Lui enfin, lui qui m'a retardée.

– Qu'est-ce ?

– Je ne sais !

– C'est moi, s'écria une voix qui partait du fond de l'appartement, avec un rire perçant.

En effet l'étranger et le duc Arthur étaient collés contre la muraille.

Le vieillard sauta sur son fusil accroché dans sa cheminée, et les ajusta.

– Grâce pour lui ! s'écria Julietta en se jetant violemment autour de son cou.

Mais la balle était partie, on n'entendait plus rien, les deux fantômes disparurent ; seulement, au bout de quelques instants, une vitre se cassa et une balle vint rouler sur les pavés.

C'était celle que Satan renvoyait.

VI

Tout cela était étrange, il y avait là-dessous quelque sorcellerie, quelque piège magique ; et puis, ce lait changé en sang, cette apparition bizarre, le retard de Julietta, son regard effaré, sa voix chevrotante, et cette balle qui venait rebondir autour d'eux, avec leur rire sinistre échappé du mur, tout cela fit pâlir et trembler la famille ; on se serra les uns contre les autres et l'on se tut aussitôt. Julietta s'appuya la tête dans la main gauche, posa le coude sur la table, et défaisant le ruban qui retenait ses cheveux, elle les laissa tomber sur ses épaules, puis, ouvrant les lèvres, elle se mit à chanter entre ses dents, bien bas il est vrai ; elle murmurait un vieux refrain, aigre et monotone, qui sortait en sifflant ; elle se balançait légèrement sur la chaise et paraissait vouloir s'endormir au son de sa voix, son regard était insignifiant et à demi fermé, sa tenue était nonchalante et rêveuse.

On l'écoutait avec étonnement, et c'était toujours les mêmes sons, aigus et faibles, le même bourdonnement ; puis peu à peu il s'apaisa, et il devint si faible et si grêle qu'il mourut entre ses dents.

La nuit se passa ainsi, triste et longue, car chacun n'osait remuer de sa place, n'osait dire une parole ni regarder derrière soi. Le vieillard s'assoupit profondément dans son fauteuil de bois, sa femme ferma bientôt les yeux de crainte et d'ennui ; quant à ses deux fils, ils baissèrent la tête dans leurs mains et cherchèrent un sommeil qui ne vint que bien tard, mais troublé par des rêves sinistres.

Il eût fallu voir toutes ces têtes sommeillantes et abattues, réunies autour d'une lumière mourante qui éclairait leur front soucieux d'une teinte pâle et lugubre : celle du vieillard était grave, sa bouche était entrouverte, son front était couvert de ses cheveux blancs, et ses mains décharnées reposaient sur ses cuisses ; la vieille femme, qui était posée devant lui, tournait de temps en temps la tête de côté et d'autre, son visage était ridé par une singulière expression de malheur et d'amertume ; et puis il y avait la figure pâle et paisible de Julietta, avec ses longs cheveux blonds qui balayaient la table, sa chanson monotone qui sifflait entre ses dents blanches, et son regard doux et enivré.

Elle ne dormit pas, mais elle passa les heures de la nuit à écouter le beuglement plaintif de sa vache blanche qui, renfermée dans son étable, souffrait aussi, la pauvre bête, et se tordait peut-être d'agonie sur sa litière humide de sueur.

En effet, quand le jour fut venu et que Julietta sortit pour l'aller faire paître dans les champs, elle portait sur le cou l'empreinte d'une griffe.

Elle sortit, monta la colline d'un pas rapide ; arrivée au haut, elle s'assit, mais le bas de ses vêtements et ses pieds ruisselaient, elle avait marché dans la rosée, tant, ce jour, elle était folle et dormeuse tout à la fois ; elle courait, puis s'arrêtait tout à coup, portait sa main à son front, et regardait de tous côtés s'il n'allait pas venir.

Il ! car elle aimait, la pauvre enfant ! elle aimait un grand seigneur, riche, puissant, qui était beau cavalier, avait des yeux fiers et un sourire hautain ; elle aimait un homme étrange, inconnu, un démon incarné, une créature, pensait-elle, bien élevée et bien poétique.

Non ! rien de tout cela, car elle aimait le duc Arthur d'Almaroës.

D'autres fois, elle retombait dans ses rêveries et souriait amèrement, comme doutant de l'avenir, et puis elle pensait à lui, elle se le créait là, assis sur l'herbe perlée, à côté d'elle ; il était là, là, lui disant de douces paroles, la regardant fixement de son regard puissant ; et sa voix était douce, était pure, était vibrante d'amour, c'était une musique toute nouvelle et toute sublime. Elle resta ainsi longtemps, les yeux fixés sur l'horizon qui lui apparaissait toujours aussi morne, aussi vide de sens, aussi stupide.

Le soir arriva enfin, après ce long jour d'angoisses, aussi long que la nuit qui l'avait précédé. Julietta resta encore longtemps après le coucher du soleil, et puis elle revint, elle descendit lentement la montagne, s'arrêtant à chaque pas et écoutant derrière elle, et elle n'entendait que la cigale qui sifflait sous l'herbe, et l'épervier qui rentrait dans son nid en volant à tire-d'aile.

Elle s'en allait donc ainsi triste et désespérée, la tête baissée sur son sein tout gonflé de soupirs, tenant de sa main gauche la corde tout humide qui tenait sa pauvre vache blanche qui boitait de l'épaule droite. C'était sur celle-là que Satan s'était assis.

Arrivée à l'endroit où l'inconnu l'avait quittée, la veille, et où le duc Arthur lui était apparu, elle s'arrêta instinctivement, retint fortement sa génisse qui, luttant naturellement contre elle, l'entraîna de quelques pas.

Arthur se présenta aussitôt, elle lâcha la corde, et la vache se mit à bondir et à galoper vers son étable.

Julietta le regarda avec amour, avec envie, avec jalousie ; il passa en la regardant comme il regardait les bois, le ciel, les champs.

Elle l'appela par son nom ; il fut sourd à ses cris comme au bêlement du mouton, au chant de l'oiseau, aux aboiements du chien.

– Arthur, lui dit-elle avec désespoir, Arthur, oh ! Arthur, écoute !

Et elle courut sur ses pas, et se traîna à ses vêtements, et elle balbutiait en sanglotant ; son cœur battait avec violence, elle pleurait d'amour et de rage. Il y avait tant de passion dans ces cris, dans ces larmes, dans cette poitrine qui se soulevait avec fracas, dans cet être faible et aérien qui se traînait les genoux sur le sol, tout cela était si éloigné des cris d'une femme pour une porcelaine brisée, du bêlement du mouton, du chant de l'oiseau, de l'aboiement du chien, qu'Arthur s'arrêta, la regarda un instant... et puis il continua sa route.

– Oh ! Arthur, écoute de grâce un instant ! car je t'aime, je t'aime ! Oh ! viens avec moi, nous irons vivre ensemble sur la mer, loin d'ici, ou bien, tiens ! nous nous tuerons ensemble.

Arthur marchait toujours.

– Écoute, Arthur ! mais regarde-moi ! je suis donc bien hideuse, bien laide ? tu n'es donc pas un homme, toi, que ton cœur est froid comme le marbre et dur comme la pierre !

Elle tomba à genoux à ses pieds, en se renversant sur le dos comme si elle allait mourir. Elle mourait, en effet, d'épuisement et de fatigue, elle se tordait de désespoir, et voulait s'arracher les cheveux, et puis elle sanglotait avec un rire forcé, des larmes qui étouffaient sa voix ; ses genoux étaient déchirés et couverts de sang à se traîner ainsi sur les cailloux ; car elle aimait d'un amour déchirant, entier, satanique ; cet amour la dévorait toujours, il était furieux, bondissant, exalté.

C'était bien un amour inspiré par l'enfer, avec ces cris désordonnés, ce feu brûlant qui déchire l'âme, use le cœur ; une passion satanique, toute convulsive et toute forcée, si étrange qu'elle paraît bizarre, si forte qu'elle rend fou.

– À demain, n'est-ce pas, oh, Arthur ! Une grâce ! une grâce ! et je te donnerai tout après, mon sang, ma vie, mon âme, l'éternité si je l'avais ! tu me tueras si tu veux, mais à demain ! à demain sur la falaise... Oh ! n'est-ce pas ? au clair de lune... la belle chose qu'une nuit d'amour sur les rochers, au bruit des flots, n'est-ce pas, Arthur ?... à demain ?

Et il laissa tomber nonchalamment de ses lèvres dédaigneuses deux mots :

– À demain !

VII

À demain ! Oh ! demain ! et elle courut comme une folle vers la falaise, on ne la revit plus dans le village, elle avait disparu du pays.

Satan l'avait emportée.

VIII

Il faisait nuit, la lune brillait pure et blanche, et, dégagée de ses nuages, sa lumière éclairait le cabinet d'Arthur, dont il avait laissé la fenêtre ouverte ; il se penchait sur la rampe de fer et humait avec délices l'air frais de la nuit. Il entendit ce même bruit de pattes fines et légères sur les carreaux de son fourneau, il se retourna. C'était Satan, mais, cette fois, plus hideux et plus pâle encore ; ses flancs étaient amaigris, et sa gueule béante laissait voir des dents verdâtres comme l'herbe des tombeaux.

– Eh bien, Satan, lui dit Arthur, eh bien, est-il vrai maintenant que j'aime quelqu'un ? crois-tu que j'aie été ému par ces cris, par ces larmes et par ces convulsions forcées ?

– Vraiment, lui répondit le démon en frémissant sur ses quatre pattes, vraiment tu es donc bien insensible ! et tu l'as laissée mourir ?

– Elle est morte ? dit Arthur en le regardant froidement.

– Non ; mais elle t'attend.

– Elle m'attend ?

– Oui, sur la falaise. Ne lui avais-tu pas promis ? il y a longtemps qu'elle y est, elle t'attend.

– Eh bien, j'irai.

– Tu iras ? eh bien, Arthur, je ne te demande que cette dernière grâce ; après, tu feras de moi tout ce qu'il te plaira, je t'appartiens.

– Et que veux-tu que je fasse ?

– Crois-tu que je tienne beaucoup à ton âme, moi ? tu l'aimeras, te dis-je... Arthur, ne m'as-tu pas dit que tu voudrais avoir des passions, un amour fort et brûlant, étranger des autres amours ? eh bien, tu l'aurais, cet amour... mais moi, à mon tour, n'est-ce pas ? tu me donneras ton âme ?

– Je n'en ai pas.

– Tu le crois, mais tu en as une, car tu es un homme puisque tu aimeras.

Satan était habitué à voir tant d'orgueil et de vanité qu'il ne croyait qu'à cela ; le malheur ne voit que le vice, l'affamé ne sent que la faim.

– Un homme ? Satan ! dis, en as-tu vu des hommes qui puissent s'étendre dans les airs jusqu'aux nuages ? – et il déploya ses ailes vertes – en as-tu vu des cheveux comme ceux-là ? – et il montra sa chevelure bleue. – As-tu vu chez aucun d'eux un corps blanc comme la neige, une main aussi forte que celle-là, Satan – et il lui serrait fortement la peau entre ses ongles – enfin, y en a-t-il qui ose jamais t'insulter ainsi ? Puisque tu désires mon âme, tue-moi de suite, écrase ma tête dans tes dents, déchire-moi de tes griffes, essaie et vois si je suis un homme.

Et Satan bondissait sur le pavé, il écumait de rage et, dans ses sauts convulsifs, il allait se frapper les reins sur le plafond ; Arthur était paisible.

– Satan, lui dit-il, tu es fort en effet, tu es puissant, je sens que tu peux m'anéantir d'un seul coup, essaie, essaie, ah ! de grâce, tue-moi !... Oui, j'ai une âme, je te la donne, mon âme ; tue-moi, cela t'est facile, car je ne suis qu'un homme.

Le démon sauta sur sa gorge avec un cri infernal qui partait de ses entrailles ; il voulut le saisir, la peau lui glissa sous les dents. Arthur se dégagea la poitrine ; Satan s'élança d'un bond furieux, les griffes en avant, il retomba sans pouvoir effleurer l'épiderme qui était intact et poli ; il bondissait, furieux, éperdu, un aboiement rauque courait sur ses lèvres ensanglantées, ses yeux flamboyaient, il trépignait ; Arthur se coucha sur le sol, étendit ses ailes. Satan glissait dessus, il s'y traînait, y rampait, ouvrait la gueule pour le déchirer, ses griffes s'usaient comme à déchirer un roc ; il bavait, haletant, rouge de colère : pour la première fois il se trouvait vaincu. Et puis l'autre... l'autre riait mollement, et ce rire paisible était éclatant, sonore et comme mêlé à un bruit de fer ; le souffle bruyant qui s'exhalait de sa gorge repoussait Satan, comme la furieuse vibration d'une cloche d'alarme qui bondit dans la nef, rugit, ébranle les piliers et fait tomber la voûte.

Il fallait voir aux prises ces deux créatures toutes bizarres, toutes d'exception, l'une toute spirituelle, l'autre charnelle et divine dans sa matière ; il fallait voir en lutte l'âme et le corps et cette âme, cet esprit pur et aérien, rampant, impuissant et faible devant la morgue hautaine de la matière brute et stupide.

Ces deux monstres de la création se trouvaient en présence comme pour se haïr et se combattre, c'était une guerre acharnée, à mort, une guerre terrible... et qui devait finir entre eux, comme chez l'homme... par le doute et l'ennui.

C'était deux principes incohérents qui se combattaient en face ; l'esprit tomba d'épuisement et de lassitude devant la patience du corps.

Et qu'ils étaient grands et sublimes, ces deux êtres qui, réunis ensemble, auraient fait un Dieu, l'esprit du mal et la force du pouvoir ! Que cette lutte était terrible et puissante, avec ces cris d'enfer, ces rires furieux, et puis tout l'édifice en ruines qui tremblait sous les pas, et dont les pierres remuaient comme dans un rêve !

Enfin, quand Satan eut bien des fois sauté et retombé sur le sol, haletant et fatigué, l'oeil terne, la peau humide d'une sueur glaciale, les griffes cassées ; quand Arthur l'eut contemplé longtemps, épuisé de rage et de colère, rampant tristement à ses pieds ; quand il eut savouré longtemps le râle qui s'échappait de sa poitrine, quand il eut compté les soupirs d'agonie qu'il ne pouvait retenir et qui lui brisaient le cœur, enfin, quand, revenu de sa cruelle défaite, Satan leva la tête défaillante vers son vainqueur, il trouva encore ce regard d'automate froid, et impassible, qui semblait rire dans son dédain.

– Et toi aussi, lui dit Arthur, tu t'es laissé vaincre comme un homme... et par orgueil encore ! Crois-tu maintenant que j'aie dit vrai ?

– Tu n'es peut-être pas un homme, dit Satan... mais tu as une âme...

– Eh bien, Satan, j'irai demain sur la falaise.

Et le lendemain, quand le concierge fit sa tournée dans les corridors, il trouva que les dalles étaient dérangées et usées toutes, de place en place, comme par une griffe de fer. Le brave homme en devint fou.

IX

Julietta attendait le duc, elle l'attendait jour et nuit, courant sur les rochers, elle l'attendait en pleurant, elle l'attendait depuis quatre années.

Car les ans passent vite dans un récit, dans la pensée ; ils coulent vite dans le souvenir, mais ils sont lents et boiteux dans l'espérance.

Le jour, elle se promenait sur la plage, écoutait la mer et regardait de tous côtés s'il n'allait pas venir ; et puis quand le soleil avait échauffé les roches, quand, épuisée, elle tombait de fatigue, alors elle s'endormait sur le sable, et puis se relevait pour aller cueillir des fruits, chercher le pain que des âmes charitables déposaient dans une fente de rochers.

La nuit elle se promenait sur les falaises, errante ainsi avec ses longs vêtements blancs, sa chevelure en désordre, et des cris de douleur ; et elle restait assise des heures entières sur un roc aigu, à contempler, au clair de lune, les vagues brisées qui venaient mourir sur la grève et mousser en blanches écumes entre les rochers et les galets.

Pauvre folle ! disait-on, si jeune et si belle ! vingt ans à peine... et plus d'espoir !... Dame ! c'est sa faute aussi, elle est folle d'amour, d'amour pour un prince ; c'est l'orgueil qui l'a perdue, elle s'est donnée à Satan.

Oui, bien folle, en effet, d'aimer le duc Arthur, bien folle de ne point étouffer son amour, bien folle de ne point se tuer de désespoir ; mais elle croyait à Dieu et elle ne se tua pas.

Il est vrai que souvent elle contemplait la mer et la falaise, haute de cent pieds, et puis qu'elle se mettait à sourire tout bas, avec une grimace des lèvres qui faisait peur aux enfants ; bien folle de s'arrêter devant une idée de croire à Dieu, de le respecter, de souffrir pour son plaisir, de pleurer pour ses délices. Croire à Dieu, Julietta, c'est être heureuse ; tu crois à Dieu et tu souffres ! Oh ! tu es bien folle en effet ! Voilà ce que te diront les hommes.

Mais non, au désespoir avait succédé l'abattement, aux cris furieux les larmes ; plus d'éclairs de voix, de profonds soupirs, mais des sons dits tout bas et retenus sur les lèvres, de peur de mourir en les criant.

Ses cheveux étaient blancs, car le malheur vieillit ; il est comme le temps, il court vite, il pèse lourd et il frappe fort ; mais, plus encore, il faut moins de larmes au désespoir pour amaigrir un homme que de gouttes d'eau à la tempête pour creuser la pierre d'une tombe ;

les cheveux se blanchissent en une nuit.

Ses cheveux étaient blancs, ses habits déchirés, mais ses pieds s'étaient durcis à marcher sur la terre, à s'écorcher aux ronces et aux chardons ; ses mains étaient crevassées par le froid et par l'air âpre de l'océan, qui dessèche et qui brûle comme les gelées du Nord ; et puis elle était pâle, amaigrie, avait les yeux creux et ternes, que vivifiait encore un rayon d'amour, qu'éclairait une étincelle d'enfer ; sa bouche était entrouverte et comme contractée par un mouvement des lèvres involontaire et convulsif. Mais elle avait toujours le teint doré et brûlé du soleil, elle avait toujours ce regard étrange qui séduit et qui attire, c'était toujours cette âme sublime et passionnée, que Satan avait choisie pour tenter la matière endormie, le corps dénué de sens, la chair sans volupté.

Quand elle voyait un homme, elle courait vers lui, se jetait à ses pieds, l'appelait Arthur, et puis s'en retournait triste, désespérée, en disant : « Ce n'est pas lui ! il ne vient pas ! »

Et l'on disait : Oh ! la pauvre folle, si jeune et si belle, vingt ans à peine... et plus d'espoir !

C'était par une nuit belle, radieuse d'étoiles, toute blanche, toute azurée, toute calme comme la mer, qui était tranquille et douce, qui venait battre légèrement les rochers de la falaise.

Julietta était là, toujours rêveuse et solitaire, et puis, je ne sais si c'est un songe, mais Arthur lui apparut.

Arthur ! oh ! mais toujours froid, toujours calme.

– Je t'attends, lui dit Julietta, il y a longtemps que je suis au rendez-vous !

Sa voix tremblait.

– Assieds-toi avec moi, sur cette roche, ô mon Arthur, assieds-toi. Que te faut-il ? la lune est belle, les étoiles brillent, la mer est calme, il fait beau ici, Arthur... oh ! assieds-toi et causons.

Arthur s'étendit à côté d'elle.

– Que me veux-tu, Julietta, lui dit-il, pourquoi es-tu plus triste que les autres femmes ? pourquoi m'as-tu demandé à venir ici ?

– Pourquoi ?... ô Arthur... mais je t'aime !

– Qu'est-ce ?

– Eh quoi ? quand je te regarde ainsi, tiens, avec ce sourire – et elle passa son bras autour de sa taille – quand tu sens mon haleine, quand de mes cheveux j'effleure ta bouche, eh bien, dis, est-ce que tu ne sens pas là, sur la poitrine, quelque chose qui bat et qui respire ?

– Non ! non ! mais tu es une femme, toi, tu as une âme, oui, je comprends ; moi, je n'en ai pas d'âme – il la regarda avec fierté – et qu'est-ce que l'âme, Julietta ?

– Que sais-je ?... mais je t'aime ! Oh ! l'amour ! l'amour, Arthur, tiens, vous blanchit les cheveux, les miens.

Elle le contempla, elle se traîna sur sa poitrine, elle l'accabla de ses baisers et de ses caresses ; et lui, il restait toujours calme sous les embrassements, froid sous les baisers.

Il fallait voir cette femme, s'épuisant d'ardeur, prodiguant tout ce qu'elle avait de passion, d'amour, de poésie, de feu dévorant et intime, pour vivifier le corps léthargique d'Arthur, qui restait insensible à ces lèvres brûlantes, à ces bras convulsifs, comme l'attouchement du lézard au contact de la brute. Julietta était bondissante d'amour, comme Satan l'était de rage et de colère.

Elle passa bien des heures sur les joues d'Arthur, qui regardait le ciel azuré, qui pensait sans doute aussi à des rêves sublimes, à des amours, sans penser qu'il avait là, devant lui, dans ses bras, une réalité céleste, un amour d'exception, tout brûlant et tout exalté.

Julietta ! il la laissa tomber épuisée ; puis elle tenta un dernier effort... et courut vers les rochers les plus élevés et s'élança d'un seul bond ; il se fit un silence de quelques secondes, et Arthur entendit le bruit d'un corps lourd qui tombe dans l'eau. Et la nuit était belle, toute calme, toute azurée comme la mer, elle était douce, tranquille, et ses vagues venaient mourir mollement sur la plage, et puis les vagues roulaient, tombaient et apportaient sur le rivage des coquilles, de la mousse et des débris de navires.

Une vint rouler longtemps, elle s'étendit au loin, puis se recula, puis revint ; elle déposa quelque chose de lourd et de grand.

C'était un cadavre de femme.

– Eh bien ? dit Arthur, en regardant Satan.

Et quand celui-ci eut vu que son front était toujours pâle et uni, que son oeil était sec et sans larmes :

– Non ! non ! tu n'as pas d'âme, je me suis trompé, continua-t-il en le regardant avec envie, mais j'aurai celle-là.

Et il enfonça son pied crochu dans la gorge du cadavre.

X

Et plusieurs siècles se passèrent.

La terre dormait d'un sommeil léthargique, point de bruit à sa surface et l'on n'entendait que les eaux de l'océan qui se brisaient en écumant ; elles étaient furieuses, montaient dans l'air en tourbillonnant, et le rivage remuait à leurs secousses comme entre les mains d'un géant. Une pluie fine et abondante obscurcissait la lumière douteuse de la lune, le vent cassait la forêt, et les cieux pliaient sous leur souffle comme le roseau à la brise du lac.

Il y avait dans l'air comme un bruit étrange de larmes et de sanglots, on eût dit le râle d'un monde.

Et une voix s'éleva de la terre et dit :

– Assez ! assez ! j'ai trop longtemps souffert et ployé les reins, assez ! Oh ! grâce ! ne crée point d'autre monde !

Et une voix douce, pure, mélodieuse comme la voix des anges s'abattit sur la terre et dit :

– Non ! non ! c'est pour l'éternité, il n'y aura plus d'autre monde !

1837

Moeurs Rouennaises

Une leçon d'histoire naturelle Genre commis

Depuis Aristote jusqu'à Cuvier, depuis Pline jusqu'à M. de Blainville, on a fait des pas immenses dans la science de la nature. Chaque savant est venu apporter à cette science son contingent d'observations et d'études ; on a voyagé, fait des découvertes importantes, tenté de périlleuses excursions d'où l'on n'a rapporté le plus souvent que de petites fourrures noires, jaunes ou tricolores ; et puis l'on était bien aise de savoir que l'ours mangeait du miel, et qu'il avait un faible pour les tartes à la crème.

Ce sont de bien grandes découvertes, je l'avoue : mais aucun homme n'a songé encore à parler du commis, l'animal le plus intéressant de notre époque.

Aucun sans doute n'a fait des études assez spéciales, n'a assez médité, assez vu, assez voyagé, pour pouvoir parler du commis avec ample connaissance de cause.

Un autre obstacle se présentait ; comment classer cet animal ? À quelle famille le rattacher ?... Car on a hésité longtemps entre le bradype, le hurleur et le chacal. Bref, la question resta indécise, et on laissa à l'avenir le soin de résoudre ce problème avec celui de découvrir le principe du genre chien.

En effet, il était difficile de classer un animal si peu logique dans sa complexion. Sa casquette de loutre faisait opiner pour une vie aquatique ainsi que sa redingote à longs poils bruns, tandis que son gilet de laine épais de quatre pouces prouvait certainement que c'était un animal des pays septentrionaux ; ses ongles crochus l'auraient fait prendre pour un carnivore, s'il eût eu des dents. Enfin l'académie des sciences avait statué pour un digitigrade ; malheureusement on reconnut bientôt qu'il avait une canne en bois de fer, et que parfois il faisait ses visites du jour de l'an en fiacre et allait *dîner à la campagne* en coucou.

Pour moi, que ma longue expérience a mis à même d'instruire le genre humain, je puis parler avec la confiance modeste d'un savant zoologue. Mes fréquents voyages dans les bureaux m'ont laissé assez de souvenirs pour décrire les animaux qui les peuplent, leur anatomie, leurs moeurs. J'ai vu toutes les espèces de commis, depuis le commis de barrière jusqu'au commis d'enregistrement. Ces voyages m'ont entièrement ruiné, et je prie mes lecteurs de faire une souscription pour un homme qui s'est dévoué à la science et a usé pour elle deux parapluies, douze chapeaux (avec leurs coiffes en toile cirée) et six ressemelages de bottes.

Le commis a depuis trente-six ans jusqu'à soixante, il est petit, replet, gras et frais ; il a une tabatière dite queue de rat, une perruque rousse, des lunettes en argent pour le bureau et un mouchoir de rouenneries. Il crache souvent, et lorsque vous éternuez, il vous dit : « Dieu vous bénisse ». Il subit des variations de pelage selon le changement des saisons. En été, il porte un chapeau de paille, un pantalon de nankin qu'il a soin de préserver des taches d'encre en étalant dessus son mouchoir. Ses souliers sont en castor et son gilet en coutil. Il a invariablement un faux col de velours. Pour l'hiver, c'est un pantalon bleu avec une énorme redingote qui le préserve du froid. La redingote est l'élément du commis, comme l'eau celui des poissons.

Originaire de l'ancien continent, *il est malheureusement fort répandu dans nos pays.* Ses moeurs sont douces ; il se défend quand on l'attaque.

Il reste le plus souvent célibataire, et mène alors la vie de garçon.

La vie de garçon !

C'est-à-dire qu'au *café* il dit mademoiselle à la dame du comptoir, prend le sucre qui lui reste sur son plateau et se permet parfois le fin cigare de trois sous. Oh ! mais alors le Commis est infernal ! Le jour qu'il a fumé, il se sent belliqueux, taille quatre plumes avant d'en trouver une bonne, rudoie le garçon de bureau, laisse tomber ses lunettes et fait des pâtés sur ses registres, ce qui le désole considérablement.

D'autres fois le commis est marié. Alors il est citoyen paisible et vertueux, et n'a plus la tête chaude de sa jeunesse. Il monte sa garde, se couche à neuf heures, ne sort pas sans parapluie. Il prend son café au lait tous les dimanches matin, et lit le *Constitutionnel, l'Écho,* les *Débats* ou quelqu'autre journal de cette force.

Il est chaud partisan de la charte de 1830 et des libertés de juillet. Il a du respect pour les lois de son pays, crie vive le roi ! devant un feu d'artifice, et blanchit son baudrier tous les samedis soir. Le commis est enthousiaste de la garde nationale ; son cœur s'allume au son du tambour, et il court à la place d'armes, sanglé et étranglé dans son col en fredonnant : « Ah quel plaisir d'être soldat ! »

Quant à sa femme, elle garde la maison tout le long du jour, raccommode les bas, fait des manchettes en toile pour son époux, lit les mélodrames de l'Ambigu et trempe la soupe : c'est là sa spécialité.

Quoique chaste, le commis a pourtant l'esprit licencieux et enjoué ; car il dit *ma belle enfant* aux jeunes personnes qui entrent dans le bureau. De plus, il est abonné aux romans de Paul de Kock, dont il fait ses lectures favorites, le soir, auprès de son poêle, les pieds dans ses pantoufles et le bonnet de soie noire sur la tête.

Il faut voir cet intéressant bipède au bureau, copiant des contrôles. Il a ôté sa redingote et son col, et travaille en chemise, c'est-à-dire en gilet de laine.

Il est penché sur son pupitre, la plume sur l'oreille gauche : il écrit lentement en savourant l'odeur de l'encre qu'il voit avec plaisir s'étendre sur un immense papier : il chante entre ses dents ce qu'il écrit, et fait une musique perpétuelle avec son nez ; mais lorsqu'il est pressé, il jette avec ardeur les points, les virgules, les barres, les *fions* et les paraphes. Ceci est le comble du talent. Il s'entretient avec ses collègues du dégel, des limaces, du repavage du port, du pont de fer et du gaz. S'il voit, à travers les épais rideaux qui lui bouchent le jour, que le temps est pluvieux, il s'écrie subitement : « Diable, va y avoir du bouillon » Puis il se remet à la besogne.

Le commis aime la chaleur, il vit dans une étuve perpétuelle. Son plus grand plaisir est de faire rougir le poêle du comptoir. Alors il rit du rire de l'heureux : la sueur de la joie inonde son visage qu'il essuie avec son mouchoir et en soufflant régulièrement ; mais bientôt, étouffant sous le poids du bonheur, il ne peut retenir cette exclamation : « Qu'il fait bon ici ! » Et quand il est au plus fort de cette béatitude, il copie avec une nouvelle ardeur : sa plume va plus vite que de coutume, ses yeux s'allument, il oublie de remettre le couvercle de sa tabatière, et, emporté par l'ivresse, il se lève tout à coup de sa place et revient bientôt dans le sanctuaire, apportant dans ses bras une énorme bûche ; il s'approche du poêle, s'en écarte à diverses reprises, en ouvre la porte avec une règle, puis jette le morceau de bois en s'écriant : « Encore une allumette ! » Et il reste quelques moments, debout, la bouche béante, à écouter avec délices la flamme qui fait trembler le tuyau en rendant un bruit sourd et agréable.

Si par malheur vous laissez la porte ouverte en entrant dans le bureau, le commis devient furieux, ses ongles se redressent, il gratte sa perruque, frappe du pied, jure, et vous entendez sortir d'entre les registres, les contrôles, les nombreux cahiers d'additions et de divisions, vous entendez sortir une voix glapissante qui crie : « Fermez la porte, corbleu ! vous ne savez donc pas lire ? Regardez l'avis qui est à la porte du comptoir. La chaleur va s'en aller, mâtin ! »

Ne vous avisez pas de l'appeler commis ; dites au contraire : Monsieur l'employé.

L'employé a de longs ongles, et c'est un de ses plus doux passe-temps que de les gratter avec son grattoir.

L'employé apporte le matin son petit pain dans sa poche, ouvre son pupitre, prend sa casquette à larges bords verts et attend que le garçon lui ait apporté son déjeuner de beurre salé ou son fromage quotidien.

Lorsque le jour commence à baisser, l'employé se réjouit fort de voir la porte du comptoir s'entr'ouvrir et de voir entrer la personne qui doit allumer les quinquets.

Car le quinquet est pour le bureaucrate un long sujet de conversation, de discussion et une cause de disputes entre lui et ses semblables. À peine est-il allumé, qu'il regarde si la mèche est bonne, s'il ne file pas, et puis quand il a haussé le bouton à une hauteur démesurée, lorsqu'il a cassé cinq ou six verres, alors il se plaint amèrement de son sort, et dit souvent, avec l'accent de la plus profonde tristesse, que la lumière lui blesse la vue, et c'est pour s'en préserver qu'il a cette énorme casquette qui étend son ombre sur le papier de son voisin. Le voisin déclare qu'il est impossible d'écrire sans y voir, et veut lui faire ôter sa casquette ; mais le rusé commis l'enfonce davantage sur ses oreilles et il a même soin de mettre la gorgette.

Il va tous les dimanches au spectacle, se place aux secondes, ou au parterre : il siffle le lever du rideau et applaudit le vaudeville. Quand il est jeune, il va faire sa partie de dominos entre les entractes. Quelquefois il perd, alors il rentre chez lui, casse deux assiettes, n'appelle plus sa femme *mon épouse,* oublie Azor, mange avidement le bouilli réchauffé de la veille, sale avec fureur les haricots, et puis s'endort dans des rêves de contrôle, de dégels, de repavages et de soustractions.

J'ai dit, je crois, tout ce qu'il y avait à dire sur le commis en général, ou du moins je sens que la patience du lecteur commence à se lasser. J'ai encore dans mes cartons de nombreuses observations sur les diverses espèces de ce genre, telles que le commis de barrière, le commis de rouenneries, le commis douanier, qui s'élève quelquefois jusqu'au rang de maître d'études, se lance dans la littérature et rédige des affiches et des feuilletons ; le commis-voyageur, l'employé de mairie et mille autres encore.

Tel est le fruit ingrat des veilles de ma vie studieuse. Mais si des temps meilleurs se font plus tard sentir, si les orages politiques qui tendent à augmenter diminuent, eh bien ! je pourrai alors reparaître sur la scène et publier la suite de ce cours de zoologie, immense échelon social qui s'étend depuis le commis de barrière jusqu'au caissier de l'agent de change.

F.

Quidquid volueris

études psychologiques

septembre 1837

Gve Flaubert

I

À moi donc mes souvenirs d'insomnie, à moi mes rêves de pauvre fou. Venez tous, venez tous, mes bons amis les diablotins, vous qui la nuit sautez sur mes pieds, courez sur mes vitres, montez au plafond et puis violets, verts, jaunes, noirs, blancs, avec de grandes ailes, de longues barbes, remuez les cloisons de la chambre, les ferrures de ma porte et de votre souffle faites vaciller la lampe qui pâlit sous vos lèvres verdâtres.

Je vous vois bien souvent dans les pâles nuits d'hiver venir tous paisiblement, couverts de grands manteaux bruns qui tranchent bien sur la neige des toits, avec vos petits crânes osseux comme des têtes de morts, – vous arrivez tous par le trou de ma serrure – et chacun va réchauffer ses longs ongles à la barre de ma cheminée qui jette encore une tiède chaleur.

Venez tous enfants de mon cerveau, donnez-moi pour le moment quelques-unes de vos folies, de vos rires étranges, et vous m'aurez épargné une préface comme les Modernes et une invocation à la muse comme les Anciens.

II

– Contez-nous votre voyage au Brésil, mon cher ami, disait par une belle soirée du mois d'août Mme de Lansac à son [neveu] Paul. – Cela amusera Adèle.

Or Adèle était une jolie blonde bien nonchalante qui se pendait à son bras, dans les allées sablées du parc.

M. Paul répondit : – mais ma tante j'ai fait un excellent voyage, je vous assure.

– Vous me l'avez déjà dit

– Ah, fit-il, et il se tut.

Le silence des promeneurs dura longtemps, et chacun marchait sans penser à son voisin, l'un effeuillant une rose, l'autre remuant de ses pieds le sable des allées, un troisième regardant la lune à travers les grands ormes que leurs branches entr'écartées laissaient apparaître limpide et calme.

Encore... la lune, mais elle doit nécessairement jouer un grand rôle. C'est le *sine qua non* de toute oeuvre lugubre, comme les claquements de dents et les cheveux hérissés. Mais enfin ce jour-là il y avait une lune.

Pourquoi me l'ôter ma pauvre lune ? Ô ma lune je t'aime. Tu reluis bien sur le toit escarpé du château, tu fais du lac une large bande d'argent et à ta pâle lueur chaque goutte d'eau de la pluie qui vient de tomber, chaque goutte d'eau dis-je, suspendue au bout d'une feuille de rose semble une perle sur un beau sein de femme. Ceci est bien vieux. Mais coupons là et revenons à nos moutons, comme dit Panurge.

Cependant dans cette nonchalance affectée, dans cet abandon rêveur de cette grande fille dont la taille se penche si gracieusement sur le bras de son cousin il y a je ne sais quoi de langoureux et de roucoulant, dans ces belles dents blanches qui se montrent pour sourire, dans ces cheveux blonds qui encadrent en larges boucles ce visage pâle et mignon – il y a dans tout cela un parfum d'amour qui porte à l'âme une sensation délicieuse.

Ce n'était point une beauté méridionale et ardente, – une de ces filles du Midi, à l'oeil brûlant comme un volcan, aux passions brûlantes aussi, – son oeil n'était pas noir, sa peau n'avait point un velouté d'Andalouse, mais c'était quelque chose d'une forme vaporeuse et mystique comme ces fées scandinaves, au cou d'albâtre, aux pieds nus sur la neige des montagnes, et qui apparaissent dans une belle nuit étoilée, sur le bord d'un torrent, légères et fugitives au barde qui chante ses chants d'amour.

Son regard était bleu et humide – son teint était pâle, c'était une de ces pauvres jeunes filles qui ont des gastrites de naissance, boivent de l'eau, tapotent sur un piano bruyant la musique de Liszt, aiment la poésie, les tristes rêveries, les amours mélancoliques, et ont des maux d'estomac.

Elle aimait – qui donc ? ses cygnes qui glissaient sur l'étang, – ses singes qui croquaient des noix que sa jolie main blanche leur passait à travers les barreaux de leurs cages, – et puis encore ses oiseaux, son écureuil, les fleurs du parc, ses beaux livres dorés sur tranche et... son cousin, son ami d'enfance M. Paul qui avait de gros favoris noirs, qui était grand et fort, qui [devait] l'épouser dans quinze jours.

Soyez sûr qu'elle sera heureuse avec un tel mari, c'est un homme sensé par excellence et je comprends dans cette catégorie tous ceux qui n'aiment point la poésie, qui ont un bon estomac et un cœur sec, qualités indispensables pour vivre jusqu'à cent ans et faire sa fortune. L'homme sensé est celui qui sait vivre sans payer ses dettes, sait goûter un bon verre de vin, profite de l'amour d'une femme [comme] d'un habit dont on se couvre pendant quelque temps et puis qui le jette avec toute la friperie des vieux sentiments qui sont passés de mode.

En effet, – vous répondra-t-il, qu'est-ce que l'amour ? – une sottise – j'en profite.

Et la tendresse ?

Une niaiserie, disent les géomètres, or je n'en ai point.

Et la poésie ?

Qu'est-ce que ça prouve ? aussi je m'en garde.

Et la religion ? – la patrie ? l'art ?

Fariboles et fadaises.

Pour l'âme, il y a longtemps que Cabanis et Bichat nous ont prouvé que les veines donnent au cœur et voilà tout –

Voilà l'homme sensé, celui qu'on respecte et qu'on honore, car il monte sa garde nationale, s'habille comme tout le monde, parle morale et philanthropie, vote pour les chemins de fer – et l'abolition des maisons de jeu.

Il a un château, une femme, un fils qui sera notaire, une fille qui se mariera à un chimiste. Si vous le rencontrez à l'Opéra, – il a des lunettes d'or, un habit noir, une canne et prend des pastilles de menthe pour chasser l'odeur du cigare car la pipe lui fait horreur, cela est si mauvais ton.

Paul n'avait point encore de femme mais il allait en prendre une – sans amour et par la raison que ce mariage-là doublerait sa fortune, et il n'avait eu besoin que de faire une simple addition pour voir qu'il serait riche alors de 50 mille livres de rente.

Au collège il était fort en mathématiques.

Quant à la littérature il avait toujours trouvé ça bête.

La promenade dura longtemps, silencieuse et toute contemplative de la belle nuit bleue qui enveloppait les arbres, le bosquet, l'étang, dans un brouillard d'azur que perçaient les rayons de la lune comme si l'atmosphère eût été couverte d'un voile de gaze.

On ne rentra dans le salon que vers onze heures. Les bougies pétillaient et quelques roses tombées de la jardinière d'acajou étaient étendues sur le parquet ciré, pêle-mêle, effeuillées et foulées aux pieds.

– Qu'importe, il y en avait tant d'autres.

Adèle sentait ses souliers de satin humectés par la rosée. Elle avait mal à la tête et s'endormit sur le sofa – un bras pendant à terre.

Mme de Lansac était partie donner quelques ordres pour le lendemain et fermer toutes les portes, tous les verrous, il ne restait que Paul et Djalioh. Le premier regardait les candélabres dorés, la pendule de bronze dont le son argentin sonna minuit – le piano de Pape, – les tableaux, les fauteuils – la table de marbre blanc, le sofa tapissé – puis allant à la fenêtre et regardant vers le plus fourré du parc : Demain à 4 heures il y aura du lapin.

Quant à Djalioh il regardait la jeune fille endormie. – Il voulut dire un mot – mais il fut dit si bas, si craintif, qu'on le prit pour un soupir.

Si c'était un mot ou un soupir peu importe. Mais il y avait là dedans toute une âme.

III

Le lendemain en effet, par un beau lever de soleil, – le chasseur partit accompagné de sa grande levrette favorite, – de ses deux chiens bassets et du garde qui portait dans une large carnassière la poudre, les balles, le plomb, tous les ustensiles de chasse et un énorme pâté de canards que notre fiancé avait commandé lui-même depuis deux jours. Le piqueur sur son ordre donna du cor et ils s'avancèrent à grands pas vers la plaine.

Aussitôt à une fenêtre du second étage un contrevent vert s'ouvrit et une tête entourée de longs cheveux blonds apparut à travers le jasmin qui montait le long du mur et dont le feuillage tapissait les briques rouges et blanches du château.

Elle était en négligé – ou du moins vous l'auriez présumé d'après l'abandon de ses cheveux, le laisser-aller de sa pose et l'entrebâillement de sa chemise garnie de mousseline, décolletée jusqu'aux épaules, et dont les manches ne venaient que jusqu'aux coudes. – Son bras était blanc, rond, charnu mais par malheur il s'égratigna quelque peu contre la muraille en ouvrant précipitamment la fenêtre pour voir partir Paul. Elle lui fit un signe de main et lui envoya un baiser.

Paul se détourna et après avoir regardé longtemps cette tête d'enfant fraîche et pure au milieu des fleurs, après avoir réfléchi que tout cela serait bientôt à lui et les fleurs et la jeune fille et l'amour qu'il y avait dans tout cela – il dit... Elle est gentille.

Alors une main blanche ferma l'auvent, – l'horloge sonna 4 heures, le coq se mit à chanter et un rayon de soleil passant à travers la charmille vint darder sur les ardoises du toit.

Tout redevint silencieux et calme.

À dix heures, – M. Paul n'était pas de retour. On sonna le déjeuner – et l'on [se] mit à table.

La salle était haute et spacieuse, meublée à la Louis XV. – Sur les dessus de la cheminée, on voyait à demi effacée par la poussière une scène pastorale. C'était une bergère bien poudrée, couverte de mouches, avec des paniers au milieu de ses blancs moutons, l'amour volait au-dessus d'elle et un joli carlin était étendu à ses pieds assis sur un tapis brodé où l'on voyait un bouquet de roses lié par un fil d'or. Aux corniches étaient suspendus des oeufs de pigeon enfilés les uns aux autres et peints en blanc, avec des taches vertes.

Les lambris étaient d'un blanc pâle et terni, décorés çà et là de quelques portraits de famille et puis des paysages coloriés – représentant des vues de Norvège ou de Russie, des montagnes de neige – des moissons ou bien des vendanges. – Plus loin des gravures encadrées en noir. Ici c'est le portrait en pied de quelque président au parlement avec ses peaux d'hermine et sa perruque à trois marteaux, plus loin un cavalier allemand qui fait caracoler son cheval dont la queue longue et fournie se replie dans l'air et ondule comme les anneaux d'un serpent. Enfin quelques tableaux de l'école flamande avec ses scènes de cabaret, ses gaillardes figures toutes bouffies de bière et son atmosphère de fumée de tabac, sa joie, ses gros seins nus, ses gros rires sur de grosses lèvres et ce franc matérialisme qui règne depuis l'enfant dont la tête frisée se plonge dans un pot de vin jusqu'aux formes charnues de la bonne Vierge assise dans sa niche noircie et enfumée.

Du reste les fenêtres hautes et larges répandaient une vive lumière dans l'appartement qui malgré la vétusté de ces meubles ne manquait pas d'un certain air de jeunesse, – si vous aviez vu les deux fontaines de marbre aux deux bouts de la salle – et les dalles noires et blanches qui la pavaient. Mais le meuble principal, celui qui donnait le plus à penser et à sentir était un immense canapé bien vieux, bien doux, bien mollet, tout chamarré de vives couleurs, de vert, de jaune, d'oiseaux de paradis, de bouquets de fleurs, le tout parsemé richement sur un fond de satin blanc et moelleux. Là sans doute, bien des fois après que les domestiques avaient enlevé les débris du souper, – la châtelaine s'y rendait et assise sur ces frais coussins de satin, la pauvre femme attendait M. le Chevalier qui arrivait sans vouloir déranger personne pour prendre un rafraîchissement. Car par hasard il avait soif. Oui là sans doute plus d'une jolie marquise, plus d'une grande comtesse au court jupon, au teint rose, à la jolie main, au corsage étroit entendit de doux propos que maint gentil abbé philosophe et athée glissait au milieu d'une conversation sur les sensations et les besoins de l'âme. Oui il y eut là peut-être bien des petits soupirs, des larmes et des baisers furtifs.

....

Et tout cela avait passé, les marquises, les abbés, les chevaliers, – les propos des gentilshommes, – tout s'était évanoui, tout avait coulé, fui – les baisers, les amours, les tendres épanchements, les séductions des talons rouges, – le canapé était resté à sa place sur ses quatre pieds d'acajou mais son bois était vermoulu, et sa garniture en or s'était ternie et effilée.

Djalioh était assis à côté d'Adèle. Celle-ci fit la moue en s'asseyant, – et recula sa chaise, rougit et se versa précipitamment du vin. Son voisin en effet n'avait rien d'agréable car depuis un mois qu'il était avec M. Paul dans le château, il n'avait pas encore parlé, il était fantasque selon les uns, mélancolique disaient les autres, stupide, fou – enfin muet ajoutaient les plus sages.

Il passait chez Mme de Lansac pour l'ami de M. Paul – un drôle d'ami, pensaient tous les gens qui le voyaient.

Il était petit, maigre et chétif. Il n'y avait que ses mains qui annonçassent quelque force dans sa personne. Ses doigts étaient courts, écrasés, munis d'ongles robustes et à moitié crochus. Quant au reste de son corps il était si faible et si débile, il était couvert d'une couleur si triste et si languissante que vous auriez gémi sur cet homme jeune encore et qui semblait né pour la tombe comme ces jeunes arbres qui vivent cassés et sans feuilles.

Son vêtement complètement noir rehaussait encore la couleur livide de son teint, car il était d'un jaune cuivré. Ses lèvres étaient grosses et laissaient voir deux rangées de longues dents blanches – comme celles des singes et des nègres.

Quant à sa tête elle était étroite et comprimée sur le devant mais par derrière elle prenait un développement prodigieux. Ceci s'observait sans peine car la rareté de ses cheveux laissait voir un crâne nu et ridé.

Il y avait sur tout cela un air de sauvagerie et de bestialité étrange et bizarre qui le faisait ressembler plutôt à quel[que] animal fantastique qu'à un être humain.

Ses yeux étaient ronds, grands, d'une teinte terne et fausse et quand le regard plombé de cet homme s'abaissait sur vous on se sentait sous le poids d'une étrange fascination. Et pourtant – il n'avait point sur les traits un air dur ni féroce, il souriait à tous les regards – mais ce [rire] était stupide et froid.

S'il eût ouvert la chemise qui touchait à cette peau épaisse et noire vous eussiez contemplé une large poitrine qui semblait celle d'un athlète tant les vastes poumons qu'elle contenait respiraient tout à l'aise sous cette poitrine velue.

Ô son cœur aussi était vaste et immense – mais vaste comme la mer, immense et vide comme sa solitude.

Souvent, en présence des forêts, des hautes montagnes, de l'Océan – son front plissé se déridait tout à coup – ses narines s'écartaient avec violence et toute son âme se dilatait devant la nature comme une rose qui s'épanouit au soleil et il tremblait de tous ses membres, sous le poids d'une volupté intérieure – et la tête entre ses deux mains il tombait dans une léthargique mélancolie. Alors dis-je, son âme brillait à travers son corps comme les beaux yeux d'une femme derrière un voile noir.

Car ces formes si laides, si hideuses, ce teint jaune et maladif, ce crâne rétréci, ces membres rachitiques, tout cela prenait un tel air de bonheur et d'enthousiasme, – il y avait tant de feu et de poésie dans ces vilains yeux de singe, qu'il semblait alors comme remué violemment par un galvanisme de l'âme.

La passion chez lui devait être rage et l'amour une frénésie.

Les fibres de son cœur étaient plus molles et plus sonores que celles des autres. La douleur se convertissait en des spasmes convulsifs et les jouissances en voluptés inouïes.

Sa jeunesse était fraîche et pure. Il avait 17 ans ou plutôt soixante, cent et des siècles entiers, tant il était vieux et cassé, usé et battu par tous les vents du cœur, par tous les orages de l'âme.

Demandez à l'océan combien il porte de rides au front, comptez les vagues de la tempête.

Il avait vécu longtemps, bien longtemps, non point par la pensée. Les méditations du savant ni les rêves n'avaient point occupé un instant dans toute sa vie. Mais il avait vécu et grandi de l'âme – et il était déjà vieux par le cœur.

Pourtant ses affections ne s'étaient tournées sur personne, car il avait en lui un chaos des sentiments les plus étranges, des sensations les plus étranges. La poésie avait remplacé la logique et les passions avaient pris la place de la science. Parfois il lui semblait entendre des voix qui lui parlaient derrière un buisson de roses et des mélodies qui tombaient des cieux. La nature le possédait sous toutes ces forces, volupté de l'âme, passions brûlantes, appétits gloutons.

C'était le résumé d'une grande faiblesse morale et physique avec toute la véhémence du cœur mais d'un fragile et qui se brisait d'elle-même à chaque obstacle comme la foudre insensée qui renverse les palais, brûle les diadèmes, abat les chaumières et va se perdre dans une flaque d'eau.

Voilà le monstre de la nature qui était en contact avec M. Paul, cet autre monstre ou plutôt cette merveille de la civilisation et qui en portait tous les symboles, – grandeur de l'esprit, sécheresse du cœur. Autant l'un avait d'amour pour les épanchements de l'âme – les douces causeries du cœur – autant Djalioh aimait les rêveries de la nuit et les songes de sa pensée.

Son âme se prenait à ce qui était beau et sublime comme le lierre aux débris, les fleurs au printemps, la tombe au cadavre, le malheur à l'homme, s'y cramponnait et mourait avec lui.

Où l'intelligence finissait – le cœur prenait son empire. Il était vaste et infini, car il comprenait le monde dans son amour. Aussi il aimait Adèle, mais d'abord comme la nature entière, d'une sympathie douce et universelle, puis peu à peu cet amour augment(a], à mesure que sa tendresse sur les autres êtres diminuait.

En effet nous naissons tous avec une certaine somme de tendresse et d'amour que nous jetons gaiement sur les premières choses venues, des chevaux, des places, des honneurs, des trônes, des femmes, des voluptés, quoi, enfin ? à tous les vents, à tous les courants rapides. – Mais réunissons-la et nous aurons un trésor immense.

Jetez des tonnes d'or à la surface du désert – le sable les engloutira bientôt mais réunissez-les en un monceau et vous formerez des pyramides.

Eh bien il concentra bientôt toute son âme sur une seule pensée, et il vécut de cette pensée.

IV

La fatale quinzaine s'était expirée et évanouie dans une longue attente pour la jeune fille, dans une froide indifférence pour son futur époux.

La première voyait dans le mariage un mari – des cachemires, une loge à l'Opéra – des courses au Bois de Boulogne – des bals tout l'hiver – Ô tant qu'elle voudra et puis encore tout ce qu'une fillette de 18 ans rêve dans ses songes dorés et dans son alcôve fermée.

Le mari au contraire voyait dans le mariage – une femme, des cachemires à payer – une petite poupée à habiller – et puis encore tout ce qu'un pauvre mari rêve lorsqu'il mène sa femme au bal. Celui-là pourtant était assez fat pour croire toutes les femmes amoureuses de lui-même.

C'est une question qu'il s'adressait [toutes les fois] qu'il se regardait dans sa glace et lorsqu'il avait bien peigné ses favoris noirs.

Il avait pris une femme parce qu'il s'ennuyait d'être seul chez lui et qu'il ne voulait plus avoir de maîtresse depuis qu'il avait découvert que son domestique en avait une. – En outre le mariage le forcera à rester chez lui et sa santé ne s'en trouvera que mieux. Il aura une excuse pour ne plus aller à la chasse et la chasse l'ennuie. Enfin la meilleure de toutes les raisons, il aura – de l'amour, du dévouement – du bonheur domestique, de la tranquillité, des enfants... bah bien mieux que tranquillité, bonheur, amour, 50 mille livres de rente en bonnes fermes, en jolis billets de banque qu'il placera sur les fonds d'Espagne.

Il avait été à Paris, avait acheté une corbeille de 10 mille francs, avait fait cent 20 invitations pour le bal et était revenu au château de sa belle-mère, le tout en 8 jours. C'était un homme prodigieux.

C'était donc par un dimanche de septembre que la noce eut lieu. Ce jour-là il faisait humide et froid, un brouillard épais pesait sur la vallée, le sable du jardin s'attachait aux frais souliers des dames.

La messe se dit à dix heures, peu de monde y assista. Djalioh s'y laissa pousser par le flot des villageois et entra.

L'encens brûlait sur l'autel, on respirait à l'entour un air chaud et parfumé.

L'église était basse, ancienne, petite, barbouillée de blanc. Le conservateur intelligent en avait ménagé les vitraux. Tout autour du choeur il y avait les conviés, le maire, son conseil municipal, des amis, le notaire, un médecin et les chantres en surplis blancs.

Tout cela avait des gants blancs, un air serein, chacun tirait de sa bourse une pièce de 5 francs dont le son argentin tombant sur le plateau interrompait la monotonie des chants d'église. La cloche sonnait.

Djalioh se ressouvint de l'avoir entendue un jour chanter aussi sur un cercueil, il avait vu également des gens vêtus de noir prier sur un cadavre et puis portant ses regards sur la fiancée en robe blanche courbée à l'autel avec des fleurs au front, et un triple collier de perles sur sa gorge nue et ondulante, une horrible pensée le glaça tout à coup. – Il chancela et s'appuy[a] dans une niche de saint vide en grande partie, une figure seule restait, elle était grotesque et horrible à faire peur.

À côté d'elle il était là lui – son bien-aimé, celui qu'elle regardait si complaisamment avec ses yeux bleus et ses grands sourcils noirs comme deux diamants enchâssés dans l'ébène.

Il avait un lorgnon en écaille incrusté d'or et il lorgnait toutes les femmes en se dandinant sur son fauteuil de velours cramoisi.

Djalioh était là, debout, immobile et muet, sans qu'on remarquât ni la pâleur de sa face, ni l'amertume de son sourire, car on le croyait indifférent et froid comme le monstre de pierre qui grimaçait sur sa tête, et pourtant la tempête régnait en son âme et la colère couvait dans son cœur comme les volcans d'Islande sous leurs têtes blanchies par les neiges. Ce n'était point une frénésie brutale et expansive, mais l'action se passait intimement, sans cris, sans sanglots, sans blasphèmes, sans efforts. Il était muet et son regard ne parlait pas plus que ses lèvres, son oeil était de plomb et sa figure était stupide.

De jeunes et jolies femmes vivent longtemps avec un teint frais, une peau douce, blanche, satinée, – puis elles languissent, leurs yeux s'éteignent, s'affaiblissent, se closent enfin – et puis cette femme gracieuse et légère qui courait les salons avec des fleurs dans les cheveux, dont les mains étaient si blanches, exhalaient une odeur de musc et de rose, eh bien un beau jour, un de vos amis s'il est médecin vous apprend que deux pouces plus bas que l'endroit où elle était décolletée elle avait un cancer et qu'elle est morte, la fraîcheur de sa peau était celle du cadavre, c'est là l'histoire de toutes les passions intimes, de tous ces sourires glacés.

Le rire de la malédiction est horrible, c'est un supplice de plus que de comprimer la douleur.

Ne croyez donc plus alors ni aux sourires, ni à la joie, à la gaieté. À quoi faut-il donc croire ?...

Croyez à la tombe.

Son asile est inviolable et son sommeil est profond.

Quel gouffre s'élargit sous nous à ce mot : éternité. Pensons un instant à ce que veulent dire ces mots, vie, mort, désespoir, joie, bonheur, demandez-vous un jour que vous pleurerez sur quelque tête chère, et que vous gémirez la nuit sur un grabat d'insomnie, demandez-vous pourquoi nous vivons, pourquoi nous mourrons, et dans quel but, à quel souffle de malheur, à quel vent du désespoir, grains de sable que nous sommes, nous roulons ainsi dans l'ouragan ? Quelle est cette hydre qui s'abreuve de nos pleurs et se complaît à nos sanglots ? pourquoi tout cela... et alors le vertige vous prend et l'on se sent entraîné vers un gouffre incommensurable au fond duquel on entend vibrer un gigantesque rire de damné.

Il est des choses dans la vie et des idées dans l'âme qui vous attirent fatalement vers les régions sataniques comme si votre tête était de fer et qu'un aimant de malheur vous y entraînât. Ô une tête de mort ! ses yeux caves et fixes, la teinte jaune de sa surface, sa mâchoire ébréchée, sera-ce donc là la réalité, et le Vrai serait-il le Néant ?

C'est dans cet abîme sans fond du doute le plus cuisant, de la plus amère douleur que se perdait Djalioh. En voyant cet air de fêtes, ces visages riants, en contemplant Adèle, son amour, sa vie, le charme de ses traits, la suavité de ses regards – il se demanda pourquoi tout cela lui était refusé, semblable à un condamné qu'on fait mourir de faim devant des vivres et que quelques barreaux de fer séparent de l'existence.

Il ignorait aussi pourquoi ce sentiment-là était distinct des autres. Car autrefois si quelqu'un dans la chaude Amérique venait lui demander une place à l'ombre de ses palmiers, un fruit de ses jardins, il l'offrait, pourquoi donc, se demandait-il, l'amour que j'ai pour elle est-il si exclusif et si entier ?

C'est que l'amour est un monde, l'unité est indivisible.

Et puis il baissa la tête sur sa poitrine et pleura longtemps en silence comme un enfant.

Une fois seulement il laissa échapper un cri rauque et perçant comme celui d'un hibou mais il alla se confondre avec la voix douce et mélodieuse de l'orgue qui chantait un Te Deum.

Les sons étaient purs et nourris, ils s'élevèrent en vibrant dans la nef et se mêlèrent avec l'encens...

Il s'aperçut ensuite qu'il y avait une grande rumeur dans la foule, que les chaises remuaient et qu'on sortait, un rayon de soleil pénétrait à travers les vitraux de l'église, il fit reluire le peigne en or de la fiancée et brilla pour quelques instants sur les barres dorées du cimetière, seule distance qui séparât la mairie de l'église. L'herbe des cimetières est verte, haute, épaisse et bien nourrie. Les conviés eurent les pieds mouillés, leurs bas blancs et leurs escarpins reluisants furent salis. Ils jurèrent après les morts.

Le maire se trouvait à son poste, debout au haut d'une table carrée couverte d'un tapis vert.

Quand on en vint à prononcer le *Oui* fatal, M. Paul sourit, Adèle pâlit, et Mme de Lansac sortit son flacon de sels.

Adèle alors réfléchit. La pauvre fille n'en revenait pas d'étonnement, elle qui quelque temps auparavant, était si folle, si pensive, qui courait dans les prairies, qui lisait les romans, les vers, les contes, qui galopait sur sa jument grise à travers les allées de la forêt, qui aimait tant à entendre le bruissement des feuilles, le murmure des ruisseaux – elle se trouvait tout à coup une dame.

C'est-à-dire quelque chose qui a un grand châle, – et qui va seule dans les rues.

Tous ces vagues pressentiments, ces commotions intimes du cœur, ce besoin de poésie et de sensations qui la faisaient rêver sur l'avenir, sur elle-même, tout cela allait se trouver expliqué, pensait-elle. Comme si elle allait se réveiller d'un songe.

Hélas, tous ces pauvres enfants du cœur et de l'imagination allaient se trouver étouffés au berceau entre les soins du ménage et les caresses qu'il faudra prodiguer à un être hargneux qui a des rhumatismes et des cors aux pieds et qu'on appelle : – un mari.

Quand la foule s'écarta pour laisser passer le cortège, Adèle se sentit la main piquée comme par une griffe de fer. C'était Djalioh qui en passant l'avait égratignée avec ses ongles. Son gant déchiré devint rouge de sang. Elle s'entoura de son mouchoir de batiste. En se retournant pour monter en calèche elle vit encore Djalioh appuyé sur le marchepied – un frisson la saisit et elle s'élança dans la voiture.

Il était pâle [comme] la robe de la mariée. Ses grosses lèvres crevassées par la fièvre et couvertes de boutons se remuaient vivement comme quelqu'un qui parle vite, – ses paupières clignotaient et sa prunelle roulait lentement dans son orbite, comme les idiots –

V

Le soir il y eut un bal au château et des lampions à toutes les fenêtres.

Il y avait [de] nombreux cortèges d'équipages, de chevaux et de valets.

De temps en temps on voyait une lumière apparaître à travers les ormes. Elle s'approchait de plus en plus en suivant mille détours, dans les tortueuses allées, enfin elle s'arrêtait devant le perron, avec une calèche tirée par des chevaux ruisselants de sueur. Alors la portière s'ouvrait et une femme descendait, – elle était jeune ou vieille, laide ou belle, en rose ou en blanc, comme vous voudrez, et puis après avoir rétabli l'économie de sa coiffure par quelques coups de main donnés à la hâte, dans le vestibule à la lueur des quinquets et au milieu des arbres verts et des fleurs et du gazon qui tapissaient les murs, elle abandonnait son manteau et son boa aux laquais, elle entrait. On ouvre les portes à deux battants, on l'annonce, il se fait un grand bruit de chaises et de pieds. On se lève, on fait un salut et puis il s'ensuit ces mille et une causeries, ces *petits riens*, ces charmantes futilités qui bourdonnent dans les salons et qui voltigent de côtés et d'autres comme des brouillards légers dans une serre chaude.

La danse commença à dix heures.

Et au dedans on entendait le glissement des souliers sur le parquet, le frôlement des robes, le bruit de la musique, les sons de la danse.

Et au dehors, le bruissement des feuilles, les voitures qui roulaient au loin sur la terre mouillée, les cygnes qui battaient de l'aile sur l'étang, les aboiements de quelque chien du village après les sons qui partaient du château et puis quelques causeries naïves et railleuses de paysans dont les têtes apparaissaient à travers les vitres du salon.

Dans un coin était un groupe de jeunes gens, les amis de Paul, ses anciens compagnons de plaisir, en gants jaunes ou azurés, avec des lorgnons, des fracs en queue de morue, des têtes moyen âge et des barbes comme Rembrandt et toute l'école Flamande n'en vit et n'en rêva jamais.

– Dis-moi donc de grâce, disait l'un d'eux, membre du Jockey-Club, quelle est cette mine renfrognée et plissée comme une vieille, celle qui est là derrière la causeuse où est ta femme ?

– Ça ? – C'est Djalioh.

– Qui est-ce Djalioh ?

– Oh ceci, c'est toute une histoire.

– Conte-nous-la, dit un des jeunes gens qui avait des cheveux aplatis sur les deux oreilles et la vue basse, puisque nous n'avons rien pour nous amuser.

– Au moins du punch, repartit vivement un monsieur, grand, maigre, pâle et aux pommettes saillantes.

– Quant à moi je n'en prendrai pas et pour cause, c'est trop fort. Des cigares, dit le membre du Jockey-Club.

– Fi des cigares, y penses-tu Ernest, devant des femmes.

– Elles en sont folles au contraire, j'ai dix maîtresses qui fument comme des dragons, dont deux ont culotté à elles seules toutes mes pipes.

– Moi j'en ai une qui boit du kirsch à ravir.

– Buvons, dit un des amis qui n'aimait ni les cigares, ni le punch, ni la danse, ni la musique.

– Non, que Paul nous conte son histoire.

– Mes chers amis, elle n'est pas longue, la voilà tout entière. C'est que j'ai parié avec M. Petterwell, un de mes amis qui est planteur au Brésil, un ballot de Virginie contre Mirsa, une de ses esclaves, que les singes... Oui, qu'on peut élever un singe, c'est-à-dire qu'il m'a défié de faire passer un singe pour un homme.

– Eh bien Djalioh est un singe ?

– Imbécile, pour ça non.

– Mais enfin...

– C'est qu'il faut vous expliquer que dans mon voyage au Brésil je me suis singulièrement amusé. Petterwell avait une esclave noire nouvellement débarquée du vieux canal de Bahama, diable m'emporte si je me rappelle son nom. – Enfin, cette femme-là n'avait pas de mari. Le ridicule ne devait tomber sur personne. – Elle était bien jolie. Je l'achetai à Petterwell, jamais la sotte ne voulait de moi, elle me trouvait probablement plus laid qu'un sauvage.

Tous se mirent à rire, Paul rougit.

– Enfin un beau jour, comme je m'ennuyais, j'achetai à un nègre le plus bel orang-outang qu'on eût jamais vu. – Depuis longtemps l'Académie des sciences s'occupait de la solution d'un problème : savoir s'il pouvait y avoir un métis de singe et d'homme. Moi j'avais à me venger d'une petite sotte de négresse et voilà qu'un jour après mon retour de la chasse, je trouve mon singe, que j'avais enfermé dans ma chambre avec l'esclave, évadé et parti, l'esclave en pleurs et toute ensanglantée des griffes de Bell. Quelques semaines [après] elle sentit des douleurs de ventre et des maux de cœur. Bien, enfin cinq mois après, elle vomit pendant plusieurs jours consécutifs. J'étais pour le coup presque sûr de mon affaire. Une fois elle eut une attaque de nerfs si violente qu'on la saigna des quatre membres car j'aurais été au désespoir de la voir mourir. – Bref au bout de sept mois un beau jour elle accoucha sur le fumier, elle en mourut quelques heures après mais le poupon se portait à ravir. J'étais ma foi bien content, la question était résolue.

J'ai envoyé de suite le procès-verbal à l'Institut et le ministre à sa requête m'envoya la croix d'honneur.

– Tant pis, mon cher Paul, c'est bien canaille maintenant.

– Raison d'écolier. Ça plaît aux femmes, elles regardent ça en souriant pendant qu'on leur parle. Enfin j'élevai l'enfant, je l'aimai comme un père.

– Ah ah, fit un monsieur qui avait des dents blanches et qui riait toujours, pourquoi ne l'avez-vous pas amené en France dans vos autres voyages ?

– J'ai préféré le faire rester dans sa patrie jusqu'à mon départ définitif, d'autant plus que l'âge fixé par le pari était seize ans car il fut conclu la première année de mon arrivée à Janeiro. Bref, j'ai gagné Mirsa, j'ai eu la croix à vingt ans, et de plus j'ai fait un enfant par des moyens inusités.

– Infernal, dantesque, dit un ami pâle.

– Risible, cocasse, dit un autre qui avait de grosses joues et un teint rouge.

– Bravo, dit le cavalier.

– À faire crever de rire, dit en se tordant de plaisir sur une causeuse élastique un homme sautant et frétillant comme une carpe, petit, court, au front plat, aux yeux petits, le nez épaté, les lèvres minces, rond comme une pomme et bourgeonné comme un cantaloup.

Le coup était fameux et partait d'un maître, jamais un homme ordinaire n'aurait fait cela.

– Eh bien que fait-il Djalioh ? aime-t-il les cigares ? dit le fumeur en en présentant plein les deux mains et en les laissant tomber avec intention sur les genoux d'une dame.

– Du tout mon cher, il les a en horreur.

– Chasse-t-il ?

– Encore moins, les coups de fusil lui font peur.

– Sûrement il travaille, il lit, il écrit tout le jour.

– Il faudrait pour cela qu'il sache lire et écrire.

– Aime-t-il les chevaux ? demanda le convalescent.

– Du tout.

– C'est donc un animal inerte et sans intelligence. Aime-t-il le sexe ?

– Un jour je l'ai mené chez les filles et il s'est enfui emportant une rose et un miroir.

– Décidément c'est un idiot, fit tout le monde. Et le groupe se sépara pour aller grimacer et faire des courbettes devant les dames qui de leur côté, bâillaient et minaudaient en l'absence des danseurs. L'heure avançait rapidement au son de la musique qui bondissait sur le tapis entre la danse et les femmes. Minuit sonna pendant qu'on galopait.

Djalioh était assis depuis le commencement du bal sur un fauteuil à côté des musiciens. De temps en temps il quittait sa place et changeait de côté. – Si quelqu'un de la fête, gai et insouciant, heureux du bruit, content des vins, enivré enfin de toute cette chaîne de femmes aux seins nus, aux lèvres souriantes, aux doux regards, l'apercevait, – aussitôt il devenait pâle et triste.

Voilà pourquoi sa présence gênait et qu'il paraissait là comme un fantôme ou un démon. – Une fois les danseurs fatigués s'assirent.

Tout alors devint plus calme, on passa de l'orgeat et le bruit seul des verres sur les plateaux interrompait le bourdonnement de toutes les voix qui parlaient.

Le piano était ouvert, un violon était dessus, un archet à côté.

Djalioh saisit l'instrument, il le tourna plusieurs fois entre ses mains comme un enfant qui manie un jouet. Il toucha à l'archet et le plia si fort qu'il faillit le briser plusieurs fois.

Enfin il approcha le violon de son menton. Tout le monde se mit à rire, tant la musique était fausse, bizarre, incohérente. Il regarda tous ces hommes, toutes ces femmes, assis, courbés, pliés, étalés sur des banquettes, des chaises, des fauteuils, avec de grands yeux ébahis.

Il ne comprenait pas tous ces rires et cette joie subite.

Il continua :

Les sons étaient d'abord lents, mols, l'archet effleurait les cordes et les parcourait depuis le chevalet jusqu'aux chevilles sans rendre presque aucun son, puis, peu à peu sa tête s'anima, s'abaissant graduellement sur le bois du violon, son front se plissa, ses yeux se fermèrent et l'archet sautillait sur les cordes comme une balle élastique à bonds précipités.

La musique était saccadée, remplie de notes aiguës, de cris déchirants. On se sentait en l'entendant sous le poids d'une oppression terrible comme si toutes ces notes eussent été de plomb et qu'elles eussent pesé sur la poitrine.

Et puis c'était des arpèges hardis, des octaves qui montaient – comme une flèche gothique – des notes qui couraient en masse et puis qui s'envolaient – des sauts précipités – des accords chargés.

Et tous ces sons, tout ce bruit de cordes et de notes qui sifflent, sans mesure, sans chant, sans rythme – une mélodie nulle, – des pensées vagues et coureuses qui se succédaient comme une ronde de démons, – ou des rêves qui passent et s'enfuient poussés par d'autres dans un tourbillon sans repos, dans une course sans relâche.

Djalioh tenait avec force le manche de l'instrument et chaque fois qu'un de ses doigts se relevait de la touche, son ongle faisait vibrer la corde qui sifflait en mourant.

Quelquefois il s'arrêtait, effrayé du bruit, – souriait bêtement et reprenait avec plus d'amour le cours de sa rêverie, – enfin fatigué il s'arrêta, écouta longtemps pour voir si tout cela allait revenir – mais rien, la dernière vibration de la dernière note était morte d'épuisement. Chacun se regarda, étonné d'avoir laissé durer si longtemps un si étrange vacarme. – La danse recommença.

- Comme il était près de trois heures on dansa un cotillon. Les jeunes femmes seules restaient. Les vieilles étaient parties ainsi que les hommes mariés et poitrinaires.

On ouvrit donc pour faciliter la valse la porte du salon, celles du billard et de la salle à manger, qui se succédaient immédiatement. Chacun prit sa valseuse, on entendit le son fêlé de l'archet qui frappait le pupitre et l'on se mit en train.

Djalioh était debout, appuyé sur un battant de la porte. La valse passait devant lui tournoyante, bruyante, avec des rires et de la joie.

Chaque fois il voyait Adèle tournoyer devant lui et puis disparaître - revenir - et disparaître - encore.

Chaque fois il la voyait s'appuyer sur un bras qui soutenait sa taille, fatiguée qu'elle était de la danse et des plaisirs - et chaque fois il sentait en lui un démon qui frémissait et un instinct sauvage qui rugissait dans son âme, comme un lion dans sa cage.

Chaque fois, à la même mesure répétée, - au même coup d'archet, à la même note, au bout d'un même temps, il voyait passer devant [lui] le bas d'une robe blanche à fleurs roses et deux souliers de satin qui s'entrebâillaient, et cela dura longtemps. Vingt minutes environ. La danse s'arrêta, oppressée elle essuya son front et puis elle repartit plus légère, plus sauteuse, plus folle et plus rose que jamais.

C'était un supplice infernal, une douleur de damné. Quoi, sentir dans sa poitrine, toutes les forces qu'il faut pour aimer, et avoir l'âme navrée d'un feu brûlant et puis ne pouvoir éteindre le volcan qui vous consume et ni briser ce lien qui vous attache. - Être là attaché à un roc aride, la soif à la gorge, comme Prométhée, voir sur son ventre un vautour qui vous dévore - et ne pouvoir dans sa colère le saisir de ses deux mains et l'écraser.

Ô pourquoi, se demandait Djalioh dans son amère douleur, la tête baissée pendant que la valse courait et tourbillonnait folle de plaisir et que les femmes dansaient et que la musique vibrait en chantant, pourquoi donc ne suis-je pas comme tout cela, heureux, dansant - pourquoi suis-je laid comme cela et pourquoi ces femmes ne le sont-elles [pas], pourquoi fuient-elles quand je souris, pourquoi donc je souffre ainsi et je m'ennuie et je me hais moi-même ? Ô si je pouvais la prendre - elle - et puis déchirer tous les habits qui la couvrent, mettre en pièces et en morceaux, les voiles qui la cachent, et puis la prendre dans mes deux bras, fuir avec elle bien loin à travers les bois, les prés, les prairies, traverser les mers – et enfin arriver enfin à l'ombre d'un palmier et puis là la regarder bien longtemps et faire qu'elle me regarde aussi – qu'elle me saisisse de ses deux bras nus – et puis... ah... et il pleurait de rage.

Les lampes s'éteignaient,... la pendule sonna cinq heures. – On entendit quelques voitures qui s'arrêtaient, et puis danseurs et danseuses prirent leurs vêtements et partirent.

Les valets fermèrent les auvents et sortirent.

Djalioh était resté à sa place et quand il releva la tête – tout avait disparu, les femmes, – la danse et les sons, tout s'était envolé et la dernière lampe pétillait encore dans quelques gouttes d'huile qui lui restaient à vivre.

En ce moment-là l'aube apparut à l'horizon derrière les tilleuls.

VI

Il prit une bougie et monta dans sa chambre.

Après avoir ôté son habit et ses souliers il sauta sur son lit, abaissa sa tête sur son oreiller et voulut dormir.

Mais impossible.

Il entendait dans sa tête un bourdonnement prolongé, un fracas singulier, une musique bizarre. – La fièvre battait dans ses artères et les veines de son front étaient vertes et gonflées. Son sang bouillonnait dans ses veines, lui montait au cerveau et l'étouffait.

Il se leva et ouvrit sa fenêtre. L'air frais du matin calma ses sens. Le jour commençait, – et les nuages fuyaient avec la lune aux premiers rayons de la clarté. La nuit il regarda longtemps les mille formes fantastiques que dessinent les nuages, puis il tourna sa vue sur sa bougie dont le disque lumineux éclairait ses rideaux de soie verte.

Enfin au bout d'une heure il sortit.

La nuit durait presque encore, et la rosée était suspendue à chaque feuille des arbres. Il avait plu longtemps, les allées foulées par les roues des voitures étaient grasses et boueuses. Djalioh s'enfonça dans les plus tortueuses et les plus obscures.

Il se promena longtemps dans le parc, foulant à ses pieds les premières feuilles d'automne, jaunies et emportées par les vents. Marchant sur l'herbe mouillée, à travers la charmille au bruit de la brise qui agitait les arbres, il entendait dans le lointain les premiers sons de la nature qui s'éveille. Qu'il est doux de rêver ainsi en écoutant avec délices le bruit de ses pas sur les feuilles sèches et sur le bois mort que le pied brise, de [se] laisser aller dans des chemins sans barrière, comme le courant de la rêverie qui emporte votre âme, et puis une pensée triste et poignante souvent vous saisit longtemps en contemplant ces feuilles qui tombent, ces arbres qui gémissent et cette nature entière qui chante tristement à son réveil comme au sortir du tombeau. Et alors quelque tête chérie vous apparaît dans l'ombre, une mère, une amie, et les fantômes qui passent le long du mur noir, tous graves et dans des surplis blancs. – Et puis le passé revient aussi comme un autre fantôme, le passé avec ses peines, ses douleurs, ses larmes et ses quelques rires – enfin l'avenir qui se montre à son tour – plus varié, plus indéfini, entouré d'une gaze légère comme ces sylphides longtemps rêvées qui s'élèvent d'un buisson et qui s'envolent avec les oiseaux.

On aime à entendre le vent qui passe à travers les arbres en faisant plier leur tête et qui chante comme un convoi des morts, – et dont le souffle agite vos cheveux et rafraîchit votre front brûlant.

C'était dans des pensers plus terribles – qu'était perdu Djalioh.

Une mélancolie rêveuse pleine de caprice et de fantaisie – provient d'une douleur tiède et longue. Mais le désespoir est matériel et palpable.

C'était au contraire la réalité qui l'écrasait.

Ô la réalité, fantôme lourd comme un cauchemar et qui pourtant n'est qu'une durée comme l'esprit.

Pour lui, que lui faisait le passé qui était perdu et l'avenir qui se résumait dans un mot insignifiant : la mort ? Mais c'était le présent qu'il avait, la minute, l'instant qui l'obsédait. C'était ce présent même qu'il voulait anéantir, le briser du pied, l'égorger de ses mains. Lorsqu'il pensait à lui, pauvre et désespéré, les bras vides, le bal et ses fleurs et ces femmes, Adèle et ses seins nus et son épaule et sa main blanche, lorsqu'il pensait à tout cela un rire sauvage éclatait sur sa bouche et retentissait dans ses dents comme un tigre qui a faim et qui se meurt. Il voyait dans son esprit le sourire de

Paul, les baisers de sa femme. – Il les voyait tous deux étendus sur une couche soyeuse s'entrelaçant de leurs bras avec des soupirs et des cris de volupté, il voyait jusqu'aux draps qu'ils tordaient dans leurs étreintes, jusqu'aux fleurs qui étaient sur les tables et les tapis et les meubles et tout enfin qui était là, et quand il reportait la vue sur lui entouré des arbres, marchant sur l'herbe *seul* et les branches cassées, il tremblait. Il comprenait aussi la distance immense qui l'en séparait et quand il en venait à se demander pourquoi tout cela était ainsi, alors une barrière infranchissable se présentait devant lui – et un voile noir obscurcissait sa pensée.

Pourquoi Adèle n'était-elle pas à lui ? Ô s'il l'avait, comme il serait heureux de la tenir dans ses bras, de reposer sa tête sur sa poitrine et de la couvrir de ses baisers brûlants – et il pleurait en sanglotant.

Ô s'il avait su comme nous autres hommes comment la vie quand elle vous obsède s'en va et part vite avec la gâchette d'un pistolet – s'il avait su que pour six sols un homme est heureux – et que la rivière engloutit bien les morts !... mais non, – le malheur est dans l'ordre de la nature. – Elle nous a donné le sentiment de l'existence pour le garder plus longtemps.

Il arriva bientôt aux bords de l'étang. Les cygnes s'y jouaient avec leurs petits, ils glissaient sur le cristal les ailes ouvertes et le cou replié sur le dos. Les plus gros, le mâle et la femelle, nageaient ensemble au courant rapide de la petite rivière qui traversait l'étang, de temps en temps, ils tournaient l'un vers l'autre leur long cou blanc et se regardaient en nageant, puis ils revenaient derrière eux, se plongeaient dans l'eau et battaient de l'aile sur la surface de l'eau qui se trouvait agitée de leurs jeux lorsque leur poitrine s'avançait comme la proue d'une nacelle.

Djalioh contempla la grâce de leurs mouvements et la beauté de leurs formes. – Et il se demanda pourquoi il n'était pas cygne et beau comme ces animaux. Lorsqu'il s'approchait de quelqu'un on s'enfuyait, on le méprisait parmi les hommes. Que n'était-il donc beau comme eux, – pourquoi le ciel ne l'avait-il pas fait cygne, oiseau, quelque chose de léger, qui chante et qu'on aime ? – ou plutôt que n'était-il le néant ? Pourquoi, disait-il en faisant courir une pierre du bout de son pied, – pourquoi ne suis-je pas comme cela, je [la] frappe, [elle] court, et ne souffre pas. Alors il sauta dans la barque, détacha la chaîne, prit les rames et alla aborder de l'autre côté dans la prairie qui commençait à se parsemer de bestiaux.

Après quelques instants, il revint vers le château. Les domestiques avaient déjà ouvert les fenêtres et rangé le salon.

La table était mise car il était près de neuf [heures], tant la promenade de Djalioh avait été lente et longue.

Le temps passe vite dans la joie, vite aussi dans les larmes et ce vieillard court toujours sans perdre haleine.

Cours vite, marche sans relâche, fauche et abats sans pitié, – Vieille Chose à cheveux blancs. Marche, et cours toujours, traîne ta misère, toi qui es condamné à vivre et mène-nous bien vite dans la fosse commune, où tu jettes ainsi tout ce qui barre ton chemin.

VII

Après le déjeuner, la promenade, car le soleil perçant les nuages commençait à se montrer. –

Les dames voulurent se promener en barque. La fraîcheur de l'eau les délasserait de leurs fatigues de la nuit. –

La société se divisa en trois bandes. Dans la même étaient Paul, Djalioh et Adèle. Elle avait l'air fatigué et le teint pâle. Sa robe était de mousseline bleue avec des fleurs blanches. Elle était plus belle que jamais.

Adèle accompagna son époux, par sentiment des convenances.

Djalioh ne comprit pas cela. Autant son âme embrassait tout ce qui était de sympathie et d'amour, autant son esprit résistait à tout ce que nous appelons : – délicatesse, usage, honneur, pudeur et convenance. Il se mit sur le devant et rama.

Au milieu de l'étang était une petite île formée à dessein pour servir de refuge aux cygnes, elle était plantée de rosiers dont les branches pliées se miraient dans l'eau en y laissant quelques fleurs fanées. La jeune femme émietta un morceau de pain, puis le jeta sur l'eau et aussitôt les cygnes accoururent, allongeant leur cou pour saisir les miettes qui couraient emportées par la rivière.

Chaque fois qu'elle se penchait et que la main blanche s'allongeait, Djalioh sentait son haleine passer dans ses cheveux et ses joues effleurer sa tête, – qui était brûlante.

L'eau du lac était limpide et calme mais la tempête était dans son cœur, plusieurs fois il crut devenir fou – et il portait les mains à son front, comme un homme en délire ou qui croit rêver.

Il ramait vite et cependant la barque avançait moins que les autres tant ses mouvements étaient saccadés et convulsifs. De temps en temps son oeil terne et gris se tournait lentement sur Adèle et se reportait sur [Paul]. Il paraissait calme, – mais comme le calme de la cendre qui couvre un brasier et puis l'on [n']entendait que la rame qui tombait dans l'eau, l'eau qui clapotait lentement sur les flancs de la nacelle et quelques mots échangés entre les époux – et puis ils se regardaient en souriant – et les cygnes couraient en nageant sur l'étang. – Le vent faisait tomber quelques feuilles sur les promeneurs et le soleil brillait au loin sur les vertes prairies où serpentait la rivière, et la barque glissait entre tout cela rapide et silencieuse.

Djalioh, une fois, se ralentit, porta sa main à ses yeux et [la] retira quelques instants après toute chaude et toute humide. Il reprit ses rames et les pleurs qui coulaient sur ses mains se perdirent dans le ruisseau. M. Paul, voyant qu'il était éloigné de la compagnie, prit la main d'Adèle et déposa sur son gant satiné un long baiser de bonheur qui retentit aux oreilles de Djalioh.

VIII

Madame de Lansac avait une quantité de singes. C'est une passion de vieille femme, seules créatures qui avec les chiens ne repoussent pas leur amour.

Ceci est dit sans maligne intention et s'il y en avait une ce serait plutôt pour plaire aux jeunes qui les haïssent mortellement. Lord Byron disait qu'il ne pouvait voir sans dégoût manger une jolie femme, il n'a peut-être jamais pensé à la société de cette femme, quelque 40 ans plus tard et qui se résumera [en] son carlin et sa guenon. Toutes les femmes que vous voyez si jeunes et si fraîches, eh bien si elles ne meurent pas avant la soixantaine, auront donc un jour la manie des chiens au lieu de celle des hommes et vivront avec un singe au lieu d'un amant.

Hélas c'est triste mais c'est vrai et puis après avoir ainsi jauni pendant une douzaine d'années et racorni comme un vieux parchemin au coin de son feu en compagnie d'un chat, d'un roman, – de son dîner et de sa bonne, cet ange de beauté mourra et deviendra un cadavre, c'est-à-dire une charogne qui pue et puis un peu de poussière, le néant… de l'air fétide emprisonné dans une tombe.

Il y a des gens que je vois toujours à l'état de squelette et dont le teint jaune me semble bien pétri de la terre qui va les contenir.

Je n'aime guère les singes et pourtant j'ai tort, car ils me semblent une imitation parfaite de la nature humaine. Quand je vois un de ces animaux (je ne parle pas ici des hommes) il me semble me voir dans les miroirs grossissants, mêmes sentiments, – mêmes appétits brutaux, – un peu moins d'orgueil et voilà tout.

Djalioh se sentait attiré vers eux par sympathie étrange. Il restait souvent des heures entières à les contempler, plongé dans une méditation profonde ou dans une observation des plus minutieuses.

Adèle s'approcha de leurs cages communes (car les jeunes femmes aiment quelquefois les singes probablement comme symboles de leurs époux) et leur jeta des noisettes et des gâteaux. – Aussi[tôt] ils s'élancèrent dessus, se chamaillant, s'arrachant les morceaux, comme des députés les miettes qui tombent du fauteuil ministériel et poussant des cris comme des avocats.

Un surtout s'empara du plus gros gâteau, le mangea bien vite, prit la plus belle noisette, la cassa avec ses ongles, l'éplucha et jeta les coquilles à ses compagnons d'un air de libéralité. Il avait tout autour de la tête une couronne de poils clairsemés sur son crâne rétréci, qui le faisait ressembler passablement à un roi.

Un second était humblement assis dans un coin, les yeux baissés d'un air modeste comme un prêtre et prenant par-derrière tout ce qu'il ne pouvait pas voler en face.

Un troisième enfin – c'était une femelle – avait les chairs flasques, le poil long, les yeux bouffis, il allait et venait de tous côtés avec des gestes lubriques qui faisaient rougir les demoiselles, – mordant les mâles, les pinçant et sifflant à leurs oreilles, celui-là ressemblait à mainte fille de joie de ma connaissance.

Tout le monde riait de leurs gentillesses et de leurs manières, c'était si drôle. Djalioh seul ne riait pas, assis par terre, les genoux à la hauteur de la tête, les bras sur les jambes et les yeux à demi morts tournés vers un seul point.

L'après-midi on partit pour Paris. Djalioh était encore placé en face d'Adèle, comme si la fatalité se plaisait perpétuellement à rire de ses douleurs.

Chacun fatigué s'endormait au doux balancement des soupentes et au bruit des roues qui allaient lentement dans les grandes ornières creusées par la pluie et les pieds des chevaux enfonçaient en glissant dans la boue.

Une glace ouverte derrière Djalioh donnait de l'air dans la voiture et le vent soufflait sur ses épaules et dans son cou.

Tous laissaient aller leurs têtes sommeillantes au mouvement de la calèche.

Djalioh seul ne dormait pas et la tenait baissée sur sa poitrine.

IX

On était aux premiers jours du mois de mai. Il était alors je crois sept heures du matin. – Le soleil se levait et illuminait de sa splendeur tout Paris qui s'éveillait par un beau jour de printemps.

Mme Paul de Monville s'était levée de bonne heure et s'était retirée dans un salon pour y terminer bien vite avant l'heure du bain, du déjeuner et de la promenade, un roman de Balzac.

La rue qu'habitaient les mariés était dans le faubourg Saint-Germain, déserte, large et toute couverte de l'ombre que jetaient les grands murs, les hôtels hauts et élevés et les jardins qui se prolongeaient avec leurs acacias, leurs tilleuls dont les touffes épaisses et frémissantes retombaient par-dessus les murs où les brins d'herbe perçaient entre les pierres.

Rarement on entendait du bruit si ce n'est celui de quelque équipage roulant sur le pavé avec ses deux chevaux blancs, ou bien encore la nuit celui de la jeunesse revenant d'une orgie ou d'un spectacle avec quelques ribaudes aux seins nus, aux yeux rougis, aux vêtements déchirés.

C'était dans un de ces hôtels qu'habitait Djalioh, avec M. Paul et sa femme.

Et depuis bientôt deux ans il s'était passé bien des choses dans son âme, et les larmes contenues y avaient creusé une fosse profonde.

Un matin, c'était ce jour-là dont je vous parle, il se leva, – et sortit dans le jardin où un enfant d'un an environ, entouré de mousseline, de gaze, de broderies, d'écharpes coloriées, - dormait dans un berceau en nacelle dont la flèche était dorée aux rayons du soleil.

Sa bonne était absente, il regarda de tous côtés, s'approcha près, bien près du berceau, ôta vivement la couverture, et puis il resta quelque temps, à contempler cette pauvre créature sommeillante et endormie avec ses mains potelées, ses formes arrondies, - son cou blanc, ses petits ongles. Enfin il le prit dans ses deux mains, le fit tourner en l'air sur sa tête - et le lança de toutes ses forces sur le gazon - qui retentit du coup. L'enfant poussa un cri et sa cervelle alla jaillir à dix pas auprès d'une giroflée.

Djalioh ouvrit ses lèvres pâles et poussa un rire forcé qui était froid et terrible comme le regard des morts. Aussitôt il s'avança vers la maison, monta l'escalier, ouvrit la porte de la salle à manger, la referma, prit la clef, celle du corridor également, et arrivé au vestibule du salon, il les jeta par la fenêtre dans la rue. Enfin il entra dans le salon, doucement sur la pointe des pieds et une fois entré il ferma à double tour.

Un demi-jour l'éclairait à peine tant les persiennes soigneusement fermées laissaient entrer peu de lumière.

Djalioh s'arrêta et il n'entendit que le bruit des feuillets que retournait la jolie main blanche d'Adèle, étendue mollement sur son sofa de velours rouge et le gazouillement des oiseaux de la volière qui étaient sur la terrasse et dont on entendait à travers les jalousies vertes les battements d'ailes sur le treillage en fer.

Dans un coin du salon à côté de la cheminée était une jardinière en acajou toute remplie de fleurs embaumantes, roses, blanches, bleues, hautes ou touffues avec un feuillage vert, une tige polie et qui se miraient par-derrière dans une grande glace.

Enfin il s'approcha de la jeune fille et s'assit à côté d'elle. Elle tressaillit subitement et porta sur lui ses yeux bleus égarés. Sa robe de chambre de mousseline blanche était flottante, ouverte sur le devant et ses deux jambes croisées dessinaient malgré ses vêtements la forme de ses cuisses.

Il y avait tout autour d'elle un parfum enivrant, ses gants blancs jetés sur le fauteuil avec sa ceinture, son mouchoir, son fichu, tout cela avait une odeur [si] délicieuse et [si] particulière que les grosses narines de Djalioh s'écartèrent pour en aspirer la saveur.

Ô il y a à côté de la femme qu'on aime une atmosphère embaumée qui vous enivre.

– Que me voulez-vous ? dit-elle avec effroi aussitôt qu'elle l'eut reconnu.

Et il s'ensuivit un long silence. Il ne répondit pas et fixa sur elle un regard dévorant, – puis se rapprochant de plus en plus, il prit sa taille de ses deux mains et déposa sur son cou un baiser brûlant qui sembla pincer Adèle comme la morsure d'un serpent. – Il vit sa chair rougir et palpiter.

– Ô je vais appeler au secours, s'écria-t-elle avec effroi. Au secours ! au secours ! Ô le monstre, ajouta-t-elle en le regardant.

Djalioh ne répondit pas. – Seulement il bégaya et frappa sa tête avec colère.

Quoi, ne pouvoir lui dire un mot, – ne pouvoir énumérer ses tortures et ses douleurs et n'avoir à lui offrir que les larmes d'un animal et les soupirs d'un monstre.

Et puis être repoussé comme un reptile – être haï de ce qu'on aime et sentir devant soi l'impossibilité de rien dire, – être maudit et ne pouvoir blasphémer.

– Laissez-moi de grâce, laissez-moi, est-ce que vous ne voyez pas que vous me faites horreur et dégoût ? Je vais appeler Paul, et [il] va vous tuer.

Djalioh lui montra la clef qu'il tenait dans sa main et il s'arrêta. Huit heures sonnèrent à la pendule – et les oiseaux gazouillaient dans la volière. On entendit le roulement d'une charrette qui passait puis elle s'écarta.

– Eh bien allez-vous sortir ? laissez-moi au nom du ciel. Et elle voulut se lever mais Djalioh la retint par le pan de sa robe, qui se déchira sous ses ongles.

– J'ai besoin de sortir, il faut que je sorte... il faut que je voie mon enfant. Vous me laisserez voir mon enfant – Une idée atroce la fit frémir de tous ses membres. Elle pâlit et ajouta :

– Oui mon enfant, il faut que je le voie et tout de suite, à l'instant.

Elle se retourna et vit grimacer en face d'elle une figure de démon. Il se mit à rire si longtemps, si fort, et tout cela d'un seul éclat, qu'Adèle pétrifiée d'horreur tomba à ses pieds, à genoux.

Djalioh aussi se mit à genoux puis il la prit, la fit asseoir de force sur ses genoux, et de ses deux mains il lui déchira tous les vêtements, il mit en pièces les voiles qui la couvraient - et quand il la vit tremblante comme la feuille sans sa chemise et croisant ses deux bras sur ses seins nus en pleurant, les joues rouges et les lèvres bleuâtres, il se sentit sous le poids d'une oppression étrange. - Puis il prit les fleurs, les éparpilla sur le sol. Il tira les rideaux de soie rose et, lui, ôta ses vêtements.

Adèle le vit nu, elle trembla d'horreur et détourna la tête. Djalioh s'approcha et la tint longtemps serrée contre sa poitrine. Elle sentit alors sur sa peau chaude et satinée la chair froide et velue du monstre.

Il sauta sur le canapé, jeta les coussins et se balança longtemps sur le dossier avec un mouvement machinal et régulier de ses flexibles vertèbres. Il poussait de temps en temps un cri guttural et il souriait entre ses dents.

Qu'avait-[il] de mieux à désirer, - une femme devant lui, - des fleurs à ses pieds, un jour rose qui l'éclairait, le bruit d'une volière pour musique et quelque pâle rayon de soleil pour l'éclairer.

Il cessa bientôt son exercice, courut sur Adèle, lui enfonça ses griffes dans la chair et l'attira vers lui, il lui ôta sa chemise.

En se voyant toute nue dans la glace entre les bras de Djalioh elle poussa un cri d'horreur et pria Dieu. - Elle voulait appeler au secours, mais impossible d'articuler une seule parole.

Djalioh en la voyant ainsi nue et les cheveux épars sur ses épaules s'arrêta immobile de stupeur, comme le premier homme qui vit une femme, il la respecta pendant quelque temps, lui arracha ses cheveux blonds, les mit dans sa bouche, les mordit, les baisa, puis il se roula par terre sur les fleurs, entre les coussins, sur les vêtements d'Adèle, content, fou - ivre d'amour.

Adèle pleurait et une trace de sang coulait sur ses seins d'albâtre.

Enfin sa féroce brutalité ne connut plus de bornes. - Il sauta sur elle d'un bond - écarta ses deux mains, l'étendit par terre et l'y roula échevelée...

Souvent il poussait des cris féroces et étendait les deux bras, stupide. - Et immobile. Puis il râlait de volupté - comme un homme qui se meurt.

Tout à coup il sentit sous lui les convulsions d'Adèle. Ses muscles se raidirent comme le fer. – Elle poussa un cri et un soupir plaintif qui furent étouffés par des baisers.

Puis il la sentit froide, – ses yeux se fermèrent, elle se roula sur elle-même – et sa bouche s'ouvrit.

Quand il l'eut bien longtemps sentie immobile et glacée, il se leva, la retourna sur tous les sens, embrassa ses pieds, ses mains, sa bouche, et courut en bondissant sur les murailles.

Plusieurs fois il reprit sa course, une fois cependant il s'élança la tête la première sur la cheminée de marbre et tomba immobile et ensanglanté, sur le corps d'Adèle.

X

Quand on vint à trouver Adèle, elle avait sur le corps des traces de griffes larges, profondes. Pour Djalioh, il avait le crâne horriblement fracassé. On crut que la jeune femme en défendant son honneur l'avait tué avec un couteau.

Tout cela fut dans les journaux. Et vous pensez s'il y en eut pour huit jours à faire des *Ah* et des *Oh*.

Le lendemain on enterra les morts. Le convoi était superbe, deux cercueils, celui de la mère et de l'enfant et tout cela avec des panaches noirs, des cierges, des prêtres qui chantent, de la foule qui se presse et des hommes noirs en gants blancs.

XI

– C'est bien horrible, s'écriait quelques jours après toute une famille d'épiciers réunis patriarcalement autour d'un énorme gigot dont le fumet chatouillait l'odorat.

– Pauvre enfant, dit la femme de l'épicier, aller tuer un enfant, qu'est-ce qu'il lui avait fait ?

– Comment, disait l'épicier, indigné dans sa vertu, homme éminemment moral, décoré de la croix d'honneur pour bonne tenue dans la garde nationale, et abonné au *Constitutionnel,* comment aller tuer *ct'eu povre ptite* femme, c'est indigne.

– Mais aussi, je crois que c'est l'effet de la passion, dit un gros garçon joufflu, le fils de la maison qui venait d'achever sa quatrième à 17 ans parce que son père était d'avis qu'on donnât de *l'inducation* à la jeunesse.

– Ô faut-il que des gens aient peu de retenue, dit le garçon épicier en redemandant pour la troisième fois des haricots.

On sonna à la boutique et il alla vendre pour deux sous de chandelles.

XII

Vous voulez une fin à toute force n'est-ce pas ? et vous trouvez que je suis bien [long] à la donner, eh bien soit.

Pour Adèle elle fut enterrée. Mais au bout de deux ans elle avait bien perdu de sa beauté. Car on l'exhuma pour la mettre au Père-Lachaise et elle puait si fort qu'un fossoyeur s'en trouva mal.

– Et Djalioh ?

Ô il est superbe, verni, poli, soigné, magnifique. Car vous savez que le cabinet de zoologie s'en est emparé et en a fait un superbe squelette.

– Et M. Paul ?

– Tiens je l'oubliais. Il s'est remarié. Tantôt je l'ai vu au Bois de Boulogne et ce soir vous le rencontrerez aux Italiens.

8 octobre 1837
Gve Flaubert

Passion et vertu

Peux-tu parler de ce que tu ne sens point
(Shakespeare)
Romeo et Juliette
acte III scène V.

Novembre-Décembre 1837
Gve Flaubert

I

Elle l'avait déjà vu, je crois, deux fois.

La première dans un bal chez le ministre.

La seconde au Français.

Et quoiqu'il ne fût ni un homme supérieur, ni un bel homme elle pensait souvent à lui lorsque le soir après avoir soufflé sa lampe elle restait souvent quelques instants rêveuse, les cheveux épars sur [ses] seins nus, la tête tournée vers la fenêtre où la nuit jetait une clarté blafarde, – les bras hors de sa couche et l'âme flottante entre des émotions indécises et vagues comme ces sons confus qui s'élèvent des champs par les soirées d'automne.

Loin d'être une de ces âmes d'exception comme il y en a dans les livres et dans les drames, c'était un cœur sec, un esprit juste, et par-dessus tout cela un chimiste.

Mais il possédait à fond cette théorie de séductions, ces principes, ces règles, ce *chic* enfin pour employer le mot vrai et vulgaire, par lequel un habile homme en arrive à ses fins.

Ce n'est plus cette méthode pastorale à [la] Louis XV, dont la première leçon commence par les soupirs, la seconde [par les] billets doux et continue ainsi jusqu'au dénouement, science si bien exposée dans Faublas, les comédies du second ordre et les contes moraux de Marmontel.

Mais maintenant un homme s'avance vers une femme, il la lorgne, il la trouve bien – il en fait le pari avec ses amis. – Est-elle mariée, la farce n'en sera que meilleure. Alors il s'introduit chez elle. Il lui prête des romans, la mène au spectacle, il a surtout soin de faire quelque chose d'étonnant, de ridicule mais enfin d'étrange. – Et puis de jour en jour il va chez elle avec plus de liberté, il se fait l'ami de la maison, du mari, des enfants, des domestiques. – Enfin la pauvre femme s'aperçoit du piège, elle veut le chasser comme un laquais, mais celui-ci s'indigne à son tour, il la menace de publier quelque lettre bien courte mais qu'il interprétera d'une façon infâme n'importe à qui fût-elle adressée et il répétera lui-même à son époux quelque mot arraché peut-être dans un moment de vanité, de coquetterie ou de désir. C'est une cruauté d'anatomiste mais on a fait des progrès dans les sciences et il y a des gens qui dissèquent un cœur comme un cadavre.

Alors cette pauvre femme éperdue, pleure et supplie. Point de pardon pour elle, point de pardon pour ses enfants, son mari, sa mère. Inflexible, car c'est un homme, il peut user de force et de violence, il peut dire partout qu'elle est sa maîtresse, le publier dans les journaux, l'écrire tout au long dans un mémoire et le prouver même au besoin. – Elle se livre donc à lui à demi morte. Il peut même alors la faire passer devant ses laquais qui tout bas sous leurs livrées ricanent en la voyant venir si matin chez leur maître et puis quand il l'a rendue brisée et abattue – seule avec ses regrets, ses pensées sur le passé, ses déceptions d'amour – il la quitte, la reconnaît à peine, – l'abandonne à son infortune. Il la hait même quelquefois. Mais enfin il a gagné son pari – et c'est un homme à bonne fortune.

C'est donc non un *Lovelace* comme on l'aurait dit il y a soixante ans mais bien un *Don Juan,* ce qui est plus beau.

L'homme qui possède à fond cette science, qui en connaît les détours et les replis cachés n'est pas rare maintenant. Cela est si facile en effet de séduire une femme qui vous aime et puis de la laisser là avec toutes les autres, quand on n'a pas d'âme, ni de pitié dans le cœur.

Et il y a tant de moyens de s'en faire aimer – soit par la jalousie – la vanité, le mérite, les talents, l'orgueil, l'horreur, la crainte même. Ou bien encore par la fatuité de vos manières, le négligé d'une cravate, la prétention à être désespéré, quelquefois par la coupe de votre habit, ou la finesse de vos bottes.

Car combien de gens n'ont dû leurs conquêtes qu'à l'habileté de leur tailleur ou de leur cordonnier.

Ernest s'était aperçu que Mazza souriait à ses regards. Partout il la poursuivait. Au bal par exemple elle s'ennuyait s'il n'était pas là. Et n'allez pas croire qu'il fût assez novice pour louer la blancheur de sa main ni la beauté de ses bagues comme l'aurait pu faire un écolier de Rhétorique. Mais devant elle il déchirait toutes les autres femmes qui dansaient. Il avait sur chacune les aventures les plus inconnues et les plus étranges et tout cela la faisait rire et la flattait secrètement quand elle pensait que sur elle on n'avait rien à dire.

Elle s'était engagée à le recevoir et elle ne l'invitait que lorsqu'il n'y avait aucune femme surtout des jeunes.

Elle l'avait souvent surpris en se détournant vivement, les yeux fixés sur son cou, la pointe de sa pèlerine ou le tour de sa ceinture.

Ernest aussi avait vu qu'elle causait volontiers avec lui à demi couchée sur le sopha tandis que lui était affaissé sur un pliant à ses pieds et que le reste de la société réunie en cercle autour de la cheminée discutait sur la politique, ou l'industrie. Il avait vu aussi avec plaisir et vanité qu'elle se décolletait quand elle l'attendait et que souvent elle avait rougi sous ses regards et détourné la tête comme machinalement.

Cependant de jour en jour Mazza se sentait entraînée sur une pente d'idées inconnues, vers un but vague, indéfini. Elle tremblait quelquefois et voulait s'arrêter sur le penchant du gouffre. Elle prenait de belles résolutions de l'abandonner, de ne plus jamais le revoir.

Mais la vertu s'évapore bien vite au sourire d'une bouche qu'on aime. Il avait vu aussi qu'[elle] aimait la poésie, la mer, le théâtre, Byron, et puis résumant toutes ces observations en une seule, il avait dit : C'est une sotte – Je l'aurai. Et elle souvent aussi avait dit en le voyant partir et quand la porte du salon tournait rapidement sur ses pas... Ô je t'aime. Ajoutez à cela que Ernest lui fit croire à la phrénologie, au magnétisme, et que Mazza avait trente ans, qu'elle [était] toujours restée pure et fidèle à son mari, repoussant tous les désirs qui naissaient chaque jour en son âme et qui mouraient le lendemain, qu'elle était mariée à un banquier et que la passion dans les bras de cet homme-là était un devoir pour elle – rien de plus – comme de surveiller ses domestiques et d'habiller ses enfants.

II

Longtemps elle se complut dans cet état de rêverie amoureuse et à demi mystique. La nouveauté du plaisir lui plaisait, et elle joua longtemps avec cet amour plus longtemps qu'avec les autres et elle finit par s'y prendre fortement, d'abord d'habitude, puis de besoin.

Il est dangereux de rire et de jouer avec le cœur. Car la passion est une arme à feu qui part et vous tue, lorsqu'on la croyait sans péril.

Un jour Ernest vint de bonne heure chez Mme Willer. Son mari était à la Bourse, ses enfants étaient sortis, [il] se trouva seul avec elle.

Tout le jour il resta chez elle et le soir vers les cinq heures quand il en sortit, Mazza fut triste, rêveuse et de toute la nuit elle ne dormit pas.

Ils [étaient] restés longtemps, bien des heures à causer, à se dire qu'ils s'aimaient, à se parler de poésie, à s'entretenir d'amours larges et forts comme on voit dans Byron et puis à se plaindre des exigences sociales qui les attachaient l'un et l'autre et qui les séparaient pour la vie.

Et puis ils avaient causé des peines du cœur – de la vie et de la mort – de la nature – de l'océan qui mugissait dans les nuits – enfin ils avaient compris le monde, leur passion et leurs regards s'étaient même plus parlé que leurs lèvres qui se touchèrent si souvent.

C'était un jour du mois de mars, une de ces longues journées sombres et mornes qui portent à l'âme une vague amertume. Leurs paroles avaient été tristes. Celles de Mazza surtout avaient une mélancolie harmonieuse.

Chaque fois qu'Ernest allait dire qu'il l'aimait pour la vie, chaque fois qu'il lui échappait un sourire, un regard, un cri d'amour, Mazza ne répondait pas. Elle le regardait silencieuse avec ses deux grands yeux noirs, son front pâle – sa bouche béante.

Tout le jour elle se sentit oppressée – comme si une main de plomb lui eût pesé sur la poitrine. Elle craignait – mais elle ne savait quel était l'objet de ses craintes – et se complaisait dans cette appréhension mêlée d'une étrange sensation d'amour – de rêverie – de mysticisme.

Une fois elle recula son fauteuil – effrayée du sourire d'Ernest qui était bestial et sauvage à faire peur. Mais celui-ci se rapprocha d'elle aussitôt, lui prit les mains et les porta à ses lèvres. Elle rougit et lui dit d'un ton de calme affecté :

– Est-ce que vous auriez envie de me faire la cour ?

– Vous faire la cour – Mazza – à vous !...

Cette réponse-là voulait tout dire.

– Est-ce que vous m'aimeriez ?

Il la regarda en souriant.

– Ernest vous auriez tort.

– Pourquoi ?

– Mon mari. Y pensez-vous ?

– Eh bien votre mari, qu'est-ce que cela veut dire ?

– Il faut que je l'aime.

– Cela est plus facile à dire qu'à faire, c'est-à-dire que si la loi vous dit : Vous l'aimerez, votre cœur s'y pliera comme un régiment qu'on fait manoeuvrer ou une barre d'acier qu'on ploie des deux mains. Et si moi je vous aime...

– Taisez-vous Ernest, pensez à ce que vous devez à une femme qui vous reçoit comme moi, dès le matin, sans que son mari y soit, seule, abandonnée à votre délicatesse.

– Oui et si je vous aime à mon tour, il faudra que je ne vous aime plus parce qu'il le faudra – et rien de plus. Mais cela est-il sensé et juste ?

– Ah vous raisonnez à merveille mon cher ami, dit Mazza en penchant sa tête sur son épaule gauche et en faisant tourner dans ses doigts un étui d'ivoire.

Une mèche de ses cheveux se dénoua et tomba sur ses joues. Elle la rejeta par-derrière avec un geste de la tête plein de grâce et de brusquerie.

Plusieurs fois Ernest se leva, prit son chapeau comme s'il allait sortir. Puis il se rasseyait et reprenait ses causeries.

Souvent ils s'interrompaient tous deux et se regardaient longtemps en silence respirant à peine, ivres et contents de leurs regards et de leurs soupirs. Puis ils souriaient. Un moment, quand Mazza vit Ernest à ses pieds affaissé sur le tapis de sa chambre, quand elle vit sa tête posée sur ses genoux, les cheveux en arrière, ses yeux tout près de sa poitrine et son front blanc et sans rides qui était là devant sa bouche, elle crut qu'elle allait défaillir de bonheur et d'amour, elle crut qu'elle allait prendre sa tête dans ses deux bras, la presser sur son cœur et la couvrir de ses baisers.

– Demain je vous écrirai, lui dit Ernest.

– Adieu – et il sortit.

Mazza resta l'âme indécise et toute flottante entre des oppressions étranges, des pressentiments vagues, des rêveries indicibles. La nuit elle se réveilla –, sa lampe brûlait et jetait au plafond un disque lumineux qui tremblait en vacillant sur lui-même comme l'oeil d'un damné qui vous regarde. Elle resta longtemps jusqu'au jour à écouter les heures qui sonnaient à toutes les cloches, à entendre tous les bruits de la nuit, la pluie qui tombe et bat les murs et les vents qui soufflent et tourbillonnent dans les ténèbres. – Les vitres qui tremblent, le bois du lit qui criait à tous les mouvements qu'elle lui donnait en se retournant sur ses matelas, agitée qu'elle était par des pensées accablantes et des images terribles qui l'envelopp[aient] tout entière en la roulant dans ses draps.

Qui n'a ressenti dans des heures de fièvre et de délire ces mouvements intimes du cœur – ces convulsions d'une âme qui s'agite et se tord sans cesse sous des pensées indéfinissables tant elles [sont] pleines tout à la fois de tourments et de voluptés – vagues d'abord et indécises comme un fantôme. Cette pensée bientôt se consolide et s'arrête, prend une forme et un corps. Elle devient une image – et une image qui vous fait pleurer et gémir.

Qui n'a donc jamais vu dans des nuits chaudes et ardentes, quand la peau brûle et que l'insomnie vous ronge, assise, aux pieds de votre couche, une figure pâle et rêveuse et qui vous regarde tristement. Ou bien elle apparaît dans des habits de fête, si vous l'avez vue danser dans un bal, ou entourée de voiles noirs, pleurante et vous vous rappelez ses paroles, le son de sa voix, la langueur de ses yeux. –

Pauvre Mazza pour la première fois elle sentit qu'elle aimait, que cela allait devenir un besoin, puis un délire du cœur, une rage. Mais dans sa naïveté et son ignorance, elle se traça bien vite un avenir heureux, une existence paisible où la passion lui donnerait la joie – et la volupté le bonheur.

En effet ne pourra-t-elle vivre contente dans les bras de celui qu'elle aime et tromper son mari ? Qu'est-ce que tout cela auprès de l'amour, se disait-elle. Elle souffrait cependant de ce délire du cœur et s'y plongeait de plus en plus comme ceux qui s'enivrent avec plaisir et que les boissons brûlent. – Ô qu'elles sont poignantes et amères il est vrai, ces palpitations du cœur, ces angoisses de l'âme, entre un monde de vertu qui s'en va et l'avenir d'amour qui arrive.

Le lendemain Mazza reçut une lettre. Elle était en papier satiné, toute embaumante de rose et de musc. Elle était signée par un *E* entouré d'un paraphe. Je ne sais ce qu'il y avait. – Mais Mazza relut la lettre plusieurs fois, elle en retourna les deux feuillets, en considéra les plis, elle s'enivra de son odeur embaumée, – puis la roula en boulette et la jeta au feu, – le papier consumé s'envola pendant quelque temps, et revint enfin se reposer doucement sur les chenets comme une gaze blanche et plissée.

– Ernest l'aime, il [le] lui a dit. Ô elle est heureuse, le premier pas est fait, les autres ne lui coûteront plus. Elle pourra maintenant le regarder sans rougir, elle n'aura plus besoin de tant de ménagements, de petites mines de femme pour se faire aimer, – il vient lui-même, il se donne à elle. Sa pudeur est ménagée, et c'est cette pudeur qui reste toujours aux femmes, ce qu'elles gardent même au fond de leurs amours les plus brûlants, des plus ardentes voluptés comme un dernier sanctuaire d'amour et de passion où elles cachent comme sous un voile tout ce qu'elles ont de brutal et d'effréné. –

Quelques jours après une femme voilée passait presque en courant le Pont des Arts. Il était sept heures du matin.

Après avoir longtemps marché elle s'arrêta à une porte cochère et elle demanda M. Ernest. Il n'était pas sorti, elle monta. L'escalier lui semblait d'une interminable longueur et quand elle fut parvenue au second étage, – elle s'appuya sur la rampe et se sentit défaillir. – Elle crut alors que tout tournait autour d'elle et que des voix basses chuchotaient à ses oreilles en sifflant. Enfin elle posa une main tremblante sur la sonnette. – Quand elle entendit son battement perçant et répété il y eut un écho qui résonna dans son cœur, comme par une répulsion galvanique. –

Enfin la porte s'ouvrit. – C'était Ernest lui-même.

– Ah c'est vous Mazza.

Celle-ci ne répondit pas. Elle était pâle et toute couverte de sueur. Ernest la regardait froidement en faisant tourner en l'air, la corde de soie de sa robe de chambre. Il avait peur de se compromettre.

– Entrez, dit-il enfin, et il la prit par le bras et la fit asseoir de force sur un fauteuil.

Après un moment de silence : – Je suis venue Ernest, lui dit-elle, pour vous dire une chose – c'est la dernière fois que je vous parle. Il faut que vous me quittiez, que je ne vous revoie plus.

– Parce que ?

– Parce que vous m'êtes à charge, que vous m'accablez – que vous me feriez mourir.

– Moi, comment cela Mazza ? – Il se leva, tira ses rideaux et ferma sa porte.

– Que faites-vous ? s'écria-t-elle avec horreur.

– Ce que je fais ?

– Oui.

– Vous êtes ici. Mazza, vous êtes venue chez moi. Oh ne niez pas. Je connais les femmes, dit-il en souriant.

– Continuez, ajouta-t-elle avec dépit.

– Eh bien Mazza... c'est assez.

– Et vous avez assez d'insolence, pour me dire cela – en face à une femme que vous dites, – aimer.

– Pardon, oh pardon, il se mit à genoux et la regarda longtemps.

– Eh bien oui, Ernest moi aussi je t'aime plus que ma vie, tiens je me donne à toi.

Et puis là, entre les quatre pans d'une muraille, sous les rideaux de soie, sur un fauteuil – il y eut plus d'amour, de baisers, de caresses enivrantes, de voluptés qui brûlent, – qu'il n'en faudrait pour rendre fou ou pour faire mourir.

Et puis quand il l'eut bien flétrie, usée, abîmée dans ses étreintes, – quand il l'eut rendue lasse, brisée, haletante, quand bien des fois il eut serré sa poitrine contre la sienne et qu'il la vit mourante dans ses bras, – il la laissa seule et partit. –

Le soir chez Véfour il fit un excellent souper, où le champagne frappé circulait en abondance. – On l'entendit dire tout haut, vers le dessert – Mes chers amis, j'en ai encore une !...

Celle-là était rentrée chez elle l'âme triste, – les yeux en pleurs – non de son honneur qui était perdu, car cette pensée-là ne la torturait nullement, s'étant d'abord demandé ce que c'était que l'honneur, et n'y ayant vu au fond qu'un mot elle avait passé outre. Mais elle pensait aux sensations qu'elle avait éprouvées et ne trouvait en y pensant rien que déception et amertume. – Ô ce n'est pas là ce que j'avais rêvé, disait-elle.

Car il lui sembla lorsqu'elle fut dégagée des bras de son amant qu'il y avait en elle quelque chose de froissé comme ses vêtements, de fatigué et d'abattu comme son regard, et qu'elle était tombée de bien haut, que l'amour ne se bornait pas là, se demandant enfin – si derrière la volupté il n'y [en] avait [pas] une plus grande encore ni après le plaisir une plus vaste jouissance. Car elle avait une soif inépuisable d'amours infinis, de passions sans bornes.

Mais quand elle vit que l'amour n'était qu'un baiser, une caresse, un moment de délires où se roulent entrelacés avec des cris de joie l'amant et sa maîtresse et puis que tout finit ainsi, que l'homme se relève, que la femme s'en va, et que leur passion a besoin d'un peu de chair et d'une convulsion pour se satisfaire et s'enivrer – l'ennui lui prit à l'âme comme ces affamés qui ne peuvent se nourrir.

Mais elle quitta bientôt [tout] retour sur le passé pour ne songer qu'au présent qui souriait. Elle ferma les yeux sur ce qui n'était [plus], secoua comme un songe les anciens rêves sans bornes, ses oppressions vagues et indécises pour se donner tout entière au torrent qui l'entraînait et elle arriva bientôt à cet état de langueur et de nonchalance, à ce demi-sommeil où l'on sent que l'on s'endort – qu'on s'enivre, – que le monde s'en va loin de nous, tandis que l'on reste seul sur la nacelle, où vous berce la vague, et qu'entraîne l'océan. Elle ne pensa plus ni à son mari, ni à ses enfants, encore moins à sa réputation que les autres femmes déchiraient à belles dents dans les salons et que les jeunes gens, amis d'Ernest, vautraient et vilipendaient à plaisir dans les cafés et les estaminets.

Mais il y eut tout à coup pour elle une mélodie jusqu'alors inconnue dans la nature, et dans son âme, et elle découvrit dans l'une et dans l'autre des mondes nouveaux, des espaces immenses – des horizons sans bornes. – Il sembla que tout était né pour l'amour, que les hommes étaient des créatures d'un ordre supérieur susceptibles de passions et de sentiments, qu'ils n'étaient bons qu'à cela et qu'ils ne devaient vivre que pour le cœur. Quant à son mari elle l'aimait toujours, et l'estimait encore plus, ses enfants lui semblaient gracieux, mais elle les aimait comme on aime ceux d'un autre.

Chaque jour cependant elle sentait qu'elle aimait plus que la veille, que cela devenait un besoin de son existence, qu'elle n'aurait pu vivre sans cela, mais cette passion avec laquelle elle avait d'abord joué en riant finit par devenir sérieuse et terrible une fois entrée dans son cœur, elle devint un amour violent puis une frénésie, une rage.

Il y avait chez elle tant de feu et de chaleur, tant de désirs immenses, une telle soif de délices et de voluptés qui étaient dans son sang, dans ses veines, sous sa peau, jusque sous ses ongles, qu'elle était devenue folle, ivre, éperdue qu'elle aurait voulu faire sortir son amour des bornes de la nature, et il lui semblait qu'en prodiguant les caresses et les voluptés, en brûlant sa vie dans des nuits pleines de fièvre, d'ardeur, en se roulant dans tout ce que la passion a de plus frénétique, de plus sublime, il allait s'ouvrir devant elle une suite continue de voluptés, de plaisirs.

Souvent dans les transports du délire elle s'écriait que la vie n'était que la passion, que l'amour était tout pour elle et puis les cheveux épars, l'oeil en feu, la poitrine haletante de sanglots, elle demandait à son amant s'il n'aurait pas souhaité comme elle de vivre des siècles ensemble seuls sur une haute montagne, sur un roc aigu au bas duquel viendraient se briser les vagues et se confondre tous deux avec la nature et le ciel et de mêler leurs soupirs aux bruits de la tempête et puis elle le regardait longtemps, lui demandant encore de nouveaux baisers, de nouvelles étreintes et tombait entre ses bras muette et évanouie.

Et puis quand le soir son époux l'âme tranquille, le front calme, rentrait chez lui, lui disant qu'il avait gagné aujourd'hui, fait le matin une bonne spéculation, acheté une ferme, vendu une rente, et puis qu'il pouvait ajouter un laquais de plus à ses équipages, acheter deux chevaux de plus pour ses écuries et qu'avec ses mots et ses pensées il venait à l'embrasser, à l'appeler son amour et sa vie, ô la rage alors lui prenait à l'âme, elle le maudissait, repoussant avec horreur ses caresses et ses baisers qui étaient froids et horribles comme ceux d'un singe. Il y avait donc dans son amour une douleur et une amertume, comme la lie du vin qui le rend plus âcre et plus brûlant.

Et quand après avoir quitté sa maison, son ménage, – ses laquais, elle se retrouvait avec Ernest, seule assise à ses côtés, alors elle lui contait qu'elle eût voulu mourir de sa main, se sentir étouffée par ses bras et puis elle ajoutait qu'elle n'aimait plus rien – qu'elle méprisait tout, qu'elle n'aimait que lui, pour lui elle avait abandonné Dieu et le sacrifiait à son amour, – pour lui elle laissait son mari et le donnait à l'ironie, pour lui elle abandonnait ses enfants. Elle crachait sur tout cela à plaisir – religion, vertus, elle foulait tout cela aux pieds, – elle vendait sa réputation pour ses caresses et c'était avec bonheur et délices qu'elle immolait tout cela pour lui plaire, qu'elle détruisait toutes ces croyances, toutes ces illusions, toute sa vertu, tout ce qu'elle aimait enfin pour obtenir de lui un regard ou un baiser. Et il lui semblait qu'elle serait plus belle en sortant de ses bras, après avoir reposé ses lèvres, comme les violettes fanées qui répandent un parfum plus doux.

Ô qui pourrait savoir combien il y a parfois de délices et de frénésie sous les deux seins palpitants d'une femme.

Ernest cependant commençait à l'aimer un peu plus qu'une grisette ou une figurante. Il alla même jusqu'à faire des vers pour elle qu'il lui donna.

En outre un jour je le vis avec des yeux rouges d'où l'on pouvait conclure qu'il avait pleuré, – ou mal dormi.

III

Un matin [en] réfléchissant sur Mazza, assis dans un grand fauteuil élastique, les pieds sur ses deux chenets, le nez enfoncé sous sa robe de chambre, tout en regardant la flamme de son feu qui pétillait et montait sur la plaque en langues de feu – il lui vint une idée qui le surprit, – d'une manière étrange il eut peur.

En se rappelant qu'il était aimé par une femme comme Mazza qui lui sacrifiait avec tant de prodigalité et d'effusion sa beauté, son amour, – il eut peur et trembla devant la passion de cette femme comme ces enfants qui s'enfuient loin de la mer en disant qu'elle est trop grande. Et une idée morale lui vint en tête car c'était une habitude qu'il venait de prendre depuis qu'il s'était fait collaborateur au *Journal des connaissances utiles* et au *Musée des familles*. – Il pensa, dis-je, qu'il était peu moral de séduire ainsi une femme mariée, de la détourner de ses devoirs d'épouse, de l'amour de ses enfants et qu'il était mal à lui de recevoir toutes ces offrandes qu'elle brûlait à ses pieds comme un holocauste.

Enfin il était ennuyé et fatigué de cette femme qui prenait le plaisir au sérieux, qui ne concevait qu'un amour entier et sans partage et avec laquelle on ne pouvait parler ni de romans ni de modes ni d'Opéra.

Il voulut d'abord s'en séparer, la laisser là et la rejeter au milieu de la société avec les autres femmes flétries comme elle. Mazza s'aperçut de son indifférence et de sa tiédeur, elle l'attribua à de la délicatesse et ne l'en aima que davantage.

Souvent Ernest l'évitait, s'échappait d'elle mais elle savait le rencontrer partout, au bal, à la promenade, dans les jardins publics, aux musées, elle savait l'atteindre dans la foule, lui dire deux mots et lui faire monter la rougeur au front devant tous ces gens qui les regardaient. D'autres fois c'était lui qui venait chez elle. Il entrait avec un front sévère et un air grave, la jeune femme naïve et amoureuse lui sautait au cou et le couvrait de baisers mais celui-ci la repoussait avec froideur et puis il lui disait qu'ils ne devaient plus s'aimer, que le moment de délire et de folie une fois passé tout devait être fini entre eux, qu'[il] fallait respecter son mari, chérir ses enfants et veiller à son ménage et il ajoutait qu'il avait beaucoup vu et étudié et qu'au reste la providence était juste, que la nature était un chef-d'oeuvre et la société une admirable création, et puis que la philanthropie après tout était une belle chose et qu'il fallait aimer les hommes.

Et celle-ci alors pleurait de rage, d'orgueil et d'amour, elle lui demandait le rire sur les lèvres mais l'amertume dans le cœur si elle n'était plus belle et ce qu'il fallait faire pour lui plaire et puis elle lui souriait, lui étalant à la vue son front pâle, ses cheveux noirs, sa gorge, son épaule, ses seins nus.

Ernest restait insensible à tant de séductions car il ne l'aimait plus et s'il sortait de chez elle avec quelque émotion dans l'âme c'était comme les gens qui viennent de voir des fous. Et si quelque vestige de passion, quelque rayon d'amour venait à se rallumer chez lui il s'éteignait bien vite avec une raison ou un argument.

Heureux donc les gens qui peuvent combattre leur cœur avec des mots et détruire la passion qui est enracinée dans l'âme avec la moralité qui n'est collée que sur les livres comme le vernis du libraire et le frontispice du graveur.

Un jour dans un transport de fureur et de délire Mazza le mordit à la poitrine et lui enfonça ses ongles dans la gorge. En voyant couler du sang dans leurs amours Ernest comprit que la passion de cette femme était féroce et terrible, qu'il régnait autour d'elle une atmosphère empoisonnée qui finirait par l'étouffer et le faire mourir, que cet amour était un volcan à qui il fallait jeter toujours quelque chose à mâcher et à broyer dans ses convulsions et que ses voluptés enfin étaient une lave ardente qui brûlait le cœur.

Il fallait donc partir, la quitter pour toujours – ou bien se jeter avec elle dans ce tourbillon qui vous entraîne comme un vertige, dans cette route immense de la passion qui commence avec un sourire et ne finit que sur une tombe.

Il préféra partir.

Un soir à dix heures Mazza reçut une lettre, elle y comprit ces mots :

« Adieu Mazza.

Je ne vous reverrai plus. – Le Ministre de l'intérieur m'a enrôlé d'une commission savante qui doit analyser les produits et le sol même du Mexique. Adieu je m'embarque au Havre. – Si vous voulez être heureuse ne m'aimez plus, aimez au contraire la vertu et vos devoirs, c'est un dernier conseil. Encore une fois adieu, je vous embrasse.

Ernest. »

Elle la relut plusieurs fois accablée par ce mot adieu et restait les yeux fixes et immobiles sur cette lettre qui contenait tout son malheur et son désespoir, où elle voyait s'enfuir et couler tout son bonheur et sa vie, elle ne versa pas une larme, ne poussa pas un cri, mais elle sonna un domestique, lui ordonna d'aller chercher des chevaux de poste et de préparer sa chaise.

Son mari voyageait en Allemagne, personne ne pouvait donc l'arrêter dans sa volonté.

À minuit elle partit, – elle allait rapidement en courant de toute la vitesse des chevaux. Dans un village elle s'arrêta pour demander un verre d'eau et repartit, croyant après chaque côte, chaque colline, chaque détour de la route voir apparaître la mer, but de ses désirs et de sa jalousie puisqu'elle allait lui enlever quelqu'un de cher à son cœur. Enfin vers 3 heures d'après-midi elle arriva au Havre.

À peine descendue elle courut au bout de la jetée et regarda sur la mer... Une voile blanche s'enfonçait sous l'horizon.

IV

Il était parti – parti pour toujours et quand elle releva sa figure toute couverte de larmes elle ne vit plus rien... que l'immensité de l'Océan.

C'était une de ces brûlantes journées d'été où la terre exhale de chaudes vapeurs comme l'air embrasé d'une fournaise. – Quand Mazza fut arrivée sur la jetée la fraîcheur salée de l'eau la ranima quelque peu, car une brise du sud enflait les vagues qui venaient mollement mourir sur la grève et râlaient sur le galet.

Les nuages noirs et épais s'amoncelaient à sa gauche sous le soleil couchant qui était rouge et lumineux sur la mer. On eût dit qu'ils allaient éclater en sanglots.

La mer sans être furieuse roulait sur elle-même en chantant lugubrement et quand elle venait à se briser sur les pierres de la jetée les vagues sautaient en l'air et retombaient [en] poudre d'argent.

Il y avait dans cela une sauvage harmonie, Mazza l'écoutant longtemps fascinée par sa puissance, – le bruit de ces flots avait pour elle un langage, une voix, comme elle, la mer était triste et pleine d'angoisses, comme elle ses vagues venaient mourir en se brisant sur les pierres et ne laissaient sur le sable mouillé que la trace de son passage.

Une herbe qui avait pris naissance entre deux fentes de la pierre penchait sa tête toute pleine de la rosée, chaque coup de vague venait la tirer de sa racine et chaque fois elle se détachait de plus en plus, enfin elle disparut sous la lame. On ne la revit plus et pourtant elle était jeune et portait des fleurs. Mazza sourit amèrement. La fleur était comme elle enlevée par la vague dans la fraîcheur du printemps.

Il y avait des marins qui rentraient couchés dans leur barque, en tirant derrière eux la corde de leurs filets, leur voix vibrait au loin avec le cri des oiseaux de nuit qui planaient en volant de leurs ailes noires sur la tête de Mazza et qui allaient tous s'abattre vers la grève, sur les débris qu'apportait la marée.

Elle entendait alors une voix qui l'appelait au fond du gouffre et la tête penchée vers l'abîme elle calculait combien il lui faudrait de minutes et de secondes pour râler et mourir. Tout était triste comme elle dans la nature, et il lui sembla que les vagues avaient des soupirs et que la mer pleurait.

Je ne sais cependant quel misérable sentiment de l'existence lui dit de vivre et qu'il y avait encore sur la terre du bonheur et de l'amour, – qu'elle n'avait qu'à attendre et espérer – et qu'elle le reverrait plus tard.

Mais quand la nuit fut venue et que la lune vint à paraître au milieu de ses compagnes, comme une sultane au harem, entre ses femmes et qu'on ne vit plus que la mousse des flots qui brillait sur les vagues, comme l'écume à la bouche d'un coursier, alors que le bruit de la ville commença à s'évanouir dans le brouillard avec ses lumières qui s'éteignaient, Mazza repartit.

La nuit – il était peut-être deux heures, elle ouvrit ses glaces et regarda dehors. On était dans une plaine et la route était bordée d'arbres. Les clartés de la nuit passant à travers leurs branches les faisaient ressembler à des fantômes aux formes gigantesques qui couraient tous devant Mazza et remuaient au gré du vent (qui sifflait entre les feuilles), leur chevelure en désordre.

Une fois la voiture s'arrêta au milieu de la campagne, un trait se trouvait cassé. Il faisait nuit. On n'entendait que le bruit des arbres, l'haleine des chevaux haletant de sueur et les sanglots d'une femme qui pleurait seule.

Vers le matin elle vit des gens qui allaient vers la ville la plus voisine portant au marché des fruits tout couverts de mousse et de feuillage vert. – Ils chantaient aussi, et comme la route montait et qu'on allait au pas, elle les écouta longtemps. « Ô comme il y a des gens heureux » dit-elle.

Il faisait grand jour. C'était un dimanche, dans un village à quelques heures de Paris sur la place de l'église, à l'heure où tout le monde en sortait. – Il y avait un grand soleil qui brillait sur le coq de l'église et illuminait sa modeste rosace. Les portes qui étaient ouvertes laissaient voir à Mazza, du fond de sa voiture, l'intérieur de la nef et les cierges qui brillaient dans l'ombre sur l'autel, elle regarda la voûte de bois peinte de couleur bleue et les vieux piliers de pierre nus et blanchis et puis toute la suite des bancs où s'étalait une population entière bigarrée de vêtements de couleur, elle entendit l'orgue qui chantait et il se fit alors un grand flot dans le peuple et l'on sortit, plusieurs avaient des bouquets de fausses fleurs et des bas blancs, elle vit que c'était une noce. On tira des coups de fusil sur la place et les mariés sortirent.

La bru avait un bonnet blanc et souriait en regardant le bout des pattes de sa ceinture qui étaient de dentelle brodée. – Le mari s'avançait à côté d'elle, il voyait la foule d'un air heureux et donnait des poignées de main à plusieurs.

C'était le maire du pays, qui était aubergiste et qui mariait sa fille à son adjoint, le maître d'école.

Un groupe d'enfants et de femmes s'arrêta devant Mazza pour regarder la belle calèche, et le manteau rouge qui pendait de la portière – tout cela souriait et parlait haut.

Quand elle eut relayé elle rencontra au bout du pays le cortège qui entrait à la mairie et le sourire vint sur sa bouche quand elle vit l'écume de ses chevaux qui tombait sur les mariés et la poussière de leur pas qui salissait leurs vêtements blancs. Elle avança la tête et leur lança un regard de pitié et d'envie.

Car de misérable elle était devenue méchante et jalouse. Le peuple alors en haine des riches lui répondit par des injures et l'insulta en lui jetant des pierres sur les armoiries de sa voiture.

Longtemps dans la route, à moitié endormie par le mouvement des ressorts, le son des grelots et la poussière qui tombait sur ses cheveux noirs elle pensa à la noce du village. Et le bruit du violon qui précédait le cortège, le son de l'orgue, les voix des enfants qui avaient parlé autour d'elle, tout cela tintait à ses oreilles comme l'abeille qui bourdonne ou le serpent qui siffle.

Elle était fatiguée. La chaleur l'accablait sous les cuirs de sa calèche, le soleil dardait en face. Elle baissa la tête sur ses coussins de drap bleu et s'endormit.

Elle se réveilla aux portes de Paris.

Quand on a quitté la campagne et les champs et qu'on se retrouve dans les rues, le jour semble sombre et baissé comme dans ces théâtres de foire qui sont lugubres et mal éclairés. Mazza se plongea avec délices [dans] les rues les plus tortueuses, elle s'enivra du bruit et de la rumeur qui venaient la tirer d'elle-même et la reporter dans le monde. Elle voyait rapidement et comme des ombres chinoises toutes les têtes qui passaient devant sa portière, toutes lui semblaient froides, impassibles et pâles. – Elle regarda avec étonnement pour la première fois la misère qui va pieds nus sur les quais, la haine dans le cœur et un sourire sur la bouche comme pour cacher les trous de ses haillons, elle regarda la foule qui s'engouffrait dans les spectacles et les cafés, et tout ce monde de laquais et de grands seigneurs qui s'étale comme un manteau de couleur un jour de parade.

Tout cela lui parut un immense spectacle, un vaste théâtre avec ses palais de pierre, ses magasins allumés, ses habits de parades, ses ridicules, ses sceptres de carton et ses royautés d'un jour. Là le carrosse de la danseuse éclabousse le peuple. Et là l'homme se meurt de faim en voyant des tas d'or derrière les vitres, partout le rire et les larmes, partout la richesse et la misère, partout le vice qui insulte la vertu et lui crache à la face – comme le châle usé de la fille de joie qui effleure en passant la robe noire du prêtre.

Ô il y a dans les grandes cités une atmosphère corrompue et empoisonnée qui vous étourdit et vous enivre, quelque chose de lourd et de malsain comme ces sombres brouillards du soir qui planent sur ses traits.

Mazza aspira cet air de corruption à pleine poitrine, elle le sentit comme un parfum et la première fois alors elle comprit tout ce qu'il y avait de large et d'immense dans le vice – et de voluptueux dans le crime.

En se retrouvant chez elle – il lui sembla qu'il y avait longtemps qu'elle était partie tant elle avait souffert et vécu en peu d'heures. Elle passa la nuit à pleurer, à rappeler sans cesse son départ, son retour, elle voyait de là les villages qu'elle avait traversés, toute la route qu'elle avait parcourue, il lui semblait encore être sur la jetée à regarder la mer et la voile qui s'en va ; – elle se rappelait aussi la noce avec ses habits de fête, ses sourires de bonheur, elle entendait de là le bruit de sa voiture sur les pavés. Elle entendait encore les vagues qui mugissaient et bondissaient sous elle. Et puis elle fut effrayée de la longueur du temps, elle crut avoir vécu un siècle et être devenue vieille et avoir les cheveux blancs, - tant la douleur vous affaisse, tant le chagrin vous ronge car il est des jours qui vous vieillissent comme des ans, des pensées qui font bien des rides.

Elle se rappela aussi en souriant avec regret les jours de son bonheur, ses vacances paisibles sur les bords de la Loire où elle courait dans les allées des bois, se jouait avec les fleurs et pleurait en voyant passer les mendiants, elle se rappela ses premiers bals, où elle dansait si bien, où elle aimait tant les sourires gracieux et les paroles aimables. Et puis encore ses heures de fièvre et de délire dans les bras de son amant, ses moments de transport et de rage où elle eût voulu que chaque regard durât des siècles et que l'éternité fût un baiser. Elle se demanda alors si tout cela était parti et effacé pour toujours... comme la poussière de la route et le sillon du navire sur les vagues de la mer.

V

Enfin la voilà revenue mais seule - plus personne pour la soutenir, plus rien à aimer. Que faire - quel parti prendre ? Ô la mort, la tombe cent fois si malgré son dégoût et son ennui, elle n'avait eu au cœur un peu d'espérance.

Qu'espérait-elle donc ? -

Elle l'ignorait elle-même, seulement elle avait encore foi à la vie. Elle crut encore qu'Ernest l'aimait lorsqu'un jour elle reçut une de ses lettres - mais ce fut une désillusion de plus.

La lettre était longue, bien écrite, toute remplie de riches métaphores et de grands mots. Ernest lui disait qu'il ne fallait plus l'aimer, penser à ses devoirs et à Dieu, et puis il lui donnait en outre d'excellents conseils sur la famille, l'amour maternel - et il terminait par un peu de sentiment comme M. de Bouilly ou Mme Cottin.

Pauvre Mazza, tant d'amour, de cœur et de tendresse pour une indifférence si froide, un calme si raisonné. Elle tomba dans l'affaissement et le dégoût. Je croyais, dit-elle un jour, qu'on pouvait mourir de chagrin.

Du dégoût elle passa à l'amertume et à l'envie.

C'est alors que le bruit du monde lui parut une musique discordante et infernale, et la nature une raillerie de Dieu. - Elle n'aimait rien et portait de la haine à tout, à mesure que chaque sentiment sortait de son cœur. La haine y entrait si bien qu'elle n'aima plus rien au monde - sauf un homme. Souvent quand elle voyait dans les jardins publics des mères avec leurs enfants qui jouaient avec eux et souriaient à leurs caresses et puis des femmes avec leurs époux, des amants avec leurs maîtresses et que tous ces gens-là étaient heureux ; souriaient, aimaient la vie, elle les enviait et les maudissait à la fois, elle eût voulu pouvoir les écraser tous du pied et sa lèvre ironique leur jetait en passant quelque mot de dédain, quelque sourire d'orgueil.

D'autres fois quand on lui disait qu'elle devait être heureuse dans la vie avec sa fortune, son rang, que [sa] santé était bonne, que ses joues étaient fraîches et qu'on voyait qu'elle était heureuse et que rien ne lui manquait, elle souriait cependant la rage dans l'âme. - Ah les imbéciles, disait-elle, qui ne voient que le bonheur sur un front calme et qui ne savent pas que la torture arrache des rires.

Elle prit la vie dès lors comme un long cri de douleur. Si elle voyait des femmes qui se paraient de leur vertu, d'autres de leur amour, elle raillait leur vertu et leurs amours. Quand elle trouvait des gens heureux et confiants en Dieu elle les tourmentait par un rire ou un sarcasme. Les prêtres elle les faisait rougir en passant devant eux par un regard lascif et riait à leurs oreilles, les jeunes filles et les vierges elle les faisait pâlir par ses contes d'amour et ses histoires passionnées et puis l'on se demandait quelle était cette femme pâle et amaigrie, ce fantôme errant avec ses yeux de feu et sa tête damnée et si on venait à vouloir la connaître on ne trouvait au fond de son existence qu'une douleur et dans sa conduite que des larmes.

Ô les femmes, les femmes, elle les haïssait dans l'âme - les jeunes et les belles surtout et quand elle les voyait dans un spectacle ou dans un bal, à la lueur des lustres et des bougies, étalant leur gorge ondulante, ornée de dentelles et de diamants et que les hommes empressés souriaient à leurs sourires et qu'on les flattait et les vantait, elle eût voulu froisser ces vêtements et ces gazes brodées, cracher sur ces figures chéries et traîner dans la boue ces fronts si calmes et si fiers de leur froideur. Elle ne croyait plus à rien qu'au malheur et à la mort. La vertu pour elle était un mot, la religion un fantôme, la réputation un masque imposteur comme un voile qui cache les rides. Elle trouvait alors des joies dans l'orgueil, des délices dans le dédain et elle crachait en passant sur le seuil des églises.

Quand elle pensait à Ernest, à sa voix, à ses paroles, à ses bras qui l'avaient tenue si longtemps palpitante et éperdue d'amour et qu'elle se trouvait dans les baisers de son mari – ah elle se tordait de douleur et d'angoisses et se roulait sur elle-même comme un homme qui râle et agonise en criant après un nom, en pleurant sur un souvenir. Elle avait des enfants de cet homme. Ces enfants ressemblaient à leur père, une fille de trois ans, un garçon de cinq et souvent dans leurs jeux, leurs rires pénétraient jusqu'à elle, le matin ils venaient l'embrasser en riant quand elle – elle leur mère avait veillé toute la nuit dans des tourmentes inouïes et que ses joues étaient encore fraîches de ses larmes. Souvent quand elle pensait à lui errant sur les mers, ballotté peut-être par la tempête, lui qui se perdait peut-être dans les flots, seul et voulant se rattacher à la vie et qu'elle voyait de là un cadavre bercé sur la vague où vient s'abattre le vautour alors elle entendait des cris de joie, des voix enfantines qui accouraient pour lui montrer un arbre en fleurs ou le soleil qui faisait reluire la rosée des herbes. –

C'était pour elle comme la douleur de l'homme qui tombe sur le pavé et qui voit la foule rire et battre des mains.

Alors que pensait Ernest, loin d'elle ? Parfois il est vrai quand il n'avait rien à faire dans ses moments de loisir et de désoeuvrement, en pensant à elle, à ses étreintes brûlantes, à sa croupe charnue, à ses seins blancs, à ses longs cheveux noirs – il la regrettait mais s'empressait d'aller éteindre dans les bras d'une esclave le feu allumé dans l'amour le plus fort et le plus sacré. Et d'ailleurs il se consolait de cette perte avec facilité en pensant qu'il avait fait une bonne action, que cela était agir en citoyen, que Franklin ou Lafayette n'auraient pas mieux fait. Car il était alors sur la terre nationale du patriotisme, de l'esclavage, du café et de la tempérance, je veux dire l'Amérique. C'était un de ces gens chez qui le jugement et la raison occupent une si grande place qu'ils ont mangé le cœur comme un voisin incommode.

Un monde les séparait car Mazza au contraire était plongée dans le délire et l'angoisse, et tandis que son amant se vautrait à plaisir dans les bras des négresses et des mulâtresses, elle se mourait d'ennui croyant aussi qu'Ernest ne vivait que pour elle et ressentait un mal dont il se moquait dans son rire bestial et sauvage, il se donnait à une autre.

Tandis que cette pauvre femme pleurait et maudissait Dieu – qu'elle appelait l'enfer à son secours et se roulait en demandant si Satan enfin n'arriverait pas, Ernest peut-être au même moment où elle embrassait avec frénésie un médaillon de ses cheveux, au même moment peut-être, il se promenait gravement sur la place publique d'une ville des États-Unis, en veste et en pantalon blanc comme un planteur et allait au marché acheter quelque esclave noire qui eût des bras forts et musclés, de pendantes mamelles, et de la volupté pour de l'or.

Du reste il s'occupait de travaux chimiques, il y avait plein deux immenses cartons de notes sur les couches de silex et les analyses minéralogiques et d'ailleurs le climat lui convenait beaucoup, il se portait à ravir dans cette atmosphère embaumée d'académies savantes, de chemins de fer, de bateaux à vapeur, de cannes à sucre et d'indigo.

Dans quelle atmosphère vivait Mazza ? Le cercle de sa vie n'était pas si étendu. Mais c'était un monde à part qui tournait dans les larmes et le désespoir et qui enfin se perdait dans l'abîme d'un crime.

VI

Un drap noir était tendu sur la porte cochère de l'hôtel. Il était relevé par le milieu et formait une espèce d'ogive brisée qui laissait voir une tombe et deux flambeaux dont les lumières tremblaient, comme la voix d'un mourant, au souffle froid de l'hiver qui passait sur ces draps noirs tout étoilés de larmes d'argent.

De temps en temps les deux fossoyeurs qui avaient soin de la fête se rangeaient de côté pour faire place aux conviés arrivant l'un après l'autre tous vêtus de noir avec des cravates blanches, un jabot plissé et des cheveux frisés, ils se découvraient en passant près du mort et trempaient dans l'eau bénite le bout de leur gant noir.

C'était dans l'hiver, la neige tombait. Après que le cortège fut parti une jeune femme entourée d'une mante noire descendit dans la cour, marcha sur la pointe des pieds à travers la couche de neige qui couvrait les pavés et elle avança sa tête pâle entre ses voiles noirs pour voir le char funèbre qui s'éloignait. Puis elle éteignit les deux bougies qui brûlaient encore, elle remonta, défit son manteau, réchauffa ses sandales blanches au feu de sa cheminée, détourna la tête encore une fois mais elle ne vit plus que le dos noir du dernier des assistants qui tournait à l'angle de la rue.

Quand elle n'entendit plus le ferraillement monotone des roues du char sur le pavé – et que tout fut passé et parti, les chants des prêtres, le convoi du mort, elle se jeta sur le lit mortuaire, s'y roula à plaisir en criant dans les accès de sa joie convulsive : « Arrive maintenant, à toi, à toi tout cela. Je t'attends. – Viens donc, à toi mon bien-aimé la couche nuptiale et ses délices, à toi, à toi seul, à nous deux un monde d'amour et de voluptés. Viens ici, je m'y étendrai sous tes caresses, je m'y roulerai sous tes baisers ».

Elle vit sur sa commode une petite boîte en palissandre que lui avait [donnée] Ernest.

C'était comme ce jour-là un jour d'hiver. Il arriva entouré de son manteau, son chapeau avait de la neige et quand il l'embrassa sa peau avait une fraîcheur et un parfum de jeunesse qui rendait les baisers doux comme l'aspiration d'une rose.

Cette boîte avait au milieu leurs chiffres entrelacés un M et un E. Son bois était odoriférant, elle y porta ses narines et y resta longtemps contemplative et rêveuse.

Bientôt on lui amena ses enfants, ils pleuraient et demandaient leur père. Ils voulurent embrasser Mazza et se consoler avec elle. Celle-ci les renvoya avec sa femme de chambre, sans un mot, sans un sourire.

Elle pensait à lui... qui était bien loin et qui ne revenait pas.

VII

Elle vécut ainsi plusieurs mois seule avec son avenir qui avançait, se sentant chaque jour plus heureuse et plus libre à mesure que tout ce qui était dans son cœur s'en allait pour faire place à l'amour, toutes les passions, tous les sentiments, tout ce qui trouve place dans une âme était parti comme les scrupules de l'enfance – la pudeur d'abord, la religion ensuite – la vertu après et enfin les débris de tout cela qu'elle avait jetés comme les éclats d'un verre brisé.

Elle n'avait plus rien d'une femme si ce n'est l'amour, mais un amour entier et terrible qui se tordait lui-même et brûlait les autres, comme le Vésuve qui se déchire dans ses éruptions et répand sa lave bouillante sur les fleurs de la vallée.

Elle avait des enfants – ses enfants moururent comme leur père – chaque jour ils pâlissaient de plus en plus – s'amaigrissaient et la nuit ils se réveillaient dans le délire, se tordaient sur leur couche d'agonie en disant qu'un serpent leur mangeait la poitrine car il y avait là quelque chose qui les déchirait et les brûlait sans cesse et Mazza contemplait leur agonie avec un sourire [sur] les lèvres – qui était rempli de colère et de vengeance.

Ils moururent tous deux le même jour, quand elle vit clouer leurs bières ses yeux n'eurent point de larmes – son cœur pas de soupirs.

Elle les vit d'un oeil sec et froid enveloppés dans leur linceul. Et lorsqu'elle fut seule enfin elle passa la nuit heureuse et confiante – l'âme calme et la joie dans le cœur, pas un remords ni un cri de douleur car elle allait partir le lendemain, quitter la France après s'être vengée de l'amour profané, de tout ce qu'il y avait eu de fatal et de terrible dans sa destinée – après s'être raillée de Dieu, des hommes, de la vie, de la fatalité qui s'était jouée un moment, après s'être amusée à son tour de la vie et de la mort, des larmes et des chagrins et avoir rendu au ciel des crimes pour ses douleurs.

Adieu terre d'Europe, pleine de brouillards et de glaciers, où les cœurs sont tièdes comme l'atmosphère et les amours aussi flasques, aussi mous que ses nuages gris, à moi l'Amérique et sa terre de feu, son soleil ardent, son ciel pur, ses belles nuits dans les bosquets de palmiers et de platanes.

Adieu le monde. Merci de vous, je pars, je me jette sur un navire. Va mon beau navire, cours vite, que tes voiles s'enflent au souffle du vent et que ta proue brise les vagues. Bondis sur la tempête, saute sur les flots et dusses-tu te briser enfin, jette-moi avec tes débris sur la terre où il respire.

Cette nuit-là fut passée dans le délire et l'agitation mais le délire de la joie et de l'espérance.

Lorsqu'elle pensait à lui, qu'elle allait l'embrasser et vivre pour toujours avec lui, elle souriait et pleurait de bonheur.

La terre du cimetière où reposaient ses enfants était encore fraîche et mouillée d'eau bénite.

VIII

On lui apporta le matin une lettre, elle avait sept mois de date, – c'était d'Ernest, elle en brisa le cachet en tremblant, – la parcourut avidement. Quand elle l'eut terminée, elle recommença sa lecture, pâle d'effroi et pouvant à peine lire. Voici ce qu'il y avait :

Pourquoi, madame, vos lettres sont-elles toujours aussi peu honnêtes ? La dernière surtout, je l'ai brûlée, j'aurais rougi que quelqu'un y jetât les yeux. Ne pourriez-vous enfin avoir plus de bornes dans vos passions ? Pourquoi venez-vous sans cesse avec votre souvenir me troubler dans mes travaux, m'arracher à mes occupations ? que vous ai-je fait pour m'aimer tant ?

Encore une fois madame je veux qu'un amour soit sage. J'ai quitté la France, oubliez-moi donc comme je vous ai oubliée, aimez votre mari, le bonheur se trouve, dans les routes battues par la foule, les sentiers de la montagne sont pleins de ronces et de cailloux, ils déchirent et vous usent vite.

Maintenant je vis heureux, j'ai une petite maison charmante sur le bord d'un fleuve, et dans la plaine qu'il traverse je fais la chasse aux insectes, j'herborise et quand je rentre chez moi je suis salué par mon nègre qui se courbe jusqu'à terre et embrasse mes souliers quand il veut obtenir quelque faveur. Je me suis donc créé une existence heureuse, calme et paisible au milieu de la nature et de la science, que n'en faites-vous autant ? qui vous en empêche ? On peut ce qu'on veut.

Pour vous, pour votre bonheur même, je vous conseille de ne plus penser à moi, de ne plus m'écrire. À quoi bon cette correspondance ? à quoi cela nous avancera-t-il quand vous direz cent fois que vous m'aimez et que vous écrirez encore sur les marges tout autant de fois je t'aime ?

Il faut donc oublier tout madame et ne plus penser à ce que nous avons été l'un vis-à-vis [de] l'autre. N'avons-nous pas eu chacun ce que nous désirions ?

Ma position est à peu près faite, je suis directeur principal de la commission des essais pour les mines, la fille du directeur de première classe est une charmante personne de 17 ans, son père a soixante mille livres de rentes, elle est fille unique. Elle est douce et bonne, elle a beaucoup de jugement et s'entendra à merveille à diriger un ménage, à tenir une maison..

Dans un mois je me marie. Si vous m'aimez comme vous le dites toujours, cela doit vous faire plaisir puisque je le fais pour mon bonheur.

« Adieu, madame Willers, – ne pensez plus à un homme qui a la délicatesse de ne plus vous aimer et si vous voulez me rendre un dernier service c'est de me faire passer au plus vite un demi-litre d'acide prussique que vous donnera très bien sur ma recommandation le secrétaire de l'Académie des sciences, c'est un chimiste fort habile.

« Adieu je compte sur vous, n'oubliez pas mon acide.

Ernest Vaumont.

Quand Mazza eut lu cette lettre elle poussa un cri inarticulé comme si on l'eût brûlée avec des tenailles rouges.

Elle resta longtemps dans la consternation et la surprise.

– Ah le lâche, dit-elle enfin, il m'a séduite et il m'abandonne pour une autre. Avoir tout donné pour lui et n'avoir plus rien, jeter tout à la mer et s'appuyer sur une planche et la planche vous glisse des mains et l'on sent qu'on s'enfonce sous les flots.

Elle l'aimait tant, cette pauvre femme, elle lui avait donné sa vertu, elle lui avait prodigué son amour, elle [avait] renié Dieu et puis, encore oh ! bien pis encore – son mari, ses enfants, qu'elle avait vus râler, mourir, en souriant car elle pensait à lui. Que faire ? que devenir ? Une autre, une autre femme à qui il va dire je t'aime, à qui il va baiser les yeux, les seins, en l'appelant sa vie et sa passion. – Une autre et elle, en avait[-elle] eu d'autres que lui ? pour lui n'avait-elle pas repoussé son mari dans la couche nuptiale ? ne l'avait-elle pas trompé de ses lèvres adultères ? ne l'avait-elle pas empoisonné en versant des larmes de joie ?

C'était son Dieu et sa vie. Il l'abandonne après s'être servi d'elle, après en avoir assez joui, assez usé, voilà qu'il la repousse au loin et la jette. Ô l'abîme sans fond que celui du crime et du désespoir !

D'autres fois elle ne pouvait en croire ses yeux, elle relisait cette lettre fatale et la couvrait de ses pleurs.

– Oh comment, disait-elle, après que l'abattement eut fait place à la rage, à la fureur, oh comment tu me quittes mais je suis au monde, seule – sans famille, sans parents car je t'ai donné et famille et parents, – seule sans honneur car je l'ai immolé pour toi, seule sans réputation car je l'ai sacrifiée sous tes baisers à la vue du monde entier qui m'appelait ta maîtresse – ta maîtresse dont tu rougis maintenant. – Lâche !

Et les morts où sont-ils ?

Que faire, que devenir ? J'avais une seule idée, une seule chose au cœur, elle me manque. – Irai-je te trouver ? mais tu me chasseras comme une esclave, si je me jette au milieu des autres femmes, elles m'abandonneront en riant, me montreront du doigt avec fierté car elles n'ont aimé personne elles – elles ne connaissent pas les larmes. – Oh tiens puisque je veux encore de l'amour, de la passion et de la vie, ils me diront sans doute d'aller quelque part où l'on vend à prix fixe de la volupté et des étreintes et le soir avec mes compagnes de luxure j'appellerai les passants à travers les vitres et il faudra quand ils seront venus que je les fasse jouir bien fort, que je leur en donne pour leur argent, qu'ils s'en aillent contents – et que je ne me plaigne pas encore, que je me trouve heureuse, que je rie à tout venant car j'aurai mérité mon sort.

Et qu'ai-je fait ? je t'ai aimé plus qu'un autre. Oh grâce Ernest, si tu entendais mes cris tu aurais peut-être pitié de moi, moi qui n'ai pas eu de pitié pour eux. Car je me maudis maintenant, je me roule ici dans l'angoisse, et mes vêtements sont mouillés de mes larmes.

Et elle courait éperdue, et puis elle tombait, se roulait par terre en maudissant Dieu, les hommes, la vie elle-même, tout ce qui vivait, tout ce qui pensait au monde, elle arrachait de sa tête des poignées de cheveux noirs et ses ongles étaient rouges de sang.

Oh ne pouvoir supporter la vie, en être venue à se jeter dans les bras de la mort comme dans ceux d'une mère mais douter encore au dernier moment si la tombe n'a pas de supplices et le néant des douleurs. Être dégoûté de tout, n'avoir plus de foi à rien, pas même à l'amour la première religion du cœur et ne pouvoir quitter ce malaise continuel comme un homme qui serait ivre et qu'on forcerait à boire encore.

Pourquoi donc es-tu venu dans ma solitude, –m'arracher à mon bonheur ? j'étais si confiante et si pure et tu es venu pour m'aimer et je t'ai aimé. Les hommes cela est si beau quand ils vous regardent – tu m'as donné de l'amour, tu m'en refuses maintenant et moi je l'ai nourri par des crimes – voilà qu'il me tue aussi.

J'étais bonne alors quand tu me vis et maintenant je suis féroce et cruelle, je voudrais avoir quelque chose à broyer, à déchirer, à flétrir et puis après à jeter au loin comme moi – Ô je hais tout, les hommes, Dieu, et toi aussi je te hais et pourtant je sens encore que pour toi je donnerais ma vie.

Plus je t'aimais, plus je t'aimais encore comme ceux qui se désaltèrent avec l'eau salée de la mer et que la soif brûle toujours et maintenant je vais mourir – la mort ! plus rien, quoi des ténèbres, une tombe, et puis... l'immensité du néant. – Oh je sens que je voudrais pourtant vivre et faire souffrir comme j'ai souffert. Oh le bonheur, où est-il ? mais c'est un rêve, la vertu un mot – l'amour une déception – la tombe que sais-je ?

... Je le saurai.

IX

Elle se leva, essuya ses larmes, tâcha d'apaiser ses sanglots qui lui brisaient la poitrine et l'étouffaient, elle regarda dans une glace si ses yeux étaient encore bien rouges de pleurs, renoua ses cheveux et sortit s'acquitter du dernier désir d'Ernest.

Mazza arriva chez le chimiste. Il allait venir, on la fit attendre dans un petit salon au premier dont les meubles étaient couverts de drap rouge et de drap vert, – une table ronde en acajou au milieu – des lithographies représentant les batailles de Napoléon sur les lambris et sur la cheminée de marbre gris une pendule en or où le cadran servait d'appui à *un Amour* qui se reposait de l'autre main sur ses flèches.

La porte s'ouvrit comme la pendule sonnait deux heures. Le chimiste entra, c'était un homme petit et mince, l'air sec et des manières polies.

Il avait des lunettes, des lèvres minces, de petits yeux renfoncés.

Quand Mazza lui eut expliqué le motif de sa visite, il se mit à faire l'éloge de M. Ernest Vaumont, son caractère, son cœur, ses dispositions, enfin il lui remit le flacon d'acide, la mena par la main au bas de l'escalier. Il se mouilla même les pieds dans la cour, en la reconduisant jusqu'à la porte de la rue.

Mazza ne pouvait marcher dans les rues tant sa tête était brûlante, ses joues étaient pourprées, il lui sembla plusieurs fois que le sang allait lui sortir par les pores.

Elle passa par des rues où la misère était affichée sur les maisons comme ces filets de couleur qui tombent des murs blanchis et en voyant la misère elle disait : Je vais me guérir de votre malheur. Elle passa devant le palais des rois et dit en serrant le poison dans ses deux mains : Adieu l'existence, je vais me guérir de vos soucis.

En rentrant chez elle avant de fermer sa porte elle jeta un regard sur le monde qu'elle quittait et sur la cité pleine de bruit, de rumeurs et de cris. Adieu vous tous, dit-elle.

X

Elle ouvrit son secrétaire – cacheta le flacon d'acide, y mit l'adresse, et écrivit un autre billet, il était adressé au commissaire central. Elle sonna et le donna à un domestique. Elle écrivit sur une troisième feuille ces mots : « J'aimais un homme – pour lui j'ai tué mon mari, pour lui j'ai tué mes enfants. Je meurs sans remords, sans espoir, mais avec des regrets. » Elle le plaça sur sa cheminée.

Encore une demi-heure, dit-elle, bientôt il va venir et m'emmener – au cimetière.

Elle ôta ses vêtements et resta quelques minutes à regarder son beau corps que rien ne couvrait, à penser à toutes les voluptés qu'il avait données, aux jouissances immenses qu'elle avait prodiguées à son amant. – Quel trésor que l'amour d'une telle femme.

Enfin après avoir pleuré, pensant à ses jours qui s'étaient enfuis – à son bonheur, à ses rêves, à ses caprices de jeunesse et puis encore à lui bien longtemps, et s'être demandée ce que c'était que la mort et s'être perdue dans ce gouffre sans fond de la pensée qui se ronge et se déchire de rage et d'impuissance, elle se releva tout à coup comme d'un rêve, – prit quelques gouttes du poison qu'elle avait versées dans une tasse de vermeil, but avidement, et s'étendit pour la dernière fois sur ce sofa où si souvent elle s'était roulée dans les bras d'Ernest dans les transports de l'amour.

XI

Quand le commissaire entra – Mazza râlait encore. Elle fit quelques bonds par terre, se tordit plusieurs fois, tous ses membres se raidirent ensemble, elle poussa un cri déchirant –

Quand il approcha d'elle elle était morte.

Gve Flaubert

10 décembre 1837

Agonies. Angoisses

À Mr Alfred Le Poittevin

Gv Flaubert

avril 1838

Agonies

pensées sceptiques
dédiées à mon cher ami
Alfred Le Poittevin

Gve Flaubert

À mon ami
Alfred Le Poittevin
ces pauvres feuilles sont dédiées
par l'auteur
bizarres comme ses pensées incorrectes
comme l'âme elles sont l'expression
de son cœur et de son cerveau –

Tu les as vues éclore, mon cher Alfred, les voilà réunies sur un tas de papier. Que le vent disperse les feuilles, – que la mémoire les oublie. Ce méchant cadeau te rappellera nos vieilles causeries de l'an passé. – Sans doute ton cœur se dilatera en te ressouvenant de ce suave parfum de jeunesse qui embaumait tant de pensées désespérantes. – Et si tu ne peux lire les caractères qu'aura tracés ma main, tu vois couramment dans le cœur qui les a versés.

Maintenant je te les envoie comme un soupir, comme un signe de la main à un ami qu'on espère revoir.

Peut-être riras-tu plus tard quand tu seras un homme marié et rangé et moral en rejetant les yeux sur les pensées d'un pauvre enfant de 16 ans qui t'aimait par-dessus toute chose et qui déjà avait l'âme tourmentée de tant de sottises.

Gve FLAUBERT.

20 avril 1838.

Titre singulier n'est-ce pas ? Et à voir ainsi cet arrangement de lettres insignifiant et banal jamais on ne se serait douté qu'il pût renfermer une pensée sérieuse.

Agonies. – Eh bien c'est quelque roman bien hideux et bien noir, je présume – Vous vous trompez, c'est plus, c'est tout un immense résumé d'une vie morale bien hideuse et bien noire.

C'est quelque chose de vague, d'irrésolu, qui tient du cauchemar, du rire de dédain, des pleurs et d'une longue rêverie de poète. Poète, puis-je donner ce nom à celui qui blasphème froidement avec un sarcasme cruel et ironique et qui parlant de l'âme se met à rire ? Non, c'est moins que de la poésie, c'est de la prose – moins que de la prose – des cris – mais il y en a de faux, d'aigus, de perçants, de sourds, toujours de vrais, rarement d'heureux. C'est une oeuvre bizarre et indéfinissable comme ces masques grotesques qui vous font peur.

Il y aura bientôt un an que l'auteur en a écrit la première page et depuis – ce pénible travail fut bien des fois rejeté, bien des fois repris. Il a écrit ces feuilles dans ses jours de doute, dans ses moments d'ennui – quelquefois dans des nuits fiévreuses, d'autres fois au milieu d'un bal – sous les lauriers d'un jardin – ou sur les rochers de la mer.

Chaque fois qu'une mort s'opérait dans son âme – chaque fois qu'il tombait de quelque chose de haut – chaque fois qu'une illusion se défaisait et s'abattait comme un château de cartes, chaque fois enfin que quelque chose de pénible et d'agité se passait sous sa vie extérieure, calme et tranquille – alors dis-je, il jetait quelques cris et versait quelques larmes. Il a écrit sans prétention de style, sans désirs de gloire comme on pleure sans apprêt, comme on souffre sans art.

Jamais il n'a fait ceci avec l'intention de le publier plus tard. Il a mis trop de vérité et trop de bonne foi dans sa croyance à rien pour la dire aux hommes.

Il l'a fait pour le montrer à un, à deux tout au plus qui lui serreront la main après l'avoir entendu et qui ne lui diront pas : c'est bien – mais qui diront : c'est vrai.

Enfin si par hasard quelque main malheureuse venait à découvrir ces lignes, qu'elle se garde d'y toucher. – Car elles brûlent et dessèchent la main qui les touche, – usent les yeux qui les lisent, assassinent l'âme qui les comprend.

– Non, si quelqu'un vient à découvrir ceci, qu'il se garde de le lire – ou bien si son malheur l'y pousse, qu'il ne dise pas après : c'est l'oeuvre d'un insensé, d'un fou. Mais qu'il dise : il a souffert quoique son front fût calme, quoique le sourire fût sur ses lèvres et le bonheur dans ses yeux. Qu'il lui sache gré si c'est un de ses proches de lui avoir caché tout cela – de ne point s'être tué de désespoir avant d'écrire et enfin d'avoir réuni dans quelques pages tout un abîme immense de scepticisme et de désespoir.

Vendredi 20 avril 1838

I

Je reprends donc ce travail commencé il y a deux ans. Travail triste et long, symbole de la vie, la tristesse et la longueur.

Pourquoi l'ai-je interrompu si longtemps, pourquoi ai-je tant de dégoût à le faire ? – qu'en sais-je ?

II

Pourquoi donc tout m'ennuie-t-il sur cette terre ? Pourquoi le jour, la nuit, la pluie, le beau temps, tout cela me semble-t-il toujours un crépuscule triste, où un soleil rouge se couche derrière un Océan sans limites ?

Ô la pensée, autre Océan sans limites, c'est le déluge d'Ovide, une mer sans bornes, où la tempête est la vie et l'existence.

III

Souvent je me suis demandé pourquoi je vivais, ce que j'étais venu [faire] au monde et je n'ai trouvé là dedans qu'un abîme derrière moi, un abîme devant – à droite, à gauche, en haut, en bas, partout des ténèbres.

IV

La vie de l'homme est comme une malédiction partie de la poitrine d'un géant et qui va se briser de rochers en rochers en mourant à chaque vibration qui retentit dans les airs.

V

On a souvent parlé de la providence et de la bonté céleste. – Je ne vois guère de raisons pour y croire. Le Dieu qui s'amuserait à tenter les hommes pour voir jusqu'où ils peuvent souffrir ne serait-il pas aussi cruellement stupide qu'un enfant qui sachant que le hanneton va mourir lui arrache d'abord les ailes puis les pattes puis la tête ?

VI

La vanité selon moi est le fond de toutes les actions des hommes. Quand j'avais parlé, agi, fait n'importe quel acte de ma vie et que j'analysais mes paroles ou mes actions, je trouvais toujours cette vieille folle nichée dans mon cœur ou dans mon esprit. Bien des hommes sont comme moi, peu ont la même franchise.

Cette dernière réflexion peut être vraie, la vanité me l'a fait écrire, la vanité de ne pas paraître vain me la ferait peut-être ôter. La gloire même après qui je cours n'est qu'un mensonge. Sotte espèce que la nôtre, je suis comme un homme qui trouvant une femme laide en serait amoureux.

VII

Quelle chose grandement niaise et cruellement bouffonne que ce mot qu'on appelle Dieu.

VIII

Pour moi le dernier mot du sublime dans l'art sera la pensée c'est-à-dire la manifestation de la pensée aussi rapide aussi spirituelle que la pensée.

Quel [est l']homme qui n'a pas senti son esprit accablé de sensations et d'idées incohérentes, terrifiantes et brûlantes ? L'analyse ne saurait les décrire, mais un livre ainsi fait serait la nature. Car qu'est-ce que la poésie si ce n'est la nature exquise, le cœur et la pensée réunis.

Ô si j'étais poète comme je ferais des choses qui seraient belles.

Je me sens dans le cœur une force intime que personne ne peut voir. – Serai-je condamné toute ma vie à être comme un muet qui veut parler et écume de rage ?

Il y a peu de positions aussi atroces.

IX

Je m'ennuie – Je voudrais être crevé, être ivre, ou être Dieu pour faire des farces.

Et merde.

20 avril 1838.

Angoisses

I

À quoi bon faire ceci ? – À rien. Car à quoi bon apprendre la vérité. – Quand elle est triste. À quoi bon venir pleurer au milieu des rires, gémir dans un banquet joyeux, et jeter le suaire des morts sur la robe de la fiancée.

II

Oh oui pourtant – laissez-moi vous dire combien mon âme a de blessures saignantes, laissez-moi vous dire combien mes larmes ont creusé mes joues.

III

– Eh quoi tu ne crois à rien ?

– Non.

– Pas à la gloire ?

– Regarde l'envie.

– Pas à la générosité ?

– Et l'avarice.

– Pas à la liberté ?

– Tu ne t'aperçois donc pas du despotisme qui fait courber le cou du peuple ?

– Pas à l'amour ?

– Et la prostitution.

– Pas à l'immortalité ?

– En moins d'un an les vers déchirent un cadavre – puis c'est la poussière – puis le néant – après le néant... le néant et là tout ce qui existe.

IV

L'autre jour – on exhumait un cadavre, on transportait les morceaux d'un homme illustre dans un autre coin de la terre. C'était une cérémonie comme une autre, aussi belle, aussi pompeuse, aussi fardée qu'un enterrement à l'exception près que dans un enterrement la viande est fraîche, dans la seconde elle est pourrie. Tout le monde attendait le fossoyeur. Lorsqu'enfin au bout de dix minutes il arriva en chantant, – c'était un bien brave homme que cet homme, indifférent pour le présent, insoucieux pour l'avenir. Il avait un chapeau de cuir ciré, et une pipe à la bouche. – L'opération commença. Après quelques pelletées de terre nous vîmes le cercueil. – Le bois en était de chêne et à demi consumé car un seul coup le rompit maladroitement. Alors nous vîmes l'homme, l'homme dans toute son affreuse horreur. Pourtant une vapeur épaisse qui s'éleva aussitôt nous empêcha pendant quelque temps de bien distinguer. Son ventre était rongé et sa poitrine et ses cuisses étaient d'une blancheur mate. En s'approchant de plus près il était facile de reconnaître que cette blancheur était une infinité de vers qui rongeaient avec avidité. Ce spectacle nous fit mal. Un jeune homme s'évanouit. Le fossoyeur n'hésita pas, il prit cette chair infecte entre ses bras et l'alla porter dans le char qui était à quelques pas plus loin. Comme il allait vite, la cuisse gauche tomba par terre, – il la releva avec force et la mit sur son dos, puis il vint recouvrir le trou. Alors il s'aperçut qu'il avait oublié quelque chose c'était la tête. Il la tira par les cheveux. – C'était quelque chose de hideux à voir – que les yeux ternes et à moitié fermés, le visage gluant, froid, dont on voyait les pommettes et dont les mouches lui dévoraient les yeux.

Où était donc alors cet homme illustre, où était sa gloire, ses vertus, son nom ? L'homme illustre c'était quelque chose d'infect, d'*indécis*, de hideux, quelque chose qui répandait une odeur fétide, quelque chose dont la vue faisait mal.

Sa gloire – vous voyez, on le traitait comme un chien de basse qualité. Car tous les hommes étaient venus là par curiosité – oui par curiosité – poussés par ce sentiment qui fait rire l'homme à la vue des tortures de l'homme, poussés par ce sentiment qui excite les femmes à montrer leurs belles têtes blondes aux fenêtres un jour d'exécution. C'est ce même instinct naturel qui porte l'homme à se passionner pour ce qu'il y a de hideux et d'amèrement grotesque.

Quant à ses vertus on ne s'en souvenait plus. Car il avait laissé des dettes après sa mort, et ses héritiers avaient été obligés de payer pour lui.

Son nom ? – Il était éteint, car il n'avait point laissé d'enfants. Mais beaucoup de neveux qui soupiraient depuis longtemps après sa mort.

– Dire qu'il y a un an cet homme-là était riche, heureux, puissant, qu'on l'appelait Monseigneur, qu'il habitait dans un palais et que maintenant, il n'est rien, qu'on l'appelle un cadavre et qu'il pourrit dans un cercueil. – Ah l'horrible idée ! et dire que nous serons comme cela nous autres qui vivons maintenant, qui respirons la brise du soir, qui sentons le parfum des fleurs. Ah c'est à en devenir fou.

Dire qu'après ce moment-là il n'y a rien – rien – et toujours le néant, toujours, voilà encore qui passe l'esprit de l'homme. Oh vraiment est-ce qu'après la vie tout est fini et fini pour l'éternité ? Dites, est-ce qu'il ne subsistera rien ?..............................

Imbécile regarde une tête de mort.

V

Mais l'âme ? !

– Ah oui l'âme. Si tu avais vu l'autre jour le fossoyeur avec un chapeau de cuir ciré sur le coin de l'oreille avec son brûle-gueule bien culotté. – Si tu avais vu comment il a ramassé cette cuisse en pourriture. Et comme tout cela ne l'empêchait pas de siffler en ricanant. « Jeunes filles voulez-vous danser ? » tu aurais ri de pitié – et tu aurais dit : l'âme c'est peut-être cette exhalaison fétide qui sort d'un cadavre.

– Il ne faut pas être philosophe pour deviner cela.

VI

Pourtant il est si triste de penser qu'après la mort tout s'en va. Oh non, non, vite un prêtre, un prêtre qui me dise, qui me prouve, qui me persuade que l'âme existe dans le corps de l'homme.

Un prêtre. Mais lequel ira-t-on chercher ?

– Celui-là dîne chez l'archevêque.

– Un autre fait le catéchisme.

– Un troisième n'a pas le temps.

Eh quoi donc ils me laisseront mourir. Moi qui me tords les bras de désespoir, qui appelle à moi une bénédiction ou une malédiction, qui appelle la haine ou l'amour, Dieu ou Satan (Ah Satan va venir, je le sens).

Au secours. Hélas personne ne me répond.

Cherchons encore.

J'ai cherché et je n'ai [pas] trouvé, j'ai frappé à la porte, personne ne m'a ouvert et on m'y a fait languir de froid et de misère, – si bien que j'ai failli en mourir.

En passant dans une rue sombre, tortueuse et étroite, j'ai entendu des paroles mielleuses et lascives, j'ai entendu des soupirs entrecoupés par des baisers, j'ai entendu des mots de volupté, et j'ai vu un prêtre et une prostituée qui blasphémaient Dieu et qui dansaient des danses impudiques. J'ai détourné [la vue] et j'ai pleuré – Mon pied heurta quelque chose. C'était un Christ en bronze. Un Christ dans la boue –

VII

Il appartenait probablement au prêtre qui l'avait jeté avant d'entrer comme un masque de théâtre ou un habit d'Arlequin. Dites-moi maintenant que la vie n'est pas une ignoble farce puisque le prêtre jette son Dieu pour entrer chez la fille de joie – Bravo. Satan rit. Vous voyez bien – bravo il triomphe. Allons j'ai raison, la vertu c'est le masque, le vice c'est la vérité. Voilà pourquoi peu de gens la disent c'est qu'elle est trop hideuse à dire. Bravo, la maison de l'honnête homme c'est le masque, le lupanar c'est la vérité, la couche nuptiale c'est le masque, l'adultère qui s'y consomme c'est la vérité, la vie c'est le masque, la mort c'est la vérité. La religieuse c'est le masque, la fille de joie c'est la femme. Le bien c'est faux, le mal c'est vrai.

VIII

Ah criez donc bien fort, faiseurs de vertu aux gants jaunes, criez bien vous qui parlez de morale et entretenez des danseuses, criez fort, vous qui faites plus pour votre chien que pour votre laquais, criez fort, vous qui condamnez à mort l'homme qui tue par besoin, vous qui tuez par mépris, criez fort juges dont la robe est rouge de sang, criez fort vous qui montez chaque jour à votre tribunal sur les têtes que vous y avez abattues. Criez fort ministres aux mains crochues, – vous qui vous vantez des places à accorder à l'époux et payées par sa femme – par sa pauvre femme qui vous demandait pardon, grâce, pitié, merci – Qui embrassait vos genoux, qui se cramponnait au drap bleu de votre bureau aux pieds d'or, qui se cachait les yeux dans les draps rouges de vos fenêtres, et [vous] qui avez brisé son honneur, vous dont la noire bouche a dit : « Cet homme sera directeur de poste », et qui en même [temps] avez craché sur le visage de sa femme.

IX

Enfin on m'indiqua un prêtre –

J'allai chez lui. Je l'attendis quelques instants et je m'assis dans sa cuisine devant un grand feu. Sur ce feu pétillait dans une large poêle une énorme quantité de pommes de terre. –

Mon homme arriva bientôt. C'était un vieillard à cheveux blancs. Au maintien plein de douceur et de bonté.

– Mon père, lui dis-je en l'[abordant], je désirerais avoir un moment d'entretien avec vous.

Il m'introduisit dans une salle voisine. Mais à peine avais-je commencé qu'entendant du bruit dans la cuisine – Rose, s'écria-t-il, prenez donc garde aux pommes de terre et en me détournant [je vis] grâce à la clarté de la chandelle que l'amateur de pommes de terre avait le nez de travers et tout bourgeonné.

– Je partis d'un éclat de rire – et la porte se referma aussitôt sur mes pas.

Dites maintenant à qui la faute ? Je suis venu là pour m'éclairer dans mes doutes. Eh bien l'homme qui devait m'instruire je l'ai trouvé ridicule. Est-ce ma faute à moi si cet homme a le nez crochu et couvert de boutons, est-ce ma faute si sa voix avide m'a semblé d'un timbre glouton et bestial ? Non certes. Car j'étais entré là avec des sentiments pieux.

Ce n'est pourtant point non plus la faute de ce pauvre homme si son nez est mal fait et s'il aime les pommes. Du tout, la faute est à Celui qui fait les nez crochus et les pommes de terre.

X

Du Nord au Sud, de l'Est à l'Ouest, partout où vous irez, vous ne pouvez faire un pas sans que la tyrannie, l'injustice, l'avarice, la cupidité ne vous repoussent avec égoïsme. Partout, vous dis-je, vous trouverez des hommes qui vous diront : retire-toi de devant mon soleil, retire-toi tu marches sur le sable que j'ai étalé sur la terre, retire-toi tu marches sur mon bien, retire-toi tu aspires l'air qui m'appartient.

Ô oui l'homme est un voyageur qui a soif, il demande de l'eau pour boire. On la lui refuse. Et il meurt.

XI

Ô oui la tyrannie pèse sur les peuples et je sens qu'il est beau de les en affranchir. Je sens mon cœur se soulever d'aise au mot liberté comme celui d'un enfant bat de terreur au mot fantôme. Et ni l'un ni l'autre ne sont vrais. – Encore une illusion détruite, encore une fleur fanée.

XII

Bien des gens sans doute essaieront de la conquérir cette belle liberté, fille de leurs rêves, idole des peuples. Beaucoup tenteront et ils succomberont sous le poids de leur fardeau.

XIII

Jadis il y avait un voyageur qui marchait dans les grands déserts d'Afrique. Il osa s'avancer par un chemin qui abrégeait sa route de quinze milles mais qui était dangereux, rempli de serpents, de bêtes féroces et de rochers difficiles à franchir.

Et il se faisait tard, il avait faim, il était fatigué, malade et il pressait le pas pour arriver plus tôt.

Mais à chaque pas il rencontrait des obstacles. Pourtant il était courageux et marchait la tête haute.

Et au milieu de son chemin voilà que se présente tout à coup à ses yeux une énorme pierre. Or c'était dans un sentier et escarpé, couvert de ronces et d'épines.

Il fallait donc ou rouler cette pierre jusqu'au haut de la montagne ou tâcher d'escalader cette roche. Ou bien encore attendre jusqu'au matin pour voir s'il n'arriverait pas d'autres voyageurs qui voulussent l'aider.

Mais il avait tant faim, la soif le tourmentait si cruellement qu'il résolut de faire tous ses efforts pour faire en sorte d'arriver à la hutte la plus voisine qui était encore à quatre milles de là. Il se mit donc à s'aider des pieds et des mains pour monter en haut de la roche.

Il suait à grosses gouttes, ses bras se contractaient avec vigueur et ses mains saisissaient convulsivement chaque brin d'herbe qui s'offrait à lui, – mais l'herbe manquait et il retombait découragé. Plusieurs fois il renouvela ses efforts. Ce fut en vain.

Et toujours il retombait plus faible, plus harassé, plus désespéré, il maudissait Dieu et blasphémait. Enfin il tenta une dernière fois. Cette fois il réunit toutes les forces dont il était capable. Après une prière à Dieu il monta.

Ô qu'elle était humble, sublime, tendre, cette courte prière. N'allez pas croire qu'il récita quelque chose qu'une nourrice lui ait appris dans son enfance. Du tout, ses paroles, c'était des larmes, et ses signes de croix des soupirs. Il monta donc bien résolu à se laisser mourir de faim s'il ne réussissait pas.

Le voilà en route – il monte – il avance – il lui semble qu'une main protectrice l'attire vers le sommet, il lui semble voir sourire la face de quelqu'ange qui l'appelle à lui. Puis tout à coup tout change.

C'est comme une vision effroyable [qui] s'empare de ses sens, il entend le sifflement d'un serpent qui glisse sur la pierre et qui va l'atteindre. Ses genoux ploient sous lui, ses ongles qui s'accrochaient aux sinuosités de la roche se retournèrent en dehors... Il tomba à la renverse.

Que faire maintenant ?

Il a faim, il a froid, il a soif, le vent siffle dans l'immense désert rouge et la lune s'obscurcit dans les nuages.

Il se mit à pleurer et à avoir peur comme un enfant. Il pleura sur ses parents qui mourront de douleur, et il eut peur des bêtes féroces.

– Car, se disait-il, il fait nuit, je suis malade, les tigres vont venir me déchirer. –

Il attendit longtemps quelqu'un qui voulût le secourir. Mais les tigres vinrent, le déchirèrent et burent son sang.

Eh bien, je vous le dis, il en est de même de vous autres qui voulez conquérir la liberté.

Découragés de vos efforts vous attendrez quelqu'un pour vous aider.

Mais quelqu'un ne viendra pas... Oh non...

Et les tigres viendront, vous déchireront et boiront votre sang comme celui du pauvre voyageur.

XIV

Oh oui la misère et le malheur règnent sur l'homme.

Ô la misère, la misère, vous ne l'avez peut-être jamais ressentie vous qui parlez sur les vices des pauvres. C'est quelque chose qui vous prend un homme, vous l'amaigrit, vous l'égorge, l'étrangle, le dissèque et puis après elle jette ses os à la voirie. Quelque chose de hideux, de jaune, de fétide qui se cache dans un taudis, dans un bouge, sous l'habit d'un poète, sous les haillons du mendiant. La misère c'est l'homme aux longues dents blanches qui vient vous dire avec sa voix sépulcrale le soir dans l'hiver au coin d'une rue : « Monsieur, du pain » et qui vous montre un pistolet, la misère c'est l'espion qui se glisse derrière votre paravent, écoute vos paroles et va dire au ministre – Ici il y a une conspiration. Là on fait de la poudre –, la misère c'est la femme qui siffle sur les boulevards entre les arbres. Vous vous approchez d'elle, et cette femme a un vieux manteau usé, elle ouvre son manteau, elle a une robe blanche mais cette robe blanche a des trous, elle ouvre sa robe et vous voyez sa poitrine mais sa poitrine est amaigrie. Et dans cette poitrine il y a la faim. Ah la faim, la faim. Oui partout la faim jusque dans son manteau dont elle a vendu les agrafes d'argent, jusque dans sa robe dont elle a vendu la garniture de dentelles, jusque dans les mots dits avec souffrance (Viens, viens.) Oui la faim jusque sur ses seins où elle a vendu des baisers.

Ah la faim, la faim. Ce mot-là, ou plutôt cette chose-là, a fait les révolutions, elle en fera bien d'autres.

XV

Le malheur, lui, avec sa figure aux yeux caves va plus loin, il pose sa griffe de fer jusque sur la tête du roi, et pour percer son crâne, il brise sa couronne. Le malheur, il assomme un ministre, il siège au chevet d'un grand, il va chez l'enfant, le brûle, le dévore, blanchit ses cheveux, creuse ses joues et le tue. Il se tord, il rampe comme un serpent et il tord les autres et les fait ramper aussi. Ô oui le malheur est impitoyable, insatiable, sa soif est continuelle, c'est comme le tonneau des Danaïdes qui était sans fond, lui son avidité est sans fin. Aucun homme ne peut se vanter d'avoir échappé à ses coups. Il s'attache aux jeunes, il les embrasse, les caresse. Mais ces caresses sont comme celles du lion. Elles laissent des marques saignantes. Il vient tout à coup au milieu de la fête des rires, de la joie et du vin.

Il aime surtout à frapper les têtes couronnées. Jadis il y avait dans une salle basse du Louvre – un homme, non je me trompe, un fou. Et ce fou montrait sa figure livide à travers les barreaux de ses fenêtres dont les vitres étaient brisées et par lesquelles entraient les oiseaux de nuit. Il était couvert de haillons dorés – de l'or sur des haillons, songez à cela et vous rirez. Ses mains se crispaient avec rage, sa bouche écumait, ses pieds tout nus frappaient les dalles humides. Ah c'est que voyez-vous, lui, lui l'homme aux haillons dorés, il entendait au-dessus de sa tête le bruit du bal, le retentissement des verres, le bourdonnement de l'orgue. – Et il mourut ensuite le pauvre fou. – On l'enterra sans honneurs, sans discours, sans larmes, sans pompes, sans fanfares. Rien de tout cela

– Et c’était le roi Charles VI.

Plus tard il y en eut un autre qui éprouva encore un sort plus affreux et plus cruel. Qui l’eût dit à ses beaux jours de jeunesse, qui eût dit que cette belle tête de jeune homme tomberait avant l’âge – et par la main du bourreau ? Un jour, il y avait dans une salle du Temple une famille qui se désolait et qui pleurait à chaudes larmes – parce qu’un de ses membres allait périr

Et c’était un père de famille qui embrassait ses enfants et sa femme. Et lorsqu’ils eurent bien pleuré, après que le cachot eut retenti des cris de leur désespoir, la porte s’ouvrit, un homme entra, c’était le geôlier. Après le geôlier ce fut le bourreau qui d’un coup de guillotine décapita toute la vieille monarchie. Et le peuple hurlait de joie autour de la sanglante estrade et vengeait par une tête tous ces supplices passés. Cet homme c’était Louis XVI.

Non loin de là un autre roi tomba encore. Mais comme celle d’un colosse sa chute fit trembler la terre.

Pauvre grand homme – tué à coup d’épingles, comme un lion par les mouches – Ah que cette haute figure était belle quoique posée sur ses genoux. Ah que ce géant était grand à son lit de mort, qu’il était grand dans sa tombe, qu’il était grand sur son trône, qu’il est grand chez le peuple.

Et qu’est-ce que tout cela, un lit de mort, une tombe, un trône, un peuple.

Quelque chose qui fait rire Satan.

Rien. Rien toujours le Néant.

Et pourtant c’était Napoléon, le plus malheureux des rois, le plus grand des hommes.

Eh bien, oui. C’est cela, que l’habit aille à la taille de chacun.

La misère aux peuples, le malheur aux Rois.

XVI

Ah le malheur, le malheur, voilà un mot qui règne sur l’homme comme la fatalité sur les siècles et les révolutions sur la civilisation.

XVII

Et qu’est-ce que c’est qu’une révolution ? un souffle d’air qui ride l'océan, s'en va et laisse la mer agitée.

XVIII

Et qu'est-ce que c'est qu'un siècle ? une minute dans la nuit.

XIX

Et qu'est-ce que le malheur ? la vie.

XX

Qu'est-ce qu'un mot ? Rien, c'est comme la réalité ! une durée.

XXI

Qu'est-ce que l'homme ? Ah ! qu'est-ce que l'homme ? qu'en sais-je moi ? Allez demander à un fantôme ce qu'il est, il vous répondra, s'il vous répond : Je suis l'ombre d'un tel. – Eh bien l'homme c'est l'image du Dieu. Duquel ? C'est de celui qui gouverne. Est-il fils du Bien, du Mal ou du Néant, choisissez des trois c'est une trinité. –

XXII

Et dans le temps que j'étais jeune et pur, que je croyais à Dieu, à l'amour, au bonheur, à l'avenir, à la patrie, dans le temps que mon cœur bondissait au mot liberté – alors, oh que Dieu soit maudit par ses créatures, alors Satan m'apparut et me dit :

– Viens, viens à moi, tu as de l'ambition au cœur et de la poésie dans l'âme, viens je te montrerai mon monde, mon royaume à moi.

Et il m'emmena avec lui et je planais dans les airs. Comme l'aigle qui se berce dans les nuages.

Et voilà que nous arrivâmes en Europe.

Là il me montra des savants, des hommes de lettres, des femmes, des fats, des bourreaux, des rois, des prêtres, des peuples et des sages. Ceux-là étaient les plus fous.

Et je vis un frère qui tuait son frère, une mère qui prostituait sa fille, des écrivains qui trompaient le peuple, des prêtres qui trahissaient les fidèles, la peste qui mange les nations et la guerre qui moissonne les hommes. Là c'était un intrigant qui rampait dans la boue, arrivait jusqu'aux pieds des grands, leur mordait le talon – ils tombaient. Et alors il tressaillait de joie de la chute qu'avait faite cette tête en tombant dans la boue.

Là un roi savourait ses sales débauches dans la couche d'infamie où de père en fils ils reçoivent des leçons d'adultère.

Mémoires d'un fou

À toi, mon cher Alfred,
ces pages sont dédiées et données

Elles renferment une âme tout entière. – Est-ce la mienne ? Est-ce celle d'un autre ? J'avais d'abord voulu faire un roman intime où le scepticisme serait poussé jusqu'aux dernières bornes du désespoir, mais, peu à peu, en écrivant, l'impression personnelle perça à travers la fable, l'âme remua la plume et l'écrasa.

J'aime donc mieux laisser cela dans le mystère des conjectures. Pour toi, tu n'en feras pas.

Seulement, tu croiras peut-être en bien des endroits que l'expression est forcée et le tableau assombri à plaisir. Rappelle-toi que c'est un fou qui a écrit ces pages, et, si le mot paraît souvent surpasser le sentiment qu'il exprime, c'est que, ailleurs, il a fléchi sous le poids du cœur.

Adieu, pense à moi et pour moi.

Mémoires d'un fou

I

Pourquoi écrire ces pages ? – À quoi sont-elles bonnes ? – Qu'en sais-je moi-même ? Cela est assez sot à mon gré d'aller demander aux hommes le motif de leurs actions et de leurs écrits. – Savez-vous vous-même pourquoi vous avez ouvert les misérables feuilles que la main d'un fou va tracer ?

Un fou, cela fait horreur. Qu'êtes-vous, vous, lecteur ? Dans quelle catégorie te ranges-tu ? dans celle des sots ou celle des fous ? – Si l'on te donnait à choisir ta vanité préférerait encore la dernière condition. Oui, encore une fois, à quoi est-il bon, je le demande en vérité, un livre qui n'est ni instructif, ni amusant, ni chimique, ni philosophique, ni agricultural, ni élégiaque, un livre qui ne donne aucune recette ni pour les moutons ni pour les puces, qui ne parle ni des chemins de fer, ni de la Bourse, ni des replis intimes du cœur humain, ni des habits moyen âge, ni de Dieu, ni du diable, mais qui parle d'un fou, c'est-à-dire le monde, ce grand idiot, qui tourne depuis tant de siècles dans l'espace sans faire un pas, et qui hurle, et qui bave, et qui se déchire lui-même ?

Je ne sais pas plus que vous ce que vous allez lire – car ce n'est point un roman ni un drame avec un plan fixe, ou une seule idée préméditée, avec des jalons pour faire serpenter la pensée dans des allées tirées au cordeau.

Seulement, je vais mettre sur le papier tout ce qui me viendra à la tête, mes idées avec mes souvenirs, mes impressions, mes rêves, mes caprices, tout ce qui passe dans la pensée et dans l'âme, – du rire et des pleurs, du blanc et du noir, des sanglots partis d'abord du cœur et étalés comme de la pâte dans des périodes sonores, – et des larmes délayées dans des métaphores romantiques. Il me pèse cependant à penser que je vais écraser le bec à un paquet de plumes, que je vais user une bouteille d'encre, que je vais ennuyer le lecteur et m'ennuyer moi-même ; j'ai tellement pris l'habitude du rire et du scepticisme qu'on y trouvera, depuis le commencement jusqu'à la fin, une plaisanterie perpétuelle, et les gens qui aiment à rire pourront à la fin rire de l'auteur et d'eux-mêmes.

On y verra comment il y faut croire au plan de l'univers, aux devoirs moraux de l'homme, à la vertu et à la philanthropie, mot que j'ai envie de faire inscrire sur mes bottes, quand j'en aurai, afin que tout le monde le lise et l'apprenne par cœur, même les vues les plus basses, les corps les plus petits, les plus rampants, les plus près du ruisseau.

On aurait tort de voir dans ceci autre chose que les récréations d'un pauvre fou. Un fou !

Et vous, lecteur, vous venez peut-être de vous marier ou de payer vos dettes ?

II

Je vais donc écrire l'histoire de ma vie. – Quelle vie ! Mais ai-je vécu ? Je suis jeune, j'ai le visage sans ride et le cœur sans passion. – Oh ! comme elle fut calme, comme elle paraît douce et heureuse, tranquille et pure. Oh ! oui, paisible et silencieuse comme un tombeau dont l'âme serait le cadavre.

À peine ai-je vécu : je n'ai point connu le monde, – c'est-à-dire je n'ai point de maîtresses, de flatteurs, de domestiques, d'équipages, – je ne suis pas entré (comme on dit) dans la société, car elle m'a paru toujours fausse et sonore, et couverte de clinquant, ennuyeuse et guindée.

Or, ma vie, ce ne sont pas des faits ; ma vie, c'est ma pensée.

Quelle est donc cette pensée qui m'amène maintenant, à l'âge où tout le monde sourit, se trouve heureux, où l'on se marie, où l'on aime ; à l'âge où tant d'autres s'enivrent de toutes les amours et de toutes les gloires, alors que tant de lumières brillent et que les verres sont remplis au festin, à me trouver seul et nu, froid à toute inspiration, à toute poésie, me sentant mourir et riant cruellement de ma lente agonie, comme cet épicurien qui se fit ouvrir les veines, se baigna dans un bain parfumé et mourut en riant, comme un homme qui sort ivre d'une orgie qui l'a fatigué ?

Ô comme elle fut longue cette pensée ; comme une hydre, elle me dévora sous toutes ses faces. Pensée de deuil et d'amertume, pensée de bouffon qui pleure, pensée de philosophe qui médite...

Oh ! oui ! combien d'heures se sont écoulées dans ma vie, longues et monotones, à penser, à douter ! Combien de journées d'hiver, la tête baissée devant mes tisons blanchis aux pâles reflets du soleil couchant ; combien de soirées d'été, par les champs, au crépuscule, à regarder les nuages s'enfuir et se déployer, les blés se plier sous la brise, entendre les bois frémir et écouter la nature qui soupire dans les nuits !

Ô comme mon enfance fut rêveuse ! Comme j'étais un pauvre fou sans idées fixes, sans opinions positives ! Je regardais l'eau couler entre les massifs d'arbres qui penchent leur chevelure de feuilles et laissent tomber des fleurs ; je contemplais de dedans mon berceau la lune sur son fond d'azur qui éclairait ma chambre et dessinait des formes étranges sur les murailles ; j'avais des extases devant un beau soleil ou une matinée de printemps avec son brouillard blanc, ses arbres fleuris, ses marguerites en fleurs.

J'aimais aussi, et c'est un de mes plus tendres et <plus> délicieux souvenirs, à regarder la mer, les vagues mousser l'une sur l'autre, la lame se briser en écume, s'étendre sur la plage et crier en se retirant sur les cailloux et les coquilles.

Je courais sur les rochers, je prenais le sable de l'Océan que je laissais s'écouler au vent entre mes doigts, je mouillais des varechs, et j'aspirais à pleine poitrine cet air salé et frais de l'Océan qui vous pénètre l'âme de tant d'énergie, de poétiques et larges pensées ; je regardais l'immensité, l'espace, l'infini, et mon âme s'abîmait devant cet horizon sans bornes.

Oh ! mais ce n'est pas [là] qu'est l'horizon sans bornes, le gouffre immense. Oh ! non, un plus large et plus profond abîme s'ouvrit devant moi. Ce gouffre-là n'a point de tempête : s'il y avait une tempête, il serait plein – et il est vide !

J'étais gai et riant, aimant la vie et ma mère, pauvre mère !

Je me rappelle encore mes petites joies à voir les chevaux courir sur la route, à voir la fumée de leur haleine et la sueur inonder leurs harnais, j'aimais le trot monotone et cadencé qui fait osciller les soupentes – et puis, quand on s'arrêtait, tout se taisait dans les champs. On voyait la fumée sortir de leurs naseaux, la voiture ébranlée se raffermissait sur ses ressorts, le vent sifflait sur les vitres, et c'était tout...

Oh ! comme j'ouvrais aussi de grands yeux sur la foule en habits de fête, joyeuse, tumultueuse, avec des cris ; mer d'hommes orageuse, plus colère encore que la tempête et plus sotte que sa furie.

J'aimais les chars, les chevaux, les armées, les costumes de guerre, les tambours battants, le bruit, la poudre et les canons roulant sur le pavé des villes.

Enfant, j'aimais ce qui [se] voit ; adolescent, ce qui se sent ; homme, je n'aime plus rien.

Et cependant, combien de choses j'ai dans l'âme, combien de forces intimes et combien d'océans de colère et d'amours se heurtent, se brisent dans ce cœur si faible, si débile, <si tombé,> si lassé, si épuisé !

On me dit de reprendre à la vie, de me mêler à la foule !... Et comment la branche cassée peut-elle porter des fruits ? Comment la feuille arrachée par les vents et traînée dans la poussière peut-elle reverdir ? Et pourquoi, si jeune, tant d'amertume ? Que sais-je ! il était peut-être dans ma destinée de vivre ainsi, lassé avant d'avoir porté le fardeau, haletant avant d'avoir couru...

J'ai lu, j'ai travaillé dans l'ardeur de l'enthousiasme... j'ai écrit... Ô comme j'étais heureux alors ! – comme ma pensée, dans son délire, s'envolait haut dans ces régions inconnues aux hommes, où il n'y a ni monde, ni planètes, ni soleils ; j'avais un infini plus immense, s'il est possible, que l'infini de Dieu, où la poésie se berçait et déployait ses ailes dans une atmosphère d'amour et d'extase, et puis il fallait redescendre de ces régions sublimes vers les mots, et comment rendre par la parole cette harmonie qui s'élève dans le cœur du poète et les pensées de géant qui font ployer les phrases comme une main forte et gonflée fait crever le gant qui la couvre ?

Là encore, la déception ; car nous touchons à la terre, à cette terre de glace où tout feu meurt, où toute énergie faiblit. Par quels échelons descendre de l'infini au positif ? Par quelle gradation la pensée s'abaisse-t-elle sans se briser ? Comment rapetisser ce géant qui embrasse l'infini ?

Alors j'avais des moments de tristesse et de désespoir, je sentais ma force qui me brisait et cette faiblesse dont j'avais honte - car la parole n'est qu'un écho lointain et affaibli de la pensée ; je maudissais mes rêves les plus chers et mes heures silencieuses passées sur la limite de la création. Je sentais quelque chose de vide et d'insatiable qui me dévorait.

Lassé de la poésie, je me lançai dans le champ de la méditation.

Je fus épris d'abord de cette étude imposante qui se propose l'homme pour but et qui veut se l'expliquer, qui va jusqu'à disséquer des hypothèses et à discuter sur les suppositions les plus abstraites et à peser géométriquement les mots les plus vides.

L'homme, grain de sable jeté dans l'infini par une main inconnue, pauvre insecte aux faibles pattes qui veut se retenir sur le bord du gouffre à toutes les branches, qui se rattache à la vertu, à l'amour, <à l'égoïsme,> à l'ambition et qui fait des vertus de tout cela pour mieux s'y tenir, qui se cramponne à Dieu, et qui faiblit toujours, lâche les mains et tombe...

Homme qui veut comprendre ce qui n'est pas, et faire une science du néant ; homme, âme faite à l'image de Dieu et dont le génie sublime s'arrête à un brin d'herbe et ne peut franchir le problème d'un grain de poussière ! Et la lassitude me prit ; je vins à douter de tout. Jeune, j'étais vieux ; mon cœur avait des rides, et en voyant des vieillards encore vifs, pleins d'enthousiasme et de croyances, je riais amèrement sur moi-même, si jeune, si désabusé de la vie, de l'amour, de la gloire, de Dieu, de tout ce qui est, de tout ce qui peut être. J'eus cependant une horreur naturelle avant d'embrasser cette foi au néant ; au bord du gouffre, je fermai les yeux, – j'y tombai.

Je fus content : je n'avais plus de chute à faire, j'étais froid et calme comme la pierre d'un tombeau. – Je croyais trouver le bonheur dans le doute, insensé que j'étais. – On y roule dans un vide incommensurable.

Ce vide-là est immense et fait dresser les cheveux d'horreur quand on s'approche du bord.

Du doute de Dieu, j'en vins au doute de la vertu, fragile idée que chaque siècle a dressée comme il a pu sur l'échafaudage des lois, plus vacillant encore.

Je vous conterai plus tard toutes les phases de cette vie morne et méditative passée au coin du feu, les bras croisés, avec un éternel bâillement d'ennui – seul pendant tout un jour – et tournant de temps [en temps] mes regards sur la neige des toits voisins, sur le soleil couchant avec ses jets de pâle lumière, sur le pavé de ma chambre, ou sur une tête de mort jaune, édentée et grimaçant sans cesse sur ma cheminée, symbole de la vie et, comme elle, froide et railleuse.

Plus tard, vous lirez peut-être toutes les angoisses de ce cœur si battu, si navré d'amertume. Vous saurez les aventures de cette vie si paisible et si banale, si remplie de sentiments, si vide de faits.

Et vous me direz ensuite si tout n'est pas une dérision et une moquerie, si tout ce qu'on chante dans les écoles, tout ce qu'on délaie dans les livres, tout ce qui se voit, se sent, se parle, si tout ce qui existe...

....

Je n'achève pas tant j'ai d'amertume à le dire. Eh bien ! si tout cela enfin n'est pas de la pitié, de la fumée, du néant !

III

Je fus au collège dès l'âge de dix ans et j'y contractai de bonne heure une profonde aversion pour les hommes, – cette société d'enfants est aussi cruelle pour ses victimes que l'autre petite société, celle des hommes.

Même injustice de la foule, même tyrannie des préjugés et de la force, même égoïsme quoi qu'on en ait dit sur le désintéressement et la fidélité de la jeunesse. Jeunesse – âge de folie et de rêves, de poésie et de bêtise, synonymes dans la bouche des gens qui jugent le monde *sainement*. J'y fus froissé dans tous mes goûts : dans la classe, pour mes idées ; aux récréations, pour mes penchants de sauvagerie solitaire. Dès lors, j'étais un fou.

J'y vécus donc seul et ennuyé, tracassé par mes maîtres et raillé par mes camarades. J'avais l'humeur railleuse et indépendante, et ma mordante et cynique ironie n'épargnait pas plus le caprice d'un seul que le despotisme de tous.

Je me vois encore, assis sur les bancs de la classe, absorbé dans mes rêves d'avenir, pensant à ce que l'imagination d'un enfant peut rêver de plus sublime, tandis que le pédagogue se moquait de mes vers latins, que mes camarades me regardaient en ricanant. Les imbéciles ! eux, rire de moi ! eux, si faibles, si communs, au cerveau si étroit ; moi, dont l'esprit se noyait sur les limites de la création, qui étais perdu dans tous les mondes de la poésie, qui me sentais plus grand qu'eux tous, qui recevais des jouissances infinies et qui avais des extases célestes devant toutes les révélations intimes de mon âme !

Moi qui me sentais grand comme le monde et qu'une seule de mes pensées, si elle eût été de feu comme la foudre, eût pu réduire en poussière ! pauvre fou !

Je me voyais jeune, à vingt ans, entouré de gloire ; je rêvais de lointains voyages dans les contrées du sud ; je voyais l'Orient et ses sables immenses, ses palais que foulent les chameaux et leurs clochettes d'airain ; je voyais les cavales bondir vers l'horizon rougi par le soleil ; je voyais des vagues bleues, un ciel pur, un sable d'argent ; je sentais le parfum de ces Océans tièdes du Midi ; et puis, près de moi, sous une tente, à l'ombre d'un aloès aux larges feuilles, quelque femme à la peau brune, au regard ardent, qui m'entourait de ses deux bras et me parlait la langue des houris.

Le soleil s'abaissait dans le sable, les chamelles et les juments dormaient, l'insecte bourdonnait à leurs mamelles, le vent du soir passait près de nous.

Et, la nuit venue, quand cette lune d'argent jetait ses regards pâles sur le désert, que les étoiles brillaient sur le ciel d'azur, alors, dans le silence de cette nuit chaude et embaumée, je rêvais des joies infinies, des voluptés qui sont du ciel.

Et c'était encore la gloire, avec ses bruits de mains, ses fanfares vers le ciel, ses lauriers, sa poussière d'or jetée aux vents, – c'était un brillant théâtre avec des femmes parées, des diamants aux lumières, un air lourd, des poitrines haletantes, – puis un recueillement religieux, des paroles dévorantes comme l'incendie, des pleurs, du rire, des sanglots, l'enivrement de la gloire, – des cris d'enthousiasme, le trépignement de la foule, quoi ! – de la vanité, du bruit, du néant.

Enfant, j'ai rêvé l'amour ; – jeune homme, la gloire ; – homme, la tombe, ce dernier amour de ceux qui n'en ont plus.

Je percevais aussi l'antique époque des siècles qui ne sont plus et des races couchées sous l'herbe ; je voyais la bande de pèlerins et de guerriers marcher vers le Calvaire, s'arrêter dans le désert, mourant de faim, implorant ce Dieu qu'ils allaient chercher, et, lassée de ses blasphèmes, marcher toujours vers cet horizon sans bornes, – puis, lasse, haletante, arriver enfin au but de son voyage, désespérée et vieille, pour embrasser quelques pierres arides, hommage du monde entier. – Je voyais les chevaliers courir sur les chevaux couverts de fer comme eux ; et les coups de lance dans les tournois ; et le pont de bois s'abaisser pour recevoir le seigneur suzerain qui revient avec son épée rougie et des captifs sur la croupe de ses chevaux ; la nuit encore, dans la sombre cathédrale, toute la nef ornée d'une guirlande de peuples qui montent vers la voûte, dans les galeries, avec des chants ; des lumières qui resplendissent sur les vitraux ; et, dans la nuit de Noël, toute la vieille ville avec ses toits aigus couverts de neige, s'illuminer et chanter.

Mais c'était Rome que j'aimais – la Rome impériale, cette belle reine se roulant dans l'orgie, salissant ses nobles vêtements du vin de la débauche, plus fière de ses vices qu'elle ne l'était de ses vertus. – Néron ! – Néron, avec ses chars de diamant volant dans l'arène, ses mille voitures, ses amours de tigre et ses festins de géant. – Loin des classiques leçons, je me reportais vers tes immenses voluptés, tes illuminations sanglantes, tes divertissements qui brûlent, Rome.

Et, bercé dans ces vagues rêveries, ces songes sur l'avenir, emporté par cette pensée aventureuse échappée comme une cavale sans frein qui franchit les torrents, escalade les monts et vole dans l'espace, – je restais des heures entières la tête dans mes mains à regarder le plancher de mon étude, ou une araignée jeter sa toile sur la chaire de notre maître. – Et quand je me réveillais avec un grand oeil béant, on riait de moi, – le plus paresseux de tous, – qui jamais n'aurais une idée positive, qui ne montrais aucun penchant pour aucune profession, qui serais inutile dans ce monde où il faut que chacun aille prendre sa part du gâteau, et qui, enfin, ne serais jamais bon à rien, tout au plus à faire un bouffon, un montreur d'animaux ou un faiseur de livres.

(Quoique d'une excellente santé, mon genre d'esprit perpétuellement froissé par l'existence que je menais et par le contact des autres, avait occasionné en moi une irritation nerveuse qui me rendait véhément et emporté comme le taureau malade de la piqûre des insectes. – J'avais des rêves, des cauchemars affreux.)

Ô la triste et maussade époque ! Je me vois encore errant, seul, dans les longs corridors blanchis de mon collège, à regarder les hiboux et les corneilles s'envoler des combles de la chapelle, ou bien, couché dans ces mornes dortoirs éclairés par la lampe dont l'huile se gelait, dans les nuits, j'écoutais longtemps le vent qui soufflait lugubrement dans les longs appartements vides et qui sifflait dans les serrures en faisant trembler les vitres dans leurs châssis ; j'entendais les pas de l'homme de ronde qui marchait lentement avec sa lanterne, et, quand il venait près de moi, je faisais semblant d'être endormi et je m'endormais, en effet, moitié dans les rêves, moitié dans les pleurs.

IV

C'étaient d'effroyables visions à rendre fou de terreur.

J'étais couché dans la maison de mon père ; tous les meubles étaient conservés, mais tout ce qui m'entourait cependant avait une teinte noire. – C'était une nuit d'hiver et la neige jetait une clarté blanche dans ma chambre ; tout à coup la neige se fondit et les herbes et les arbres prirent une teinte rousse et brûlée comme si un incendie eût éclairé mes fenêtres ; j'entendis des bruits de pas – on montait l'escalier – un air chaud, une vapeur fétide monta jusqu'à moi – ma porte s'ouvrit d'elle-même. On entra, ils étaient beaucoup – peut-être [sept à huit], je n'eus pas le temps de les compter. Ils étaient petits ou grands, couverts de barbes noires et rudes – sans armes, mais tous avaient une lame d'acier entre les dents, et, comme ils s'approchèrent en cercle autour de mon berceau, leurs dents vinrent à claquer et ce fut horrible. – Ils écartèrent mes rideaux blancs et chaque doigt laissait une trace de sang ; ils me regardèrent avec de grands yeux fixes et sans paupières ; je les regardai aussi, je ne pouvais faire aucun mouvement – je voulus crier.

Il me sembla alors que la maison se levait de ses fondements, comme si un levier l'eût soulevée.

Ils me regardèrent ainsi longtemps, puis ils s'écartèrent et je vis que tous avaient un côté du visage sans peau et qui saignait lentement. – Ils soulevèrent tous mes vêtements et tous avaient du sang. – Ils se mirent à manger et le pain qu'ils rompirent laissait échapper du sang, qui tombait goutte à goutte, et ils se mirent à rire, comme le râle d'un mourant.

Puis, quand ils n'y furent plus, tout ce qu'ils avaient touché, les lambris, l'escalier, le plancher, tout cela était rougi par eux.

J'avais un goût d'amertume dans le cœur, il me sembla que j'avais mangé de la chair, et j'entendis un cri prolongé, rauque, aigu et les fenêtres et les portes s'ouvrirent lentement, et le vent les faisait battre et crier, comme une chanson bizarre dont chaque sifflement me déchirait la poitrine avec un stylet.

Ailleurs, c'était dans une campagne verte et émaillée de fleurs, le long d'un fleuve : – j'étais avec ma mère qui marchait du côté de la rive ; – elle tomba. Je vis l'eau écumer, des cercles s'agrandir et disparaître tout à coup. – L'eau reprit son cours, et puis je n'entendis plus que le bruit de l'eau qui passait entre les joncs et faisait ployer les roseaux.

Tout à coup, ma mère m'appela : Au secours ! Au secours ! ô mon pauvre enfant, au secours ! à moi !

Je me penchai à plat ventre sur l'herbe pour regarder : je ne vis rien ; les cris continuaient.

Une force invincible m'attachait sur la terre – et j'entendais les cris : Je me noie ! je me noie ! À mon secours !

L'eau coulait, coulait limpide, et cette voix que j'entendais du fond du fleuve m'abîmait de désespoir et de rage...

V

Voilà donc comme j'étais : rêveur – insouciant, avec l'humeur indépendante et railleuse, me bâtissant une destinée et rêvant à toute la poésie d'une existence pleine d'amour, vivant aussi sur mes souvenirs, autant qu'à seize ans on peut en avoir.

Le collège m'était antipathique. Ce serait une curieuse étude que ce profond dégoût des âmes nobles et élevées manifesté de suite par le contact et le froissement des hommes. Je n'ai jamais aimé une vie réglée, des heures fixes, une existence d'horloge où il faut que la pensée s'arrête avec la cloche, où tout est remonté d'avance pour des siècles et des générations. Cette régularité sans doute peut convenir au plus grand nombre, mais pour le pauvre enfant qui se nourrit de poésie, de rêves et de chimères, qui pense à l'amour et à toutes les balivernes, c'est l'éveiller sans cesse de ce songe sublime, c'est ne pas lui laisser un moment de repos, c'est l'étouffer en le ramenant dans notre atmosphère de matérialisme et de bon sens dont il a horreur et dégoût.

J'allais à l'écart avec un livre de vers, un roman, de la poésie, quelque chose qui fasse tressaillir ce cœur de jeune homme vierge de sensations et si désireux d'en avoir.

Je me rappelle avec quelle volupté je dévorais alors les pages de Byron et de *Werther ;* avec quels transports je lus *Hamlet, Roméo* et les ouvrages les plus brûlants de notre époque, toutes ces oeuvres enfin qui fondent l'âme en délices ou la brûlent d'enthousiasme.

Je me nourris donc de cette poésie âpre du Nord qui retentit si bien, comme les vagues de la mer, dans les oeuvres de Byron. – Souvent j'en retenais à la première lecture des fragments entiers, et je me les répétais à moi-même, comme une chanson qui vous a charmé et dont la mélodie vous poursuit toujours. Combien de fois n'ai-je pas dit le commencement du Giaour : *Pas un souffle d'air...* ou bien dans Childe-Harold : *Jadis dans l'antique Albion,* et : *Ô mer, je t'ai toujours aimée.* La platitude de la traduction française disparaissait devant les pensées seules, comme si elles eussent eu un style à elles sans les mots eux-mêmes.

Ce caractère de passion brûlante, joint à une si profonde ironie, devait agir fortement sur une nature ardente et vierge. Tous ces échos inconnus à la somptueuse dignité des littératures classiques avaient pour moi un parfum de nouveauté, un attrait qui m'attirait sans cesse vers cette poésie géante qui vous donne le vertige et nous fait tomber dans le gouffre sans fond de l'infini.

Je m'étais donc faussé le goût et le cœur, comme disaient mes professeurs, et, parmi tant d'êtres aux penchants si ignobles, mon indépendance d'esprit m'avait fait estimer le plus dépravé de tous ; j'étais ravalé au plus bas rang par la supériorité même. À peine si on me cédait l'imagination, c'est-à-dire, selon eux, une exaltation de cerveau voisine de la folie.

Voilà quelle fut mon entrée dans la société, et l'estime que je m'y attirai.

VI

Si l'on calomniait mon esprit et mes principes, on n'attaquait pas mon cœur, car j'étais bon alors et les misères d'autrui m'arrachaient des larmes.

Je me souviens que, tout enfant, j'aimais à vider mes poches dans celles du pauvre ; de quel sourire ils accueillaient mon passage et quel plaisir aussi j'avais à leur faire du bien. C'est une volupté qui m'est depuis longtemps inconnue – car maintenant j'ai le cœur sec, les larmes se sont séchées. Mais malheur aux hommes qui m'ont rendu corrompu et méchant, de bon et de pur que j'étais ! Malheur à cette aridité de la civilisation qui dessèche et étiole tout ce qui s'élève au soleil de la poésie et du cœur ! Cette vieille société corrompue qui a tout séduit et tout usé. Ce vieux juif cupide mourra de marasme et d'épuisement sur ces tas de fumier qu'il appelle ses trésors, sans poète pour chanter sa mort, sans prêtre pour lui fermer les yeux, sans or pour son mausolée, car il aura tout usé pour ses vices.

VII

Quand donc finira cette société abâtardie par toutes les débauches, débauches d'esprit, de corps et d'âme ?

Alors, il y aura sans doute une joie sur la terre, quand ce vampire menteur et hypocrite qu'on appelle civilisation viendra à mourir.

On quittera le manteau royal, le sceptre, les diamants, le palais qui s'écroule, la ville qui tombe, pour aller rejoindre la cavale et la louve. Après avoir passé sa vie dans les palais et usé ses pieds sur les dalles des grandes villes, l'homme ira mourir dans les bois.

La terre sera séchée par les incendies qui l'ont brûlée et toute pleine de la poussière des combats ; le souffle de désolation qui a passé sur les hommes aura passé sur elle, et elle ne donnera plus que des fruits amers et des roses d'épines, et les races s'éteindront au berceau, comme les plantes battues par les vents qui meurent avant d'avoir fleuri.

Car il faudra bien que tout finisse et que la terre s'use à force d'être foulée. Car l'immensité doit être lasse enfin de ce grain de poussière qui fait tant de bruit et trouble la majesté du néant. Il faudra que l'or s'épuise à force de passer dans les mains et de corrompre. Il faudra bien que cette vapeur de sang s'apaise, que le palais s'écroule sous le poids des richesses qu'il recèle, que l'orgie finisse et qu'on se réveille.

Alors il y aura un rire immense de désespoir quand les hommes verront ce vide, quand il faudra quitter la vie pour la mort - pour la mort qui mange, qui a faim toujours. Et tout craquera pour s'écrouler dans le néant – et l'homme vertueux maudira sa vertu et le vice battra des mains.

Quelques hommes encore errants dans une terre aride s'appelleront mutuellement ; ils iront les uns vers les autres, et ils reculeront d'horreur, effrayés d'eux-mêmes et ils mourront. Que sera l'homme alors, lui qui est déjà plus féroce que les bêtes fauves et plus vil que les reptiles ? Adieu pour jamais, chars éclatants, fanfares et renommées, adieu au monde, à ces palais, à ces mausolées, aux voluptés du crime et aux joies de la corruption, – la pierre tombera tout à coup, écrasée par elle-même, et l'herbe poussera dessus ! – Et les palais, les temples, les pyramides, les colonnes, mausolées du roi, cercueil du pauvre, charogne du chien, tout cela sera à la même hauteur sous le gazon de la terre.

Alors, la mer sans digues battra en repos les rivages, et ira baigner ses flots sur la cendre encore fumante des cités ; les arbres pousseront, verdiront, sans une main pour les casser et les briser ; les fleuves couleront dans des prairies émaillées ; la nature sera libre sans homme pour la contraindre, et cette race sera éteinte, car elle était maudite dès son enfance.

....

Triste et bizarre époque que la nôtre ! Vers quel océan ce torrent d'iniquités coule-t-il ? Où allons-nous dans une nuit si profonde ? Ceux qui veulent palper ce monde malade se retirent vite, effrayés de la corruption qui s'agite dans ses entrailles.

Quand Rome se sentit à son agonie, elle avait au moins un espoir : elle entrevoyait derrière le linceul la croix radieuse, brillant sur l'éternité. Cette religion a duré deux mille ans et voilà qu'elle s'épuise, qu'elle ne suffit plus, et qu'on s'en moque, – voilà ses églises qui tombent, ses cimetières tassés de morts et qui regorgent.

Et nous, quelle religion aurons-nous ?

Être si vieux que nous le sommes et marcher encore dans le désert comme les Hébreux qui fuyaient d'Égypte.

Où sera la Terre Promise ?

Nous avons essayé de tout et nous renions tout sans espoir – et puis une étrange cupidité nous a pris dans l'âme et l'humanité ; il y a une inquiétude immense qui nous ronge ; il y a un vide dans notre foule – Nous sentons autour de nous un froid de sépulcre.

L'humanité s'est prise à tourner des machines, et, voyant l'or qui en ruisselait, elle s'est écriée : C'est Dieu. Et ce Dieu-là, elle le mange. Il y a – c'est que tout est fini, adieu ! adieu ! – du vin avant de mourir ! Chacun se rue où le pousse son instinct ; le monde fourmille comme les insectes sur un cadavre ; les poètes passent sans avoir le temps de sculpter leurs pensées, à peine s'ils les jettent sur des feuilles et les feuilles volent ; tout brille et tout retentit dans cette mascarade, sous ses royautés d'un jour et ses sceptres de carton ; l'or roule, le vin ruisselle, la débauche froide lève sa robe et remue... horreur ! horreur ! Et puis, il y a sur tout cela un voile dont chacun prend sa part et se cache le plus qu'il peut.

Dérision ! horreur ! horreur !

VIII

Et il y a des jours où j'ai une lassitude immense, et un sombre ennui m'enveloppe comme un linceul partout où je vais : ses plis m'embarrassent et me gênent, la vie me pèse comme un remords.

Si jeune et si lassé de tout, quand il y en a qui sont vieux et encore pleins d'enthousiasme ! et moi, je suis si tombé, si désenchanté. – Que faire ? La nuit, regarder la lune qui jette sur mes lambris ses clartés tremblantes comme un large feuillage, et, le jour, le soleil dorant les toits voisins ? – Est-ce là vivre ; non, c'est la mort, moins le repos du sépulcre.

Et j'ai des petites joies à moi seul, des réminiscences enfantines qui viennent encore me réchauffer dans mon isolement comme des reflets de soleil couchant par les barreaux d'une prison : un rien, la moindre circonstance, un jour pluvieux, un grand soleil, une fleur, un vieux meuble, me rappellent une série de souvenirs qui passent tous, confus, effacés comme des ombres. – Jeux d'enfants sur l'herbe au milieu des marguerites dans les prés, derrière la haie fleurie, le long de la vigne aux grappes dorées, sur la mousse brune et verte, sous les larges feuilles, les frais ombrages. Souvenirs calmes et riants comme un souvenir du premier âge, vous passez près de moi comme des roses flétries.

La jeunesse, ses bouillants transports, ses instincts confus du monde et du cœur, ses palpitations d'amour, ses larmes, ses cris. – Amours du jeune homme, ironies de l'âge mûr ! Oh ! vous revenez souvent avec vos couleurs sombres ou ternes, fuyant, poussées les unes par les autres, comme les ombres qui passent en courant sur les murs, dans les nuits d'hiver. Et je tombe souvent en extase devant le souvenir de quelque bonne journée passée depuis bien longtemps, journée folle et joyeuse, avec des éclats et des rires qui vibrent encore à mes oreilles et qui palpitent encore de gaieté, et qui me font sourire d'amertume. – C'était quelque course sur un cheval bondissant et couvert d'écume, quelque promenade bien rêveuse sous une large allée couverte d'ombre, à regarder l'eau couler sur les cailloux ; ou une contemplation d'un beau soleil resplendissant avec ses gerbes de feu et ses auréoles rouges. Et j'entends encore le galop du cheval, ses naseaux qui fument ; j'entends l'eau qui glisse, la feuille qui tremble, le vent qui courbe les blés comme une mer.

D'autres sont mornes et froids comme des journées pluvieuses ; des souvenirs amers et cruels qui reviennent aussi – des heures de calvaire passées à pleurer sans espoir, et puis à rire forcément pour chasser les larmes qui cachent les yeux, les sanglots qui couvrent la voix.

Je suis resté bien des jours, bien des ans, assis à ne penser à rien, ou à tout, abîmé dans l'infini que je voulais embrasser, et qui me dévorait.

J'entendais la pluie tomber dans les gouttières, les cloches sonner en pleurant ; je voyais le soleil se coucher <lentement> et la nuit venir, la nuit dormeuse qui vous apaise, et puis le jour reparaissait toujours le même avec ses ennuis, son même nombre d'heures à vivre et que je voyais mourir avec joie.

Je rêvais la mer, les lointains voyages, les amours, les triomphes, toutes choses avortées dans mon existence, cadavre avant d'avoir vécu.

Hélas ! tout cela n'était donc pas fait pour moi. Je n'envie pas les autres, car chacun se plaint du fardeau dont la fatalité l'accable ; – les uns le jettent avant l'existence finie, d'autres le portent jusqu'au bout. Et moi, le porterai-je ?

À peine ai-je vu la vie, qu'il y a eu un immense dégoût dans mon âme ; j'ai porté à ma bouche tous les fruits : – ils m'ont semblé amers ; je les ai repoussés, et voilà que je meurs de faim. Mourir si jeune, sans espoir dans la tombe, sans être sûr d'y dormir, sans savoir si sa paix est inviolable ! Se jeter dans les bras du néant et douter s'il vous recevra !

Oui, je meurs, car est-ce vivre de voir son passé comme l'eau écoulée dans la mer, le présent comme une cage, l'avenir comme un linceul ?

IX

Il y a des choses insignifiantes qui m'ont frappé fortement et que je garderai toujours comme l'empreinte d'un fer rouge, quoiqu'elles soient banales et niaises.

Je me rappellerai toujours une espèce de château non loin de ma ville, et que nous allions voir souvent. – C'était une de ces vieilles femmes du siècle dernier qui l'habitait. Tout chez elle avait conservé le souvenir pastoral ; – je vois encore les portraits poudrés, les habits bleu ciel des hommes, et les roses et les oeillets jetés sur les lambris avec des bergères et des troupeaux. – Tout avait un aspect vieux et sombre : les meubles, presque tous de soie brodée, étaient spacieux et doux ; – la maison était vieille ; d'anciens fossés, alors plantés de pommiers, l'entouraient, et les pierres qui se détachaient de temps en temps des <anciens> créneaux allaient rouler jusqu'au fond.

Non loin était le parc planté de grands arbres, avec des allées sombres, des bancs de pierre couverts de mousse, à demi brisés, entre les branchages et les ronces. – Une chèvre paissait et, quand on ouvrait la grille de fer, elle se sauvait dans le feuillage.

Dans les beaux jours, il y avait des rayons de soleil qui passaient entre les branches et doraient la mousse çà et là.

C'était triste, le vent s'engouffrait dans ces larges cheminées de briques et me faisait peur, – quand le soir surtout les hiboux poussaient leurs cris dans les vastes greniers.

Nous prolongions souvent nos visites assez tard le soir, réunis autour de la vieille maîtresse, dans une grande salle couverte de dalles blanches, devant une vaste cheminée en marbre. Je vois encore sa tabatière d'or pleine du meilleur tabac d'Espagne, son carlin aux longs poils blancs, et son petit pied mignon enveloppé dans un joli soulier à haut talon orné d'une rose noire.

Qu'il y a longtemps de tout cela ! La maîtresse est morte, ses carlins aussi, sa tabatière est dans la poche du notaire ; – le château sert de fabrique, et le pauvre soulier a été jeté à la rivière.

....

Après trois semaines d'arrêt

... Je suis si lassé que j'ai un profond dégoût à continuer, ayant relu ce qui précède.

Les œuvres d'un homme ennuyé peuvent-elles amuser le public ?

Je vais cependant m'efforcer de divertir davantage l'un et l'autre.

Ici commencent vraiment les *Mémoires*...

X

Ici sont mes souvenirs les plus tendres et les plus pénibles à la fois, et je les aborde avec une émotion toute religieuse. Ils sont vivants à ma mémoire et presque chauds encore pour mon âme, tant cette passion l'a fait saigner. C'est une large cicatrice au cœur qui durera toujours ; mais, au moment de retracer cette page de ma vie, mon cœur bat comme si j'allais remuer des ruines chéries.

Elles sont déjà vieilles ces ruines : en marchant dans la vie, l'horizon s'est écarté par derrière, et que de choses depuis lors ! car les jours semblent longs, un à un, depuis le matin jusqu'au soir. Mais le passé paraît rapide, tant l'oubli rétrécit le cadre qui l'a contenu. Pour moi tout semble vivre encore ; j'entends et je vois le frémissement des feuilles, je vois jusqu'au moindre pli de sa robe. J'entends le timbre de sa voix, comme si un ange chantait près de moi.

Voix douce et pure – qui vous enivre et qui vous fait mourir d'amour, voix qui a un corps, tant elle est belle, et qui séduit, comme s'il y avait un charme à ses mots.

....

Vous dire l'année précise me serait impossible ; mais alors j'étais fort jeune, – j'avais, je crois, quinze ans ; nous allâmes cette année aux bains de mer de..., village de Picardie, charmant avec ses maisons entassées les unes sur les autres, noires, grises, rouges, blanches, tournées de tous côtés, sans alignement et sans symétrie, comme un tas de coquilles et de cailloux que la vague a poussés sur la côte.

Il y a quelques années personne n'y venait, malgré sa plage d'une demi-lieue de grandeur et sa charmante position ; mais, depuis peu, la vogue s'y est tournée. La dernière fois que j'y fus, je vis quantité de gants jaunes et de livrées ; on proposait même d'y construire une salle de spectacle.

Alors, tout était simple et sauvage : il n'y avait guère que des artistes et des gens du pays. Le rivage était désert et à marée basse on voyait une plage immense avec un sable gris et argenté qui scintillait au soleil, tout humide encore de la vague. À gauche, des rochers où la mer battait paresseusement, dans ses jours de sommeil, les parois noircies de varech ; puis au loin l'océan bleu sous un soleil ardent et mugissant sourdement comme un géant qui pleure.

Et, quand on rentrait dans le village, c'était le plus pittoresque et le plus chaud spectacle. Des filets noirs et rongés par l'eau étendus aux portes, partout les enfants à moitié nus marchant sur un galet gris, seul pavage du lieu, des marins avec leurs vêtements rouges et bleus ; et tout cela simple dans sa grâce, naïf et robuste, – tout cela empreint d'un caractère de vigueur et d'énergie.

J'allais souvent seul me promener sur la grève ; un jour, le hasard me fit aller vers l'endroit où l'on se baignait. C'était une place, non loin des dernières maisons du village, fréquentée plus spécialement pour cet usage. – Hommes et femmes nageaient ensemble : on se déshabillait sur le rivage ou dans sa maison et on laissait son manteau sur le sable.

Ce jour-là, une charmante pelisse rouge avec des raies noires était restée sur le rivage. La marée montait, le rivage était festonné d'écume, déjà un flot plus fort avait mouillé les franges de soie de ce manteau. Je l'ôtai pour le placer au loin ; l'étoffe en était moelleuse et légère ; c'était un manteau de femme.

Apparemment on m'avait vu, car le jour même, au repas de midi, et comme tout le monde mangeait dans une salle commune à l'auberge où nous étions logés, j'entendis quelqu'un qui me disait :

– Monsieur, je vous remercie bien de votre galanterie.

Je me retournai.

C'était une jeune femme assise avec son mari à la table voisine.

– Quoi donc ? lui demandai-je, préoccupé.

– D'avoir ramassé mon manteau : n'est-ce pas vous ?

– Oui, madame, repris-je, embarrassé.

Elle me regarda.

Je baissai les yeux et rougis. Quel regard, en effet ! Comme elle était belle, cette femme ! je vois encore cette prunelle ardente sous un sourcil noir se fixer sur moi comme un soleil.

Elle était grande, brune, avec de magnifiques cheveux noirs qui lui tombaient en tresses sur les épaules ; son nez était grec, ses yeux brûlants, ses sourcils hauts et admirablement arqués, – sa peau était ardente et comme veloutée avec de l'or ; elle était mince et fine, on voyait des veines d'azur serpenter sur cette gorge brune et pourprée. Joignez à cela un duvet fin qui brunissait sa lèvre supérieure et donnait à sa figure une expression mâle et énergique à faire pâlir les beautés blondes. On aurait pu lui reprocher trop d'embonpoint ou plutôt un négligé artistique – aussi les femmes en général la trouvaient-elles de mauvais ton. Elle parlait lentement : c'était une voix modulée, musicale et douce. – Elle avait une robe fine de mousseline blanche qui laissait voir les contours moelleux de son bras.

Quand elle se leva pour partir, elle mit une capote blanche avec un seul noeud rose. Elle le noua d'une main fine et potelée, une de ces mains dont on rêve longtemps et qu'on brûlerait de baisers.

Chaque matin j'allais la voir se baigner ; je la contemplais de loin sous l'eau, j'enviais la vague molle et paisible qui battait sur ses flancs et couvrait d'écume cette poitrine haletante, je voyais le contour de ses membres sous les vêtements mouillés qui la couvraient, je voyais son cœur battre, sa poitrine se gonfler ; je contemplais machinalement son pied se poser sur le sable, et mon regard restait fixé sur la trace de ses pas, et j'aurais pleuré presque en voyant le flot les effacer lentement.

Et puis, quand elle revenait et qu'elle passait près de moi, que j'entendais l'eau tomber de ses habits et le frôlement de sa marche, mon cœur battait avec violence ; je baissais les yeux, le sang me montait à la tête. – J'étouffais. Je sentais ce corps de femme à moitié nu passer près de moi avec le parfum de la vague. Sourd et aveugle, j'aurais deviné sa présence, car il y avait en moi quelque chose d'intime et de doux qui se noyait en extase et en gracieuses pensées, quand elle passait ainsi.

Je crois voir encore la place où j'étais fixé sur le rivage ; je vois les vagues accourir de toutes parts, se briser, s'étendre ; je vois la plage festonnée d'écume ; j'entends le bruit des voix confuses des baigneurs parlant entre eux, j'entends le bruit de ses pas, j'entends son haleine quand elle passait près de moi.

J'étais immobile de stupeur comme si la Vénus fût descendue de son piédestal et s'était mise à marcher. C'est que, pour la première fois alors, je sentais mon cœur, je sentais quelque chose de mystique, d'étrange comme un sens nouveau. J'étais baigné de sentiments infinis, tendres ; j'étais bercé d'images vaporeuses, vagues ; j'étais plus grand et plus fier tout à la fois.

J'aimais.

Aimer, se sentir jeune et plein d'amour, sentir la nature et ses harmonies palpiter en vous, avoir besoin de cette rêverie, de cette action du cœur et s'en sentir heureux ! Ô les premiers battements du cœur de l'homme, ses premières palpitations d'amour ! qu'elles sont douces et étranges ! Et plus tard, comme elles paraissent niaises et sottement ridicules ! Chose bizarre, il y a tout ensemble du tourment et de la joie dans cette insomnie. – Est-ce par vanité encore ?

... Ah ! l'amour ne serait-il que de l'orgueil ? Faut-il nier ce que les <plus> impies respectent ? Faudrait-il rire du cœur ?

Hélas ! hélas !

La vague a effacé les pas de Maria.

Ce fut d'abord un singulier état de surprise et d'admiration, une sensation toute mystique en quelque sorte, toute idée de volupté à part. Ce ne fut que plus tard que je ressentis cette ardeur frénétique et sombre de la chair et de l'âme et qui dévore l'une et l'autre.

J'étais dans l'étonnement du cœur qui sent sa première pulsation. J'étais comme le premier homme quand il eut connu toutes ses facultés.

À quoi je rêvais serait fort impossible à dire. Je me sentais nouveau et tout étranger à moi-même, une voix m'était venue dans l'âme. – Un rien, un pli de sa robe, un sourire, son pied, le moindre mot insignifiant m'impressionnaient comme des choses surnaturelles, et j'avais pour tout un jour à en rêver. Je suivais sa trace à l'angle d'un long mur et le frôlement de ses vêtements me faisait palpiter d'aise. <Quand j'entendais ses pas, les nuits qu'elle marchait ou qu'elle avançait vers moi...>

Non, je ne saurais vous dire combien il y a de douces sensations, d'enivrement du cœur, de béatitude et de folie dans l'amour.

Et maintenant, si rieur sur tout, si amèrement persuadé du grotesque de l'existence, je sens encore que l'amour, cet amour comme je l'ai rêvé au collège sans l'avoir, et que j'ai ressenti plus tard, qui m'a tant fait pleurer et dont j'ai tant ri, combien je crois encore que ce serait tout à la fois la plus sublime des choses, ou la plus bouffonne des bêtises.

Deux êtres jetés sur la terre par un hasard, quelque chose, et qui se rencontrent, s'aiment, parce que l'un est femme et l'autre homme. Les voilà haletants l'un pour l'autre, se promenant ensemble la nuit et se mouillant à la rosée, regardant le clair de lune et le trouvant diaphane, admirant les étoiles et disant sur tous les tons : Je t'aime, tu m'aimes, il m'aime, nous nous aimons, et répétant cela avec des soupirs, des baisers ; – et puis ils rentrent poussés tous les deux par une ardeur sans pareille, car ces deux âmes ont leurs organes violemment échauffés, et les voilà bientôt grotesquement accouplés avec des rugissements et des soupirs, soucieux l'un et l'autre pour reproduire un imbécile de plus sur la terre, un malheureux qui les imitera. Contemplez-les, plus bêtes en ce moment que les chiens et les mouches, s'évanouissant et cachant soigneusement aux yeux des hommes leur jouissance solitaire, pensant peut-être que le bonheur est un crime et la volupté une honte.

On me pardonnera, je pense, de ne pas parler de l'amour platonique, cet amour exalté comme celui d'une statue ou d'une cathédrale, qui repousse toute idée de jalousie et de possession et qui devrait se trouver entre les hommes mutuellement, mais que j'ai rarement eu l'occasion d'apercevoir. Amour sublime, s'il existait, mais qui n'est qu'un rêve comme tout ce qu'il y a de beau en ce monde.

Je m'arrête ici, car la moquerie du vieillard ne doit pas ternir la virginité des sentiments du jeune homme ; je me serais indigné autant que vous, lecteur, si on m'eût alors tenu un langage aussi cruel. Je croyais qu'une femme était un ange........................ Oh ! que Molière a eu raison de la comparer à un potage !

XI

Maria avait un enfant, c'était une petite fille. – On l'aimait, on l'embrassait, on l'ennuyait de caresses et de baisers. Comme j'aurais recueilli un seul de ces baisers jetés, comme des perles, avec profusion sur la tête de cette enfant au maillot.

Maria l'allaitait elle-même, et un jour je la vis découvrir sa gorge et lui présenter son sein.

C'était une gorge grasse et ronde, avec une peau brune et des veines d'azur qu'on voyait sous cette chair ardente ; jamais je n'avais vu de femme nue alors. – Ô la singulière extase où me plongea la vue de ce sein, – comme je le dévorai des yeux, comme j'aurais voulu seulement toucher cette poitrine ! il me semblait que si j'eusse posé mes lèvres, mes dents l'auraient mordue de rage. Et mon cœur se fondait en délices en pensant aux voluptés que donnerait ce baiser.

Ô comme je l'ai revue longtemps, cette gorge palpitante, ce long cou gracieux et cette tête penchée avec ses cheveux noirs en papillotes vers cette enfant qui tétait, et qu'elle berçait lentement sur ses genoux en fredonnant un air italien.

XII

Nous fîmes bientôt une connaissance plus intime. Je dis *nous*, car pour moi personnellement, je me serais bien hasardé de lui adresser une parole en l'état où sa vue m'avait plongé.

Son mari tenait le milieu entre l'artiste et le commis voyageur : il était orné de moustaches, <de vêtements à *guise*> ; il fumait intrépidement, était vif, bon garçon, amical ; il ne méprisait point la table, et je le vis une fois faire trois lieues à pied pour aller chercher un melon à la ville la plus voisine ; il était venu dans sa chaise de poste avec son chien, sa femme, son enfant et vingt-cinq bouteilles de vin du Rhin.

Aux bains de mer, à la campagne ou en voyage, on se parle plus facilement, on désire se connaître. Un rien suffit pour la conversation : la pluie et le beau temps bien plus qu'ailleurs y tiennent place. On se récrie sur l'incommodité des logements, sur le détestable de la cuisine d'auberge ; ce dernier trait surtout est du meilleur ton possible. Ô le linge, – est-il sale ! C'est trop poivré, c'est trop épicé ! Ah ! l'horreur, ma chère !

Va-t-on ensemble à la promenade, c'est à qui s'extasiera davantage sur la beauté du paysage. – Que c'est beau, que la mer est belle !

Joignez à cela quelques mots poétiques et boursouflés, deux ou trois réflexions philosophiques entrelardées de soupirs et d'aspirations du nez plus ou moins fortes. Si vous savez dessiner, tirez votre album en maroquin – ou, ce qui est mieux, enfoncez votre casquette sur les yeux, croisez-vous les bras et dormez pour faire semblant de penser.

Il y a des femmes que j'ai flairées bel-esprit à un quart de lieue loin, seulement à la manière dont elles regardaient la vague.

Il faudra vous plaindre des hommes, manger peu et vous passionner pour un rocher, admirer un pré et vous mourir d'amour pour la mer. Ah ! vous serez délicieux alors ; on dira : Le charmant jeune homme ! – quelle jolie blouse il a ! comme ses bottes sont fines ! quelle grâce ! la belle âme ! C'est ce besoin de parler, cet instinct d'aller en troupeau où les plus hardis marchent en tête qui a fait, dans l'origine, les sociétés et qui, de nos jours, forme les réunions.

Ce fut sans doute un pareil motif qui nous fit causer pour la première fois. C'était l'après-midi, il faisait chaud et le soleil dardait dans la salle malgré les auvents. Nous étions restés, quelques peintres, Maria et son mari et moi, étendus sur des chaises à fumer, en buvant du grog.

Maria fumait, ou du moins, si un reste de sottise féminine l'en empêchait, elle aimait l'odeur du tabac (monstruosité !) ; elle me donna même des cigarettes.

On causa littérature, sujet inépuisable avec les femmes. – J'y pris ma part, – je parlai longuement et avec feu. – Maria et moi étions parfaitement du même sentiment en fait d'art. Je n'ai jamais entendu personne le sentir avec plus de naïveté et avec moins de prétention. Elle avait des mots simples et expressifs qui partaient en relief et surtout avec tant de négligé et de grâce, tant d'abandon, de nonchalance, – vous auriez dit qu'elle chantait.

Un soir, son mari nous proposa une partie de barque. – Il faisait le plus beau temps du monde. Nous acceptâmes.

XIII

Comment rendre par des mots ces choses pour lesquelles il n'y a pas de langage, ces impressions du cœur, ces mystères de l'âme inconnus à elle-même, comment vous dirai-je tout ce que j'ai ressenti, tout ce que j'ai pensé, toutes les choses dont j'ai joui cette soirée-là ?

C'était une belle nuit d'été. Vers neuf heures, nous montâmes sur la chaloupe, – on rangea les avirons, nous partîmes. Le temps était calme, la lune se reflétait sur la surface unie de l'eau et le sillon de la barque faisait vaciller son image sur les flots. La marée se mit à remonter et nous sentîmes les premières vagues bercer lentement la chaloupe. On se taisait, Maria se mit à parler. – Je ne sais ce qu'elle dit, je me laissais enchanter par le son de ses paroles comme je me laissais bercer par la mer. – Elle était près de moi, je sentais le contour de son épaule et le contact de sa robe ; elle levait son regard vers le ciel, pur, étoilé, resplendissant de diamants et se mirant dans les vagues bleues.

C'était un ange – à la voir ainsi la tête levée avec ce regard céleste.

J'étais enivré d'amour, j'écoutais les deux rames se lever en cadence, les flots battre les flancs de la barque, je me laissais toucher par tout cela, <et> j'écoutais la voix de Maria douce et vibrante.

Est-ce que je pourrai jamais vous dire toutes les mélodies de sa voix, toutes les grâces de son sourire, toutes les beautés de son regard ? Vous dirai-je jamais comme c'était quelque chose à faire mourir d'amour, que cette nuit pleine du parfum de la mer, avec ses vagues transparentes, son sable argenté par la lune, cette onde belle et calme, ce ciel resplendissant, et puis, près de moi, cette femme – toutes les joies de la terre, toutes ses voluptés, ce qu'il y a de plus doux, de plus enivrant.

C'était tout le charme d'un rêve avec toutes les jouissances du vrai.

Je me laissais entraîner par toutes ces émotions, je m'y avançais plus avant avec une joie insatiable, je m'enivrais à plaisir de ce calme plein de voluptés, de ce regard de femme, de cette voix ; je me plongeais dans mon cœur et j'y trouvais des voluptés infinies.

Comme j'étais heureux, – bonheur du crépuscule qui tombe dans la nuit, bonheur qui passe comme la vague expirée, comme le rivage................

....

On revint. – On descendit, je conduisis Maria jusque chez elle, – je ne lui dis pas un mot, j'étais timide ; je la suivais, je rêvais d'elle, du bruit de sa marche – et, quand elle fut entrée, je regardai longtemps le mur de sa maison éclairé par les rayons de la lune ; je vis sa lumière briller à travers les vitres, et je la regardais de temps en temps – en retournant par la grève – puis, quand cette lumière eut disparu : – Elle dort, me dis-je. Et puis tout à coup une pensée vint m'assaillir, pensée de rage et de jalousie : – Oh ! non, elle ne dort pas, – et j'eus dans l'âme toutes les tortures d'un damné.

Je pensai à son mari, à cet homme vulgaire et jovial, et les images les plus hideuses vinrent s'offrir devant moi. J'étais comme ces gens qu'on fait mourir de faim dans des cages, et entourés des mets les plus exquis.

J'étais seul sur la grève. – Seul. – Elle ne pensait pas à moi. En regardant cette solitude immense devant moi – et cette autre solitude plus terrible encore, je me mis à pleurer comme un enfant, – car près de moi, à quelques pas, elle était là, derrière ces murs que je dévorais du regard, – elle était là, belle et nue, avec toutes les voluptés de la nuit, toutes les grâces de l'amour, toutes les chastetés de l'hymen. – Cet homme n'avait qu'à ouvrir les bras et elle venait sans efforts – sans attendre – elle venait à lui, et ils s'aimaient, ils s'embrassaient. – À lui toutes ses joies, tous ses délices à lui. Mon amour sous ses pieds ; à lui, cette femme tout entière, sa tête, sa gorge, ses seins, son corps, son âme, – ses sourires, ses deux bras qui l'entourent, ses paroles d'amour ; à lui, tout ; à moi, rien.

Je me mis à rire, car la jalousie m'inspira des pensées obscènes et grotesques ; alors je les souillai tous les deux, j'amassai sur eux les ridicules les plus amers, et ces images qui m'avaient fait pleurer d'envie – je m'efforçai d'en rire de pitié.

La marée commençait à redescendre et, de place en place, on voyait de grands trous pleins d'eau argentée par la lune, – des places de sable encore mouillé couvertes de varech, çà et là quelques rochers à fleur d'eau, ou se dressant plus haut, noirs et blancs ; des filets dressés et déchirés par la mer – qui se retirait en grondant.

Il faisait chaud, j'étouffais. – Je rentrai dans la chambre de mon auberge. Je voulus dormir ; j'entendais toujours les flots aux côtés du canot, j'entendais la rame tomber, j'entendais la voix de Maria qui parlait ; – j'avais du feu dans les veines : tout cela repassait devant moi – et la promenade du soir, – et celle de la nuit sur le rivage, – je voyais Maria couchée – et je m'arrêtais là, car le reste me faisait frémir. J'avais de la lave dans l'âme ; j'étais harassé de tout cela et, couché sur le dos, je regardais ma chandelle brûler et son disque trembler au plafond ; c'était avec un hébétement stupide que je voyais le suif couler autour du flambeau de cuivre et la flammèche noire s'allonger dans la flamme.

Enfin le jour vint à paraître, – je m'endormis.

XIV

Il fallut partir. Nous nous séparâmes sans pouvoir lui dire adieu. Elle quitta les bains le même jour que nous, c'était un dimanche : elle partit le matin, nous le soir.

Elle partit et je ne la revis plus. Adieu pour toujours ! elle partit comme la poussière de la route qui s'envola derrière ses pas. Comme j'y ai pensé depuis ! combien d'heures, confondu devant le souvenir de son regard, ou l'intonation de ses paroles !

Enfoncé dans la voiture, je reportais mon cœur plus avant dans la route que nous avions parcourue, je me replaçais dans le passé qui ne reviendrait plus, je pensais à la mer, à ses vagues, à son rivage, à tout ce que je venais de voir, tout ce que j'avais senti, les paroles dites, les gestes, les actions, la moindre chose, tout cela palpitait et vivait. C'était dans mon cœur un chaos, un bourdonnement immense, une folie.

Tout était passé comme un rêve. Adieu pour toujours à ces belles fleurs de la jeunesse si vite fanées et vers lesquelles plus tard on se reporte de temps en temps avec amertume et plaisir à la fois. Enfin, je vis les maisons de ma ville, je rentrai chez moi ; tout m'y parut désert et lugubre, vide et creux. Je me mis à vivre, à boire, à manger, à dormir.

L'hiver vint et je rentrai au collège.

XV

Si je vous disais que j'ai aimé d'autres femmes, je mentirais comme un infâme.

Je l'ai cru cependant, je me suis efforcé d'attacher mon cœur à d'autres passions : il [y] a glissé <dessus> comme sur la glace.

Quand on est enfant, on a tant lu de choses sur l'amour, on trouve ce mot-là si mélodieux, on le rêve tant, on souhaite si fort d'avoir ce sentiment qui vous fait palpiter à la lecture des romans et des drames, qu'à chaque femme qu'on voit on se dit : n'est-ce pas là l'amour ? On s'efforce d'aimer pour se faire homme.

Je n'ai pas été exempt plus qu'aucun autre de cette faiblesse d'enfant, j'ai soupiré comme un poète élégiaque, et, après bien des efforts, j'étais tout étonné de me trouver quelquefois quinze jours sans avoir pensé à celle que j'avais choisie pour rêver. Toute cette vanité d'enfant s'effaça devant Maria.

Mais je dois remonter plus haut : c'est un serment que j'ai fait de tout dire ; le fragment qu'on va lire avait été composé en partie en décembre dernier, avant que j'eusse l'idée de faire les *Mémoires d'un fou.*

Comme il devait être isolé, je l'avais mis dans le cadre qui suit...

Le voici tel qu'il était :

Parmi tous les rêves du passé, les souvenirs d'autrefois et mes réminiscences de jeunesse, j'en ai conservé un bien petit nombre avec quoi je m'amuse aux heures d'ennui. À l'évocation d'un nom, tous les personnages reviennent avec leurs costumes et leur langage jouer leur rôle comme ils le jouèrent dans ma vie, et je les vois agir devant moi comme un Dieu qui s'amuserait à regarder ses mondes créés. Un surtout, le premier amour, qui ne fut jamais violent ni passionné, effacé depuis par d'autres désirs, mais qui reste encore au fond de mon cœur comme une antique voie romaine qu'on aurait traversée par l'ignoble wagon d'un chemin de fer. C'est le récit de ces premiers battements du cœur, de ces commencements des voluptés indéfinies et vagues, de toutes les vaporeuses choses qui se passent dans l'âme d'un enfant à la vue des seins d'une femme, de ses yeux, à l'audition de ses chants et de ses paroles ; c'est ce salmigondis de sentiment et de rêverie que je devais étaler comme un cadavre devant un cercle d'amis qui vinrent un jour dans l'hiver, en décembre, pour se chauffer et me faire causer paisiblement au coin du feu, tout en fumant une pipe dont on arrose l'âcreté par un liquide quelconque.

Après que tous furent venus, que chacun se fut assis, qu'on eut bourré sa pipe et empli son verre, après que nous fûmes en cercle autour du feu, l'un avec les pincettes en main, l'autre soufflant, un troisième remuant les cendres avec sa canne, et que chacun eut une occupation, je commençai.

– Mes chers amis, leur dis-je, vous passerez bien quelque chose, quelque mot de vanité qui se glissera dans le récit.

(Une adhésion de toutes les têtes m'engagea à commencer.)

– Je me rappelle que c'était un jeudi, vers le mois de novembre, il y a deux ans. (J'étais, je crois en cinquième.) La première fois que je la vis, elle déjeunait chez ma mère quand j'entrai d'un pas précipité, comme un écolier qui a flairé toute la semaine le repas du jeudi. Elle se détourna ; à peine si je la saluai, car j'étais alors si niais et si enfant que je ne pouvais voir une femme, de celles du moins qui ne m'appelaient pas un enfant comme les dames ou un ami comme les petites filles, sans rougir ou plutôt sans rien faire et sans rien dire.

Mais, grâce à Dieu, j'ai gagné depuis en vanité et en effronterie tout ce que j'ai perdu en innocence et en candeur.

Elles étaient deux jeunes filles, des soeurs, des camarades de la mienne, de pauvres Anglaises qu'on avait fait sortir de leur pension pour les mener au grand air, dans la campagne, pour les promener en voiture, les faire courir dans le jardin, et les amuser enfin sans l'oeil d'une surveillante qui jette de la tiédeur et de la retenue dans les ébats de l'enfance. La plus âgée avait quinze ans ; la seconde, douze à peine : celle-ci était petite et mince, ses yeux étaient plus vifs ; plus grands et plus beaux que ceux de sa soeur aînée, mais celle-ci avait une tête si ronde et si gracieuse, sa peau était si fraîche, si rosée, ses dents courtes si blanches sous ses lèvres rosées, et tout cela était si bien encadré par des bandeaux de jolis cheveux châtains qu'on ne pouvait s'empêcher de lui donner la préférence. Elle était petite et peut-être un peu grosse : c'était son défaut le plus visible ; mais ce qui me charmait le plus en elle, c'était une grâce enfantine sans prétention, un parfum de jeunesse qui embaumait autour d'elle. Il y avait tant de naïveté et de candeur que les plus impies même ne pouvaient s'empêcher d'admirer.

Il me semble la voir encore, à travers les vitres de ma chambre, qui courait dans le jardin avec d'autres camarades. Je vois encore leur robe de soie onduler brusquement sur leurs talons en bruissant, et leurs pieds se relever pour courir sur les allées sablées du jardin ; puis s'arrêter haletantes, se prendre réciproquement par la taille et se promener gravement, en causant, sans doute, de fêtes, de danses, de plaisirs et d'amours, les pauvres filles !

L'intimité exista bientôt entre nous tous ; au bout de quatre mois je l'embrassais comme ma soeur ; nous nous tutoyions tous. J'aimais tant à causer avec elle ; son accent étranger avait quelque chose de fin et de délicat qui rendait sa voix fraîche comme ses joues.

D'ailleurs, il y a dans les moeurs anglaises un négligé naturel et un abandon de toutes nos convenances qu'on pourrait prendre pour une coquetterie raffinée, mais qui n'est qu'un charme qui attire, comme ces feux follets qui fuient sans cesse.

Souvent nous faisions des promenades en famille, et je me souviens qu'un jour, dans l'hiver, nous allâmes voir une vieille dame qui demeurait sur une côte qui domine la ville. Pour arriver chez elle, il fallait traverser des vergers plantés de pommiers où l'herbe était haute et mouillée ; un brouillard ensevelissait la ville et, du haut de notre colline, nous voyions les toits entassés et rapprochés couverts de neige ; et puis le silence de la campagne, et au loin le bruit éloigné des pas d'une vache ou d'un cheval dont le pied s'enfonce dans les ornières.

En passant par une barrière peinte en blanc, son manteau s'accrocha aux épines de la haie ; j'allai le détacher, elle me dit : *Merci,* avec tant de grâce et de laisser-aller que j'en rêvai tout le jour.

Puis elles se mirent à courir et leurs manteaux, que le vent levait derrière elles, flottaient en ondulant comme un flot qui descend ; elles s'arrêtèrent essoufflées. Je me rappelle encore leurs haleines qui bruissaient à mes oreilles et qui partaient d'entre leurs dents blanches en vaporeuse fumée.

Pauvre fille ! Elle était si bonne et m'embrassait avec tant de naïveté.

Les vacances de Pâques arrivèrent. Nous allâmes les passer à la campagne.

Je me rappelle un jour... – il faisait chaud sa ceinture était égarée, sa robe était sans taille.

Nous nous promenâmes ensemble, foulant la rosée des herbes et des fleurs d'avril, elle avait un livre à la main... C'était des vers, je crois. Elle le laissa tomber. Notre promenade continua.

Elle avait couru, je l'embrassai sur le cou ; mes lèvres y restèrent collées sur cette peau satinée et mouillée d'une sueur embaumante.

Je ne sais de quoi nous parlâmes... des premières choses venues.

– Voilà que tu vas devenir bête, dit un des auditeurs en m'interrompant.

– D'accord, mon cher, le cœur est stupide.

L'après-midi, j'avais le cœur rempli d'une joie douce et vague. Je rêvais délicieusement en pensant à ses cheveux papillotés qui encadraient ses yeux vifs, et à sa gorge déjà formée que j'embrassais toujours aussi bas *qu'un fichu rigoriste* me le permettait. Je montai dans les champs, j'allai dans les bois, je m'assis dans un fossé et je pensai à elle.

J'étais couché à plat ventre, j'arrachais les brins d'herbe, les marguerites d'avril, et, quand je levais la tête, le ciel blanc <bleu> et mat formait sur moi un dôme d'azur qui s'enfonçait à l'horizon derrière les prés verdoyants ; par hasard, j'avais du papier et un crayon, je fis des vers...

(Tout le monde se mit à rire.)

... les seuls que j'aie jamais faits de ma vie ; il y en avait peut-être trente ; à peine fus-je une demi-heure, car j'eus toujours une admirable facilité d'improvisation pour les bêtises de toute sorte ; mais ces vers, pour la plupart, étaient faux comme des protestations d'amour, boiteux comme le bien.

Je me rappelle qu'il y avait :

.....................................quand le soir
Fatiguée du jeu et de la balançoir...

Je me battais les flancs pour peindre une chaleur que je n'avais vue que dans les livres ; puis, à propos de rien, je passais à une mélancolie sombre et digne d'Antony, quoique réellement j'eusse l'âme imbibée de candeur et d'un tendre sentiment mêlé de niaiserie, de réminiscences suaves et de parfums du cœur, et je disais à propos de rien :

Ma douleur est amère, ma tristesse profonde,
Et j'y suis enseveli, comme un homme en la tombe.

Les vers n'étaient même pas des vers, mais j'eus le sens de les brûler, manie qui devrait tenailler la plupart des poètes.

Je rentrai à la maison et la retrouvai qui jouait sur le rond de gazon. La chambre où elles couchèrent était voisine de la mienne, je les entendis rire et causer longtemps... tandis que moi... je m'endormis bientôt comme elles... malgré tous les efforts que je fis pour veiller le plus possible. Car vous avez fait sans doute comme moi à quinze ans, vous avez cru une fois aimer de cet amour brûlant et frénétique, comme vous en avez vu dans les livres, tandis que vous n'aviez sur l'épiderme du cœur qu'une légère égratignure de cette griffe de fer qu'on nomme la passion, et vous souffliez de toutes les forces de votre imagination sur ce modeste feu qui brûlait à peine.

Il y a tant d'amours dans la vie pour l'homme ! À quatre ans, amour des chevaux, du soleil, des fleurs, des armes qui brillent, des livrées de soldat ; à dix, amour de la petite fille qui joue avec vous ; à treize, amour d'une grande femme à la gorge replète, car je me rappelle que ce que les adolescents adorent à la folie, c'est une poitrine de femme, blanche et mate, et, comme dit Marot :

Tetin refaict plus blanc qu'un oeuf,
Tetin de satin blanc tout neuf.

Je faillis me trouver mal la première fois que je vis tout nus les deux seins d'une femme. Enfin, à quatorze ou quinze <ans>, amour d'une jeune fille qui vient chez vous : un peu plus qu'une soeur, moins qu'une amante ; puis à seize, amour d'une autre femme jusqu'à vingt-cinq ; puis on aime peut-être la femme avec qui on se mariera.

Cinq ans plus tard, on aime la danseuse qui fait sauter sa robe de gaze sur ses cuisses charnues ; enfin, à trente-six, amour de la députation, de la spéculation, des honneurs ; à cinquante, amour du dîner du ministre ou de celui du maire ; à soixante, amour de la fille de joie qui vous appelle à travers les vitres et vers laquelle on jette un regard d'impuissance, un regret vers le passé.

Tout cela n'est-il pas vrai ? car moi j'ai subi tous ces amours, pas tous cependant, car je n'ai pas vécu toutes mes années et chaque année dans la vie de bien des hommes est marquée par une passion nouvelle – celle des femmes, celle du jeu, des chevaux, des bottes fines, des cannes, des lunettes, des voitures, des places.

Que de folies dans un homme ! Oh ! sans contredit, l'habit d'un arlequin n'est pas plus varié dans ses nuances que l'esprit humain ne l'est dans ses folies, et tous deux arrivent au même résultat, celui de se râper l'un et l'autre et de faire rire quelque temps : le public pour son argent, le philosophe pour sa science...

(– Au récit ! demanda un des auditeurs impassible jusque-là et qui ne quitta sa pipe que pour jeter, sur ma digression qui montait en fumée, la salive de son reproche.)

... Je ne sais guère que dire ensuite, car il y a une lacune dans l'histoire, un vers de moins dans l'élégie ; plusieurs temps <se> passèrent donc de la sorte. Au mois de mai, la mère de ces jeunes filles vint en France conduire leur frère. C'était un charmant garçon, blond comme elle<s> et pétillant de *gaminerie* et d'orgueil britannique.

Leur mère était une femme pâle, maigre et nonchalante. Elle était vêtue de noir ; ses manières et ses paroles, sa tenue avaient un air nonchalant, un peu mollasse, il est vrai, mais qui ressemblait au *farniente* italien. Tout cela, cependant, était parfumé de bon goût, reluisant d'un vernis aristocratique. Elle resta un mois en France.

... Puis elle repartit et nous vécûmes ainsi comme si tous étaient de la famille, allant toujours ensemble dans nos promenades, nos vacances, nos congés.

Nous étions tous frères et soeurs.

Il y avait dans nos rapports de chaque jour tant de grâce et d'effusion, d'intimité et de laisser aller, que cela peut-être dégénéra en amour, de sa part du moins, et j'en eus des preuves évidentes.

Pour moi, je peux me donner le rôle d'un homme moral, car je n'avais point de passion. – Je l'aurais bien voulu.

Souvent, elle venait vers moi, me prenait autour de la taille ; elle me regardait, elle causait – la charmante petite fille ; – elle me demandait des livres, des pièces de théâtre dont elle ne m'a rendu qu'un fort petit nombre. – Elle montait dans ma chambre. J'étais assez embarrassé. Pouvais-je supposer tant d'audace dans une femme ou tant de naïveté ? Un jour, elle se coucha sur mon canapé dans une position très équivoque ; j'étais assis près d'elle sans rien dire.

Certes, le moment était critique : je n'en profitai pas.

Je la laissai partir.

D'autres fois, elle m'embrassait en pleurant. Je ne pouvais croire qu'elle m'aimait réellement. Ernest en était persuadé, il me le faisait remarquer, me traitait d'imbécile.

Tandis que vraiment j'étais tout à la fois timide et nonchalant.

C'était quelque chose de doux, d'enfantin, qu'aucune idée de possession ne ternissait, mais qui par cela même manquait d'énergie. C'était trop niais cependant pour être du platonisme.

Au bout d'un an, leur mère vint <habiter>, en France, puis, au bout d'un mois, elle repartit pour l'Angleterre.

Ses filles avaient été <re>tirées de pension et logeaient avec leur mère dans une rue déserte au second étage.

Pendant son voyage je les voyais souvent aux fenêtres. Un jour que je passais, Caroline m'appela : je montai.

Elle était seule, elle se jeta dans mes bras et m'embrassa avec effusion. Ce fut la dernière fois, car depuis elle se maria.

Son maître de dessin lui avait fait des visites fréquentes. On projeta un mariage ; il fut noué et dénoué cent fois. Sa mère revint d'Angleterre sans son mari, dont on n'a jamais entendu parler.

Caroline se maria au mois de janvier. Un jour je la rencontrai avec son mari ; à peine si elle me salua.

Sa mère a changé de logement et de manières. Elle reçoit maintenant chez elle des garçons tailleurs et des étudiants, elle va aux bals masqués et y mène sa jeune fille.

Il y a dix-huit mois que nous ne les avons vus.

Voilà comment finit cette liaison qui promettait peut-être une passion avec l'âge, mais qui se dénoua d'elle-même.

Est-il besoin de dire que cela avait été à l'amour ce que le crépuscule est au grand jour et que le regard de Maria fit évanouir le souvenir de cette pâle enfant !

C'est un petit feu qui n'est plus que de la cendre froide.

XVI

Cette page est courte, je voudrais qu'elle le fût davantage. Voici le fait.

La vanité me poussa à l'amour, non, à la volupté – pas même à cela – à la chair.

On me raillait de ma chasteté – j'en rougissais – elle me faisait honte, elle me pesait comme si elle eût été de la corruption.

Une femme se présenta à moi, je la pris – et je sortis de ses bras plein de dégoût et d'amertume. Mais, alors, je pouvais faire le Lovelace d'estaminet, dire autant d'obscénités qu'un autre autour d'un bol de punch – j'étais un homme alors, j'avais été comme un devoir – faire du vice et puis je m'en étais vanté. – J'avais quinze ans –, je parlais de femmes et de maîtresses.

Cette femme-là, – je la pris en haine ; elle venait à moi – je la laissais ; elle faisait des frais de sourire qui me dégoûtaient comme une grimace hideuse.

J'eus des remords – comme si l'amour de Maria eût été une religion que j'eusse profanée.

XVII

Je me demandais si c'était bien là les délices que j'avais rêvées, ces transports de feu que je m'étais imaginés dans la virginité de ce cœur tendre et enfant. – Est-ce là tout ? est-ce qu'après cette froide jouissance, il ne doit pas y en avoir une autre, plus sublime, plus large, quelque chose de divin et qui fasse tomber en extase ? Oh ! non, tout était fini ; j'avais été éteindre dans la boue ce feu sacré de mon âme. – Ô Maria, j'avais été traîner dans la fange l'amour que ton regard avait créé, je l'avais gaspillé à plaisir, à la première femme venue, sans amour, sans désir, poussé par une vanité d'enfant – par un calcul d'orgueil, pour ne plus rougir à la licence, pour faire une bonne contenance dans une orgie ! pauvre Maria...

J'étais lassé, un dégoût profond me prit à l'âme. – Et j'eus en pitié ces joies d'un moment, et ces convulsions de la chair.

Il fallait que je fusse bien misérable. – Moi qui étais si fier de cet amour si haut, de cette passion sublime, et qui regardais mon cœur comme plus large et plus beau que ceux des autres hommes ; moi – aller comme eux... Oh ! non, pas un d'eux peut-être ne l'a fait pour les mêmes motifs ; presque tous y ont été poussés par les sens, ils ont obéi comme le chien à l'instinct de la nature, mais il y avait bien plus de dégradation à en faire un calcul, à s'exciter à la corruption, à aller se jeter dans les bras d'une femme, à manier sa chair, à se vautrer dans le ruisseau, pour se relever et montrer ses souillures.

Et puis j'en eus honte comme d'une lâche profanation ; j'aurais voulu cacher à mes propres yeux l'ignominie dont je m'étais vanté.

Je me reportais vers ces temps où la chair pour moi n'avait rien d'ignoble et où la perspective du désir me montrait des formes vagues et des voluptés que mon cœur me créait.

Non, jamais on ne pourra dire tous les mystères de l'âme vierge, toutes les choses qu'elle sent, tous les mondes qu'elle enfante, comme ses rêves sont délicieux ! comme ses pensées sont vaporeuses et tendres ! comme sa déception est amère et cruelle !

Avoir aimé, avoir rêvé le ciel, avoir vu tout ce que l'âme a de plus pur, de plus sublime, et s'enchaîner ensuite dans toutes les lourdeurs de la chair, toute la langueur du corps. Avoir rêvé le ciel et tomber dans la boue !

Qui me rendra maintenant toutes les choses que j'ai perdues : ma virginité, mes rêves, mes illusions, toutes choses fanées, pauvres fleurs que la gelée a tuées avant d'être épanouies.

XVIII

Si j'ai éprouvé des moments d'enthousiasme, c'est à l'art que je les dois. Et cependant quelle vanité que l'art ! vouloir peindre l'homme dans un bloc de pierre, ou l'âme dans des mots, les sentiments par des sons et la nature sur une toile vernie...

Je ne sais quelle puissance magique possède la musique ; j'ai rêvé des semaines entières au rythme cadencé d'un air ou aux larges contours d'un choeur majestueux ; il y a des sons qui m'entrent dans l'âme et des voix qui me fondent en délices.

J'aimais l'orchestre grondant avec ses flots d'harmonie, ses vibrations sonores et cette vigueur immense qui semble avoir des muscles et qui meurt au bout de l'archet. Mon âme suivait la mélodie déployant ses ailes vers l'infini et montant en spirales, pure et lente, comme un parfum vers le ciel.

J'aimais le bruit, les diamants qui brillent aux lumières, toutes ces mains de femmes gantées et applaudissant avec des fleurs ; je regardais le ballet sautillant, les robes roses ondoyantes, j'écoutais les pas tomber en cadence, je regardais les genoux se détacher mollement avec les tailles penchées.

D'autres fois, recueilli devant les oeuvres du génie, saisi par les chaînes avec lesquelles il vous attache, alors, au murmure de ces voix, au glapissement flatteur, à ce bourdonnement plein de charmes, j'ambitionnais la destinée de ces hommes forts qui manient la foule comme du plomb, qui la font pleurer, gémir, trépigner d'enthousiasme. Comme leur cœur doit être large à ceux-là qui y font entrer le monde, et comme tout est avorté dans ma nature ? Convaincu de mon impuissance et de ma stérilité, je me suis pris d'une haine jalouse ; je me disais que cela n'était rien, que le hasard seul avait dicté ces mots. Je jetais de la boue sur les choses les plus hautes que j'enviais.

Je m'étais moqué de Dieu ; je pouvais bien rire des hommes.

Cependant cette sombre humeur n'était que passagère et j'éprouvais un vrai plaisir à contempler le génie resplendissant au foyer de l'art comme une large fleur qui ouvre une rosace de parfum à un soleil d'été.

L'art ! l'art ! quelle belle chose que cette vanité !

S'il y a sur la terre et parmi tous les néants une croyance qu'on adore, s'il est quelque chose de saint, de pur, de sublime, quelque chose qui aille à ce désir immodéré de l'infini et du vague que nous appelons âme, c'est l'art.

Et quelle petitesse ! une pierre, un mot, un son, la disposition de tout cela que nous appelons le sublime.

Je voudrais quelque chose qui n'eût pas besoin d'expression ni de forme, quelque chose de pur comme un parfum, de fort comme la pierre, d'insaisissable comme un chant, que ce fût à la fois tout cela et rien d'aucune de ces choses.

Tout me semble borné, rétréci, avorté dans la nature.

L'homme avec son génie et son art n'est qu'un misérable singe de quelque chose de plus élevé.

Je voudrais le beau dans l'infini et je n'y trouve que le doute.

XIX

Ô l'infini, l'infini, gouffre immense, spirale qui monte des abîmes aux plus hautes régions de l'inconnu, – vieille idée dans laquelle nous tournons tous, pris par le vertige, – abîme que chacun a dans le cœur, abîme incommensurable, abîme sans fond !

Nous aurons beau pendant bien des jours, bien des nuits, nous demander dans notre angoisse : Qu'est-ce que ces mots : Dieu – éternité – infini ? Nous tournons là-dedans, emportés par un vent de la mort, comme la feuille roulée par l'ouragan. On dirait que l'infini prend alors plaisir à nous bercer nous-mêmes dans cette immensité du doute.

– Nous nous disons toujours cependant : après bien des siècles, des milliers d'ans, quand tout sera usé, il faudra bien qu'une borne soit là.

Hélas ! l'éternité se dresse devant nous et nous en avons peur, – peur de cette chose qui doit durer si longtemps, nous qui durons si peu... Si longtemps !

Sans doute, quand le monde ne sera plus (que je voudrais vivre alors, – vivre sans nature, sans hommes, – quelle grandeur que ce vide-là !), sans doute alors il y aura des ténèbres, un peu de cendre brûlée qui aura été la terre, et peut-être quelques gouttes d'eau, la mer.

Ciel ! plus rien, du vide, que le néant étalé dans l'immensité comme un linceul ! Éternité ? éternité ! cela durera-t-il toujours ? – toujours... sans fin !

Mais cependant ce qui restera, la moindre parcelle des débris du monde, le dernier souffle d'une création mourante, le vide lui-même, devra être las d'exister. – Tout appellera une destruction totale.

Cette idée de quelque chose sans fin nous fait pâlir. – Hélas ! et nous serons là-dedans, nous autres qui vivons maintenant – et cette immensité nous roulera tous. Que serons-nous ? Un rien, – pas même un souffle.

J'ai longtemps pensé aux morts dans les cercueils, aux longs siècles qu'ils passent ainsi sous la terre, pleine de bruits, de rumeurs et de cris, eux si calmes, dans leurs planches pourries et dont le morne silence est interrompu, parfois, <soit> par un cheveu qui tombe ou par un ver qui glisse sur un peu de chair. Comme ils dorment là, couchés sans bruit, – sous la terre, sous le gazon fleuri !

Cependant, l'hiver ils doivent avoir froid sous la neige.

Oh ! s'ils se réveillaient alors, – s'ils venaient à revivre et qu'ils vissent toutes les larmes dont on a paré leur drap de mort taries, tous ces sanglots étouffés, – toutes les grimaces finies. – Ils auraient horreur de cette vie qu'ils ont pleurée en la quittant – et ils retourneraient vite dans le néant si calme et si vrai.

Certes, on peut vivre, et mourir même, sans s'être demandé une seule fois ce que c'est que la vie et que la mort.

Mais pour celui qui regarde les feuilles trembler au souffle du vent, les rivières serpenter dans les prés, la vie se tourmenter et tourbillonner dans les choses, les hommes vivre, faire le bien et le mal, la mer rouler ses flots et le ciel dérouler ses lumières, et qui se demande : pourquoi ces feuilles ? pourquoi l'eau coule-t-elle ? pourquoi la vie elle-même est-elle un torrent si terrible et qui va se perdre dans l'océan sans bornes de la mort ? pourquoi les hommes marchent-ils, travaillent-ils comme des fourmis ? pourquoi la tempête ? pourquoi le ciel si pur et la terre si infâme ? Ces questions mènent à des ténèbres d'où l'on ne sort pas.

Et le doute vient après : c'est quelque chose qui ne se dit pas, mais qui se sent. – L'homme alors est comme ce voyageur perdu dans les sables qui cherche partout une route pour le conduire à l'oasis, et qui ne voit que le désert.

Le doute, c'est la vie ! – L'action, la parole, la nature, la mort ! Doute dans tout cela.

Le doute, c'est la mort pour les âmes, c'est une lèpre qui prend les races usées, c'est une maladie qui vient de la science et qui conduit à la folie. La folie est le doute de la raison. C'est peut-être la raison elle-même.

Qui le prouve ?

XX

Il est des poètes qui ont l'âme toute pleine de parfums et de fleurs, qui regardent la vie comme l'aurore du ciel ; d'autres qui n'ont rien que de sombre, rien que de l'amertume et de la colère ; il y a des peintres qui voient tout en bleu, d'autres tout en jaune et tout en noir. Chacun de nous a un prisme à travers lequel il aperçoit le monde ; heureux celui qui y distingue des couleurs riantes et des choses gaies.

Il y a des hommes qui ne voient dans le monde qu'un titre, que des femmes, que la banque, qu'un nom, qu'une destinée... folies. J'en connais qui n'y voient que chemins de fer, marchés ou bestiaux ; les uns y découvrent un plan sublime, les autres une farce obscène.

Et ceux-là vous demanderaient bien ce que c'est que l'*obscène ?* Question embarrassante à résoudre comme les questions. J'aimerais autant donner la définition géométrique d'une belle paire de bottes ou d'une belle femme, deux choses importantes.

Les gens qui voient notre globe, comme un gros ou un petit tas de boue sont de singulières gens ou difficiles à prendre.

Vous venez de parler avec un de ces gens infâmes, gens qui ne s'intitulent pas philanthropes, et qui, sans craindre qu'on les appelle carlistes, ne votent pas pour la démolition des cathédrales. Mais bientôt vous vous arrêtez tout court ou vous vous avouez vaincu, car ceux-là sont des gens sans principes qui regardent la vertu comme un mot, le monde comme une bouffonnerie. De là, ils partent pour tout considérer sous un point de vue ignoble, ils sourient aux plus belles choses et, quand vous leur parlez de philanthropie, ils haussent les épaules et vous disent que la philanthropie s'exerce par une souscription pour les pauvres.

La belle chose qu'une liste de noms dans un journal !

Chose étrange que cette diversité d'opinions, de systèmes, de croyances et de folies !

Quand vous parlez à certaines gens, ils s'arrêtent tout à coup effrayés, et vous demandent : Comment ! vous nieriez cela ? vous douteriez de cela ? Peut-on révoquer le plan de l'univers et les devoirs de l'homme ? Et si, malheureusement, votre regard a laissé deviner un rêve de l'âme, ils s'arrêtent tout à coup et finissent là leur victoire logique, comme ces enfants effrayés d'un fantôme imaginaire, et qui se ferment les yeux sans oser regarder.

Ouvre-les, homme faible et plein d'orgueil, pauvre fourmi qui rampes avec peine sur ton grain de poussière ; tu te dis libre et grand, tu te respectes toi-même, si vil pendant ta vie, et, par dérision sans doute, tu salues ton corps pourri qui passe. Et puis tu penses qu'une si belle vie, agitée ainsi entre un peu d'orgueil que tu appelles grandeur et cet intérêt bas qui est l'essence de ta Société, sera couronnée par une immortalité. De l'immortalité pour toi, plus lascif qu'un singe, et plus méchant qu'un tigre, et plus rampant qu'un serpent ? Allons donc ! faites-moi un paradis pour le singe, le tigre et le serpent, pour la luxure, la cruauté, la bassesse, un paradis pour l'égoïsme, une éternité pour cette poussière, de l'immortalité pour ce néant. Tu te vantes d'être libre, de pouvoir faire ce que tu appelles le bien et le mal, sans doute pour qu'on te condamne plus vite, car que saurais-tu faire de bon ? Y a-t-il un seul de tes gestes qui ne soit stimulé par l'orgueil ou calculé par l'intérêt ?

Toi, libre ! Dès ta naissance, tu es soumis à toutes les infirmités paternelles, tu reçois avec le jour la semence de tous tes vices, de ta stupidité même, de tout ce qui te fera juger le monde, toi-même, tout ce qui t'entoure, d'après ce terme de comparaison, cette mesure que tu as en toi. Tu es né avec un <petit> esprit étroit, avec des idées faites ou qu'on te fera sur le bien ou sur le mal. On te dira qu'on doit aimer son père et le soigner dans sa vieillesse : tu feras l'un et l'autre, et tu n'avais pas besoin qu'on te l'apprît, n'est-ce pas ? Cela est une vertu innée comme le besoin de manger ; tandis que, derrière la montagne où tu es né, on enseignera à ton frère à tuer son père devenu vieux, et il le tuera, car cela, pense-t-il, est naturel, et il n'était pas nécessaire qu'on le lui apprît. On t'élèvera en te disant qu'il faut te garder d'aimer d'un amour charnel ta soeur ou ta mère ; tandis que tu descends comme tous les hommes d'un inceste, car le premier homme et la première femme, eux et leurs enfants, étaient frères et soeurs ; tandis que le soleil se couche sur d'autres peuples qui regardent l'inceste comme une vertu et le fratricide comme un devoir. Es-tu déjà libre des principes d'après lesquels tu gouverneras ta conduite ? Est-ce toi qui présides à ton éducation ? Est-ce toi qui as voulu naître avec un caractère heureux ou triste, phtisique ou robuste, doux ou méchant, moral ou vicieux ?

<Mais d'abord pourquoi es-tu né ? est-ce toi qui l'as voulu ? t'a-t-on conseillé là-dessus ? tu es donc né fatalement parce que ton père un jour sera revenu d'une orgie, échauffé par le vin et des propos de débauche, et que ta mère en aura profité, qu'elle aura mis en jeu toutes les ruses de femme poussée par ses instincts de chair et de bestialité que lui a donnés la nature en faisant une âme, et qu'elle sera parvenue à animer cet homme que les fêtes publiques ont fatigué dès l'adolescence. Quelque grand que tu sois, tu as d'abord été quelque chose d'aussi sale que de la salive et de plus fétide que de l'urine, puis tu as subi des métamorphoses comme un ver, et enfin> tu es venu au monde, presque sans vie, pleurant, criant et fermant les yeux, comme par haine pour ce soleil que tu as appelé tant de fois. On te donne à manger : tu grandis, tu pousses comme la feuille, c'est bien hasard si le vent ne t'emporte [pas] de bonne heure, car à combien de choses es-tu soumis ? à l'air, au feu, à la lumière, au jour, à la nuit, au froid, au chaud, à tout ce qui t'entoure, tout ce qui est ; tout cela te maîtrise, te passionne ; tu aimes la verdure, les fleurs et tu es triste quand elles se fanent ; tu aimes ton chien, tu pleures quand il meurt ; une araignée arrive vers

toi, tu recules de frayeur ; tu frissonnes quelquefois en regardant ton ombre, et lorsque ta pensée <elle-même> s'enfonce dans les mystères du néant, tu es effrayé et tu as peur du doute.

Tu te dis libre, et chaque jour tu agis poussé par mille choses, tu vois une femme et tu l'aimes, tu en meurs d'amour. Es-tu libre d'apaiser ce sang qui bat, de calmer cette tête brûlante, de comprimer ce cœur, d'apaiser ces ardeurs qui te dévorent ? Es-tu libre de ta pensée ? mille chaînes te retiennent, mille aiguillons te poussent, mille entraves t'arrêtent. Tu vois un homme pour la première fois, un de ses traits te choque, et durant ta vie tu as de l'aversion pour cet homme, que tu aurais peut-être chéri s'il avait eu le nez moins gros. Tu as un mauvais estomac et tu es brutal envers celui que tu aurais accueilli avec bienveillance. Et de tous ces faits découlent ou s'enchaînent aussi fatalement d'autres séries de faits, d'où d'autres dérivent à leur tour.

Es-tu le créateur de ta constitution physique et morale ? Non, tu ne pourrais la diriger entièrement que si tu l'avais faite et modelée à ta guise.

Tu te dis libre parce que tu as une âme. D'abord c'est toi qui as fait cette découverte que tu ne saurais définir ; une voix intime te dit que oui. D'abord tu mens, une voix te dit que tu es faible et tu sens en toi un immense vide que tu voudrais combler par toutes les choses que tu y jettes. Quand même tu croirais que oui, en es-tu sûr ? Qui te l'a dit ? Quand, longtemps combattu par deux sentiments opposés, après avoir bien hésité, bien douté, tu penches vers un sentiment, tu crois avoir été le maître de ta décision. Mais, pour être maître, il faudrait n'avoir aucun penchant. Es-tu maître de faire le bien, si tu as le goût du mal enraciné dans le cœur, si tu es né avec de mauvais penchants développés par ton éducation ; et si tu es vertueux, si tu as horreur du crime, pourras-tu le faire ? Es-tu libre de faire le bien ou le mal ? Puisque c'est le sentiment du bien qui te dirige toujours, tu ne peux faire le mal.

Ce combat est la lutte de ces deux penchants et si tu fais le mal, c'est que tu es plus vicieux que vertueux et que la fièvre la plus forte a eu le dessus.

Quand deux hommes se battent, il est certain que le plus faible, le moins adroit, le moins souple, sera vaincu par le plus fort, le plus adroit, le plus souple. Quelque longtemps que puisse durer la lutte, il y en aura toujours un de vaincu. Il en est de même de ta nature intérieure. Quand même ce que tu sens être bon l'emporte, la victoire est-elle toujours la justice ? Ce que tu juges le bien est-il le bien absolu, immuable, éternel ?

Tout n'est donc que ténèbres autour de l'homme, tout est vide, et il voudrait quelque chose de fixe ; il roule lui-même dans cette immensité du vague où il voudrait s'arrêter, il se cramponne à tout et tout lui manque : patrie, liberté, croyance, Dieu, vertu ; il a pris tout cela et tout cela lui est tombé des mains ; il est comme un fou qui laisse tomber un verre de cristal et qui rit de tous les morceaux qu'il a faits.

Mais l'homme a une âme immortelle et faite à l'image de Dieu ; deux idées pour lesquelles il a versé son sang, deux idées qu'il ne comprend pas, – une âme, un Dieu, – mais dont il est convaincu.

Cette âme est une essence autour de laquelle notre être physique tourne comme la terre autour du soleil. Cette âme est noble, car étant un principe spirituel, n'étant point terrestre, elle ne saurait rien avoir de bas, de vil. Cependant, n'est-ce pas la pensée qui dirige notre corps ? N'est-ce pas elle qui fait lever notre bras quand nous voulons tuer ? N'est-ce pas elle qui anime notre chair ? L'esprit serait-il le principe du mal et le corps l'agent ?

Voyons comme cette âme, comme cette conscience est élastique, flexible, comme elle est molle et maniable, comme elle se ploie facilement sous le corps qui pèse sur elle <ou qui appuie sur le corps qui s'incline>, comme cette âme est vénale et basse, comme elle rampe, comme elle flatte, comme elle ment, comme elle trompe ! C'est elle qui vend le corps, la main, la tête et la langue ; c'est elle qui veut du sang et qui demande de l'or, toujours insatiable et cupide de tout dans son infini ; elle est au milieu de nous comme une soif, une ardeur quelconque, un feu qui nous dévore, un pivot qui nous fait tourner sur lui.

Tu es grand, homme ! non par le corps sans doute, mais par cet esprit qui t'a fait, dis-tu, le roi de la nature ; tu es grand, maître et fort.

Chaque jour, en effet, tu bouleverses la terre, tu creuses des canaux, tu bâtis des palais, tu enfermes les fleuves entre des pierres, tu cueilles l'herbe, tu la pétris et tu la manges ; tu remues l'Océan avec la quille de tes vaisseaux, et tu crois tout cela beau ; tu te crois meilleur que la bête fauve que tu manges, plus libre que la feuille emportée par les vents, plus grand que l'aigle qui plane sur les tours, plus fort que la terre dont tu tires ton pain et tes diamants et que l'Océan sur lequel tu cours. Mais, hélas ! la terre que tu remues <,revient,> renaît d'elle-même, tes canaux se détruisent, les fleuves envahissent tes champs et tes villes, les pierres de tes palais se disjoignent et tombent d'elles-mêmes, les fourmis courent sur tes couronnes et sur tes trônes, toutes tes flottes ne sauraient marquer plus de traces de leur passage sur la surface de l'Océan qu'une goutte de pluie et que le battement d'aile de l'oiseau. Et, toi-même, tu passes sur cet océan des âges sans laisser plus de traces de toi-même que ton navire n'en laisse sur les flots. Tu te crois grand parce que tu travailles sans relâche, mais ce travail est une preuve de ta faiblesse. Tu étais donc condamné à apprendre toutes ces choses inutiles au prix de tes sueurs, tu étais esclave avant d'être né, et malheureux avant de vivre ! Tu regardes les astres avec un sourire d'orgueil parce que tu leur as donnés des noms, que tu as calculé leur distance, comme si tu voulais mesurer l'infini et enfermer l'espace dans les bornes de ton esprit. Mais tu te trompes ! Qui te dit que derrière ces mondes de lumières, il n'y en a pas d'autres infinis encore, et toujours ainsi ? Peut-être que tes calculs s'arrêtent à quelques pieds de hauteur, et que là commence une échelle nouvelle de faits... Comprends-tu toi-même la valeur des mots dont tu te sers... étendue, espace ? Ils sont plus vastes que toi et <tout> ton globe.

Tu es grand et tu meurs, comme le chien et la fourmi, avec plus de regret qu'eux, et puis tu pourris, et je te le demande, quand les vers t'ont mangé, quand ton corps s'est dissous dans l'humidité de la tombe, et que ta poussière n'est plus, où es-tu, homme ? Où est même ton âme ? cette âme qui était le moteur de tes actions, qui livrait ton cœur à la haine, à l'envie, à toutes les passions, cette âme qui te vendait et qui te faisait faire tant de bassesses, où est-elle ? Est-il un lieu assez saint pour la recevoir ? Tu te respectes et tu t'honores comme un Dieu, tu as inventé l'idée de dignité de l'homme, idée que rien dans la nature ne pourrait avoir en te voyant ; tu veux qu'on t'honore et tu t'honores toi-même, tu veux même que ce corps, si vil pendant sa vie, soit honoré quand il n'est plus. Tu veux qu'on se découvre devant ta charogne humaine, qui se pourrit de corruption, quoique plus pure encore que toi quand tu vivais. C'est là ta grandeur.

Grandeur de poussière, majesté de néant !

XXI

J'y revins deux ans plus tard ; vous pensez où : elle n'y était pas.

Son mari était seul, venu avec une autre femme, et il en était parti deux jours avant mon arrivée.

Je retournai sur le rivage. Comme il était vide ! De là, je pouvais voir le mur gris de la maison de Maria. Quel isolement !

Je revins donc dans cette même salle dont je vous ai parlé ; elle était pleine, mais aucun des visages n'y était plus, les tables étaient prises par des gens que je n'avais jamais vus ; celle de Maria était occupée par une vieille femme qui s'appuyait à cette même place où si souvent son coude s'était posé. Je restai ainsi quinze jours ; il fit quelques jours de mauvais temps et de pluie que je passai dans ma chambre où j'entendais la pluie tomber sur les ardoises, le bruit lointain de la mer, et, de temps en temps, quelque cri de marins sur le quai. – Je repensai à toutes ces vieilles choses que le spectacle des mêmes lieux faisait revivre.

Je revoyais le même océan avec ses mêmes vagues, toujours immense, triste et mugissant sur ses rochers ; ce même village avec ses tas de boue, ses coquilles qu'on foule et ses maisons en étage. – Mais tout ce que j'avais aimé, tout ce qui entourait Maria, ce beau soleil qui passait à travers les auvents et qui dorait sa peau, l'air qui l'entourait, le monde qui passait près d'elle, tout cela était parti sans retour. <Oh ! que je voudrais seulement un seul de ces jours sans pareil ! entrer sans y rien changer !>

Quoi ! rien de tout cela ne reviendra ? Je sens comme mon cœur est vide, car tous ces hommes qui m'entourent me font un désert où je meurs.

Je me rappelai ces longues et chaudes après-midi d'été où je lui parlais sans qu'elle se doutât que je l'aimais, et où son regard indifférent entrait comme un rayon d'amour jusqu'au fond de mon cœur. Comment aurait-elle pu, en effet, voir que je l'aimais, car je ne l'aimais pas alors, et, en tout ce que je vous ai dit, j'ai menti ;

c'était maintenant que je l'aimais, que je la désirais, que, seul sur le rivage, dans les bois ou dans les champs, je me la créais là, marchant à côté de moi, me parlant, me regardant. Quand je me couchais sur l'herbe, et que je regardais les herbes ployer sous le vent et la vague battre le sable, je pensais à elle, et je reconstruisais dans mon cœur toutes les scènes où elle avait agi, parlé. Ces souvenirs étaient une passion.

Si je me rappelais l'avoir vue marcher sur un endroit, j'y marchais ; j'ai voulu retrouver le timbre de sa voix pour m'enchanter moi-même ; cela était impossible. Que de fois j'ai passé devant sa maison et j'ai regardé à sa fenêtre !

Je passai donc ces quinze jours dans une contemplation amoureuse, rêvant à elle. Je me rappelle des choses navrantes ; un jour, je revenais, vers le crépuscule, je marchais à travers les pâturages couverts de bœufs, je marchais vite, je n'entendais que le bruit de ma marche qui froissait l'herbe, j'avais la tête baissée et je regardais la terre. Ce mouvement régulier m'endormit pour ainsi dire : je crus entendre Maria marcher près de moi, elle me tenait le bras et <dé>tournait la tête pour me voir ; c'était elle qui marchait dans les herbes. Je savais bien que c'était une hallucination que j'animais moi-même, mais je ne pouvais me défendre d'en sourire et je me sentais heureux. Je levai la tête : le temps était sombre, devant moi, à l'horizon, un magnifique soleil se couchait sous les vagues ; on voyait une gerbe de feu s'élever en réseaux, disparaître sous de gros nuages noirs qui roulaient péniblement sur eux, et puis un reflet de ce soleil couchant reparaître plus loin derrière moi dans un coin du ciel limpide et bleu.

Quand je découvris la mer, il avait presque disparu ; son disque était à moitié enfoncé sous l'eau et une légère teinte de rose allait <toujours> s'élargissant et s'affaiblissant vers le ciel.

Une autre fois, je revenais à cheval en longeant la grève. Je regardais machinalement les vagues dont la mousse mouillait les pieds de ma jument, je regardais les cailloux qu'elle faisait jaillir en marchant, et ses pieds s'enfoncer dans le sable. Le soleil venait de disparaître tout à coup et il y avait sur les vagues une couleur sombre comme si quelque chose de noir eût plané sur elles. À ma droite, étaient des rochers entre lesquels l'écume s'agitait au souffle du vent comme une mer de neige, les mouettes passaient sur ma tête et je voyais leurs ailes blanches s'approcher tout près de cette eau sombre et terne. Rien ne pourra dire tout ce que cela avait de beau, cette mer, ce rivage avec son sable parsemé de coquilles, avec ses rochers couverts de varechs humides <d'eau> et l'écume <blanche> qui se balançait sur eux au souffle de la brise.

Je vous dirais bien d'autres choses, bien plus belles et plus douces, si je pouvais dire tout ce que je ressentis d'amour, d'extase, de regrets. Pouvez-vous dire par des mots le battement du cœur, pouvez-vous dire une larme et peindre son cristal humide qui baigne l'oeil d'une amoureuse langueur ? Pouvez-vous dire tout ce que vous ressentez en un jour ? Pauvre faiblesse humaine, avec tes mots, tes langues, tes sons, tu parles et tu balbuties, tu définis Dieu, le ciel et la terre, la chimie et la philosophie, et tu ne peux exprimer, avec ta langue, toute la joie que te cause une femme nue – ou un plum-pudding.

XXII

Ô Maria ! Maria, cher ange de ma jeunesse, toi que j'ai vue dans la fraîcheur de mes sentiments, toi que j'ai aimée d'un amour si doux, si plein de parfum, de tendres rêveries, adieu !

Adieu ! D'autres passions <re>viendront, je t'oublierai peut-être, mais tu resteras toujours au fond de mon cœur, car le cœur est une terre où chaque passion bouleverse, remue et laboure sur les ruines des autres. Adieu !

Adieu ! et cependant comme je t'aurais aimée, comme je t'aurais embrassée, serrée dans mes bras ! Ah ! mon âme se fond en délices à toutes les folies que mon amour invente. Adieu !

Adieu ! et cependant je penserai toujours à toi, je vais être jeté dans le tourbillon du monde, j'y mourrai peut-être écrasé sous les pieds de la foule, déchiré en lambeaux. Où vais-je ? Que serai-je ? Je voudrais être vieux, avoir les cheveux blancs. Non, je voudrais être beau comme les anges, avoir de la gloire, du génie, et tout déposer à tes pieds pour que tu marches sur tout cela ; et je n'ai rien de tout cela, et tu m'as regardé aussi froidement qu'un laquais ou qu'un mendiant.

Et moi, sais-tu que je n'ai pas passé une nuit, pas un jour, pas une heure, sans penser à toi, sans te revoir sortant de dessous la vague, avec tes cheveux noirs sur tes épaules, ta peau brune avec ses perles d'eau salée, tes vêtements ruisselants et ton pied blanc aux ongles roses qui s'enfonçait dans le sable, et que cette vision est toujours présente, et que cela murmure toujours à mon cœur ? Oh ! non, tout est vide.

Adieu ! et pourtant, quand je te vis, si j'avais été plus âgé de quatre à cinq ans, plus hardi... Peut-être ? Oh ! non, je rougissais à chacun de tes regards. Adieu !

XXIII

Quand j'entends les cloches sonner et le glas frapper en gémissant, j'ai dans l'âme une vague tristesse, quelque chose d'indéfinissable et de rêveur comme des vibrations mourantes.

Une série de pensées s'ouvre au tintement lugubre de la cloche des morts. Il me semble voir le monde dans ses plus beaux jours de fête, avec des cris de triomphe, des chars et des couronnes, et, par-dessus tout cela, un éternel silence et une éternelle majesté !

Mon âme s'envole vers l'éternité et l'infini et plane dans l'océan du doute au son de cette voix qui annonce la mort.

Voix régulière et froide comme les tombeaux et qui cependant sonne à toutes les fêtes, pleure à tous les deuils, j'aime à me laisser étourdir par ton harmonie, qui étouffe le bruit des villes. J'aime, dans les champs, sur les collines dorées de blés mûrs, à entendre les sons frêles de la cloche du village qui chante au milieu de la campagne, tandis que l'insecte siffle sous l'herbe et que l'oiseau murmure sous le feuillage.

Je suis longtemps resté, dans l'hiver, dans ces jours sans soleil, éclairés d'une lumière morne et blafarde, à écouter toutes les cloches sonner les offices. De toutes parts sortaient les voix qui montaient vers le ciel en réseau d'harmonie, et je condensais ma pensée sur ce gigantesque instrument. Elle était grande, infinie, je ressentais en moi des sons, des mélodies, des échos d'un autre monde, des choses immenses qui mouraient aussi.

Ô cloches ! vous sonnerez donc aussi sur ma mort, et une minute après pour un baptême. Vous êtes donc une dérision comme le reste et un mensonge comme la vie dont vous annoncez toutes les phases : le baptême, le mariage, la mort. Pauvre airain, perdu et caché au milieu des airs et qui servirais si bien en lave ardente sur un champ de bataille ou à ferrer les chevaux...

Les funérailles du Docteur Mathurin

août 1839

Pourquoi ne t'offrirais-je pas encore ces nouvelles pages, cher Alfred ? De tels cadeaux sont plus chers à celui qui les fait qu'à celui qui les reçoit, quoique ton amitié leur donne un prix qu'ils n'ont pas. Prends-les donc comme venant de deux choses qui sont à toi, et l'esprit qui les a conçues et la main qui les a écrites.

Les funérailles du Docteur Mathurin

Se sentant vieux Mathurin voulut mourir, pensant bien que la grappe trop mûre n'a plus de saveur ! Mais pourquoi et comment cela ?

Il avait bien 70 ans environ et solide encore malgré ses cheveux blancs, son dos voûté et son nez rouge, en somme c'était une belle tête de vieillard. Son oeil bleu était singulièrement pur et limpide et des dents blanches et fines sous de petites lèvres minces et bien ciselées annonçaient une vigueur gastronomique rare à cet âge où l'on pense plus souvent à dire des prières et à avoir peur qu'à bien vivre.

Le vrai motif de sa résolution c'est qu'il était malade et que tôt ou tard il fallait sortir d'ici-bas. Il aima mieux prévenir la mort que de se sentir arraché par elle.

Ayant bien connu sa position, il n'en fut ni étonné ni effrayé, il ne pleura pas, il ne cria pas, il ne fit ni humbles prières ni exclamations ampoulées. – Il ne se montra ni stoïcien, ni catholique, ni psychologue, c'est-à-dire qu'il n'eut ni orgueil, ni crédulité, ni bêtise. Il fut grand dans sa mort et son héroïsme surpassa celui d'Epaminondas, d'Annibal, de Caton, de tous les Capitaines de l'antiquité et de tous les martyrs chrétiens, celui du chevalier d'Assas, celui de Louis XVI, celui de saint Louis, celui de M. de Talleyrand mourant dans sa robe de chambre verte, et même celui de Fieschi qui disait des pointes encore quand on lui coupa le cou, tous ceux enfin qui moururent par une conviction quelconque, par un dévouement quel qu'il soit et ceux qui se fardèrent à leur dernière heure encore pour être plus beaux, se drapant dans leur linceul comme dans un manteau de théâtre, capitaines sublimes ! républicains stupides ! martyrs héroïques et entêtés ! rois détrônés, héros du bagne, oui tous ces courages-là furent surpassés par un seul courage, ces morts-là furent éclipsés par un seul mort, par le docteur Mathurin qui ne mourut ni par conviction, ni par orgueil, ni pour jouer un rôle, ni par religion, ni par patriotisme mais qui mourut d'une pleurésie qu'il avait depuis huit jours et d'une indigestion qu'il se donna la veille, – la première de sa vie, car il savait manger.

Il se résigna donc, comme un héros, à franchir de plain-pied le seuil de la vie, à entrer dans le cercueil la tête haute. Je me trompe car il fut enterré dans un baril. Il ne dit pas comme Caton : Vertu, tu n'es qu'un nom, ni comme Grégoire VII : J'ai fait le bien et fui l'iniquité, voilà pourquoi je meurs en exil, ni comme Jésus-Christ : Mon père, pourquoi m'avez-vous délaissé. Il mourut en disant tout bonnement : Adieu amusez-vous bien.

Un poète romantique aurait acheté un banneau de charbon de terre et serait mort au bout d'une heure en faisant de mauvais vers et en avalant de la fumée, un autre se serait donné l'onglée en se noyant dans la Seine au mois de janvier, les uns auraient bu une détestable liqueur qui les aurait fait vomir avant de se rendormir – pleurant déjà sur cette bêtise. – Un martyr se serait amusé à se faire couler du plomb dans la bouche et à gâter ainsi son palais, un républicain aurait tenté d'assassiner le roi, l'aurait manqué et se serait fait couper la tête. Voilà de singulières gens. Mathurin ne mourut pas ainsi. Sa philosophie lui défendait de se faire souffrir.

Vous me demanderez pourquoi on l'appelait Docteur. – Vous le saurez un jour car je peux bien vous le faire connaître plus au long, ceci n'étant que le dernier chapitre d'une longue oeuvre qui doit me rendre immortel comme toutes celles qui sont inédites. Je vous raconterai ses voyages, j'analyserai tous les livres qu'il a faits, je ferai un volume de notes sur ses commentaires et un appendice de papier blanc et de points d'exclamation à ses ouvrages de science. Car c'était un savant des plus savants, en toutes les sciences possibles, sa modestie surpassait encore toutes ses connaissances. On ne croyait même pas qu'il sût lire, il faisait des fautes de français il est vrai, mais il savait l'hébreu... et bien d'autres choses.

Il connaissait la vie surtout, il savait à fond le cœur des hommes, et il n'y avait pas moyen d'échapper au critérium de son oeil pénétrant et sagace, quand il levait la tête, abaissait sa paupière, et vous regardait de côté en souriant, vous sentiez qu'une sonde magnétique entrait dans votre âme et en fouillait tous les recoins.

Cette lunette des contes arabes avec laquelle l'oeil perçait les murailles, je crois qu'il l'avait dans sa tête, c'est-à-dire qu'il vous dépouillait de vos vêtements et de vos grimaces, de tout le fard de vertu qu'on met sur ses rides, de toutes les béquilles qui vous soutiennent, de tous les talons qui vous haussent, il arrachait aux hommes leur présomption, aux femmes leur pudeur, aux héros leur grandeur, au poète son enflure, aux mains sales leurs gants blancs. Quand un homme avait passé devant lui, avait dit deux mots, avancé deux pas, fait un moindre geste, il vous le rendait nu, déshabillé, et grelottant au vent.

Avez-vous quelquefois dans un spectacle à la lueur du lustre aux mille feux, quand le public s'agite tout palpitant, que les femmes parées battent des mains et qu'on voit partout sourires sur des lèvres rouges, diamants qui brillent, vêtements blancs, richesses, joie, éclat, vous êtes-vous figuré toute cette lumière changée en ombre, ce bruit devenu silence et toute cette vie rentrée au néant et à la place de tous ces êtres décolletés, aux poitrines palpitantes, aux cheveux noirs nattés sur des peaux blanches, mis de suite, des squelettes creux, jaunis, des squelettes qui seront longtemps sous la terre où ils ont marché et réunis ainsi tous dans un spectacle pour s'admirer encore, pour voir une comédie qui n'a pas de nom, qu'ils jouent eux-mêmes, dont ils sont les acteurs éternels et immobiles.

Mathurin faisait à peu près de même, car à travers le vêtement il voyait la peau, la chair sous l'épiderme, la moelle sous l'os et il exhumait de tout cela lambeaux sanglants, pourriture du cœur, et souvent sur des corps sains vous découvrait une horrible gangrène.

Cette perspicacité qui a fait les grands politiques, les grands moralistes, les grands poètes, n'avait servi qu'à le rendre heureux, c'est quelque chose quand on sait que Richelieu, Molière et Shakespeare ne le furent pas. – Il avait vécu poussé mollement par ses sens, sans malheur ni bonheur, sans effort, sans passion et sans vertu, ces deux meules qui usent la lame des tranchants. Son cœur était une cuve où rien de trop ardent n'avait fermenté et dès qu'il l'avait crue assez plein, il l'avait vite fermée laissant encore de la place pour du vide, pour la paix. Il n'était donc ni poète ni prêtre, il ne s'était pas marié, il avait le bonheur d'être bâtard, – ses amis étaient en petit nombre, et sa cave était bien garnie. Il n'avait ni maîtresses qui lui cherchaient querelle ni chien qui le mordît. Il avait une excellente santé et un palais extrêmement délicat. Mais je dois vous parler de sa mort.

Il fit donc venir ses disciples (il en avait 2) et il leur dit qu'il allait mourir, qu'il était las d'être malade et d'avoir été tout un jour à la diète.

C'était la saison dorée, où les blés sont mûrs, le jasmin déjà blanc embaume le feuillage de la tonnelle, on commence à courber la vigne, les raisins pendent en grappes sur les échalas, le rossignol chante sur la haie, on entend des rires d'enfants dans les bois, les foins sont enlevés. Oh jadis les nymphes venaient danser sur la prairie et se formaient des guirlandes avec les fleurs des prés, la fontaine murmurait un roucoulement frais et amoureux, les colombes allaient voler sur les tilleuls, le matin encore quand le soleil se lève l'horizon est toujours d'un bleu vaporeux et la vallée répand sur les coteaux un frais parfum humide des baisers de la nuit et de la rosée des fleurs.

Mathurin couché depuis plusieurs jours dormait sur sa couche. Quels étaient ses songes ? Sans doute comme sa vie, calmes et purs. La fenêtre ouverte laissait entrer à travers sa jalousie des rayons de soleil. La treille grimpant le long de la muraille grise nouait ses fruits mûrs aux branches mêlées de la clématite. Le coq chantait dans la basse-cour, les faneurs reposaient à l'ombre sous les grands noyers aux troncs tapissés de mousses.

Non loin et sous les ormeaux il y avait un rond de gazon où ils allaient souvent faire la méridienne et dont la verdure touffue n'était seulement tachée que d'iris et de coquelicots. C'est là que couchés sur le ventre ou assis et causant ils buvaient ensemble pendant que la cigale chantait, que les insectes bourdonnaient dans les rayons du soleil. Les feuilles remuaient sous le souffle chaud des nuits d'été.

Tout était paix, calme et joie tranquille. C'est là que dans un oubli complet du monde, dans un égoïsme divin ils vivaient – inactifs, inutiles, heureux – Ainsi pendant que les hommes travaillaient, que la société vivait avec ses lois, avec son organisation multiple, tandis que les soldats se faisaient tuer, et que les intrigants s'agitaient, eux ils buvaient, ils dormaient. Accusez-les d'égoïsme, parlez de devoir, de morale, de dévouement. Dites encore une fois qu'on se doit au pays, à la société, rabâchez bien l'idée d'une oeuvre commune, chantez toujours cette magnifique trouvaille du plan de l'univers, vous n'empêcherez pas qu'il y ait des gens sages et des égoïstes qui ont plus de bon sens avec leur ignoble vice que vous autres avec vos sublimes vertus.

Ô hommes, vous qui marchez dans les villes, faites les révolutions, abattez les trônes, remuez le monde, et qui pour faire regarder vos petits fronts, faites bien de la poussière sur la route battue du genre humain, je vous demande un peu si votre bruit, vos chars de triomphe et vos fers, si vos machines et votre charlatanisme et vos vertus, si tout cela vaut une vie calme et tranquille où l'on ne casse rien que des bouteilles vides, où il n'y a d'autre fumée que celle d'une pipe, d'autre dégoût que celui d'avoir trop mangé.

Ainsi vivaient-ils et pendant que le sang coulait dans les guerres civiles, que le gouvernail de l'état était disputé entre des pirates et des ineptes et qu'il se brisait dans la tempête, pendant que les empires s'écroulaient, qu'on s'assassinait et qu'on vivait, qu'on faisait des livres sur la vertu et que l'État ne vivait que de vices splendides, qu'on donnait des prix de morale et qu'il n'y avait de beau que les grands crimes, le soleil pour eux faisait toujours mûrir leurs raisins, les arbres avaient tout autant de feuilles vertes, ils dormaient toujours sur la mousse des bois, et faisaient rafraîchir leur vin dans l'eau des lacs.

Le monde vivait loin d'eux et le bruit même de ses cris n'arrivait pas jusqu'à leurs pieds, une parole rapportée des villes aurait troublé le calme de leurs cœurs. Aucune bouche profane ne venait boire à cette coupe de bonheur exceptionnel. Ils ne recevaient ni livres, ni journaux, ni lettres, la bibliothèque commune se composait d'Horace, de Rabelais. Ai-je besoin de dire qu'il y avait toutes les éditions de Brillat-Savarin et du *Cuisinier ?* Pas un bout de politique, pas un fragment de controverse, de philosophie ou d'histoire. Aucun des hochets sérieux dont s'amusent les hommes, n'avaient-ils pas toujours devant eux la nature et le vin, que fallait-il de plus ? Indiquez-moi donc quelque chose qui surpasse la beauté d'une belle campagne illuminée de soleil et la volupté d'une amphore pleine d'un vin limpide et pétillant, et d'abord, quelle qu'elle soit, la réponse que vous allez faire les aurait fait rire de pitié, je vous en préviens.

Cependant Mathurin se réveilla, ils étaient là au bout de son lit, il leur dit :

– À boire pour vous et pour moi, trois verres et plusieurs bouteilles. – Je suis malade, il n'y a plus de remède – Je veux mourir mais avant j'ai soif et très soif. Je n'ai aucune soif des secours de la religion ni aucune faim d'hostie. Buvons donc pour nous dire adieu.

***

On apporta des bouteilles, de toutes les espèces et des meilleures, le vin ruissela à flots pendant vingt heures et avant l'aurore ils étaient gris.

D'abord ce fut une ivresse calme et logique, une ivresse douce et prolongée à loisir. Mathurin sentait sa vie s'en aller et comme Sénèque qui se fit ouvrir les veines et mettre dans un bain il se plongea avant de mourir dans un bain d'excellent vin, baigna son cœur dans une béatitude qui n'a pas de nom et son âme s'en alla droit au Seigneur comme une outre pleine de bonheur et de liqueur.

Quand le soleil se fut baissé ils avaient déjà bu à trois, 15 bouteilles de Beaune (1re qualité 1834) et fait tout un cours de théodicée et de métaphysique.

Car il résuma toute sa science dans ce dernier entretien.

Il vit l'astre s'abaisser pour toujours et fuir derrière les collines. Alors se levant et tournant les yeux vers le couchant il regarda la campagne s'endormir au crépuscule, les troupeaux descendaient, et les clochettes des vaches sonnaient dans les clairières, les fleurs allaient fermer leur corolle, et des rayons du soleil couchant dessinaient sur la terre des cercles lumineux et mobiles. La brise des nuits s'éleva et les feuilles des vignes à son souffle battirent sur leur treillage, elle pénétra jusqu'à eux et rafraîchit leurs joues enflammées.

– Adieu, dit Mathurin, adieu, demain je ne verrai plus ce soleil, dont les rayons éclaireront mon tombeau, éclaireront ses ruines, et sans jamais venir à moi.

Les ondes couleront toujours et je n'entendrai pas leur murmure. Après tout j'ai vécu pourquoi ne pas mourir ? La vie est un fleuve, – la mienne a coulé entre des prairies pleines de fleurs sous un ciel pur, loin des tempêtes et des nuages, je suis à l'embouchure ! je me jette dans l'océan, dans l'infini, tout à l'heure mêlé à tout, immense et sans borne, je n'aurai plus la conscience de mon néant. Est-ce que l'homme est quelque chose de plus qu'une simple goutte d'eau de l'océan ou qu'une bulle de mousse sur le tonneau de l'électeur ?

Adieu donc vents du soir qui soufflez sur les roses penchées, sur les feuilles palpitantes des bois endormis, quand les ténèbres viennent, elles palpiteront longtemps encore, les feuilles des orties qui [croîtront] sur les débris cassés de ma tombe. Naguère, quand je passais riant près des cimetières et qu'on entendait ma voix chanter le long du mur, quand le hibou battait de l'aile sur les clochers, que les cyprès murmuraient les soupirs des morts, je jetais un oeil calme sur ces pierres qui recélaient l'éternité tout entière avec leurs débris de cadavres, c'était pour moi un autre monde, où ma pensée même pouvait à peine m'y transporter dans l'infini d'une vague rêverie.

Maintenant mes doigts tremblants y touchent aux portes de cet autre monde et elles vont s'ouvrir car j'en remue le marteau d'un bras de colère, d'un bras désespéré.

Que la mort vienne, qu'elle vienne, elle me prendra tout endormi dans son linceul et j'irai continuer le songe éternel sous l'herbe douce du printemps ou sous la neige des hivers qu'importe, qu'elle vienne et mon dernier sourire sera pour elle, je lui donnerai des baisers pleins de vin, un cœur plein de la vie et qui n'en veut plus. – Un cœur ivre et qui ne bat pas.

La souveraine beauté, le souverain bonheur, n'est-ce pas le sommeil, et je vais dormir – dormir sans réveil, longtemps, toujours. Les morts, à cette belle phrase graduée il s'interrompit pour boire et continua :

La vie est un festin. Il y en a qui meurent gorgés de suite et qui tombent sous la table. D'autres rougissent la nappe de sang et de souillures sans nombre. Heureux ceux qui n'y versent que des taches de vin et pas de larmes. D'autres sont étourdis des lumières, du bruit, dégoûtés du fumet des mets, gênés par la cohue, qui baissent la tête et se mettent à pleurer – heureux les sages qui mangent longuement, écartent leurs convives avides, les valets impudents qui les tiraillent et qui peuvent le dernier jour, au dessert quand les uns dorment, que les autres sont ivres dès le premier service, qu'un grand nombre malades sont partis boire enfin les vins [les] plus exquis, savourer les fruits les plus mûrs, succulents, jouir lentement des dernières fins de l'orgie, vider le reste d'un grand coup, éteindre les flambeaux et mourir.

Comme l'eau limpide que la nymphe de marbre laisse tomber murmurante de sa conque d'albâtre il continua ainsi longtemps à parler d'une voix grave et voluptueuse à la fois, pleine de cette mélancolie gaie qu'on a dans les suprêmes moments et son âme s'épanchait de ses lèvres comme l'eau limpide.

La nuit était venue, pure, amoureuse, une nuit bleue éclairée d'étoiles, – pas un bruit que celui de la voix de Mathurin qui parla longtemps à ses amis. Ils l'écoutaient en le contemplant. Assis sur sa couche, son oeil commençait à se fermer. La flamme blanche des bougies remuait au vent, l'ombre qu'elle rayait tremblait sur le lambris, le vin pétillait dans les verres et l'ivresse sur leurs figures. Assis sur le bord de la tombe Mathurin y avait posé sa gourde, elle ne se fermera que quand il l'aura bue.

Vienne donc cette molle langueur des sens qui enivre jusqu'à l'âme, qu'elle le balance dans une mollesse infinie, qu'il s'endorme en rêvant de joies sans nombre, en disant aussi *nunc pulsanda tenus*, que les nymphes antiques jettent leurs roses embaumées sur les draps rougis dont il fait son linceul, viennent danser devant lui dans une ronde gracieuse et pour adieu toutes [les] beautés que le cœur rêve, et le charme des premières amours, la volupté des plus longs baisers et des plus suaves regards, que le ciel se fasse plus étoilé et ait une nuit plus limpide, que les clartés d'azur viennent éclairer les joies de cette agonie, fassent le vent plus frais, plus embaumant, que des voix s'élèvent de dessous l'herbe et chantent pendant qu'il boit les dernières gouttes de la vie, les yeux fermés tressaillent comme sous le plus tendre embrass[ement], que tout soit pour cet homme bonheur jusqu'à la mort, paix jusqu'au néant, que l'éternité ne soit qu'un lit pour le bercer dans les siècles.

Mais regardez-les. Jacques s'est levé et a fermé la fenêtre. Le vent venait sur Mathurin, il commençait à claquer des dents. – Ils ont rapproché de plus près la table ronde du lit, la fumée de leurs pipes monte au plafond et se répand en nuages bleus qui montent, on entend leurs verres s'entrechoquer et leurs paroles, le vin tombe par terre, – ils jurent – ils ricanent, cela va devenir horrible, ils vont se mordre.

Ne craignez rien, ils mordent une poularde grasse et les truffes qui s'échappent de leurs lèvres rouges roulent sur le plancher.

Mathurin parle politique.

– La démocratie est une bonne chose pour gens pauvres et de mauvaise compagnie. On parviendra peut-être un jour hélas à ce que tous les hommes puissent boire de la piquette, de ce jour-là on ne boira plus de constance. Si les nobles dont la tyrannie (ils avaient de si bons cuisiniers), j'en étais donc à la Révolution, pauvres moines, ils cultivaient si bien la vigne. Ainsi Robespierre. Oh le drôle de corps qui mangeait de la vache chez un menuisier et qui est resté pur au pouvoir et qui a la plus exécrable réputation bien méritée. S'il avait eu un peu plus d'esprit, qu'il eût ruiné l'état, entretenu dix maîtresses sur les fonds publics, bu du vin au lieu de répandre du sang, ce serait un homme justement, dignement vertueux, je disais donc que Fourier... un bien beau morceau sur l'art culinaire... Ce qui n'empêche que Washington ne fût un grand homme et Montyon quelque chose de surhumain, de divin, presque de sur-stupide. Il s'agirait de définir la vertu avant d'en décerner les prix. Celui qui en aurait donné une bonne classification, qui auparavant l'aurait bien établie avec des caractères tranchés, nettement exprimés, positifs en un mot, celui-[là] aurait mérité un prix extraordinaire, j'en conviens, il lui aurait fallu déterminer jusqu'à quel point l'orgueil entre dans la grandeur, la niaiserie dans la bienfaisance, marquer la limite précise de l'intérêt et de la vanité. Il aurait fallu citer des exemples et faire comprendre trois mots incompréhensibles : moralité, liberté, devoir – et montrer, ç'aurait été le sublime de la proposition et on aurait pu enfermer ça dans une période savante, comme les hommes sont libres tout en ayant des devoirs, comment ils peuvent avoir des devoirs puisqu'ils sont libres, s'étendre longuement aussi, par manière de hors-d'oeuvre et de digression favorable sur la vertu récompensée et le vice puni, on soutiendrait historiquement que Nabuchodonosor, Alexandre,

Sésostris, César, Tibère, Louis XI, Rabelais, Byron, Napoléon et le marquis de Sade étaient des imbéciles, et que Mardochée, Caton, Brutus, Vespasien, Edouard le Confesseur, Louis XII, Lafayette, Montyon l'homme au manteau bleu, et Parmentier, et Poivre, étaient des grands hommes, des grands génies, des dieux, des êtres... Mathurin se mit à rire en éternuant, sa face se dilatait, tous ses traits étaient plissés par un sourire diabolique, l'éclair jaillissait de ses yeux, le spasme saccadait ses épaules, il continua :

– Vive la philanthropie, un verre de frappé. L'histoire est une science morale par-dessus tout à peu près comme la vue d'une maison de filles, et celle d'un échafaud plein de sang, les faits prouvent pourtant que tout est pour le mieux. Ainsi les Hébreux assassinés par leurs vainqueurs chantaient des psaumes que nous admirons comme poésie lyrique, les chrétiens qu'on égorgeait ne se doutaient pas qu'ils fondaient une poésie aussi, une société pure et sans tache. Jésus-Christ mort et descendant de sa croix fournit au bout de 16 siècles le sujet d'un beau tableau, les Croisades, la Réforme, 93, la philosophie, la philanthropie qui nourrit les hommes avec des pommes de terre, et les vaches avec des betteraves, tout cela a été de mieux en mieux, la poudre à canon, la guillotine, les bateaux à vapeur et les tartes à la crème sont des inventions utiles vous l'avouerez à peu près comme le tonnerre, il y a des hommes réduits à l'état de terreneuviens et qui sont chargés de donner la vie à ceux qui veulent la perdre. Ils vous coupent la plante des pieds pour vous faire ouvrir les yeux et vous abîment de coups de poing pour vous rendre heureux. Ne pouvant plus marcher on vous conduit à l'hôpital, où vous mourez de faim et votre cadavre sert encore après vous à faire dire des bêtises sur chaque fibre de votre corps et à nourrir de jeunes chiens qu'on élève pour des expériences. Ayez la ferme conviction d'une providence éternelle, et du sens commun des nations. Combien y a-t-il d'hommes qui en aient ? Le bordeaux se chauffe toujours, l'ordre des comestibles est des plus substantiels aux plus légers, celui des boissons des plus tempérées aux plus fumeuses et aux plus parfumées. Si vous voulez qu'une alouette soit bonne, coupez par le milieu.

– Et la Providence maître ?

– Oui je crois que le soleil fait mûrir le raisin et qu'un gigot de chevreuil mariné est une bonne chose. Tout n'est pas fini et il y a deux sciences éternelles, la philosophie et la gastronomie. Il s'agit de savoir si l'âme va se réunir à l'essence universelle ou si elle reste à part comme individu et où elle va, dans quel pays et comment on peut conserver longtemps du Bourgogne. Je crois qu'il y a encore une meilleure manière d'arranger le homard et un plan nouveau d'éducation, mais l'éducation ne perfectionne guère que les chiens quant au côté moral. J'ai cru longtemps à l'eau de Seltz et à la perfectibilité humaine, je suis convaincu maintenant de l'absinthe. Elle est comme la vie, ceux qui ne savent pas la prendre, font la grimace.

– Nierez-vous donc l'immortalité de l'âme ?

– Un verre de vin.

– La récompense et le châtiment ?

– Quelle saveur, dit Mathurin après avoir bu et contractant ses lèvres sur ses dents.

– Le plan de l'univers ? Qu'en pensez-vous ?

– Et toi que penses-tu de l'étoile de Sirius ? penses-tu mieux connaître les hommes que les habitants de la lune ? l'histoire même est un mensonge réel.

– Qu'est-ce que cela veut dire ?

– Cela veut dire que les faits mentent, qu'ils sont et qu'ils ne sont plus, que les hommes vivent et meurent, que l'être et le néant sont deux faussetés qui n'en font qu'une, qui est le *toujours*

– Je [ne] comprends pas maître.

– Et moi encore moins, répondit Mathurin.

– Cela est bien profond, dit Jacques aux trois quarts ivre, et il y a sous ce dernier mot une grande finesse.

– N'y a-t-il pas entre moi et vous deux, entre un homme et un grain de sable, entre aujourd'hui et hier, cette heure-ci et celle qui va venir, des espaces que la pensée ne peut mesurer et des mondes, des néants entiers qui les remplissent ? La pensée même peut-elle se résumer ? Te sens-tu dormir et lorsque ton esprit s'élève et s'en va de son enveloppe – ne crois-tu pas quelquefois, que tu n'es plus, que ton corps est tombé, que tu marches dans l'infini comme le soleil, que tu roules dans un gouffre comme l'Océan sur son lit de sable et ton corps n'est pas ton corps, que cette chose tourmentée qui est sur toi n'est qu'un voile rempli d'une tempête qui bat ? t'es-tu pris à douter de la matière, de la sensation elle-même ? Prends un grain de sable, il y a là un abîme à creuser pendant des siècles, palpe-toi bien pour voir si tu existes – et quand tu sauras que tu existes, il y là un infini que tu ne sonderas pas.

Ils étaient gris, ils ne comprenaient guère une tartine métaphysique aussi plate.

– Cela veut dire que l'homme voit aussi clair en lui et autour de lui que si tu étais tombé ivre mort au fond d'une barrique de vin plus grande que l'Atlantique.

Soutenir ensuite qu'il y a quelque chose de beau dans la création, vouloir faire un concert de louanges avec tous les cris de malédiction qui retentissent, de sanglots qui éclatent, de ruines qui croulent, c'est là la philosophie de l'histoire, disent-ils, quelle philosophie ! Élevez-moi une pyramide de têtes de morts et vantez la vie, chantez la beauté des fleurs assis sur un fumier, le calme et le murmure des ondes quand l'eau salée entre par les sabords et que le navire sombre et que les nations – ce que l'oeil peut saisir c'est un horrible fracas d'une agonie éternelle. Regardez un peu la cataracte qui tombe de la montagne, comme son onde bouillonnante entraîne avec elle les débris de la prairie, le feuillage encore vert de la forêt cassé par les vents, la boue des ruisseaux, le sang répandu, les chars qui allaient, – cela est beau et superbe. Approchez, écoutez donc l'horrible râle de cette agonie sans nom, levez les yeux – quelle beauté, quelle horreur, quel abîme.

Allez encore, fouillez, déblayez les ruines sans nom, sous ces ruines-là d'autres encore et toujours, passez vingt générations de morts entassés les uns sur les autres, cherchez des empires perdus sous le sable du désert et des palais d'avant le déluge sous l'Océan, vous trouverez peut-être encore des temps inconnus, une autre histoire, un autre monde, d'autres siècles titaniques, d'autres calamités, d'autres désastres, des ruines fumantes, du sang figé sur la terre, des ossements broyés sous les pas.

Il s'arrêta essoufflé – et ôta son bonnet de coton, ses cheveux mouillés de sueur étaient collés en longues mèches sur son front pâle. Il se lève et regarde autour de lui. Son oeil bleu est terne comme le plomb, aucun sentiment humain ne scintille de sa prunelle, c'est déjà quelque chose de l'impassibilité du tombeau. Ainsi placé sur son lit de mort et dans l'orgie jusqu'au cou, calme entre le tombeau et la débauche il semblait être la statue de la dérision, ayant pour piédestal une cuve et regardant la mort face à face.

Tout s'agite maintenant, tout tourne et vacille dans cette ivresse dernière – le monde danse au chevet de mort de Mathurin. Au calme heureux des premières libations succèdent la fièvre et ses chauds battements, elle va augmentant toujours, on la voit qui palpite sous leur peau, dans leurs veines bleues gonflées, leurs cœurs battent, – ils soufflent eux-mêmes – on entend le bruit de leur haleine et les craquements du lit qui ploie sous les soubresauts du mourant.

Il y a dans leur cœur une force qui vit, une colère qu'ils sentent monter graduellement du cœur à la tête, leurs mouvements sont saccadés, leur voix est stridente, leurs dents claquent sur les verres, ils boivent – ils boivent toujours, dissertant, philosophant, cherchant la vérité au fond du verre, le bonheur dans l'ivresse et l'éternité dans la mort. Mathurin seul trouva la dernière.

Cette dernière nuit-là – entre ces trois hommes, il se passa quelque chose de monstrueux et de magnifique. Si vous les aviez vus ainsi épuiser tout, tarir tout, exprimer les saveurs des plus pures voluptés, les parfums de la vertu et l'enivrement de toutes les chimères du cœur, et la politique, et la morale, la religion, tout passa devant eux et fut salué d'un rire grotesque et d'une grimace qui leur fit peur. La métaphysique fut traitée à fond dans l'intervalle d'un quart d'heure et la morale en se soûlant d'un douzième petit verre.

Et pourquoi pas ? si cela vous scandalise n'allez pas plus loin. Je rapporte les faits, je continue, je vais aller vite, dans le dénombrement épique de toutes les bouteilles bues.

C'est le punch maintenant qui flamboie et qui bout. Comme la main qui le remue est tremblante, les flammes qui s'échappent de la cuillère tombent sur les draps, sur la table, par terre, et font autant de feux follets qui s'éteignent et qui se rallument. Il n'y eut pas de sang avec le punch comme il arrive dans les romans de dernier ordre et dans les cabarets où l'on ne vend que de mauvais vin et où le bon peuple va s'enivrer avec de l'eau-de-vie de cidre.

Elle fut bruyante – car ils vocifèrent horriblement, ils ne chantent pas, ils causent –, ils parlent haut, ils crient fort, ils rient sans savoir pourquoi, le vin les fait rire et leur âme cède à l'excitation des nerfs excités. Voilà le tourbillon qui l'enlève, l'orgie écume, les flambeaux sont éteints, le punch brûle partout. Mathurin bondit haletant sur sa couche tachée de vin.

– Allons, poussons toujours, encore oui encore cela, du kirsch, du rhum, de l'eau et du kirsch encore – Faites brûler, que cela flambe et que cela soit chaud, bouillant. Casse la bouteille, buvons à même.

Et quand il eut fini, il releva la tête tout fier et regarda les deux autres, les yeux fixes, le cou [tendu], la bouche souriante. Sa chemise était trempée d'eau-de-vie. Il suait à grosses gouttes, l'agonie venait, une fumée lourde montait sur le plafond, une heure sonna, – le temps était beau, la lune luisait au ciel entre le brouillard, la colline verte, argentée par ses clartés, était calme et dormeuse, tout dormait – Ils se remirent à boire et ce fut pis encore, c'était de la frénésie, c'était une fureur de démons ivres.

Plus de verres – ni de coupes larges – à même, maintenant – leurs doigts pressent la bouteille à la casser sous leurs efforts – étendus sur leurs chaises, les jambes raides et dans une raideur convulsive, la tête arrière, le cou penché, les yeux au ciel, le goulot sur la [bouche], le [vin] coule toujours et passe sur leur palais, l'ivresse vient à plein courant, ils y boivent à même, elle les emplit, le vin entre dans leur sang et le fait battre à pleine veine. Ils en sont immobiles, ils se regardent avec des yeux ouverts et ne se voient pas. Mathurin veut se retourner et soupire, les draps ployés sous lui lui entrent dans la chair, il a les jambes lourdes et les reins fatigués – il se meurt, il boit encore – il ne perd pas un instant, pas une minute. Entré dans le cynisme il y marche de toute sa force il s'y plonge – et il y meurt dans le dernier spasme de son orgie [deux mots ill.] sublime.

Sa tête est penchée de côté – son corps alangui – il remue les lèvres machinalement et vivement sans articuler aucune parole. S'il avait les yeux fermés on le croirait mort. Il ne distingue rien, on entend le râle de sa poitrine et il se met [à] frapper dessus avec les deux poings – et prend encore un carafon et veut le boire.

Le prêtre entre, il le lui jette à la tête, salit le surplis blanc, renverse le calice, effraie l'enfant de choeur, en prend un autre et se le verse dans la bouche en poussant un hurlement de bête fauve, il tord son corps comme un serpent, il se remue, il crie, il mord ses draps, ses ongles s'accrochent sur le bois de son lit, puis tout s'apaise, il s'étend encore, parle bas à l'oreille de ses disciples et il meurt doucement heureux après leur avoir fait connaître ses suprêmes volontés et ses caprices de par delà le tombeau.

Ils obéirent. Dès le lendemain soir ils le prennent à eux. Ils le retirent de son lit, le roulent dans ses draps rouges, le prennent à eux deux, à Jacques la tête, à André les deux pieds et ils s'en vont.

Ils descendent l'escalier, traversent la cour, la masure plantée de pommiers et les voilà sur la grande route portant leur ami à un cimetière désigné. C'était un dimanche soir, un jour de fête, une belle soirée, tout le monde était sorti, les femmes en rubans roses et bleus, les hommes en pantalon blanc, il fallut se garer aux approches de la ville des charrettes qui allaient, des voitures, des chevaux, de la foule, de la cohue de canailles et d'honnêtes gens qui formaient le convoi de Mathurin – car aucun roi n'eut jamais tant de monde à ses funérailles. On se pressait sur les pieds, on se coudoyait et on jurait, on voulait voir, voir à toutes forces... bien peu savaient quoi. – Les uns par curiosité, d'autres poussés par leurs voisins – les uns étaient scandalisés, rouges de colère, furieux, il y en avait aussi qui riaient.

Un moment – et on ne sut pourquoi, la foule s'arrêta. – Comme vous la voyez dans les processions lorsque le prêtre stationne à un reposoir. Ils venaient d'entrer dans un cabaret. Est-ce que le mort par hasard venait de ressusciter et qu'on lui faisait prendre un verre d'eau sucrée ? Les philosophes buvaient un petit verre, et un troisième fut répandu sur la tête de Mathurin. Il sembla alors ouvrir les yeux, – non il était mort. Ce fut pis une fois entré dans le faubourg. À tous les bouchons, cabarets, cafés, ils entrent. La foule s'ameute. Les voitures ne peuvent plus circuler, on marche sur les pieds des chiens qui mordent et sur les cors des citoyens qui font la moue. On se porte, on se soulève vous dis-je, on court de cabaret en cabaret, on fait place à Mathurin porté par ses deux disciples, on l'admire, pourquoi pas ? On les voit ouvrir ses lèvres et passer du liquide dans sa bouche. Sa mâchoire se referme, les dents tombent les unes sur les autres et claquent à vide, le gosier avale et ils continuent.

Avait-il été écrasé ? s'était-il suicidé ? était-ce un martyr du gouvernement ? la victime d'un assassinat ? s'était-il noyé ?

asphyxié ? était-il mort d'amour ou d'indigestion ? Un homme tendre ouvrit de suite une souscription, et garda l'argent. Un mora[liste) fit une dissertation sur les funérailles et prouva qu'on devait s'enterrer puisque les taupes elles-mêmes s'enterraient. Il parla au nom de la morale outragée, on l'avait d'abord écouté car son discours commençait par des injures, on lui tourna bientôt le dos, un seul homme le regardait attentivement, c'était un sourd. Même un républicain proposa d'ameuter le peuple contre le roi, parce que le pain était trop cher et que cet homme venait de mourir de faim, il le proposa si bas que personne ne l'entendit.

Dans la ville ce fut pis et la cohue fut telle qu'ils entrèrent dans un café pour se dérober à l'enthousiasme populaire. Grand fut l'étonnement des amateurs de voir arriver un mort au milieu d'eux. On le coucha sur une table de marbre, avec des dominos. Jacques et André s'assirent à une autre et remplirent les intentions du bon docteur. On se presse autour d'eux et on les interroge : d'où viennent-ils ? qu'est-ce donc ? pourquoi ? point de réponse.

Alors c'est un pari – Ce sont des prêtres indiens et c'est comme cela qu'ils enterrent leurs gens. – Vous vous trompez ce sont des Turcs. Mais ils boivent du vin. – Quel est donc ce rite-là ? dit un historien.

– Mais c'est abominable, c'est horrible, cria-t-on, hurla-t-on, quelle profanation, quelle horreur, dit un athée. – Un valet de bourreau trouva que c'était dégoûtant et un voleur soutint que c'était immoral.

Le jeu de billard fut interrompu et la politique de café en fut interrompue. Un cordonnier interrompit sa dissertation sur l'éducation et un poète élégiaque abîmé de vin blanc et plein d'huîtres osa hasarder le mot *ignoble.*

Ce fut un brouhaha – un oh d'indignation, beaucoup furent furieux car les garçons tardaient à apporter leurs plateaux, les hommes de lettres qui lisaient leurs oeuvres dans les revues levèrent la tête et jurèrent sans même parler français. Et les journalistes, quelle colère, quelle sainte indignation que celle de ces paillasses littéraires. Vingt journaux s'en emparèrent et chacun fit là-dessus quinze articles à 8 colonnes avec des suppléments. On en placarda sur les murs, ils les applaudissaient, ils les critiquaient, faisaient la critique de leur critique et des louanges de leur louange. On en revint à l'Évangile, à la morale et à la religion, sans voir lu le premier, pratiqué la seconde ni cru à la dernière. Ce fut pour eux une bonne fortune car ils avaient eu le courage de dire à douze des sottises à deux et un d'eux même alla jusqu'à donner un soufflet à un mort. Quel dithyrambe sur la littérature, sur la corruption des romans, la décadence du goût, l'immoralité des pauvres poètes qui ont du succès. Quel bonheur pour tout le monde qu'une aventure pareille, puisqu'on en tira tant de belles choses, et de plus un vaudeville et un mélodrame, un conte moral et un roman fantastique.

Cependant ils étaient sortis et avaient bientôt traversé la ville au milieu de la foule scandalisée et réjouie. À la nuit venue, ils étaient hors barrière. Ils s'endormirent tous les trois au pied d'un mulon de foin dans la campagne.

Les nuits sont courtes en été. Le jour vint et ses premières blancheurs saillirent à l'horizon de place en place. La lune devint toute pâle et disparut dans le brouillard gris. Cette fraîcheur du matin pleine de rosée et du parfum des foins les réveilla. Ils se remirent en route, car ils avaient bien encore une bonne lieue à faire le long de la rivière, dans les herbes par un sentier serpentant comme l'eau. À gauche il y avait le bois, dont les feuilles toutes mouillées brillaient sous les rayons du soleil qui passaient entre les pieds des arbres, sur la mousse, dans les bouleaux. Le tremble agitait son feuillage d'argent, les peupliers remuaient lentement leur tête droite. Les oiseaux gazouillaient déjà, chantaient, laissaient s'envoler leurs notes perlées. Le fleuve [coulait] de l'autre côté au pied des masures de chaume, le long des murailles, et on voyait les arbres laisser tomber les massifs de leurs feuilles et leurs fruits mûrs de celui-ci.

C'était la prairie et le bois. On entendait un vague bruit de chariot dans les chemins creux, et celui que les pas faisaient faire aux herbes foulées.

Et çà et là comme des corbeilles de verdure, des îles jetées dans le courant, leurs bords tapissés de vignobles descendaient jusqu'au rivage que les flots verts venaient baiser avec cette lenteur harmonieuse des ondes qui coulent !

Ah c'est bien là que Mathurin voulut dormir entre la forêt et le courant, dans la prairie. Ils l'y portèrent et lui creusèrent là son lit sous l'herbe non loin de la treille qui jaunissait au soleil et de l'onde qui murmurait sur le sable caillouteux de la rive.

Des pêcheurs s'en allaient avec leurs filets et penchés sur leurs rames ils tiraient la barque qui glissait vite. Ils chantaient et leur voix allait portée le long de l'eau et l'écho en frappait les coteaux boisés. Eux aussi quand tout fut prêt ils se mirent à chanter un hymne aux sons harmonieux et lents qui s'en alla comme le chant des pêcheurs, comme le courant de la rivière se perdre à l'horizon, un hymne au vin, à la nature, au bonheur, à la mort. Le vent emportait leurs paroles, les feuilles venaient tomber sur le cadavre de Mathurin, ou sur les cheveux de ses amis.

La fosse ne fut pas creuse et le gazon le recouvrit sans pierre ciselée, sans marbre doré. Quelques planches d'une barrique cassée qui se trouvaient là par hasard furent mises sur son corps afin que les pas ne l'écrasent pas. –

Et alors ils tirèrent chacun deux bouteilles, en burent deux et cassèrent les deux autres, le vin tomba en bouillons rouges sur la terre, la terre le but vite et alla porter jusqu'à Mathurin le souvenir des dernières saveurs de son existence et réchauffer sa tête couchée sur la terre !

On ne vit plus que les restes de deux bouteilles – ruines comme les autres ! elles rappelaient des joies et montraient un vide !

Gve Flaubert

Vendredi 30 août 1839.

Novembre

Novembre

Fragments de style quelconque

« Pour... niaiser et fantastiquer. »
Montaigne.

J'aime l'automne, cette triste saison va bien aux souvenirs. Quand les arbres n'ont plus de feuilles, quand le ciel conserve encore au crépuscule la teinte rousse qui dore l'herbe fanée, il est doux de regarder s'éteindre tout ce qui naguère encore brûlait en vous.

Je viens de rentrer de ma promenade dans les prairies vides, au bord des fossés froids où les saules se mirent ; le vent faisait siffler leurs branches dépouillées, quelquefois il se taisait, et puis recommençait tout à coup ; alors les petites feuilles qui restent attachées aux broussailles tremblaient de nouveau, l'herbe frissonnait en se penchant sur terre, tout semblait devenir plus pâle et plus glacé ; à l'horizon le disque du soleil se perdait dans la couleur blanche du ciel, et le pénétrait alentour d'un peu de vie expirante. J'avais froid et presque peur.

Je me suis mis à l'abri derrière un monticule de gazon, le vent avait cessé. Je ne sais pourquoi, comme j'étais là, assis par terre, ne pensant à rien et regardant au loin la fumée qui sortait des chaumes, ma vie entière s'est placée devant moi comme un fantôme, et l'amer parfum des jours qui ne sont plus m'est revenu avec l'odeur de l'herbe séchée et des bois morts ; mes pauvres années ont repassé devant moi, comme emportées par l'hiver dans une tourmente lamentable ; quelque chose de terrible les roulait dans mon souvenir, avec plus de furie que la brise ne faisait courir les feuilles dans les sentiers paisibles ; une ironie étrange les frôlait et les retournait pour mon spectacle, et puis toutes s'envolaient ensemble et se perdaient dans un ciel morne.

Elle est triste, la saison où nous sommes : on dirait que la vie va s'en aller avec le soleil, le frisson vous court dans le cœur comme sur la peau, tous les bruits s'éteignent, les horizons pâlissent, tout va dormir ou mourir. Je voyais tantôt les vaches rentrer, elles beuglaient en se tournant vers le couchant, le petit garçon qui les chassait devant lui avec une ronce grelottait sous ses habits de toile, elles glissaient sur la boue en descendant la côte, et écrasaient quelques pommes restées dans l'herbe. Le soleil jetait un dernier adieu derrière les collines confondues, les lumières des maisons s'allumaient dans la vallée, et la lune, l'astre de la rosée, l'astre des pleurs, commençait à se découvrir d'entre les nuages et à montrer sa pâle figure.

J'ai savouré longuement ma vie perdue ; je me suis dit avec joie que ma jeunesse était passée, car c'est une joie de sentir le froid vous venir au cœur, et de pouvoir dire, le tâtant de la main comme un foyer qui fume encore : il ne brûle plus. J'ai repassé lentement dans toutes les choses de ma vie, idées, passions, jours d'emportements, jours de deuil, battements d'espoir, déchirements d'angoisse. J'ai tout revu, comme un homme qui visite les catacombes et qui regarde lentement, des deux côtés, des morts rangés après des morts. À compter les années cependant, il n'y a pas longtemps que je suis né, mais j'ai à moi des souvenirs nombreux dont je me sens accablé, comme le sont les vieillards de tous les jours qu'ils ont vécus ; il me semble quelquefois que j'ai duré pendant des siècles et que mon être renferme les débris de mille existences passées. Pourquoi cela ? Ai-je aimé ? ai-je haï ? ai-je cherché quelque chose ? j'en doute encore ; j'ai vécu en dehors de tout mouvement, de toute action, sans me remuer, ni pour la gloire, ni pour le plaisir, ni pour la science, ni pour l'argent.

De tout ce qui va suivre personne n'a rien su, et ceux qui me voyaient chaque jour, pas plus que les autres ; ils étaient, par rapport à moi, comme le lit sur lequel je dors et qui ne sait rien de mes songes. Et d'ailleurs, le cœur de l'homme n'est-il pas une énorme solitude où nul ne pénètre ? les passions qui y viennent sont comme les voyageurs dans le désert du Sahara, elles y meurent étouffées, et leurs cris ne sont point entendus au-delà.

Dès le collège j'étais triste, je m'y ennuyais, je m'y cuisais de désirs, j'avais d'ardentes aspirations vers une existence insensée et agitée, je rêvais les passions, j'aurais voulu toutes les avoir. Derrière la vingtième année, il y avait pour moi tout un monde de lumières, de parfums ; la vie m'apparaissait de loin avec des splendeurs et des bruits triomphaux ; c'étaient, comme dans les contes de fées, des galeries les unes après les autres, où les diamants ruissellent sous le feu des lustres d'or ; un nom magique fait rouler sur leurs gonds les portes enchantées, et, à mesure qu'on avance, l'oeil plonge dans des perspectives magnifiques dont l'éblouissement fait sourire et fermer les yeux.

Vaguement je convoitais quelque chose de splendide que je n'aurais su formuler par aucun mot, ni préciser dans ma pensée sous aucune forme, mais dont j'avais néanmoins le désir positif, incessant. J'ai toujours aimé les choses brillantes. Enfant, je me poussais dans la foule, à la portière des charlatans, pour voir les galons rouges de leurs domestiques et les rubans de la bride de leurs chevaux ; je restais longtemps devant la tente des bateleurs, à regarder leurs pantalons bouffants et leurs collerettes brodées. Oh ! comme j'aimais surtout la danseuse de corde, avec ses longs pendants d'oreilles qui allaient et venaient autour de sa tête, son gros collier de pierres qui battait sur sa poitrine ! avec quelle avidité inquiète je la contemplais, quand elle s'élançait jusqu'à la hauteur des lampes suspendues entre les arbres, et que sa robe, bordée de paillettes d'or, claquait en sautant et se bouffait dans l'air ! ce sont là les premières femmes que j'ai aimées. Mon esprit se tourmentait en songeant à ces cuisses de formes étranges, si bien serrées dans des pantalons roses, à ces bras souples, entourés d'anneaux qu'elles faisaient craquer sur leur dos en se renversant en arrière, quand elles touchaient jusqu'à terre avec les plumes de leur turban. La femme, que je tâchais déjà de deviner (il n'est pas d'âge où l'on n'y songe : enfant, nous palpons avec une sensualité naïve la gorge des grandes filles qui nous embrassent et qui nous tiennent dans leurs bras ; à dix ans, on rêve l'amour ; à quinze, il vous arrive ; à soixante, on le garde encore, et si les morts songent à quelque chose dans leur tombeau, c'est à gagner sous terre la tombe qui est proche, pour soulever le suaire de la trépassée et se mêler à son sommeil) ; la femme était donc pour moi un mystère attrayant, qui troublait ma pauvre tête d'enfant. À ce que j'éprouvais, lorsqu'une de celles-ci venait à fixer ses yeux sur moi, je sentais déjà qu'il y avait quelque chose de fatal dans ce regard émouvant, qui fait fondre les volontés humaines, et j'en étais à la fois charmé et épouvanté.

À quoi rêvais-je durant les longues soirées d'études, quand je restais, le coude appuyé sur mon pupitre, à regarder la mèche du quinquet s'allonger dans la flamme et chaque goutte d'huile tomber dans le godet, pendant que mes camarades faisaient crier leurs plumes sur le papier et qu'on entendait, de temps à autre, le bruit d'un livre qu'on feuilletait ou qu'on refermait ? Je me dépêchais bien vite de faire mes devoirs, pour pouvoir me livrer à l'aise à ces pensées chéries. En effet, je me le promettais d'avance avec tout l'attrait d'un plaisir réel, je commençais par me forcer à y songer, comme un poète qui veut créer quelque chose et provoquer l'inspiration ; j'entrais le plus avant possible dans ma pensée, je la retournais sous toutes ses faces, j'allais jusqu'au fond, je revenais et je recommençais ; bientôt c'était une course effrénée de l'imagination, un élan prodigieux hors du réel, je me faisais des aventures, je m'arrangeais des histoires, je me bâtissais des palais, je m'y logeais comme un empereur, je creusais toutes les mines de diamant et je me les jetais à seaux sur le chemin que je devais parcourir.

Et quand le soir était venu, que nous étions tous couchés dans nos lits blancs, avec nos rideaux blancs, et que le maître d'étude seul se promenait de long en large dans le dortoir, comme je me renfermais encore bien plus en moi-même, cachant avec délices dans mon sein cet oiseau qui battait des ailes et dont je sentais la chaleur ! J'étais toujours longtemps à m'endormir, j'écoutais les heures sonner, plus elles étaient longues plus j'étais heureux ; il me semblait qu'elles me poussaient dans le monde en chantant, et saluaient chaque moment de ma vie en me disant : Aux autres ! aux autres ! à venir ! adieu ! adieu ! Et quand la dernière vibration s'était éteinte, quand mon oreille ne bourdonnait plus à l'entendre, je me disais : « À demain, la même heure sonnera, mais demain ce sera un jour de moins, un jour de plus vers là-bas, vers ce but qui brille, vers mon avenir, vers ce soleil dont les rayons m'inondent et que je toucherai alors des mains », et je me disais que c'était bien long à venir, et je m'endormais presque en pleurant.

Certains mots me bouleversaient, celui de *femme,* de *maîtresse* surtout ; je cherchais l'explication du premier dans les livres, dans les gravures, dans les tableaux, dont j'aurais voulu pouvoir arracher les draperies pour y découvrir quelque chose. Le jour enfin que je devinai tout, cela m'étourdit d'abord avec délices, comme une harmonie suprême, mais bientôt je devins calme et vécus dès lors avec plus de joie, je sentis un mouvement d'orgueil à me dire que j'étais un homme, un être organisé pour avoir un jour une femme à moi ; le mot de la vie m'était connu, c'était presque y entrer et déjà en goûter quelque chose, mon désir n'alla pas plus loin, et je demeurai satisfait de savoir ce que je savais. Quant à une *maîtresse,* c'était pour moi un être satanique, dont la magie du nom seul me jetait en de longues extases : c'était pour leurs maîtresses que les rois ruinaient et gagnaient des provinces ; pour elles on tissait les tapis de l'Inde, on tournait l'or, on ciselait le marbre, on remuait le monde ; une maîtresse a des esclaves, avec des éventails de plumes pour chasser les moucherons, quand elle dort sur des sofas de satin ; des éléphants chargés de présents attendent qu'elle s'éveille, des palanquins le portent mollement au bord des fontaines, elle siège sur des trônes, dans une atmosphère rayonnante et embaumée, bien loin de la foule, dont elle est l'exécration et l'idole.

Ce mystère de la femme en dehors du mariage, et plus femme encore à cause de cela même, m'irritait et me tentait du double appât de l'amour et de la richesse. Je n'aimais rien tant que le théâtre, j'en aimais jusqu'au bourdonnement des entr'actes, jusqu'aux couloirs, que je parcourais le cœur ému pour trouver une place. Quand la représentation était déjà commencée, je montais l'escalier en courant, j'entendais le bruit des instruments, des voix, des bravos, et quand j'entrais, que je m'asseyais, tout l'air était embaumé d'une chaude odeur de femme bien habillée, quelque chose qui sentait le bouquet de violettes, les gants blancs, le mouchoir brodé ; les galeries couvertes de monde, comme autant de couronnes de fleurs et de diamants, semblaient se tenir suspendues à entendre chanter ; l'actrice seule était sur le devant de la scène, et sa poitrine, d'où sortaient des notes précipitées, se baissait et montait en palpitant, le rythme poussait sa voix au galop et l'emportait dans un tourbillon mélodieux, les roulades faisaient onduler son cou gonflé, comme celui d'un cygne, sous le poids de baisers aériens ; elle tendait les bras, criait, pleurait, lançait des éclairs, appelait quelque chose avec un inconcevable amour, et, quand elle reprenait le motif, il me semblait qu'elle arrachait mon cœur avec le son de sa voix pour le mêler à elle dans une vibration amoureuse.

On l'applaudissait, on lui jetait des fleurs, et, dans mon transport, je savourais sur sa tête les adorations de la foule, l'amour de tous ces hommes et le désir de chacun d'eux. C'est de celle-là que j'aurais voulu être aimé, aimé d'un amour dévorant et qui fait peur, un amour de princesse ou d'actrice, qui nous remplit d'orgueil et vous fait de suite l'égal des riches et des puissants ! Qu'elle est belle la femme que tous applaudissent et que tous envient, celle qui donne à la foule, pour les rêves de chaque nuit, la fièvre du désir, celle qui n'apparaît jamais qu'aux flambeaux, brillante et chantante, et marchant dans l'idéal d'un poète comme dans une vie faite pour elle ! elle doit avoir pour celui qu'elle aime un autre amour, bien plus beau encore que celui qu'elle verse à flots sur tous les cœurs béants qui s'en abreuvent, des chants bien plus doux, des notes bien plus basses, plus amoureuses, plus tremblantes ! Si j'avais pu être près de ces lèvres d'où elles sortaient si pures, toucher à ces cheveux luisants qui brillaient sous des perles ! Mais la rampe du théâtre me semblait la barrière de l'illusion ; au-delà il y avait pour moi l'univers de l'amour et de la poésie, les passions y étaient plus belles et plus sonores, les forêts et les palais s'y dissipaient comme de la fumée, les sylphides descendaient des cieux, tout chantait, tout aimait.

C'est à tout cela que je songeais seul, le soir, quand le vent sifflait dans les corridors, ou dans les récréations, pendant qu'on jouait aux barres ou à la balle, et que je me promenais le long du mur, marchant sur les feuilles tombées des tilleuls pour m'amuser à entendre le bruit de mes pieds qui les soulevaient et les poussaient.

Je fus bientôt pris du désir d'aimer, je souhaitai l'amour avec une convoitise infinie, j'en rêvais les tourments, je m'attendais à chaque instant à un déchirement qui m'eût comblé de joie. Plusieurs fois je crus y être, je prenais dans ma pensée la première femme venue qui m'avait semblé belle, et je me disais : « C'est celle-là que j'aime », mais le souvenir que j'aurais voulu en garder s'appâlissait et s'effaçait au lieu de grandir ; je sentais, d'ailleurs, que je me forçais à aimer, que je jouais, vis-à-vis de mon cœur, une comédie qui ne le dupait point, et cette chute me donnait une longue tristesse ; je regrettais presque des amours que je n'avais pas eues, et puis j'en rêvais d'autres dont j'aurais voulu pouvoir me combler l'âme.

C'était surtout le lendemain de bal ou de comédie, à la rentrée d'une vacance de deux ou trois jours, que je rêvais une passion. Je me représentais celle que j'avais choisie, telle que je l'avais vue, en robe blanche, enlevée dans une valse aux bras d'un cavalier qui la soutient et qui lui sourit, ou appuyée sur la rampe de velours d'une loge et montrant tranquillement un profil royal ; le bruit des contredanses, l'éclat des lumières résonnait et m'éblouissait quelque temps encore, puis tout finissait par se fondre dans la monotonie d'une rêverie douloureuse. J'ai eu ainsi mille petits amours, qui ont duré huit jours ou un mois et que j'ai souhaité prolonger des siècles ; je ne sais en quoi je les faisais consister, ni quel était le but où ces vagues désirs convergeaient ; c'était, je crois, le besoin d'un sentiment nouveau et comme une aspiration vers quelque chose d'élevé dont je ne voyais pas le faîte.

La puberté du cœur précède celle du corps ; or j'avais plus besoin d'aimer que de jouir, plus envie de l'amour que de la volupté. Je n'ai même plus maintenant l'idée de cet amour de la première adolescence, où les sens ne sont rien et que l'infini seul remplit ; placé entre l'enfance et la jeunesse, il en est la transition et passe si vite qu'on l'oublie.

J'avais tant lu chez les poètes le mot amour, et si souvent je me le redisais pour me charmer de sa douceur, qu'à chaque étoile qui brillait dans un ciel bleu par une nuit douce, qu'à chaque murmure du flot sur la rive, qu'à chaque rayon de soleil dans les gouttes de la rosée, je me disais : « J'aime ! oh ! j'aime ! » et j'en étais heureux, j'en étais fier, déjà prêt aux dévouements les plus beaux, et surtout quand une femme m'effleurait en passant ou me regardait en face, j'aurais voulu l'aimer mille fois plus, pâtir encore davantage, et que mon petit battement de cœur pût me casser la poitrine.

Il y a un âge, vous le rappelez-vous, lecteur, où l'on sourit vaguement, comme s'il y avait des baisers dans l'air ; on a le cœur tout gonflé d'une brise odorante, le sang bat chaudement dans les veines, il y pétille, comme le vin bouillonnant dans la coupe de cristal. Vous vous réveillez plus heureux et plus riche que la veille, plus palpitant, plus ému ; de doux fluides montent et descendent en vous et vous parcourent divinement de leur chaleur enivrante, les arbres tordent leur tête sous le vent en de molles courbures, les feuilles frémissent les unes sur les autres, comme si elles se parlaient, les nuages glissent et ouvrent le ciel, où la lune sourit et se mire d'en haut sur la rivière. Quand vous marchez le soir, respirant l'odeur des foins coupés, écoutant le coucou dans les bois, regardant les étoiles qui filent, votre cœur, n'est-ce pas, votre cœur est plus pur, plus pénétré d'air, de lumière et d'azur que l'horizon paisible, où la terre touche le ciel dans un calme baiser. Oh ! comme les cheveux des femmes embaument ! comme la peau de leurs mains est douce, comme leurs regards nous pénètrent !

Mais déjà ce n'étaient plus les premiers éblouissements de l'enfance, souvenirs agitants des rêves de la nuit passée ; j'entrais, au contraire, dans une vie réelle où j'avais ma place, dans une harmonie immense où mon cœur chantait un hymne et vibrait magnifiquement ; je goûtais avec joie cet épanouissement charmant, et mes sens s'éveillant ajoutaient à mon orgueil. Comme le premier homme créé, je me réveillais enfin d'un long sommeil, et je voyais près de moi un être semblable à moi, mais muni des différences qui plaçaient entre nous deux une attraction vertigineuse, et en même temps je sentais pour cette forme nouvelle un sentiment nouveau dont ma tête était fière, tandis que le soleil brillait plus pur, que les fleurs embaumaient mieux que jamais, que l'ombre était plus douce et plus aimante.

Simultanément à cela, je sentais chaque jour le développement de mon intelligence, elle vivait avec mon cœur d'une vie commune. Je ne sais pas si mes idées étaient des sentiments, car elles avaient toute la chaleur des passions, la joie intime que j'avais dans le profond de mon être débordait sur le monde et l'embaumait pour moi du surplus de mon bonheur, j'allais toucher à la connaissance des voluptés suprêmes, et, comme un homme à la porte de sa maîtresse, je restais longtemps à me faire languir exprès, pour savourer un espoir certain et me dire : tout à l'heure je vais la tenir dans mes bras, elle sera à moi, bien à moi, ce n'est pas un rêve !

Étrange contradiction ! je fuyais la société des femmes, et j'éprouvais devant elles un plaisir délicieux ; je prétendais ne point les aimer, tandis que je vivais dans toutes et que j'aurais voulu pénétrer l'essence de chacune pour me mêler à sa beauté. Leurs lèvres déjà m'invitaient à d'autres baisers que ceux des mères, par la pensée je m'enveloppais de leurs cheveux, et je me plaçais entre leurs seins pour m'y écraser sous un étouffement divin ; j'aurais voulu être le collier qui baisait leur cou, l'agrafe qui mordait leur épaule, le vêtement qui les couvrait de tout le reste du corps. Au-delà du vêtement je ne voyais plus rien, sous lui était un infini d'amour, je m'y perdais à y penser.

Ces passions que j'aurais voulu avoir, je les étudiais dans les livres. La vie humaine roulait, pour moi, sur deux ou trois idées, sur deux ou trois mots, autour desquels tout le reste tournait comme des satellites autour de leur astre. J'avais ainsi peuplé mon infini d'une quantité de soleils d'or, les contes d'amour se plaçaient dans ma tête à côté des belles révolutions, les belles passions face à face des grands crimes ; je songeais à la fois aux nuits étoilées des pays chauds et à l'embrasement des villes incendiées, aux lianes des forêts vierges et à la pompe des monarchies perdues, aux tombeaux et aux berceaux ; murmure du flot dans les joncs, roucoulement des tourterelles sur les colombiers, bois de myrte et senteur d'aloès, cliquetis des épées contre les cuirasses, chevaux qui piaffent, or qui reluit, étincellements de la vie, agonies des désespérés, je contemplais tout du même regard béant, comme une fourmilière qui se fût agitée à mes pieds. Mais, par-dessus cette vie si mouvante à la surface, si résonnante de tant de cris différents, surgissait une immense amertume qui en était la synthèse et l'ironie.

Le soir, dans l'hiver, je m'arrêtais devant les maisons éclairées où l'on dansait, et je regardais des ombres passer derrière les rideaux rouges, j'entendais des bruits chargés de luxe, des verres qui claquaient sur des plateaux, de l'argenterie qui tintait dans des plats, et je me disais qu'il ne dépendait que de moi de prendre part à cette fête où l'on se ruait, à ce banquet où tous mangeaient ; un orgueil sauvage m'en écartait, car je trouvais que ma solitude me faisait beau, et que mon cœur était plus large à le tenir éloigné de tout ce qui faisait la joie des hommes. Alors je continuais ma route à travers les rues désertes, où les réverbères se balançaient tristement en faisant crier leurs poulies.

Je rêvais la douleur des poètes, je pleurais avec eux leurs larmes les plus belles, je les sentais jusqu'au fond du cœur, j'en étais pénétré, navré, il me semblait parfois que l'enthousiasme qu'ils me donnaient me faisait leur égal et me montait jusqu'à eux ; des pages, où d'autres restaient froids, me transportaient, me donnaient une fureur de pythonisse, je m'en ravageais l'esprit à plaisir, je me les récitais au bord de la mer, ou bien j'allais, la tête baissée, marchant dans l'herbe, me les disant de la voix la plus amoureuse et la plus tendre.

Malheur à qui n'a pas désiré des colères de tragédie, à qui ne sait pas par cœur des strophes amoureuses pour se les répéter au clair de lune ! il est beau de vivre ainsi dans la beauté éternelle, de se draper avec les rois, d'avoir les passions à leur expression la plus haute, d'aimer les amours que le génie a rendus immortels.

Dès lors je ne vécus plus que dans un idéal sans bornes, où, libre et volant à l'aise, j'allais comme une abeille cueillir sur toutes choses de quoi me nourrir et vivre ; je tâchais de découvrir, dans les bruits des forêts et des flots, des mots que les autres hommes n'entendaient point, et j'ouvrais l'oreille pour écouter la révélation de leur harmonie ; je composais avec les nuages et le soleil des tableaux énormes, que nul langage n'eût pu rendre, et, dans les actions humaines également, j'y percevais tout à coup des rapports et des antithèses dont la précision lumineuse m'éblouissait moi-même. Quelquefois l'art et la poésie semblaient ouvrir leurs horizons infinis et s'illuminer l'un l'autre de leur propre éclat, je bâtissais des palais de cuivre rouge, je montais éternellement dans un ciel radieux, sur un escalier de nuages plus mous que des édredons.

L'aigle est un oiseau fier, qui perche sur les hautes cimes ; sous lui il voit les nuages qui roulent dans les vallées, emportant avec eux les hirondelles ; il voit la pluie tomber sur les sapins, les pierres de marbre rouler dans le gave, le pâtre qui siffle ses chèvres, les chamois qui sautent les précipices. En vain la pluie ruisselle, l'orage casse les arbres, les torrents roulent avec des sanglots, la cascade fume et bondit, le tonnerre éclate et brise la cime des monts, paisible il vole au-dessus et bat des ailes ; le bruit de la montagne l'amuse, il pousse des cris de joie, lutte avec les nuées qui courent vite, et monte encore plus haut dans son ciel immense.

Moi aussi, je me suis amusé du bruit des tempêtes et du bourdonnement vague des hommes qui montait jusqu'à moi ; j'ai vécu dans une aire élevée, où mon cœur se gonflait d'air pur, où je poussais des cris de triomphe pour me désennuyer de ma solitude.

Il me vint bien vite un invincible dégoût pour les choses d'ici-bas. Un matin, je me sentis vieux et plein d'expérience sur mille choses inéprouvées, j'avais de l'indifférence pour les plus tentantes et du dédain pour les plus belles ; tout ce qui faisait l'envie des autres me faisait pitié, je ne voyais rien qui valût même la peine d'un désir, peut-être ma vanité faisait-elle que j'étais au-dessus de la vanité commune et mon désintéressement n'était-il que l'excès d'une cupidité sans bornes. J'étais comme ces édifices neufs, sur lesquels la mousse se met déjà à pousser avant qu'ils ne soient achevés d'être bâtis ; les joies turbulentes de mes camarades m'ennuyaient, et je haussais les épaules à leurs niaiseries sentimentales : les uns gardaient tout un an un vieux gant blanc, ou un camélia fané, pour le couvrir de baisers et de soupirs ; d'autres écrivaient à des modistes, donnaient rendez-vous à des cuisinières ; les premiers me semblaient sots, les seconds grotesques. Et puis la bonne et la mauvaise société m'ennuyaient également, j'étais cynique avec les dévots et mystique avec les libertins, de sorte que tous ne m'aimaient guère.

À cette époque où j'étais vierge, je prenais plaisir à contempler les prostituées, je passais dans les rues qu'elles habitent, je hantais les lieux où elles se promènent ; quelquefois je leur parlais pour me tenter moi-même, je suivais leurs pas, je les touchais, j'entrais dans l'air qu'elles jettent autour d'elles ; et comme j'avais de l'impudence, je croyais être calme ; je me sentais le cœur vide, mais ce vide-là était un gouffre.

J'aimais à me perdre dans le tourbillon des rues ; souvent je prenais des distractions stupides, comme de regarder fixement chaque passant pour découvrir sur sa figure un vice ou une passion saillante. Toutes ces têtes passaient vite devant moi : les unes souriaient, sifflaient en partant, les cheveux au vent ; d'autres étaient pâles, d'autres rouges, d'autres livides ; elles disparaissaient rapidement à mes côtés, elles glissaient les unes après les autres comme les enseignes lorsqu'on est en voiture. Ou bien je ne regardais seulement que les pieds qui allaient dans tous les sens, et je tâchais de rattacher chaque pied à un corps, un corps à une idée, tous ces mouvements à des buts, et je me demandais où tous ces pas allaient, et pourquoi marchaient tous ces gens. Je regardais les équipages s'enfoncer sous les péristyles sonores et le lourd marchepied se déployer avec fracas ; la foule s'engouffrait à la porte des théâtres, je regardais les lumières briller dans le brouillard et, au-dessus, le ciel tout noir sans étoiles ; au coin d'une rue, un joueur d'orgue jouait, des enfants en guenilles chantaient, un marchand de fruits poussait sa charrette, éclairée d'un falot rouge ; les cafés étaient pleins de bruit, les glaces étincelaient sous le feu des becs de gaz, les couteaux retentissaient sur les tables de marbre ; à la porte les pauvres, en grelottant, se haussaient pour voir les riches manger, je me mêlais à eux et, d'un regard pareil, je contemplais les heureux de la vie ; je jalousais leur joie banale, car il y a des jours où l'on est si triste que l'on voudrait se faire plus triste encore, on s'enfonce à plaisir dans le désespoir comme dans une route facile, on a le cœur tout gonflé de larmes et l'on s'excite à pleurer. J'ai souvent souhaité d'être misérable et de porter des haillons, d'être tourmenté de la faim, de sentir le sang couler d'une blessure, d'avoir une haine et de chercher à me venger.

Quelle est donc cette douleur inquiète, dont on est fier comme du génie et que l'on cache comme un amour ? vous ne la dites à personne, vous la gardez pour vous seul, vous l'étreignez sur votre poitrine avec des baisers pleins de larmes. De quoi se plaindre pourtant ? et qui vous rend si sombre à l'âge où tout sourit ? n'avez-vous pas des amis tout dévoués ? une famille dont vous faites l'orgueil, des bottes vernies, un paletot ouaté, etc. ? Rhapsodies poétiques, souvenirs de mauvaises lectures, hyperboles de rhétorique, que toutes ces grandes douleurs sans nom, mais le bonheur aussi ne serait-il pas une métaphore inventée un jour d'ennui ? J'en ai longtemps douté, aujourd'hui je n'en doute plus.

Je n'ai rien aimé et j'aurais voulu tant aimer ! il me faudra mourir sans avoir rien goûté de bon. À l'heure qu'il est, même la vie humaine m'offre encore mille aspects que j'ai à peine entrevus : jamais, seulement, au bord d'une source vive et sur un cheval haletant, je n'ai entendu le son du cor au fond des bois ; jamais non plus, par une nuit douce et respirant l'odeur des roses, je n'ai senti une main frémir dans la mienne et la saisir en silence. Ah ! je suis plus vide, plus creux, plus triste qu'un tonneau défoncé dont on a tout bu, et où les araignées jettent leurs toiles dans l'ombre.

Ce n'était point la douleur de René ni l'immensité céleste de ses ennuis, plus beaux et plus argentés que les rayons de la lune ; je n'étais point chaste comme Werther ni débauché comme Don Juan ; je n'étais, pour tout, ni assez pur ni assez fort.

J'étais donc, ce que vous êtes tous, un certain homme, qui vit, qui dort, qui mange, qui boit, qui pleure, qui rit, bien renfermé en lui-même, et retrouvant en lui, partout où il se transporte, les mêmes ruines d'espérances sitôt abattues qu'élevées, la même poussière de choses broyées, les mêmes sentiers mille fois parcourus, les mêmes profondeurs inexplorées, épouvantables et ennuyeuses. N'êtes-vous pas las comme moi de vous réveiller tous les matins et de revoir le soleil ? las de vivre de la même vie, de souffrir de la même douleur ? las de désirer et las d'être dégoûté ? las d'attendre et las d'avoir ?

À quoi bon écrire ceci ? pourquoi continuer, de la même voix dolente, le même récit funèbre ? Quand je l'ai commencé, je le savais beau, mais à mesure que j'avance, mes larmes me tombent sur le cœur et m'éteignent la voix.

Oh ! le pâle soleil d'hiver ! il est triste comme un souvenir heureux. Nous sommes entourés d'ombre, regardons notre foyer brûler ; les charbons étalés sont couverts de grandes lignes noires entrecroisées, qui semblent battre comme des veines animées d'une autre vie ; attendons la nuit venir.

Rappelons-nous nos beaux jours, les jours où nous étions gais, où nous étions plusieurs, où le soleil brillait, où les oiseaux cachés chantaient après la pluie, les jours où nous nous sommes promenés dans le jardin ; le sable des allées était mouillé, les corolles des roses étaient tombées dans les plates-bandes, l'air embaumait. Pourquoi n'avons-nous pas assez senti notre bonheur quand il nous a passé par les mains ? il eût fallu, ces jours-là, ne penser qu'à le goûter et savourer longuement chaque minute, afin qu'elle s'écoulât plus lente ; il y a même des jours qui ont passé comme d'autres, et dont je me ressouviens délicieusement. Une fois, par exemple, c'était l'hiver, il faisait très froid, nous sommes rentrés de promenade, et comme nous étions peu, on nous a laissés nous mettre autour du poêle ; nous nous sommes chauffés à l'aise, nous faisions rôtir nos morceaux de pain avec nos règles, le tuyau bourdonnait ; nous causions de mille choses : des pièces que nous avions vues, des femmes que nous aimions, de notre sortie du collège, de ce que nous ferions quand nous serions grands, etc. Une autre fois, j'ai passé tout l'après-midi couché sur le dos, dans un champ où il y avait des petites marguerites qui sortaient de l'herbe ; elles étaient jaunes, rouges, elles disparaissaient dans la verdure du pré, c'était un tapis de nuances infinies ; le ciel pur était couvert de petits nuages blancs qui ondulaient comme des vagues rondes ; j'ai regardé le soleil à travers mes mains appuyées sur ma figure, il dorait le bord de mes doigts et rendait ma chair rose, je fermais exprès les yeux pour voir sous mes paupières de grandes taches vertes avec des franges d'or. Et un soir, je ne sais plus quand, je m'étais endormi au pied d'un mulon ; quand je me suis réveillé, il faisait nuit, les étoiles brillaient, palpitaient, les meules de foin avançaient leur ombre derrière elles, la lune avait une belle figure d'argent.

Comme tout cela est loin ! est-ce que je vivais dans ce temps-là ? était-ce bien moi ? est-ce moi maintenant ? Chaque minute de ma vie se trouve tout à coup séparée de l'autre par un abîme, entre hier et aujourd'hui il y a pour moi une éternité qui m'épouvante, chaque jour il me semble que je n'étais pas si misérable la veille et, sans pouvoir dire ce que j'avais de plus, je sens bien que je m'appauvris et que l'heure qui arrive m'emporte quelque chose, étonné seulement d'avoir encore dans le cœur place pour la souffrance ; mais le cœur de l'homme est inépuisable pour la tristesse : un ou deux bonheurs le remplissent, toutes les misères de l'humanité peuvent s'y donner rendez-vous et y vivre comme des hôtes.

Si vous m'aviez demandé ce qu'il me fallait, je n'aurais su que répondre, mes désirs n'avaient point d'objet, ma tristesse n'avait pas de cause immédiate ; ou plutôt, il y avait tant de buts et tant de causes que je n'aurais su en dire aucun. Toutes les passions entraient en moi et ne pouvaient en sortir, s'y trouvaient à l'étroit ; elles s'enflammaient les unes les autres, comme par des miroirs concentriques : modeste, j'étais plein d'orgueil ; vivant dans la solitude, je rêvais la gloire ; retiré du monde, je brûlais d'y paraître, d'y briller ; chaste, je m'abandonnais, dans mes rêves du jour et de la nuit, aux luxures les plus effrénées, aux voluptés les plus féroces. La vie que je refoulais en moi-même se contractait au cœur et le serrait à l'étouffer.

Quelquefois, n'en pouvant plus, dévoré de passions sans bornes, plein de la lave ardente qui coulait de mon âme, aimant d'un amour furieux des choses sans nom, regrettant des rêves magnifiques, tenté par toutes les voluptés de la pensée, aspirant à moi toutes les poésies, toutes les harmonies, et écrasé sous le poids de mon cœur et de mon orgueil, je tombais anéanti dans un abîme de douleurs, le sang me fouettait la figure, mes artères m'étourdissaient, ma poitrine semblait rompre, je ne voyais plus rien, je ne sentais plus rien, j'étais ivre, j'étais fou, je m'imaginais être grand, je m'imaginais contenir une incarnation suprême, dont la révélation eût émerveillé le monde, et ses déchirements, c'était la vie même du dieu que je portais dans mes entrailles. À ce dieu magnifique j'ai immolé toutes les heures de ma jeunesse ; j'avais fait de moi-même un temple pour contenir quelque chose de divin, le temple est resté vide, l'ortie a poussé entre les pierres, les piliers s'écroulent, voilà les hiboux qui y font leurs nids. N'usant pas de l'existence, l'existence m'usait, mes rêves me fatiguaient plus que de grands travaux ; une création entière, immobile, irrévélée à elle-même, vivait sourdement sous ma vie ; j'étais un chaos dormant de mille principes féconds qui ne savaient comment se manifester ni que faire d'eux-mêmes, ils cherchaient leurs formes et attendaient leur moule.

J'étais, dans la variété de mon être, comme une immense forêt de l'Inde, où la vie palpite dans chaque atome et apparaît, monstrueuse ou adorable, sous chaque rayon de soleil ; l'azur est rempli de parfums et de poisons, les tigres bondissent, les éléphants marchent fièrement comme des pagodes vivantes, les dieux, mystérieux et difformes, sont cachés dans le creux des cavernes parmi de grands monceaux d'or ; et au milieu, coule le large fleuve, avec des crocodiles béants qui font claquer leurs écailles dans le lotus du rivage, et ses îles de fleurs que le courant entraîne avec des troncs d'arbres et des cadavres verdis par la peste. J'aimais pourtant la vie, mais la vie expansive, radieuse, rayonnante ; je l'aimais dans le galop furieux des coursiers, dans le scintillement des étoiles, dans le mouvement des vagues qui courent vers le rivage ; je l'aimais dans le battement des belles poitrines nues, dans le tremblement des regards amoureux, dans la vibration des cordes du violon, dans le frémissement des chênes, dans le soleil couchant, qui dore les vitres et fait penser aux balcons de Babylone où les reines se tenaient accoudées et regardant l'Asie.

Et au milieu de tout je restais sans mouvement ; entre tant d'actions que je voyais, que j'excitais même, je restais inactif, aussi inerte qu'une statue entourée d'un essaim de mouches qui bourdonnent à ses oreilles et qui courent sur son marbre.

Oh ! comme j'aurais aimé si j'avais aimé, si j'avais pu concentrer sur un seul point toutes ces forces divergentes qui retombaient sur moi ! Quelquefois, à tout prix je voulais trouver une femme, je voulais l'aimer, elle contenait tout pour moi, j'attendais tout d'elle, c'était mon soleil de poésie, qui devait faire éclore toute fleur et resplendir toute beauté ; je me promettais un amour divin, je lui donnais d'avance une auréole à m'éblouir, et la première qui venait à ma rencontre, au hasard, dans la foule, je lui vouais mon âme, et je la regardais de manière à ce qu'elle me comprît bien, à ce qu'elle pût lire dans ce seul regard tout ce que j'étais, et m'aimer. Je plaçais ma destinée dans ce hasard, mais elle passait comme les autres, comme les précédentes, comme les suivantes, et ensuite je retombais, plus délabré qu'une voile déchirée trempée par l'orage.

Après de tels accès la vie se rouvrait pour moi dans l'éternelle monotonie de ses heures qui coulent et de ses jours qui reviennent, j'attendais le soir avec impatience, je comptais combien il m'en restait encore pour atteindre à la fin du mois, je souhaitais d'être à la saison prochaine, j'y voyais sourire une existence plus douce. Quelquefois, pour secouer ce manteau de plomb qui me pesait sur les épaules, m'étourdir de sciences et d'idées, je voulais travailler, lire ; j'ouvrais un livre, et puis deux, et puis dix, et, sans avoir lu deux lignes d'un seul, je les rejetais avec dégoût et je me remettais à dormir dans le même ennui.

Que faire ici-bas ? qu'y rêver ? qu'y bâtir ? dites-le-moi donc, vous que la vie amuse, qui marchez vers un but et vous tourmentez pour quelque chose !

Je ne trouvais rien qui fût digne de moi, je ne me trouvais également propre à rien. Travailler, tout sacrifier à une idée, à une ambition, ambition misérable et triviale, avoir une place, un nom ? après ? à quoi bon ? Et puis je n'aimais pas la gloire, la plus retentissante ne m'eût point satisfait parce qu'elle n'eût jamais atteint à l'unisson de mon cœur.

Je suis né avec le désir de mourir. Rien ne me paraissait plus sot que la vie et plus honteux que d'y tenir. Élevé sans religion, comme les hommes de mon âge, je n'avais pas le bonheur sec des athées ni l'insouciance ironique des sceptiques. Par caprice sans doute, si je suis entré quelquefois dans une église, c'était pour écouter l'orgue, pour admirer les statuettes de pierre dans leurs niches ; mais quant au dogme, je n'allais pas jusqu'à lui ; je me sentais bien le fils de Voltaire.

Je voyais les autres gens vivre, mais d'une autre vie que la mienne : les uns croyaient, les autres niaient, d'autres doutaient, d'autres enfin ne s'occupaient pas du tout de tout ça et faisaient leurs affaires, c'est-à-dire vendaient dans leurs boutiques, écrivaient leurs livres ou criaient dans leur chaire ; c'était là ce qu'on appelle l'humanité, surface mouvante de méchants, de lâches, d'idiots et de laids. Et moi j'étais dans la foule, comme une algue arrachée sur l'Océan, perdue au milieu des flots sans nombre qui roulaient, qui m'entouraient et qui bruissaient.

J'aurais voulu être empereur pour la puissance absolue, pour le nombre des esclaves, pour les armées éperdues d'enthousiasme ; j'aurais voulu être femme pour la beauté, pour pouvoir m'admirer moi-même, me mettre nue, laisser retomber ma chevelure sur mes talons et me mirer dans les ruisseaux. Je me perdais à plaisir dans des songeries sans limites, je m'imaginais assister à de belles fêtes antiques, être roi des Indes et aller à la chasse sur un éléphant blanc, voir des danses ioniennes, écouter le flot grec sur les marches d'un temple, entendre les brises des nuits dans les lauriers-roses de mes jardins, fuir avec Cléopâtre sur ma galère antique. Ah ! folies que tout cela ! malheur à la glaneuse qui laisse là sa besogne et lève la tête pour voir les berlines passer sur la grande route ! En se remettant à l'ouvrage, elle rêvera de cachemires et d'amours de princes, ne trouvera plus d'épi et rentrera sans avoir fait sa gerbe.

Il eût mieux valu faire comme tout le monde, ne prendre la vie ni trop au sérieux ni trop au grotesque, choisir un métier et l'exercer, saisir sa part du gâteau commun et le manger en disant qu'il est bon, que de suivre le triste chemin où j'ai marché tout seul ; je ne serais pas à écrire ceci ou c'eût été une autre histoire. À mesure que j'avance, elle se confond même pour moi, comme les perspectives que l'on voit de trop loin, car tout passe, même le souvenir de nos larmes les plus brûlantes, de nos rires les plus sonores ; bien vite l'oeil se sèche et la bouche reprend son pli ; je n'ai plus maintenant que la réminiscence d'un long ennui qui a duré plusieurs hivers, passés à bâiller, à désirer ne plus vivre.

C'est peut-être pour tout cela que je me suis cru poète ; aucune des misères ne m'a manqué, hélas ! comme vous voyez. Oui, il m'a semblé autrefois que j'avais du génie, je marchais le front rempli de pensées magnifiques, le style coulait sous ma plume comme le sang dans mes veines ; au moindre froissement du beau, une mélodie pure montait en moi, ainsi que ces voix aériennes, sons formés par le vent, qui sortent des montagnes ; les passions humaines auraient vibré merveilleusement si je les avais touchées, j'avais dans la tête des drames tout faits, remplis de scènes furieuses et d'angoisses non révélées ; depuis l'enfant dans son berceau jusqu'au mort dans sa bière, l'humanité résonnait en moi avec tous ses échos ; parfois des idées gigantesques me traversaient tout à coup l'esprit, comme, l'été, ces grands éclairs muets qui illuminent une ville entière, avec tous les détails de ses édifices et les carrefours de ses rues. J'en étais ébranlé, ébloui ; mais quand je retrouvais chez d'autres les pensées et jusqu'aux formes mêmes que j'avais conçues, je tombais, sans transition, dans un découragement sans fond ; je m'étais cru leur égal et je n'étais plus que leur copiste ! Je passais alors de l'enivrement du génie au sentiment désolant de la médiocrité, avec toute la rage des rois détrônés et tous les supplices de la honte. Dans de certains jours, j'aurais juré être né pour la Muse, d'autres fois je me trouvais presque idiot ; et toujours passant ainsi de tant de grandeur à tant de bassesse, j'ai fini, comme les gens souvent riches et souvent pauvres dans leur vie, par être et par rester misérable.

Dans ce temps-là, chaque matin en m'éveillant, il me semblait qu'il allait s'accomplir, ce jour-là, quelque grand événement ; j'avais le cœur gonflé d'espérance, comme si j'eusse attendu d'un pays lointain une cargaison de bonheur ; mais, la journée avançant, je perdais tout courage ; au crépuscule surtout, je voyais bien qu'il ne viendrait rien. Enfin la nuit arrivait et je me couchais.

De lamentables harmonies s'établissaient entre la nature physique et moi. Comme mon cœur se serrait quand le vent sifflait dans les serrures, quand les réverbères jetaient leur lueur sur la neige, quand j'entendais les chiens aboyer après la lune !

Je ne voyais rien à quoi me raccrocher, ni le monde, ni la solitude, ni la poésie, ni la science, ni l'impiété, ni la religion ; j'errais entre tout cela, comme les âmes dont l'enfer ne veut pas et que le paradis repousse. Alors je me croisais les bras, me regardant comme un homme mort, je n'étais plus qu'une momie embaumée dans ma douleur ; la fatalité, qui m'avait courbé dès ma jeunesse, s'étendait pour moi sur le monde entier, je la regardais se manifester dans toutes les actions des hommes aussi universellement que le soleil sur la surface de la terre, elle me devint une atroce divinité, que j'adorais comme les Indiens adorent le colosse ambulant qui leur passe sur le ventre ; je me complaisais dans mon chagrin, je ne faisais plus d'effort pour en sortir, je le savourais même, avec la joie désespérée du malade qui gratte sa plaie et se met à rire quand il a du sang aux ongles.

Il me prit contre la vie, contre les hommes, contre tout, une rage sans nom. J'avais dans le cœur des trésors de tendresse, et je devins plus féroce que les tigres ; j'aurais voulu anéantir la création et m'endormir avec elle dans l'infini du néant ; que ne me réveillais-je à la lueur des villes incendiées ! J'aurais voulu entendre le frémissement des ossements que la flamme fait pétiller, traverser des fleuves chargés de cadavres, galoper sur des peuples courbés et les écraser des quatre fers de mon cheval, être Gengiskan, Tamerlan, Néron, effrayer le monde au froncement de mes sourcils.

Autant j'avais eu d'exaltations et de rayonnements, autant je me renfermai et me roulai sur moi-même. Depuis longtemps déjà j'ai séché mon cœur, rien de nouveau n'y entre plus, il est vide comme les tombeaux où les morts se sont pourris. J'avais pris le soleil en haine, j'étais excédé du bruit des fleuves, de la vue des bois, rien ne me semblait sot comme la campagne ; tout s'assombrit et se rapetissa, je vécus dans un crépuscule perpétuel.

Quelquefois je me demandais si je ne me trompais pas ; j'alignais ma jeunesse, mon avenir, mais quelle pitoyable jeunesse, quel avenir vide !

Quand je voulais sortir du spectacle de ma misère et regarder le monde, ce que j'en pouvais voir c'étaient des hurlements, des cris, des larmes, des convulsions, la même comédie revenant perpétuellement avec les mêmes acteurs ; et il y a des gens, me disais-je, qui étudient tout cela et se remettent à la tâche tous les matins ! Il n'y avait plus qu'un grand amour qui eût pu me tirer de là, mais je regardais cela comme quelque chose qui n'est pas de ce monde, et je regrettai amèrement tout le bonheur que j'avais rêvé.

Alors la mort m'apparut belle. Je l'ai toujours aimée ; enfant, je la désirais seulement pour la connaître, pour savoir qu'est-ce qu'il y a dans le tombeau et quels songes a ce sommeil ; je me souviens avoir souvent gratté le vert-de-gris de vieux sous pour m'empoisonner, essayé d'avaler des épingles, m'être approché de la lucarne d'un grenier pour me jeter dans la rue... Quand je pense que presque tous les enfants font de même, qu'ils cherchent à se suicider dans leurs jeux, ne dois-je pas conclure que l'homme, quoi qu'il en dise, aime la mort d'un amour dévorant ? il lui donne tout ce qu'il crée, il en sort et il y retourne, il ne fait qu'y songer tant qu'il vit, il en a le germe dans le corps, le désir dans le cœur.

Il est si doux de se figurer qu'on n'est plus ! il fait si calme dans tous les cimetières ! là, tout étendu et roulé dans le linceul et les bras en croix sur la poitrine, les siècles passent sans plus vous éveiller que le vent qui passe sur l'herbe. Que de fois j'ai contemplé, dans les chapelles des cathédrales, ces longues statues de pierre couchées sur les tombeaux ! leur calme est si profond que la vie ici-bas n'offre rien de pareil ; ils ont, sur leur lèvre froide, comme un sourire monté du fond du tombeau, on dirait qu'ils dorment, qu'ils savourent la mort. N'avoir plus besoin de pleurer, ne plus sentir de ces défaillances où il semble que tout se rompt, comme des échafaudages pourris, c'est là le bonheur au-dessus de tous les bonheurs, la joie sans lendemain, le rêve sans réveil. Et puis on va peut-être dans un monde plus beau, par delà les étoiles, où l'on vit de la vie de la lumière et des parfums ; l'on est peut-être quelque chose de l'odeur des roses et de la fraîcheur des prés ! Oh ! non, non, j'aime mieux croire que l'on est bien mort tout à fait, que rien ne sort du cercueil ; et s'il faut encore sentir quelque chose, que ce soit son propre néant, que la mort se repaisse d'elle-même et s'admire ; assez de vie juste pour sentir que l'on n'est plus.

Et je montais au haut des tours, je me penchais sur l'abîme, j'attendais le vertige venir, j'avais une inconcevable envie de m'élancer, de voler dans l'air, de me dissiper avec les vents ; je regardais la pointe des poignards, la gueule des pistolets, je les appuyais sur mon front, je m'habituais au contact de leur froid et de leur pointe ; d'autres fois, je regardais les rouliers tournant à l'angle des rues et l'énorme largeur des roues broyer la poussière sur le pavé ; je pensais que ma tête serait ainsi bien écrasée, pendant que les chevaux iraient au pas. Mais je n'aurais pas voulu être enterré, la bière m'épouvante ; j'aimerais plutôt être déposé sur un lit de feuilles sèches, au fond des bois, et que mon corps s'en allât petit à petit au bec des oiseaux et aux pluies d'orage.

Un jour, à Paris, je me suis arrêté longtemps sur le Pont-Neuf ;

c'était l'hiver, la Seine charriait, de gros glaçons ronds descendaient lentement le courant et se fracassaient sous les arches, le fleuve était verdâtre ; j'ai songé à tous ceux qui étaient venus là pour en finir. Combien de gens avaient passé à la place où je me tenais alors, courant la tête levée à leurs amours ou à leurs affaires, et qui y étaient revenus, un jour, marchant à petits pas, palpitant à l'approche de mourir ! ils se sont approchés du parapet, ils ont monté dessus, ils ont sauté. Oh ! que de misères ont fini là, que de bonheurs y ont commencé ! Quel tombeau froid et humide ! comme il s'élargit pour tous ! comme il y en a dedans ! ils sont là tous, au fond, roulant lentement avec leurs faces crispées et leurs membres bleus, chacun de ces flots glacés les emporte dans leur sommeil et les traîne doucement à la mer.

Quelquefois les vieillards me regardaient avec envie, ils me disaient que j'étais heureux d'être jeune, que c'était là le bel âge, leurs yeux caves admiraient mon front blanc, ils se rappelaient leurs amours et me les contaient ; mais je me suis souvent demandé si, dans leur temps, la vie était plus belle, et comme je ne voyais rien en moi que l'on pût envier, j'étais jaloux de leurs regrets, parce qu'ils cachaient des bonheurs que je n'avais pas eus. Et puis c'étaient des faiblesses d'homme en enfance à faire pitié ! je riais doucement et pour presque rien comme les convalescents. Quelquefois je me sentais pris de tendresse pour mon chien, et je l'embrassais avec ardeur ; ou bien j'allais dans une armoire revoir quelque vieil habit de collège, et je songeais à la journée où je l'avais étrenné, aux lieux où il avait été avec moi, et je me perdais en souvenirs sur tous mes jours vécus. Car les souvenirs sont doux, tristes ou gais, n'importe ! et les plus tristes sont encore les plus délectables pour nous, ne résument-ils pas l'infini ? l'on épuise quelquefois des siècles à songer à une certaine heure qui ne reviendra plus, qui a passé, qui est au néant pour toujours, et que l'on rachèterait par tout l'avenir.

Mais ces souvenirs-là sont des flambeaux clairsemés dans une grande salle obscure, ils brillent au milieu des ténèbres ; il n'y a que dans leur rayonnement que l'on y voit, ce qui est près d'eux resplendit, tandis que tout le reste est plus noir, plus couvert d'ombres et d'ennui.

Avant d'aller plus loin, il faut que je vous raconte ceci :

Je ne me rappelle plus bien l'année, c'était pendant une vacance, je me suis réveillé de bonne humeur et j'ai regardé par la fenêtre. Le jour venait, la lune toute blanche remontait dans le ciel ; entre les gorges des collines, des vapeurs grises et rosées fumaient doucement et se perdaient dans l'air ; les poules de la basse-cour chantaient. J'ai entendu derrière la maison, dans le chemin qui conduit aux champs, une charrette passer, dont les roues claquaient dans les ornières, les faneurs allaient à l'ouvrage ; il y avait de la rosée sur la haie, le soleil brillait dessus, on sentait l'eau et l'herbe.

Je suis sorti et je m'en suis allé à X... ; j'avais trois lieues à faire, je me suis mis en route, seul, sans bâton, sans chien. J'ai d'abord marché dans les sentiers qui serpentent entre les blés, j'ai passé sous des pommiers, au bord des haies ; je ne songeais à rien, j'écoutais le bruit de mes pas, la cadence de mes mouvements me berçait la pensée. J'étais libre, silencieux et calme, il faisait chaud ; de temps à autre je m'arrêtais, mes tempes battaient, le cri-cri chantait dans les chaumes, et je me remettais à marcher. J'ai passé dans un hameau où il n'y avait personne, les cours étaient silencieuses, c'était, je crois, un dimanche ; les vaches, assises dans l'herbe, à l'ombre des arbres, ruminaient tranquillement, remuant leurs oreilles pour chasser les moucherons. Je me souviens que j'ai marché dans un chemin où un ruisseau coulait sur les cailloux, des lézards verts et des insectes aux ailes d'or montaient lentement le long des rebords de la route, qui était enfoncée et toute couverte par le feuillage.

Puis je me suis trouvé sur un plateau, dans un champ fauché ; j'avais la mer devant moi, elle était toute bleue, le soleil répandait dessus une profusion de perles lumineuses, des sillons de feu s'étendaient sur les flots ; entre le ciel azuré et la mer plus foncée, l'horizon rayonnait, flamboyait ; la voûte commençait sur ma tête et s'abaissait derrière les flots, qui remontaient vers elle, faisant comme le cercle d'un infini invisible. Je me suis couché dans un sillon et j'ai regardé le ciel, perdu dans la contemplation de sa beauté.

Le champ où j'étais était un champ de blé, j'entendais les cailles, qui voltigeaient autour de moi et venaient s'abattre sur des mottes de terre ; la mer était douce, et murmurait plutôt comme un soupir que comme une voix ; le soleil lui-même semblait avoir son bruit, il inondait tout, ses rayons me brûlaient les membres, la terre me renvoyait sa chaleur, j'étais noyé dans sa lumière, je fermais les yeux et je la voyais encore. L'odeur des vagues montait jusqu'à moi, avec la senteur du varech et des plantes marines ; quelquefois elles paraissaient s'arrêter ou venaient mourir sans bruit sur le rivage festonné d'écume, comme une lèvre dont le baiser ne sonne point. Alors, dans le silence de deux vagues, pendant que l'Océan gonflé se taisait, j'écoutais le chant des cailles un instant, puis le bruit des flots recommençait, et après, celui des oiseaux.

Je suis descendu en courant au bord de la mer, à travers les terrains éboulés que je sautais d'un pied sûr, je levais la tête avec orgueil, je respirais fièrement la brise fraîche, qui séchait mes cheveux en sueur ; l'esprit de Dieu me remplissait, je me sentais le cœur grand, j'adorais quelque chose d'un étrange mouvement, j'aurais voulu m'absorber dans la lumière du soleil et me perdre dans cette immensité d'azur, avec l'odeur qui s'élevait de la surface des flots ; et je fus pris alors d'une joie insensée, et je me mis à marcher comme si tout le bonheur des cieux m'était entré dans l'âme. Comme la falaise s'avançait en cet endroit-là, toute la côte disparut et je ne vis plus rien que la mer : les lames montaient sur le galet jusqu'à mes pieds, elles écumaient sur les rochers à fleur d'eau, les battaient en cadence, les enlaçaient comme des bras liquides et des nappes limpides, en retombant illuminées d'une couleur bleue ; le vent en soulevait les mousses autour de moi et ridait les flaques d'eau restées dans le creux des pierres, les varechs pleuraient et se berçaient, encore agités du mouvement de la vague qui les avait quittés ; de temps à autre une mouette passait avec de grands battements d'ailes, et montait jusqu'au haut de la falaise. À mesure que la mer se retirait, et que son bruit s'éloignait ainsi qu'un refrain qui expire, le rivage s'avançait vers moi, laissant à découvert sur le sable les sillons que la vague avait tracés. Et je compris alors tout le bonheur de la création et toute la joie que Dieu y a placée pour l'homme ; la nature m'apparut belle comme une harmonie complète, que l'extase seule doit entendre ; quelque chose de tendre comme un amour et de pur comme la prière s'éleva pour moi du fond de l'horizon, s'abattit de la cime des rocs déchirés, du haut des cieux ; il se forma, du bruit de l'Océan, de la lumière du jour, quelque chose d'exquis que je m'appropriai comme d'un domaine céleste, je m'y sentis vivre heureux et grand, comme l'aigle qui regarde le soleil et monte dans ses rayons.

Alors tout me sembla beau sur la terre, je n'y vis plus de disparate ni de mauvais ; j'aimai tout, jusqu'aux pierres qui me fatiguaient les pieds, jusqu'aux rochers durs où j'appuyais les mains, jusqu'à cette nature insensible que je supposais m'entendre et m'aimer, et je songeai alors combien il était doux de chanter, le soir, à genoux, des cantiques au pied d'une madone qui brille aux candélabres, et d'aimer la Vierge Marie, qui apparaît aux marins, dans un coin du ciel, tenant le doux Enfant Jésus dans ses bras.

Puis ce fut tout ; bien vite je me rappelai que je vivais, je revins à moi, je me mis en marche, sentant que la malédiction me reprenait, que je rentrais dans l'humanité ; la vie m'était revenue, comme aux membres gelés, par le sentiment de la souffrance, et de même que j'avais un inconcevable bonheur, je tombai dans un découragement sans nom, et j'allai à X...

Je revins le soir chez nous, je repassai par les mêmes chemins, je revis sur le sable la trace de mes pieds et dans l'herbe la place où je m'étais couché, il me sembla que j'avais rêvé. Il y a des jours où l'on a vécu deux existences, la seconde déjà n'est plus que le souvenir de la première, et je m'arrêtais souvent dans mon chemin devant un buisson, devant un arbre, au coin d'une route, comme si là, le matin, il s'était passé quelque événement de ma vie.

Quand j'arrivai à la maison, il faisait presque nuit, on avait fermé les portes, et les chiens se mirent à aboyer.

Les idées de volupté et d'amour qui m'avaient assailli à 15 ans vinrent me retrouver à 18. Si vous avez compris quelque chose à ce qui précède, vous devez vous rappeler qu'à cet âge-là j'étais encore vierge et n'avais point aimé : pour ce qui était de la beauté des passions et de leurs bruits sonores, les poètes me fournissaient des thèmes à ma rêverie ; quant au plaisir des sens, à ces joies du corps que les adolescents convoitent, j'en entretenais dans mon cœur le désir incessant, par toutes les excitations volontaires de l'esprit ; de même que les amoureux envient de venir à bout de leur amour en s'y livrant sans cesse, et de s'en débarrasser à force d'y songer, il me semblait que ma pensée seule finirait par tarir ce sujet-là, d'elle-même, et par vider la tentation à force d'y boire. Mais, revenant toujours au point d'où j'étais parti, je tournais dans un cercle infranchissable, je m'y heurtais en vain la tête, désireux d'être plus au large ; la nuit, sans doute, je rêvais des plus belles choses qu'on rêve, car, le matin, j'avais le cœur plein de sourires et de serrements délicieux, le réveil me chagrinait et j'attendais avec impatience le retour du sommeil pour qu'il me donnât de nouveau ces frémissements auxquels je pensais toute la journée, qu'il n'eût tenu qu'à moi d'avoir à l'instant, et dont j'éprouvais comme une épouvante religieuse.

C'est alors que je sentis bien le démon de la chair vivre dans tous les muscles de mon corps, courir dans tout mon sang ; je pris en pitié l'époque ingénue où je tremblais sous les regards des femmes, où je me pâmais devant des tableaux ou des statues ; je voulais vivre, jouir, aimer, je sentais vaguement ma saison chaude arriver, de même qu'aux premiers jours de soleil une ardeur d'été vous est apportée par les vents tièdes, quoiqu'il n'y ait encore ni herbes, ni feuilles, ni roses. Comment faire ? qui aimer ? qui vous aimera ? quelle sera la grande dame qui voudra de vous ? la beauté surhumaine qui vous tendra les bras ? Qui dira toutes les promenades tristes que l'on fait seul au bord des ruisseaux, tous les soupirs des cœurs gonflés partis vers les étoiles, pendant les chaudes nuits où la poitrine étouffe !

Rêver l'amour, c'est tout rêver, c'est l'infini dans le bonheur, c'est le mystère dans la joie. Avec quelle ardeur le regard vous dévore, avec quelle intensité il se darde sur vos têtes, ô belles femmes triomphantes ! La grâce et la corruption respirent dans chacun de vos mouvements, les plis de vos robes ont des bruits qui nous remuent jusqu'au fond de nous, et il émane de la surface de tout votre corps quelque chose qui nous tue et nous enchante.

Il y eut dès lors pour moi un mot qui sembla beau entre les mots humains : adultère, une douceur exquise plane vaguement sur lui, une magie singulière l'embaume ; toutes les histoires qu'on raconte, tous les livres qu'on lit, tous les gestes qu'on fait le disent et le commentent éternellement pour le cœur du jeune homme, il s'en abreuve à plaisir, il y trouve une poésie suprême, mêlée de malédiction et de volupté.

C'était surtout aux approches du printemps, quand les lilas commencent à fleurir et les oiseaux à chanter sous les premières feuilles, que je me sentais le cœur pris du besoin d'aimer, de se fondre tout entier dans l'amour, de s'absorber dans quelque doux et grand sentiment, et comme de se récréer même dans la lumière et les parfums. Chaque année encore, pendant quelques heures, je me retrouve ainsi dans une virginité qui me pousse avec les bourgeons ; mais les joies ne refleurissent pas avec les roses, et il n'y a pas maintenant plus de verdure dans mon cœur que sur la grande route, où le hâle fatigue les yeux, où la poussière s'élève en tourbillons.

Cependant, prêt à vous raconter ce qui va suivre, au moment de descendre dans ce souvenir, je tremble et j'hésite ; c'est comme si j'allais revoir une maîtresse d'autrefois : le cœur oppressé, on s'arrête à chaque marche de son escalier, on craint de la retrouver, et on a peur qu'elle soit absente. Il en est de même de certaines idées avec lesquelles on a trop vécu ; on voudrait s'en débarrasser pour toujours, et pourtant elles coulent dans vous comme la vie même, le cœur y respire dans son atmosphère naturelle.

Je vous ai dit que j'aimais le soleil ; dans les jours où il brille, mon âme naguère avait quelque chose de la sérénité des horizons rayonnants et de la hauteur du ciel. C'était donc l'été... ah ! la plume ne devrait pas écrire tout cela... il faisait chaud, je sortis, personne chez moi ne s'aperçut que je sortais ; il y avait peu de monde dans les rues, le pavé était sec, de temps à autre des bouffées chaudes s'exhalaient de dessous terre et vous montaient à la tête, les murs des maisons envoyaient des réflexions embrasées, l'ombre elle-même semblait plus brûlante que la lumière. Au coin des rues, près des tas d'ordures, des essaims de mouches bourdonnaient dans les rayons du soleil, en tournoyant comme une grande roue d'or ; l'angle des toits se détachait vivement en ligne droite sur le bleu du ciel, les pierres étaient noires, il n'y avait pas d'oiseaux autour des clochers.

Je marchais, cherchant du repos, désirant une brise, quelque chose qui pût m'enlever de dessus terre, m'emporter dans un tourbillon.

Je sortis des faubourgs, je me trouvais derrière des jardins, dans des chemins moitié rue moitié sentier ; des jours vifs sortaient çà et là à travers les feuilles des arbres, dans les masses d'ombre les brins d'herbe se tenaient droits, la pointe des cailloux envoyait des rayons, la poussière craquait sous les pieds, toute la nature mordait, et enfin le soleil se cacha ; il parut un gros nuage, comme si un orage allait venir ; la tourmente, que j'avais sentie jusque-là, changea de nature, je n'étais plus si irrité, mais enlacé ; ce n'était plus une déchirure, mais un étouffement.

Je me couchais à terre, sur le ventre, à l'endroit où il me semblait qu'il devait y avoir le plus d'ombre, de silence et de nuit, à l'endroit qui devait me cacher le mieux, et, haletant, je m'y abîmais le cœur dans un désir effréné. Les nuées étaient chargées de mollesse, elles pesaient sur moi et m'écrasaient, comme une poitrine sur une autre poitrine ; je sentais un besoin de volupté, plus chargé d'odeurs que le parfum des clématites et plus cuisant que le soleil sur le mur des jardins. Oh ! que ne pouvais-je presser quelque chose dans mes bras, l'y étouffer sous ma chaleur, ou bien me dédoubler moi-même, aimer cet autre être et nous fondre ensemble. Ce n'était plus le désir d'un vague idéal ni la convoitise d'un beau rêve évanoui, mais, comme aux fleuves sans lit, ma passion débordait de tous côtés en ravins furieux, elle m'inondait le cœur et le faisait retentir partout de plus de tumultes et de vertiges que les torrents dans les montagnes.

J'allai au bord de la rivière, j'ai toujours aimé l'eau et le doux mouvement des vagues qui se poussent ; elle était paisible, les nénufars blancs tremblaient au bruit du courant, les flots se déroulaient lentement, se déployant les uns sur les autres ; au milieu, les îles laissaient retomber dans l'eau leur touffe de verdure, la rive semblait sourire, on n'entendait rien que la voix des ondes.

En cet endroit-là il y avait quelques grands arbres, la fraîcheur du voisinage de l'eau et celle de l'ombre me délecta, je me sentis sourire. De même que la Muse qui est en nous, quand elle écoute l'harmonie, ouvre les narines et aspire les beaux sons, je ne sais quoi se dilata en moi-même pour aspirer une joie universelle ; regardant les nuages qui roulaient au ciel, la pelouse de la rive veloutée et jaunie par les rayons du soleil, écoutant le bruit de l'eau et le frémissement de la cime des arbres, qui remuait quoiqu'il n'y eût pas de vent, seul, agité et calme à la fois, je me sentis défaillir de volupté sous le poids de cette nature aimante, et j'appelai l'amour ! mes lèvres tremblaient, s'avançaient, comme si j'eusse senti l'haleine d'une autre bouche, mes mains cherchaient quelque chose à palper, mes regards tâchaient de découvrir, dans le pli de chaque vague, dans le contour des nuages enflés, une forme quelconque, une jouissance, une révélation ; le désir sortait de tous mes pores, mon cœur était tendre et rempli d'une harmonie contenue, et je remuais les cheveux autour de ma tête, je m'en caressais le visage, j'avais du plaisir à en respirer l'odeur, je m'étalais sur la mousse, au pied des arbres, je souhaitais des langueurs plus grandes ; j'aurais voulu être étouffé sous des roses, j'aurais voulu être brisé sous les baisers, être la fleur que le vent secoue, la rive que le fleuve humecte, la terre que le soleil féconde.

L'herbe était douce à marcher, je marchai ; chaque pas me procurait un plaisir nouveau, et je jouissais par la plante des pieds de la douceur du gazon. Les prairies, au loin, étaient couvertes d'animaux, de chevaux, de poulains ; l'horizon retentissait du bruit des hennissements et de galops, les terrains s'abaissaient et s'élevaient doucement en de larges ondulations qui dérivaient des collines, le fleuve serpentait, disparaissait derrière les îles, apparaissait ensuite entre les herbes et les roseaux. Tout cela était beau, semblait heureux, suivait sa loi, son cours ; moi seul j'étais malade et j'agonisais, plein de désir.

Tout à coup je me mis à fuir, je rentrai dans la ville, je traversai les ponts ; j'allais dans les rues, sur les places ; les femmes passaient près de moi, il y en avait beaucoup, elles marchaient vite, elles étaient toutes merveilleusement belles ; jamais je n'avais tant regardé en face leurs yeux qui brillent, ni leur démarche légère comme celle des chèvres ; les duchesses, penchées sur les portières blasonnées, semblaient me sourire, m'inviter à des amours sur la soie ; du haut de leurs balcons, les dames en écharpe s'avançaient pour me voir et me regardaient en me disant : aime-nous ! aime-nous ! Toutes m'aimaient dans leur pose, dans leurs yeux, dans leur immobilité même, je le voyais bien. Et puis la femme était partout, je la coudoyais, je l'effleurais, je la respirais, l'air était plein de son odeur ; je voyais son cou en sueur entre le châle qui les entourait, et les plumes du chapeau ondulant à leur pas ; son talon relevait sa robe en marchant devant moi. Quand je passais près d'elle, sa main gantée remuait. Ni celle-ci, ni celle-là, pas plus l'une que l'autre, mais toutes, mais chacune, dans la variété infinie de leurs formes et du désir qui y correspondait, elles avaient beau être vêtues, je les décorais sur-le-champ d'une nudité magnifique, que je m'étalais sous les yeux, et, bien vite, en passant aussi près d'elles, j'emportais le plus que je pouvais d'idées voluptueuses, d'odeurs qui font tout aimer, de frôlements qui irritent, de formes qui attirent.

Je savais bien où j'allais, c'était à une maison, dans une petite rue où souvent j'avais passé pour sentir mon cœur battre ; elle avait des jalousies vertes, on montait trois marches, oh ! je savais cela par cœur, je l'avais regardée bien souvent, m'étant détourné de ma route rien que pour voir les fenêtres fermées. Enfin, après une course qui dura un siècle, j'entrai dans cette rue, je crus suffoquer ; personne ne passait, je m'avançai, je m'avançai ; je sens encore le contact de la porte que je poussai de mon épaule, elle céda ; j'avais eu peur qu'elle ne fût scellée dans la muraille, mais non, elle tourna sur un gond, doucement, sans faire de bruit.

Je montai un escalier, l'escalier était noir, les marches usées, elles s'agitaient sous mes pieds ; je montais toujours, on n'y voyait pas, j'étais étourdi, personne ne me parlait, je ne respirais plus. Enfin j'entrai dans une chambre, elle me parut grande, cela tenait à l'obscurité qu'il y faisait ; les fenêtres étaient ouvertes, mais de grands rideaux jaunes, tombant jusqu'à terre, arrêtaient le jour, l'appartement était coloré d'un reflet d'or blafard ; au fond et à côté de la fenêtre de droite, une femme était assise. Il fallait qu'elle ne m'eût pas entendu, car elle ne se détourna pas quand j'entrai ; je restai debout sans avancer, occupé à la regarder.

Elle avait une robe blanche, à manches courtes, elle se tenait le coude appuyé sur le rebord de la fenêtre, une main près de la bouche, et semblait regarder par terre quelque chose de vague et d'indécis ; ses cheveux noirs, lissés et nattés sur les tempes, reluisaient comme l'aile d'un corbeau, sa tête était un peu penchée, quelques petits cheveux de derrière s'échappaient des autres et frisottaient sur son cou, son grand peigne d'or recourbé était couronné de grains de corail rouge.

Elle jeta un cri quand elle m'aperçut et se leva par un bond. Je me sentis d'abord frappé du regard brillant de ses deux grands yeux ; quand je pus relever mon front, affaissé sous le poids de ce regard, je vis une figure d'une adorable beauté : une même ligne droite partait du sommet de sa tête dans la raie de ses cheveux, passait entre ses grands sourcils arqués, sur son nez aquilin, aux narines palpitantes et relevées comme celles des camées antiques, fendait par le milieu sa lèvre chaude, ombragée d'un duvet bleu, et puis là, le cou, le cou gras, blanc, rond. à travers son vêtement mince, je voyais la forme de ses seins aller et venir au mouvement de sa respiration, elle se tenait ainsi debout, en face de moi, entourée de la lumière du soleil qui passait à travers le rideau jaune et faisait ressortir davantage ce vêtement blanc et cette tête brune.

À la fin elle se mit à sourire, presque de pitié et de douceur, et je m'approchai. Je ne sais ce qu'elle s'était mis aux cheveux, mais elle embaumait, et je me sentis le cœur plus mou et plus faible qu'une pêche qui se fond sous la langue. Elle me dit :

– Qu'avez-vous donc ? venez !

Et elle alla s'asseoir sur un long canapé recouvert de toile grise, adossé à la muraille ; je m'assis près d'elle, elle me prit la main, la sienne était chaude, nous restâmes longtemps nous regardant sans rien dire.

Jamais je n'avais vu une femme de si près, toute sa beauté m'entourait, son bras touchait le mien, les plis de sa robe retombaient sur mes jambes, la chaleur de sa hanche m'embrasait, je sentais par ce contact les ondulations de son corps, je contemplais la rondeur de son épaule et les veines bleues de ses tempes. Elle me dit :

– Eh bien !

– Eh bien !, repris-je d'un air gai, voulant secouer cette fascination qui m'endormait.

Mais je m'arrêtai là, j'étais tout entier à la parcourir des yeux. Sans rien dire, elle me passa un bras autour du corps et m'attira sur elle, dans une muette étreinte. Alors je l'entourai de mes deux bras et je collai ma bouche sur son épaule, j'y bus avec délices mon premier baiser d'amour, j'y savourais le long désir de ma jeunesse et la volupté trouvée de tous mes rêves, et puis je me renversais le cou en arrière, pour mieux voir sa figure ; ses yeux brillaient, m'enflammaient, son regard m'enveloppait plus que ses bras, j'étais perdu dans son oeil, et nos doigts se mêlèrent ensemble ; les siens étaient longs, délicats, ils se tournaient dans ma main avec des mouvements vifs et subtils, j'aurais pu les broyer au moindre effort, je les serrais exprès pour les sentir davantage.

Je ne me souviens plus maintenant de ce qu'elle me dit ni de ce que je lui répondis, je suis resté ainsi longtemps, perdu, suspendu, balancé dans ce battement de mon cœur ; chaque minute augmentait mon ivresse, à chaque moment quelque chose de plus m'entrait dans l'âme, tout mon corps frissonnait d'impatience, de désir, de joie ; j'étais grave pourtant, plutôt sombre que gai, sérieux, absorbé comme dans quelque chose de divin et de suprême. Avec sa main elle me serrait la tête sur son cœur, mais légèrement, comme si elle eût eu peur de me l'écraser sur elle.

Elle ôta sa manche par un mouvement d'épaules, sa robe se décrocha ; elle n'avait pas de corset, sa chemise bâillait. C'était une de ces gorges splendides où l'on voudrait mourir étouffé dans l'amour. Assise sur mes genoux, elle avait une pose naïve d'enfant qui rêve, son beau profil se découpait en lignes pures ; un pli d'une courbe adorable, sous l'aisselle, faisait comme le sourire de son épaule ; son dos blanc se courbait un peu, d'une manière fatiguée, et sa robe affaissée retombait par le bas en larges plis sur le plancher ; elle levait les yeux au ciel et chantonnait dans ses dents un refrain triste et langoureux.

Je touchai à son peigne, je l'ôtai, ses cheveux déroulèrent comme une onde, et les longues mèches noires tressaillirent en tombant sur ses hanches. Je passais d'abord ma main dessus, et dedans, et dessous ; j'y plongeais le bras, je m'y baignais le visage, j'étais navré. Quelquefois je prenais plaisir à les séparer en deux, par derrière, et à les ramener devant de manière à lui cacher les seins ; d'autres fois je les réunissais tous en réseau et je les tirais, pour voir sa tête renversée en arrière et son cou tendre en avant, elle se laissait faire comme une morte.

Tout à coup elle se dégagea de moi, dépassa ses pieds de dedans sa robe, et sauta sur le lit avec la prestesse d'une chatte, le matelas s'enfonça sous ses pieds, le lit craqua, elle rejeta brusquement en arrière les rideaux et se coucha, elle me tendit les bras, elle me prit. Oh ! les draps même semblaient tout échauffés encore des caresses d'amour qui avaient passé là.

Sa main douce et humide me parcourait le corps, elle me donnait des baisers sur la figure, sur la bouche, sur les yeux, chacune de ces caresses précipitées me faisait pâmer, elle s'étendait sur le dos et soupirait ; tantôt elle fermait les yeux à demi et me regardait avec une ironie voluptueuse, puis, s'appuyant sur le coude, se tournant sur le ventre, relevant ses talons en l'air, elle était pleine de mignardises charmantes, de mouvements raffinés et ingénus ; enfin, se livrant à moi avec abandon, elle leva les yeux au ciel et poussa un grand soupir qui lui souleva tout le corps... Sa peau chaude, frémissante, s'étendait sous moi et frissonnait ; des pieds à la tête je me sentais tout recouvert de volupté ; ma bouche collée à la sienne, nos doigts mêlés ensemble, bercés dans le même frisson, enlacés dans la même étreinte, respirant l'odeur de sa chevelure et le souffle de ses lèvres, je me sentis délicieusement mourir. Quelque temps encore je restai, béant, à savourer le battement de mon cœur et le dernier tressaillement de mes nerfs agités, puis il me sembla que tout s'éteignait et disparaissait.

Mais elle, elle ne disait rien non plus ; immobile comme une statue de chair, ses cheveux noirs et abondants entouraient sa tête pâle, et ses bras dénoués reposaient étendus avec mollesse ; de temps à autre un mouvement convulsif lui secouait les genoux et les hanches ; sur sa poitrine, la place de mes baisers était rouge encore, un son rauque et lamentable sortait de sa gorge, comme lorsqu'on s'endort après avoir longtemps pleuré et sangloté. Tout à coup je l'entendis qui disait ceci : « Dans l'oubli de tes sens, si tu devenais mère », et puis je ne me souviens plus de ce qui suivit, elle croisa les jambes les unes sur les autres et se berça de côté et d'autre, comme si elle eût été dans un hamac.

Elle me passa sa main dans les cheveux, en se jouant, comme avec un enfant, et me demanda si j'avais eu une maîtresse ; je lui répondis que oui, et comme elle continuait, j'ajoutai qu'elle était belle et mariée. Elle me fit encore d'autres questions sur mon nom, sur ma vie, sur ma famille.

– Et toi, lui dis-je, as-tu aimé ?

– Aimer ? non !

Et elle fit un éclat de rire forcé qui me décontenança.

Elle me demanda encore si la maîtresse que j'avais était belle, et après un silence elle reprit :

– Oh ! comme elle doit t'aimer ! Dis-moi ton nom, hein ! ton nom.

À mon tour je voulus savoir le sien.

– Marie, répondit-elle, mais j'en avais un autre, ce n'est pas comme cela qu'on m'appelait chez nous.

Et puis je ne sais plus, tout cela est parti, c'est déjà si vieux ! Cependant il y a certaines choses que je revois comme si c'était hier, sa chambre par exemple ; je revois le tapis du lit, usé au milieu, la couche d'acajou avec des ornements en cuivre et des rideaux de soie rouge moirés ; ils craquaient sous les doigts, les franges en étaient usées. Sur la cheminée, deux vases de fleurs artificielles ; au milieu, la pendule, dont le cadran était suspendu entre quatre colonnes d'albâtre. Çà et là, accrochée à la muraille, une vieille gravure entourée d'un cadre de bois noir et représentant des femmes au bain, des vendangeurs, des pêcheurs.

Et elle ! elle ! quelquefois son souvenir me revient, si vif, si précis que tous les détails de sa figure m'apparaissent de nouveau, avec cette étonnante fidélité de mémoire que les rêves seuls nous donnent, quand nous revoyons avec leurs mêmes habits, leur même son de voix, nos vieux amis morts depuis des années, et que nous nous en épouvantons. Je me souviens bien qu'elle avait sur la lèvre inférieure, du côté gauche, un grain de beauté, qui paraissait dans un pli de la peau quand elle souriait ; elle n'était plus fraîche même, et le coin de sa bouche était serré d'une façon amère et fatiguée.

Quand je fus prêt à m'en aller, elle me dit adieu.

– Adieu !

– Vous reverra-t-on ?

– Peut-être !

Et je sortis, l'air me ranima, je me trouvais tout changé, il me semblait qu'on devait s'apercevoir, sur mon visage, que je n'étais plus le même homme, je marchais légèrement, fièrement, content, libre, je n'avais plus rien à apprendre, rien à sentir, rien à désirer dans la vie. Je rentrai chez moi, une éternité s'était passée depuis que j'en étais sorti ; je montai à ma chambre et je m'assis sur mon lit, accablé de toute ma journée, qui pesait sur moi avec un poids incroyable. Il était peut-être 7 heures du soir, le soleil se couchait, le ciel était en feu, et l'horizon tout rouge flamboyait par-dessus les toits des maisons ; le jardin, déjà dans l'ombre, était plein de tristesse, des cercles jaunes et orange tournaient dans le coin des murs, s'abaissaient et montaient dans les buissons, la terre était sèche et grise ; dans la rue quelques gens du peuple, aux bras de leurs femmes, chantaient en passant et allaient aux barrières.

Je repensais toujours à ce que j'avais fait, et je fus pris d'une indéfinissable tristesse, j'étais plein de dégoût, j'étais repu, j'étais las. « Mais ce matin même, me disais-je, ce n'était pas comme cela, j'étais plus frais, plus heureux, à quoi cela tient-il ? » et par l'esprit je repassai dans toutes les rues où j'avais marché, je revis les femmes que j'avais rencontrées, tous les sentiers que j'avais parcourus, je retournai chez Marie et je m'arrêtai sur chaque détail de mon souvenir, je pressurai ma mémoire pour qu'elle m'en fournît le plus possible. Toute ma soirée se passa à cela ; la nuit vint et je demeurai fixé, comme un vieillard, à cette pensée charmante, je sentais que je n'en ressaisirais rien, que d'autres amours pourraient venir, mais qu'ils ne ressembleraient plus à celui-là, ce premier parfum était senti, ce son était envolé, je désirais mon désir et je regrettais ma joie.

Quand je considérais ma vie passée et ma vie présente, c'est-à-dire l'attente des jours écoulés et la lassitude qui m'accablait, alors je ne savais plus dans quel coin de mon existence mon cœur se trouvait placé, si je rêvais ou si j'agissais, si j'étais plein de dégoût ou plein de désir, car j'avais à la fois les nausées de la satiété et l'ardeur des espérances.

Ce n'était donc que cela, aimer ! ce n'était donc que cela, une femme ! Pourquoi, ô mon Dieu, avons-nous encore faim alors que nous sommes repus ? pourquoi tant d'aspirations et tant de déceptions ? pourquoi le cœur de l'homme est-il si grand, et la vie si petite ? il y a des jours où l'amour des anges même ne lui suffirait pas, et il se fatigue en une heure de toutes les caresses de la terre.

Mais l'illusion évanouie laisse en nous son odeur de fée, et nous en cherchons la trace par tous les sentiers où elle a fui ; on se plaît à se dire que tout n'est pas fini de sitôt, que la vie ne fait que de commencer, qu'un monde s'ouvre devant nous. Aura-t-on, en effet, dépensé tant de rêves sublimes, tant de désirs bouillants pour aboutir là ? Or je ne voulais pas renoncer à toutes les belles choses que je m'étais forgées, j'avais créé pour moi, en deçà de ma virginité perdue, d'autres formes plus vagues, mais plus belles, d'autres voluptés moins précises comme le désir que j'en avais, mais célestes et infinies. Aux imaginations que je m'étais faites naguère, et que je m'efforçais d'évoquer, se mêlait le souvenir intense de mes dernières sensations, et le tout se confondant, fantôme et corps, rêve et réalité, la femme que je venais de quitter prit pour moi une proportion synthétique, où tout se résuma dans le passé et d'où tout s'élança pour l'avenir. Seul et pensant à elle, je la retournai encore en tous sens, pour y découvrir quelque chose de plus, quelque chose d'inaperçu, d'inexploré la première fois ; l'envie de la revoir me prit, m'obséda, c'était comme une fatalité qui m'attirait, une pente où je glissais.

Oh ! la belle nuit ! il faisait chaud, j'arrivai à sa porte tout en sueur, il y avait de la lumière à sa fenêtre ; elle veillait sans doute ; je m'arrêtai, j'eus peur, je restai longtemps ne sachant que faire, plein de mille angoisses confuses. Encore une fois j'entrai, ma main, une seconde fois, glissa sur la rampe de son escalier et tourna sa clef.

Elle était seule, comme le matin ; elle se tenait à la même place, presque dans la même posture, mais elle avait changé de robe ; celle-ci était noire, la garniture de dentelle, qui en bordait le haut, frissonnait d'elle-même sur sa gorge blanche, sa chair brillait, sa figure avait cette pâleur lascive que donnent les flambeaux ; la bouche mi-ouverte, les cheveux tout déboucles et pendants sur ses épaules, les yeux levés au ciel, elle avait l'air de chercher du regard quelque étoile disparue.

Bien vite, d'un bond joyeux, elle sauta jusqu'à moi et me serra dans ses bras. Ce fut là pour nous une de ces étreintes frissonnantes, telles que les amants, la nuit, doivent en avoir dans leurs rendez-vous, quand, après avoir longtemps, l'oeil tendu dans les ténèbres, guetté chaque foulement des feuilles, chaque forme vague qui passait dans la clairière, ils se rencontrent enfin et viennent à s'embrasser.

Elle me dit, d'une voix précipitée et douce tout ensemble :

– Ah ! tu m'aimes donc, que tu reviens me voir ? dis, dis, ô mon cœur, m'aimes-tu ?

Ses paroles avaient un son aigu et moelleux, comme les intonations les plus élevées de la flûte.

À demi affaissée sur les jarrets et me tenant dans ses bras, elle me regardait avec une ivresse sombre ; pour moi, quelque étonné que je fusse de cette passion si subitement venue, j'en étais charmé, j'en étais fier.

Sa robe de satin craquait sous mes doigts avec un bruit d'étincelles ; quelquefois, après avoir senti le velouté de l'étoffe, je venais à sentir la douceur chaude de son bras nu, son vêtement semblait participer d'elle-même, il exhalait la séduction des plus luxuriantes nudités.

Elle voulut à toutes forces s'asseoir sur mes genoux, et elle recommença sa caresse accoutumée, qui était de me passer la main dans les cheveux tandis qu'elle me regardait fixement, face à face, les yeux dardés contre les miens. Dans cette pose immobile, sa prunelle parut se dilater, il en sortit un fluide que je sentais me couler sur le cœur ; chaque effluve de ce regard béant, semblable aux cercles successifs que décrit l'orfraie, m'attachait de plus en plus à cette magie terrible.

– Ah ! tu m'aimes donc, reprit-elle, tu m'aimes donc que te voilà venu encore chez moi, pour moi ! Mais qu'as-tu ? tu ne dis rien, tu es triste ! ne veux-tu plus de moi ?

Elle fit une pause et reprit :

– Comme tu es beau, mon ange ! tu es beau comme le jour ! embrasse-moi donc, aime-moi ! un baiser, un baiser, vite !

Elle se suspendit à ma bouche et, roucoulant comme une colombe, elle se gonflait la poitrine du soupir qu'elle y puisait.

– Ah ! mais pour la nuit, n'est-ce pas, pour la nuit, toute la nuit à nous deux ? C'est comme toi que je voudrais avoir un amant, un amant jeune et frais, qui m'aimât bien, qui ne pensât qu'à moi. Oh ! comme je l'aimerais !

Et elle fit une de ces inspirations de désir où il semble que Dieu devrait descendre des cieux.

– Mais n'en as-tu pas un ? lui dis-je.

– Qui ? moi ? est-ce que nous sommes aimées, nous autres ? est-ce qu'on pense à nous ? Qui veut de nous ? toi-même, demain, te souviendras-tu de moi ? tu te diras peut-être seulement : « Tiens, hier, j'ai couché avec une fille », mais brrr ! la ! la ! la ! (et elle se mit à danser, les poings sur la taille, avec des allures immondes). C'est que je danse bien ! tiens, regarde mon costume.

Elle ouvrit son armoire, et je vis sur une planche un masque noir et des rubans bleus avec un domino ; il y avait aussi un pantalon de velours noir à galons d'or, accroché à un clou, restes flétris du carnaval passé.

– Mon pauvre costume, dit-elle, comme j'ai été souvent au bal avec lui ! c'est moi qui ai dansé, cet hiver !

La fenêtre était ouverte et le vent faisait trembler la lumière de la bougie, elle l'alla prendre de dessus la cheminée et la mit sur la table de nuit. Arrivée près du lit, elle s'assit dessus et se prit à réfléchir profondément, la tête baissée sur la poitrine. Je ne lui parlais pas non plus, j'attendais, l'odeur chaude des nuits d'août montait jusqu'à nous, nous entendions, de là, les arbres du boulevard remuer, le rideau de la fenêtre tremblait ; toute la nuit il fit de l'orage ; souvent, à la lueur des éclairs, j'apercevais sa blême figure, crispée dans une expression de tristesse ardente ; les nuages couraient vite, la lune, à demi cachée par eux, apparaissait par moments dans un coin de ciel pur entouré de nuées sombres.

Elle se déshabilla lentement, avec les mouvements réguliers d'une machine. Quand elle fut en chemise, elle vint à moi, pieds nus sur le pavé, me prit par la main et me conduisit à son lit ; elle ne me regardait pas, elle pensait à autre chose ; elle avait la lèvre rose et humide, les narines ouvertes, l'oeil en feu, et semblait vibrer sous le frottement de sa pensée comme, alors même que l'artiste n'est plus là, l'instrument sonore laisse s'évaporer un secret parfum de notes endormies.

C'est quand elle se fut couchée près de moi qu'elle m'étala, avec un orgueil de courtisane, toutes les splendeurs de sa chair. Je vis à nu sa gorge dure et toujours gonflée comme d'un murmure orageux, son ventre de nacre, au nombril creusé, son ventre élastique et convulsif, doux pour s'y plonger la tête comme sur un oreiller de satin chaud ; elle avait des hanches superbes, de ces vraies hanches de femme, dont les lignes, dégradantes sur une cuisse ronde, rappellent toujours, de profil, je ne sais quelle forme souple et corrompue de serpent et de démon ; la sueur qui mouillait sa peau la lui rendait fraîche et collante, dans la nuit ses yeux brillaient d'une manière terrible, et le bracelet d'ambre qu'elle portait au bras droit sonnait quand elle s'attrapait au lambris de l'alcôve. Ce fut dans ces heures-là qu'elle me disait, tenant ma tête serrée sur son cœur :

– Ange d'amour, de délices, de volupté, d'où viens-tu ? où est ta mère ? à quoi songeait-elle quand elle t'a conçu ? rêvait-elle la force des lions d'Afrique ou le parfum de ces arbres lointains, si embaumants qu'on meurt à les sentir ? Tu ne me dis rien ; regarde-moi avec tes grands yeux, regarde-moi, regarde-moi ! ta bouche !

ta bouche ! tiens, tiens, voilà la mienne !

Et puis ses dents claquaient comme par un grand froid, et ses lèvres écartées tremblaient et envoyaient dans l'air des paroles folles :

– Ah ! je serais jalouse de toi, vois-tu, si nous nous aimions ; la moindre femme qui te regarderait...

Et elle achevait sa phrase dans un cri. D'autres fois elle m'arrêtait avec des bras raidis et disait tout bas qu'elle allait mourir.

– Oh ! que c'est beau, un homme, quand il est jeune ! Si j'étais homme, moi, toutes les femmes m'aimeraient, mes yeux brilleraient si bien ! je serais si bien mis, si joli ! Ta maîtresse t'aime, n'est-ce pas ? je voudrais la connaître. Comment vous voyez-vous ? est-ce chez toi ou chez elle ? est-ce à la promenade, quand tu passes à cheval ? tu dois être si bien à cheval ! au théâtre, quand on sort et qu'on lui donne son manteau ? ou bien la nuit dans son jardin ? Les belles heures que vous passez, n'est-ce pas, à causer ensemble, assis sous la tonnelle !

Je la laissais dire, il me semblait qu'avec ces mots elle me faisait une maîtresse idéale, et j'aimais ce fantôme qui venait d'arriver dans mon esprit et qui y brillait plus rapide qu'un feu follet, le soir, dans la campagne.

– Y a-t-il longtemps que vous vous connaissez ? conte-moi ça un peu. Que lui dis-tu pour lui plaire ? est-elle grande ou petite ? chante-t-elle ?

Je ne pus m'empêcher de lui dire qu'elle se trompait, je lui parlai même de mes appréhensions à la venir trouver, du remords, ou mieux de l'étrange peur que j'en avais eue ensuite, et du retour soudain qui m'avait poussé vers elle. Quand je lui eus bien dit que je n'avais jamais eu de maîtresse, que j'en avais cherché partout, que j'en avais rêvé longtemps, et qu'enfin elle était la première qui eût accepté mes caresses, elle se rapprocha de moi avec étonnement et, me prenant par le bras, comme si j'étais une illusion qu'elle voulût saisir :

– Vrai ? me dit-elle, oh ! ne me mens pas. Tu es donc vierge, et c'est moi qui t'ai défloré, pauvre ange ? tes baisers, en effet, avaient je ne sais quoi de naïf, tel que les enfants seuls en auraient s'ils faisaient l'amour. Mais tu m'étonnes ! tu es charmant ; à mesure que je te regarde, je t'aime de plus en plus, ta joue est douce comme une pêche, ta peau, en effet, est toute blanche, tes beaux cheveux sont forts et nombreux. Ah ! comme je t'aimerais si tu voulais ! car je n'ai vu que toi comme ça ; on dirait que tu me regardes avec bonté, et pourtant tes yeux me brûlent, j'ai toujours envie de me rapprocher de toi et de te serrer sur moi.

C'étaient les premières paroles d'amour que j'entendisse de ma vie. Parties n'importe d'où, notre cœur les reçoit avec un tressaillement bien heureux. Rappelez-vous cela ! Je m'en abreuvais à plaisir. Oh ! comme je m'élançais vite dans le ciel nouveau.

– Oui, oui, embrasse-moi bien, embrasse-moi bien ! tes baisers me rajeunissent, disait-elle, j'aime à sentir ton odeur comme celle de mon chèvrefeuille au mois de juin, c'est frais et sucré tout à la fois ; tes dents, voyons-les, elles sont plus blanches que les miennes, je ne suis pas si belle que toi... Ah ! comme il fait bon, là !

Et elle s'appuya la bouche sur mon cou, y fouillant avec d'âpres baisers, comme une bête fauve au ventre de sa victime.

– Qu'ai-je donc, ce soir ? tu m'as mise toute en feu, j'ai envie de boire et de danser en chantant. As-tu quelquefois voulu être petit oiseau ? nous volerions ensemble, ça doit être si doux de faire l'amour dans l'air, les vents vous poussent, les nuages vous entourent... Non, tais-toi que je te regarde, que je te regarde longtemps, afin que je me souvienne de toi toujours !

– Pourquoi cela ?

– Pourquoi cela ? reprit-elle, mais pour m'en souvenir, pour penser à toi ; j'y penserai la nuit, quand je ne dors pas, le matin, quand je m'éveille, j'y penserai toute la journée, appuyée sur ma fenêtre à regarder les passants, mais surtout le soir, quand on n'y voit plus et qu'on n'a pas encore allumé les bougies ; je me rappellerai ta figure, ton corps, ton beau corps, où la volupté respire, et ta voix ! Oh ! écoute, je t'en prie, mon amour, laisse-moi couper de tes cheveux, je les mettrai dans ce bracelet-là, ils ne me quitteront jamais.

Elle se leva de suite, alla chercher ses ciseaux et me coupa, derrière la tête, une mèche de cheveux. C'étaient de petits ciseaux pointus, qui crièrent en jouant sur leur vis ; je sens encore sur la nuque le froid de l'acier et la main de Marie.

C'est une des plus belles choses des amants que les cheveux

donnés et échangés. Que de belles mains, depuis qu'il y a des nuits, ont passé à travers les balcons et donné des tresses noires ! Arrière les chaînes de montre tordues en huit, les bagues où ils sont collés dessus, les médaillons où ils sont disposés en trèfles, et tous ceux qu'a pollués la main banale du coiffeur ; je les veux tout simples et noués, aux deux bouts, d'un fil, de peur d'en perdre un seul ; on les a coupés soi-même à la tête chérie, dans quelque suprême moment, au plus fort d'un premier amour, la veille du départ. Une chevelure ! manteau magnifique de la femme aux jours primitifs, quand il lui descendait jusqu'aux talons et lui couvrait les bras, alors qu'elle s'en allait avec l'homme, marchant au bord des grands fleuves, et que les premières brises de la création faisaient tressaillir à la fois la cime des palmiers, la crinière des lions, la chevelure des femmes ! J'aime les cheveux. Que de fois, dans des cimetières qu'on remuait ou dans les vieilles églises qu'on abattait, j'en ai contemplé qui apparaissaient dans la terre remuée, entre des ossements jaunes et des morceaux de bois pourri ! Souvent le soleil jetait dessus un pâle rayon et les faisait briller comme un filon d'or ; j'aimais à songer aux jours où, réunis ensemble sur un cuir blanc et graissés de parfums liquides, quelque main, sèche maintenant, passait dessus et les étendait sur l'oreiller, quelque bouche, sans gencives maintenant, les baisait au milieu et en mordait le bout avec des sanglots heureux.

Je me laissai couper les miens avec une vanité niaise, j'eus la honte de n'en pas demander à mon tour, et à cette heure que je n'ai rien, pas un gant, pas une ceinture, pas même trois corolles de rose desséchées et gardées dans un livre, rien que le souvenir de l'amour d'une fille publique, je les regrette.

Quand elle eut fini, elle vint se recoucher près de moi, elle entra dans les draps toute frissonnante de volupté, elle grelottait, et se ratatinait sur moi, comme un enfant ; enfin elle s'endormit, laissant sa tête sur ma poitrine.

Chaque fois que je respirais, je sentais le poids de cette tête endormie se soulever sur mon cœur. Dans quelle communion intime me trouvais-je donc avec cet être inconnu ? Ignorés jusqu'à ce jour l'un à l'autre, le hasard nous avait unis, nous étions là dans la même couche, liés par une force sans nom ; nous allions nous quitter et ne plus nous revoir, les atomes qui roulent et volent dans l'air ont entre eux des rencontres plus longues que n'en ont sur la terre les cœurs qui s'aiment ; la nuit, sans doute, les désirs solitaires s'élèvent et les songes se mettent à la recherche les uns des autres ; celui-là soupire peut-être après l'âme inconnue qui soupire après lui dans un autre hémisphère, sous d'autres cieux.

Quels étaient, maintenant, les rêves qui se passaient dans cette tête-là ? songeait-elle à sa famille, à son premier amant, au monde, aux hommes, à quelque vie riche, éclairée d'opulence, à quelque amour désiré ? à moi, peut-être ! L'oeil fixé sur son front pâle, j'épiais son sommeil, et je tâchais de découvrir un sens au son rauque qui sortait de ses narines.

Il pleuvait, j'écoutais le bruit de la pluie et Marie dormir ; les lumières, près de s'éteindre, pétillaient dans les bobèches de cristal. L'aube parut, une ligne jaune saillit dans le ciel, s'allongea horizontalement et, prenant de plus en plus des teintes dorées et vineuses, envoya dans l'appartement une faible lumière blanchâtre ; irisée de violet, qui se jouait encore avec la nuit et avec l'éclat des bougies expirantes, reflétées dans la glace.

Marie, étendue sur moi, avait ainsi certaines parties du corps dans la lumière, d'autres dans l'ombre ; elle s'était dérangée un peu, sa tête était plus basse que ses seins ; le bras droit, le bras du bracelet, pendait hors du lit et touchait presque le plancher ; il y avait sur la table de nuit un bouquet de violettes dans un verre d'eau, j'étendis la main, je le pris, je cassai le fil avec mes dents et je les respirai. La chaleur de la veille, sans doute, ou bien le long temps depuis qu'elles étaient cueillies les avait fanées, je leur trouvai une odeur exquise et toute particulière, je humai une à une leur parfum ; comme elles étaient humides, je me les appliquai sur les yeux pour me refroidir, car mon sang bouillait, et mes membres fatigués ressentaient comme une brûlure au contact des draps. Alors, ne sachant que faire et ne voulant pas l'éveiller, car j'éprouvais un étrange plaisir à la voir dormir, je mis doucement toutes les violettes sur la gorge de Marie, bientôt elle en fut toute couverte, et ces belles fleurs fanées, sous lesquelles elle dormait, la symbolisèrent à mon esprit. Comme elles, en effet, malgré leur fraîcheur enlevée, à cause de cela peut-être, elle m'envoyait un parfum plus âcre et plus irritant ; le malheur, qui avait dû passer dessus, la rendait belle de l'amertume que sa bouche conservait, même en dormant, belle des deux rides qu'elle avait derrière le cou et que le jour, sans doute, elle cachait sous ses cheveux. À voir cette femme si triste dans la volupté et dont les étreintes même avaient une joie lugubre, je devinais mille passions terribles qui l'avaient dû sillonner comme la foudre à en juger par les traces restées, et puis sa vie devrait me faire plaisir à entendre raconter, moi qui recherchais dans l' existence humaine le côté sonore et vibrant, le monde des grandes passions et des belles larmes.

À ce moment-là, elle s'éveilla, toutes les violettes tombèrent, elle sourit, les yeux encore à demi fermés, en même temps qu'elle étendait ses bras autour de mon cou et m'embrassait d'un long baiser du matin, d'un baiser de colombe qui s'éveille.

Quand je l'ai priée de me raconter son histoire, elle me dit :

– À toi je le peux bien. Les autres mentiraient et commenceraient par te dire qu'elles n'ont pas toujours été ce qu'elles sont, elles te feraient des contes sur leurs familles et sur leurs amours, mais je ne veux pas te tromper ni me faire passer pour une princesse ; écoute, tu vas voir si j'ai été heureuse ! Sais-tu que souvent j'ai eu envie de me tuer ? une fois on est arrivé dans ma chambre, j'étais à moitié asphyxiée. Oh ! si je n'avais pas peur de l'enfer, il y a longtemps que ça serait fait. J'ai aussi peur de mourir, ce moment-là à passer m'effraie, et pourtant, j'ai envie d'être morte !

Je suis de la campagne, notre père était fermier. Jusqu'à ma première communion, on m'envoyait tous les matins garder les vaches dans les champs ; toute la journée je restais seule, je m'asseyais au bord d'un tossé, à dormir, ou bien j'allais dans le bois dénicher des nids ; je montais aux arbres comme un garçon, mes habits étaient toujours déchirés ; souvent on m'a battue pour avoir volé des pommes, ou laissé aller les bestiaux chez les voisins. Quand c'était la moisson et que, le soir venu, on dansait en rond dans la cour, j'entendais chanter des chansons où il y avait des choses que je ne comprenais pas, les garçons embrassaient les filles, on riait aux éclats ; cela m'attristait et me faisait rêver. Quelquefois, sur la route, en m'en retournant à la maison, je demandais à monter dans une voiture de foin, l'homme me prenait avec lui et me plaçait sur les bottes de luzerne ; croirais-tu que je finis par goûter un indicible plaisir à me sentir soulever de terre par les mains fortes et robustes d'un gars solide, qui avait la figure brûlée par le soleil et la poitrine toute en sueur ? D'ordinaire ses bras étaient retroussés jusqu'aux aisselles, j'aimais à toucher ses muscles, qui faisaient des bosses et des creux à chaque mouvement de sa main, et à me faire embrasser par lui, pour me sentir râper la joue par sa barbe. Au bas de la prairie où j'allais tous les jours, il y avait un petit ruisseau entre deux rangées de peupliers, au bord duquel toutes sortes de fleurs poussaient ; j'en faisais des bouquets, des couronnes, des chaînes ; avec des grains de sorbier, je me faisais des colliers, cela devint une manie, j'en avais toujours mon tablier plein, mon père me grondait et disait que je ne serais jamais qu'une coquette. Dans ma petite chambre j'en avais mis aussi ; quelquefois cette quantité d'odeurs-là m'enivrait, et je m'assoupissais, étourdie, mais jouissant de ce malaise. L'odeur du foin coupé par exemple, du foin chaud et fermenté, m'a toujours semblé délicieuse, si bien que, les dimanches, je m'enfermais dans la grange, y passant tout mon après-midi à regarder les araignées filer leurs toiles aux sommiers, et à entendre les mouches bourdonner. Je vivais comme une fainéante, mais je devenais une belle fille, j'étais toute pleine de santé. Souvent une espèce de folie me prenait, et je courais, je courais jusqu'à tomber ou bien je chantais à tue-tête, ou je parlais seule et longtemps ; d'étranges désirs me possédaient, je regardais toujours les pigeons, sur leur colombier, qui se faisaient l'amour, quelques-uns venaient jusque sous ma fenêtre s'ébattre au soleil et se jouer dans la vigne. La nuit, j'entendais encore le battement de leurs ailes et leur roucoulement, qui me semblait si doux, si suave, que j'aurais voulu être pigeon comme eux et me tordre ainsi le cou, comme ils faisaient pour s'embrasser. « Que se disent-ils donc, pensais-je, qu'ils ont l'air si heureux ? », et je me rappelais aussi de quel air superbe j'avais vu courir les chevaux après les juments, et comment leurs naseaux étaient ouverts ; je me rappelais la joie qui faisait frissonner la laine des brebis aux approches du bélier, et le murmure des abeilles quand elles se suspendent en grappes aux arbres des vergers. Dans l'étable, souvent, je me glissais entre les animaux pour sentir l'émanation de leurs membres, vapeur de vie que j'aspirais à pleine poitrine, pour contempler furtivement leur nudité, où le vertige attirait toujours mes yeux troublés. D'autres fois, au détour d'un bois, au crépuscule surtout, les arbres eux-mêmes prenaient des formes singulières : c'étaient tantôt des bras qui s'élevaient vers le ciel, ou bien le tronc qui se tordait comme un corps sous les coups du vent. La nuit, quand je m'éveillais et qu'il y avait de la lune et des nuages, je voyais dans le ciel des choses qui m'épouvantaient et qui me faisaient envie. Je me souviens qu'une fois, la veille de Noël, j'ai vu une grande femme nue, debout, avec des yeux qui roulaient ; elle avait bien cent pieds de haut, mais elle alla, s'allongeant toujours en s'amincissant, et finit par se couper, chaque membre resta séparé, la tête s'envola la première, tout le reste s'agitait encore. Ou bien je rêvais ; à dix ans déjà, j'avais des nuits fiévreuses, des nuits pleines de luxure. N'était-ce pas la luxure qui brillait dans mes yeux, coulait dans mon sang, et me faisait bondir le cœur au frôlement de mes membres entre eux ? elle chantait éternellement dans mon oreille des cantiques de volupté ; dans mes visions, les chairs brillaient comme de l'or, des formes inconnues remuaient, comme du vif-argent répandu.

À l'église je regardais l'homme nu étalé sur la croix, et je redressais sa tête, je remplissais ses flancs, je colorais tous ses membres, je levais ses paupières ; je me faisais devant moi un homme beau, avec un regard de feu ; je le détachais de la croix et je le faisais descendre vers moi, sur l'autel, l'encens l'entourait, il s'avançait dans la fumée, et de sensuels frémissements me couraient sur la peau.

Quand un homme me parlait, j'examinais son oeil et le jet qui en sort, j'aimais surtout ceux dont les paupières remuent toujours, qui cachent leurs prunelles et qui les montrent, mouvement semblable au battement d'ailes d'un papillon de nuit ; à travers leurs vêtements, je tâchais de surprendre le secret de leur sexe, et là-dessus j'interrogeais mes jeunes amies, j'épiais les baisers de mon père et de ma mère, et la nuit le bruit de leur couche.

À douze ans, je fis ma première communion, on m'avait fait venir de la ville une belle robe blanche, nous avions toutes des ceintures bleues ; j'avais voulu qu'on me mît les cheveux en papillotes, comme à une dame. Avant de partir, je me regardai dans la glace, j'étais belle comme un amour, je fus presque amoureuse de moi, j'aurais voulu pouvoir l'être. C'était aux environs de la Fête-Dieu, les bonnes soeurs avaient rempli l'église de fleurs, on embaumait ; moi-même, depuis trois jours, j'avais travaillé avec les autres à orner de jasmin la petite table sur laquelle on prononce les voeux, l'autel était couvert d'hyacinthes, les marches du choeur étaient couvertes de tapis, nous avions toutes des gants blancs et un cierge dans la main ; j'étais bien heureuse, je me sentais faite pour cela ; pendant toute la messe, je remuais les pieds sur le tapis, car il n'yen avait pas chez mon père ; j'aurais voulu me coucher dessus, avec ma belle robe, et demeurer toute seule dans l'église, au milieu des cierges allumés ; mon cœur battait d'une espérance nouvelle, j'attendais l'hostie avec anxiété, j'avais entendu dire que la première communion changeait, et je croyais que, le sacrement passé, tous mes désirs seraient calmés. Mais non ! rassise à ma place, je me retrouvai dans ma fournaise ; j'avais remarqué que l'on m'avait regardée, en allant vers le prêtre, et qu'on m'avait admirée ; je me rengorgeai, je me trouvai belle, m'enorgueillissant vaguement de toutes les délices cachées en moi et que j'ignorais moi-même.

À la sortie de la messe, nous défilâmes toutes en rang, dans le cimetière ; les parents et les curieux étaient des deux côtés, dans l'herbe, pour nous voir passer ; je marchais la première, j'étais la plus grande. Pendant le dîner, je ne mangeai pas, j'avais le cœur tout oppressé ; ma mère, qui avait pleuré pendant l'office, avait encore les yeux rouges ; quelques voisins vinrent pour me féliciter et m'embrassèrent avec effusion, leurs caresses me répugnaient. Le soir, aux vêpres, il y avait encore plus de monde que le matin. En face de nous, on avait disposé les garçons, ils nous regardaient avidement, moi surtout ; même lorsque j'avais les yeux baissés, je sentais encore leurs regards. On les avait frisés, ils étaient en toilette comme nous. Quand, après avoir chanté le premier couplet d'un cantique, ils reprenaient à leur tour, leur voix me soulevait l'âme, et quand elle s'éteignait, ma jouissance expirait avec elle, et puis s'élançait de nouveau quand ils recommençaient. Je prononçai les voeux ; tout ce que je me rappelle, c'est que je parlais de robe blanche et d'innocence.

Marie s'arrêta ici, perdue sans doute dans l'émouvant souvenir par lequel elle avait peur d'être vaincue, puis elle reprit en riant d'une manière désespérée :

– Ah ! la robe blanche ! il y a longtemps qu'elle est usée ! et l'innocence avec elle ! Où sont les autres maintenant ? il y en a qui sont mortes, d'autres qui sont mariées et ont des enfants ; je n'en vois plus aucune, je ne connais personne. Tous les jours de l'an encore, je veux écrire à ma mère, mais je n'ose pas, et puis bah ! c'est bête, tous ces sentiments-là !

Se raidissant contre son émotion, elle continua :

– Le lendemain, qui était encore un jour de fête, un camarade vint pour jouer avec moi ; ma mère me dit : « Maintenant que tu es une grande fille, tu ne devrais plus aller avec les garçons », et elle nous sépara. Il n'en fallut pas plus pour me rendre amoureuse de celui-là, je le recherchais, je lui fis la cour, j'avais envie de m'enfuir avec lui de mon pays, il devait m'épouser quand je serais grande, je l'appelais mon mari, mon amant, il n'osait pas. Un jour que nous étions seuls, et que nous revenions ensemble du bois où nous avions été cueillir des fraises, en passant près d'un mulon, je me ruai sur lui, et le couvrant de tout mon corps en l'embrassant à la bouche, je me mis à crier : « Aime-moi donc, marions-nous, marions-nous ! » Il se dégagea de moi et s'enfuit.

Depuis ce temps-là je m'écartai de tout le monde et ne sortis plus de la ferme, je vivais solitairement dans mes désirs, comme d'autres dans leurs jouissances. Disait-on qu'un tel avait enlevé une fille qu'on lui refusait, je m'imaginais être sa maîtresse, fuir avec lui en croupe, à travers champs, et le serrer dans mes bras ; si l'on parlait d'une noce, je me couchais vite dans le lit blanc, comme la mariée je tremblais de crainte et de volupté ; j'enviais jusqu'aux beuglements plaintifs des vaches, quand elles mettent bas ; en en rêvant la cause, je jalousais leurs douleurs.

À cette époque-là mon père mourut, ma mère m'emmena à la ville avec elle, mon frère partit pour l'armée, où il est devenu capitaine. J'avais seize ans quand nous partîmes de la maison ; je dis adieu pour toujours au bois, à la prairie où était mon ruisseau, adieu au portail de l'église, où j'avais passé de si bonnes heures à jouer au soleil, adieu aussi à ma pauvre petite chambre ; je n'ai plus revu tout cela. Des grisettes du quartier, qui devinrent mes amies, me montrèrent leurs amoureux, j'allais avec elles en parties, je les regardais s'aimer, et je me repaissais à loisir de ce spectacle. Tous les jours c'était quelque nouveau prétexte pour m'absenter, ma mère s'en aperçut bien, elle m'en fit d'abord des reproches, puis finit par me laisser tranquille.

Un jour enfin une vieille femme, que je connaissais depuis quelque temps, me proposa de faire ma fortune, me disant qu'elle m'avait trouvé un amant fort riche, que le lendemain soir je n'avais qu'à sortir comme pour porter de l'ouvrage dans un faubourg, et qu'elle m'y mènerait.

Pendant les vingt-quatre heures qui suivirent, je crus souvent que j'allais devenir folle ; à mesure que l'heure approchait, le moment s'éloignait, je n'avais que ce mot-là dans la tête : un amant ! un amant ! j'allais avoir un amant, j'allais être aimée, j'allais donc aimer ! Je mis d'abord mes souliers les plus minces, puis, m'apercevant que mon pied s'évasait dedans, je pris des bottines ; j'arrangeai également mes cheveux de cent manières, en torsades, puis en bandeaux, en papillotes, en nattes ; à mesure que je me regardais dans la glace, je devenais plus belle, mais je ne l'étais pas assez, mes habits étaient communs, j'en rougis de honte. Que n'étais-je une de ces femmes qui sont blanches au milieu de leurs velours, toute chargée de dentelles, sentant l'ambre et la rose, avec de la soie qui craque, et des domestiques tout cousus d'or ! Je maudis ma mère, ma vie passée, et je m'enfuis, poussée par toutes les tentations du diable, et d'avance les savourant toutes.

Au détour d'une rue, un fiacre nous attendait, nous montâmes dedans ; une heure après il nous arrêta à la grille d'un parc. Après nous y être promenées quelque temps, je m'aperçus que la vieille m'avait quittée, et je restai seule à marcher dans les allées. Les arbres étaient grands, tout couverts de feuilles, des bandes de gazon entouraient des plates-bandes de fleurs, jamais je n'avais vu de si beau jardin ; une rivière passait au milieu, des pierres, disposées habilement çà et là, formaient des cascades, des cygnes jouaient sur l'eau et, les ailes enflées, se laissaient pousser par le courant. Je m'amusai aussi à voir la volière, où des oiseaux de toutes sortes criaient et se balançaient sur leurs anneaux ; ils étalaient leurs queues panachées et passaient les uns devant les autres, c'était un éblouissement. Deux statues de marbre blanc, au bas du perron, se regardaient, dans des poses charmantes ; le grand bassin d'en face était doré par le soleil couchant et donnait envie de s'y baigner. Je pensais à l'amant inconnu qui demeurait là, à chaque instant, je m'attendais à voir sortir de derrière un bouquet d'arbres quelque homme beau et marchant fièrement comme un Apollon. Après le dîner, et quand le bruit du château, que j'entendais depuis longtemps, se fut apaisé, mon maître parut. C'était un vieillard tout blanc et maigre, serré dans des habits trop justes, avec une croix d'honneur sur son habit, et des dessous de pied qui l'empêchaient de remuer les genoux ; il avait un grand nez, et de petits yeux verts qui avaient l'air méchant. Il m'aborda en souriant, il n'avait plus de dents. Quand on sourit il faut avoir une petite lèvre rose comme la tienne, avec un peu de moustache aux deux bouts, n'est-ce pas, cher ange ?

Nous nous assîmes ensemble sur un banc, il me prit les mains, il me les trouva si jolies qu'il en baisait chaque doigt ; il me dit que si je voulais être sa maîtresse, rester sage et demeurer avec lui, je serais bien riche, j'aurais des domestiques pour me servir, et tous les jours de belles robes, je monterais à cheval, je me promènerais en voiture ; mais pour cela, disait-il, il fallait l'aimer. Je lui promis que je l'aimerais.

Et cependant aucune de ces flammes intérieures qui naguère me brûlaient les entrailles, à l'approche des hommes, ne m'arrivait ; à force d'être à côté de lui et de me dire intérieurement que c'était celui-là dont j'allais être la maîtresse, je finis par en avoir envie. Quand il me dit de rentrer, je me levai vivement, il était ravi, il tremblait de joie, le bonhomme ! Après avoir traversé un beau salon, où les meubles étaient tout dorés, il me mena dans ma chambre et voulut me déshabiller lui-même ; il commença par m'ôter mon bonnet, mais voulant ensuite me déchausser, il eut du mal à se baisser et il me dit : « C'est que je suis vieux, mon enfant » ; il était à genoux, il me suppliait du regard, il ajouta, en joignant les deux mains : « Tu es si jolie ! », j'avais peur de ce qui allait suivre.

Un énorme lit était au fond de l'alcôve, il m'y traîna en criant ; je me sentis noyée dans les édredons et dans les matelas, son corps pesait sur moi, avec un horrible supplice, ses lèvres molles me couvraient de baisers froids, le plafond de la chambre m'écrasait. Comme il était heureux ! comme il se pâmait ! Tâchant, à mon tour, de trouver des jouissances, j'excitais les siennes à ce qu'il paraît ; mais que m'importait son plaisir à lui ! c'était le mien qu'il fallait, c'était le mien que j'attendais, j'en aspirais de sa bouche creuse et de ses membres débiles, j'en évoquais de tout ce vieillard, et réunissant dans un incroyable effort tout ce que j'avais en moi de lubricité contenue, je ne parvins qu'au dégoût dans ma première nuit de débauche.

À peine fut-il sorti que je me levai, j'allai à la fenêtre, je l'ouvris et je laissai l'air me refroidir la peau ; j'aurais voulu que l'Océan pût me laver de lui, je refis mon lit, effaçant avec soin toutes les places où ce cadavre m'avait fatiguée de ses convulsions. Toute la nuit se passa à pleurer ; désespérée, je rugissais comme un tigre qu'on a châtré. Ah ! si tu étais venu alors ! si nous nous étions connus dans ce temps-là ! si tu avais été du même âge que moi, c'est alors que nous nous serions aimés, quand j'avais seize ans, quand mon cœur était neuf ! toute notre vie se fût passée à cela, mes bras se seraient usés à t'étreindre sur moi et mes yeux à plonger dans les tiens ! »

Elle continua :

– Grande dame, je me levais à midi, j'avais une livrée qui me suivait partout, et une calèche où je m'étendais sur les coussins ; ma bête de race sautait merveilleusement par-dessus le tronc des arbres, et la plume noire de mon chapeau d'amazone remuait avec grâce ; mais devenue riche du jour au lendemain, tout ce luxe m'excitait au lieu de m'apaiser. Bientôt on me connut, ce fut à qui m'aurait, mes amants faisaient mille folies pour me plaire, tous les soirs je lisais les billets doux de la journée, pour y trouver l'expression nouvelle de quelque cœur autrement moulé que les autres et fait pour moi. Mais tous se ressemblaient, je savais d'avance la fin de leurs phrases et la manière dont ils allaient tomber à genoux ; il y en a deux que j'ai repoussés par caprice et qui se sont tués, leur mort ne m'a point touchée, pourquoi mourir ? que n'ont-ils plutôt tout franchi pour m'avoir ? Si j'aimais un homme, moi, il n'y aurait pas de mers assez larges ni de murs assez hauts pour m'empêcher d'arriver jusqu'à lui. Comme je me serais bien entendue, si j'avais été homme, à corrompre des gardiens, à monter la nuit aux fenêtres, et à étouffer sous ma bouche les cris de ma victime, trompée chaque matin de l'espoir que j'avais eu la veille !

Je les chassais avec colère et j'en prenais d'autres, l'uniformité du plaisir me désespérait, et je courais à sa poursuite avec frénésie, toujours altérée de jouissances nouvelles et magnifiquement rêvées, semblable aux marins en détresse, qui boivent de l'eau de mer et ne peuvent s'empêcher d'en boire, tant la soif les brûle !

« Dandys et rustauds, j'ai voulu voir si tous étaient de même ; j'ai goûté la passion des hommes, aux mains blanches et grasses, aux cheveux teints collés sur les tempes ; j'ai eu de pâles adolescents, blonds, efféminés comme des filles, qui se mouraient sur moi ; les vieillards aussi m'ont salie de leurs joies décrépites, et j'ai contemplé au réveil leur poitrine oppressée et leurs yeux éteints. Sur un banc de bois, dans un cabaret de village, entre un pot de vin et une pipe de tabac, l'homme du peuple aussi m'a embrassée avec violence ; je me suis fait comme lui une joie épaisse et des allures faciles ; mais la canaille ne fait pas mieux l'amour que la noblesse, et la botte de paille n'est pas plus chaude que les sofas. Pour les rendre plus ardents, je me suis dévouée à quelques-uns comme une esclave, et ils ne m'en aimaient pas davantage ; j'ai eu, pour des sots, des bassesses infâmes, et en échange ils me haïssaient et me méprisaient, alors que j'aurais voulu leur centupler mes caresses et les inonder de bonheur. Espérant enfin que les gens difformes pouvaient mieux aimer que les autres, et que les natures rachitiques se raccrochaient à la vie par la volupté, je me suis donnée à des bossus, à des nègres, à des nains ; je leur fis des nuits à rendre jaloux des millionnaires, mais je les épouvantais peut-être, car ils me quittaient vite. Ni les pauvres, ni les riches, ni les laids n'ont pu assouvir l'amour que je leur demandais à remplir ; tous, faibles, languissants, conçus dans l'ennui, avortons faits par des paralytiques que le vin enivre, que la femme tue, craignant de mourir dans les draps comme on meurt à la guerre, il n'en est pas un que je n'aie vu lassé dès la première heure. Il n'y a donc plus, sur la terre, de ces jeunesses divines comme autrefois ! plus de Bacchus, plus d'Apollons, plus de ces héros qui marchaient nus, couronnés de pampres et de lauriers ! J'étais faite pour être la maîtresse d'un empereur, moi ; il me fallait l'amour d'un bandit, sur un rocher dur, par un soleil d'Afrique ; j'ai souhaité les enlacements des serpents, et les baisers rugissants que se donnent les lions.

À cette époque je lisais beaucoup ; il y a surtout deux livres que j'ai relus cent fois : *Paul et Virginie* et un autre qui s'appelait *Les Crimes des Reines.* On y voyait les portraits de Messaline, de Théodora, de Marguerite de Bourgogne, de Marie Stuart et de Catherine II. « Être reine, me disais-je, et rendre la foule amoureuse de toi ! » Eh bien, j'ai été reine, reine comme on peut l'être maintenant ; en entrant dans ma loge je promenais sur le public un regard triomphant et provocateur, mille têtes suivaient le mouvement de mes sourcils, je dominais tout par l'insolence de ma beauté.

Fatiguée cependant de toujours poursuivre un amant, et plus que jamais en voulant à tout prix, ayant d'ailleurs fait du vice un supplice qui m'était cher, je suis accourue ici, le cœur enflammé comme si j'avais eu encore une virginité à vendre ; raffinée, je me résignais à vivre mal ; opulente, à m'endormir dans la misère, car à force de descendre si bas je n'aspirais peut-être plus à monter éternellement, à mesure que mes organes s'useraient, mes désirs s'apaiseraient sans doute, je voulais par là en finir d'un seul coup et me dégoûter pour toujours de ce que j'enviais avec tant de ferveur. Oui, moi qui ai pris des bains de fraises et de lait, je suis venue ici, m'étendre sur le grabat commun où la foule passe ; au lieu d'être la maîtresse d'un seul, je me suis faite servante de tous, et quel rude maître j'ai pris là ! Plus de feu l'hiver, plus de vin fin à mes repas, il y a un an que j'ai la même robe, qu'importe ! mon métier n'est-il pas d'être nue ? Mais ma dernière pensée, mon dernier espoir, le sais-tu ? Oh ! j'y comptais, c'était de trouver un jour ce que je n'avais jamais rencontré, l'homme qui m'a toujours fui, que j'ai poursuivi dans le lit des élégants, au balcon des théâtres ; chimère que n'est que dans mon cœur et que je veux tenir dans mes mains ; un beau jour, espérais-je, quelqu'un viendra sans doute – dans le nombre cela doit être – plus grand, plus noble, plus fort ; ses yeux seront fendus comme ceux des sultanes, sa voix se modulera dans une mélodie lascive, ses membres auront la souplesse terrible et voluptueuse des léopards, il sentira des odeurs à faire pâmer, et ses dents mordront avec délices ce sein qui se gonfle pour lui. À chaque arrivant je me disais : « est-ce lui » ? et à un autre encore : « est-ce lui ? qu'il m'aime ! qu'il m'aime ! qu'il me batte ! qu'il me brise ! à moi seule je lui ferai un sérail, je connais quelles fleurs excitent, quelles boissons vous exaltent, et comment la fatigue même se transforme en délicieuse extase ; coquette quand il le voudra, pour irriter sa vanité ou amuser son esprit, tout à coup il me trouvera langoureuse, pliante comme un roseau, exhalant des mots doux et des soupirs tendres ; pour lui je me tordrai dans des mouvements de couleuvre, la nuit j'aurai des soubresauts furieux et des crispations qui déchirent. Dans un pays chaud, en buvant du beau vin dans du cristal, je lui danserai, avec des castagnettes, des danses espagnoles, ou je bondirai en hurlant un hymne de guerre, comme les femmes des sauvages ; s'il est amoureux des statues et des tableaux, je me ferai des poses de grand maître devant lesquelles il tombera à genoux ; s'il aime mieux que je sois son ami, je m'habillerai en homme et j'irai à la chasse avec lui, je l'aiderai dans ses vengeances ; s'il veut assassiner quelqu'un, je ferai le guet pour lui ; s'il est voleur, nous volerons ensemble ; j'aimerai ses habits et le manteau qui l'enveloppe. » Mais non ! jamais, jamais ! le temps a eu beau s'écouler et les matins revenir, on a en vain usé chaque place de mon corps, par toutes les voluptés dont se régalent les hommes, je suis restée comme j'étais, à dix ans, vierge, si une vierge est celle qui n'a pas de mari, pas d'amant, qui n'a pas connu le plaisir et qui le rêve sans cesse, qui se fait des fantômes charmants et qui les voit dans ses songes, qui en entend la voix dans le bruit des vents, qui en cherche les traits dans la figure de la lune. Je suis vierge ! cela te fait rire ? mais n'en ai-je pas les vagues pressentiments, les ardentes langueurs ? j'en ai tout, sauf la virginité elle-même.

Regarde au chevet de mon lit toutes ces lignes entrecroisées sur l'acajou, ce sont les marques d'ongle de tous ceux qui s'y sont débattus, de tous ceux dont les têtes ont frotté là ; je n'ai jamais eu rien de commun avec eux ; unis ensemble aussi étroitement que des bras humains peuvent le permettre, je ne sais quel abîme m'en a toujours séparée. Oh ! que de fois, tandis qu'égarés ils auraient voulu s'abîmer tout entiers dans leur jouissance, mentalement je m'écartais à mille lieues de là, pour partager la natte d'un sauvage ou l'antre garni de peaux de moutons de quelque berger des Abruzzes !

Aucun en effet ne vient pour moi, aucun ne me connaît, ils cherchent peut-être en moi une certaine femme comme je cherche en eux un certain homme ; n'y a-t-il pas, dans les rues, plus d'un chien qui s'en va flairant dans l'ordure pour trouver des os de poulet et des morceaux de viande ? de même, qui saura tous les amours exaltés qui s'abattent sur une fille publique, toutes les belles élégies qui finissent dans le bonjour qu'on lui adresse ? Combien j'en ai vu arriver ici le cœur gros de dépit et les yeux pleins de larmes ! les uns, au sortir d'un bal, pour résumer sur une seule femme toutes celles qu'ils venaient de quitter ; les autres, après un mariage, exaltés à l'idée de l'innocence ; et puis des jeunes gens, pour toucher à loisir leurs maîtresses à qui ils n'osent parler, fermant les yeux et la voyant ainsi dans leurs cœurs ; des maris pour se refaire jeunes et savourer les plaisirs faciles de leur bon temps, des prêtres poussés par le démon et ne voulant pas d'une femme, mais d'une courtisane, mais du péché incarné, ils me maudissent, ils ont peur de moi et ils m'adorent ; pour que la tentation soit plus forte et l'effroi plus grand, ils voudraient que j'eusse le pied fourchu et que ma robe étincelât de pierreries. Tous passent tristement, uniformément, comme des ombres qui se succèdent, comme une foule dont on ne garde plus que le souvenir du bruit qu'elle faisait, du piétinement de ces mille pieds, des clameurs confuses qui en sortaient. Sais-je, en effet, le nom d'un seul ? ils viennent et ils me quittent, jamais une caresse désintéressée, et ils en demandent, ils demanderaient de l'amour, s'ils l'osaient ! il faut les appeler beaux, les supposer riches, et ils sourient. Et puis ils aiment à rire, quelquefois il faut chanter, ou se taire ou parler. Dans cette femme si connue, personne ne s'est douté qu'il y avait un cœur ; imbéciles qui louaient l'arc de mes sourcils et l'éclat de mes épaules, tout heureux d'avoir à bon marché un morceau de roi, et qui ne prenaient pas cet amour inextinguible qui courait au-devant d'eux et se jetait à leurs genoux !

J'en vois pourtant qui ont des amants, même ici, de vrais amants qui les aiment ; elles leur font une place à part, dans leur lit comme dans leur âme, et quand ils viennent elles sont heureuses. C'est pour eux, vois-tu, qu'elles se peignent si longuement les cheveux et qu'elles arrosent les pots de fleurs qui sont à leurs fenêtres ; mais moi, personne, personne ; pas même l'affection paisible d'un pauvre enfant, car on la leur montre du doigt, la prostituée, et ils passent devant elle sans lever la tête. Qu'il y a longtemps, mon Dieu, que je ne suis sortie dans les champs et que je n'ai vu la campagne ! que de dimanches j'ai passés à entendre le son de ces tristes cloches, qui appellent tout le monde aux offices où je ne vais pas ! qu'il y a longtemps que je n'ai entendu le grelot des vaches dans le taillis ! Ah ! je veux m'en aller d'ici, je m'ennuie, je m'ennuie ; je retournerai à pied au pays, j'irai chez ma nourrice, c'est une brave femme qui me recevra bien. Quand j'étais toute petite, j'allais chez elle, et elle me donnait du lait ; je l'aiderai à élever ses enfants et à faire le ménage, j'irai ramasser du bois mort dans la forêt, nous nous chaufferons, le soir, au coin du feu quand il neigera, voilà bientôt l'hiver ; aux rois nous tirerons le gâteau. Oh ! elle m'aimera bien, je bercerai les petits pour les endormir, comme je serai heureuse ! »

Elle se tut, puis releva sur moi un regard étincelant à travers ses larmes, comme pour me dire : Est-ce toi ?

Je l'avais écoutée avec avidité, j'avais regardé tous les mots sortir de sa bouche ; tâchant de m'identifier à la vie qu'ils m'exprimaient. Agrandie tout à coup à des proportions que je lui prêtais, sans doute, elle me parut une femme nouvelle, pleine de mystères ignorés et, malgré mes rapports avec elle, toute tentante d'un charme irritant et d'attraits nouveaux. Les hommes, en effet, qui l'avaient possédée avaient laissé sur elle comme une odeur de parfum éteint, traces de passions disparues, qui lui faisaient une majesté voluptueuse ; la débauche la décorait d'une beauté infernale. Sans les orgies passées, aurait-elle eu ce sourire de suicide, qui la faisait ressembler à une morte se réveillant dans l'amour ? sa joue en était plus appâlie, ses cheveux plus élastiques et plus odorants, ses membres plus souples, plus mous et plus chauds ; comme moi, aussi, elle avait marché de joies en chagrins, couru d'espérances en dégoûts, des abattements sans nom avaient succédé à des spasmes fous ; sans nous connaître, elle dans sa prostitution et moi dans ma chasteté, nous avions suivi le même chemin, aboutissant au même gouffre ; pendant que je me cherchais une maîtresse, elle s'était cherché un amant, elle dans le monde, moi dans mon cœur, l'un et l'autre nous avaient fuis.

– Pauvre femme, lui dis-je, en la serrant sur moi, comme tu as dû souffrir !

– Tu as donc souffert quelque chose de semblable ? me répondit-elle, est-ce que tu es comme moi ? est-ce que souvent tu as trempé ton oreiller de larmes ? est-ce que, pour toi, les jours de soleil en hiver sont aussi tristes ? Quand il fait du brouillard, le soir, et que je marche seule, il me semble que la pluie traverse mon cœur et le fait tomber en débris.

– Je doute pourtant que tu te sois jamais aussi ennuyée que moi dans le monde, tu as eu tes jours de plaisir, mais moi c'est comme si j'étais né en prison, j'ai mille choses qui n'ont pas vu la lumière.

– Tu es si jeune, cependant ! Au fait, tous les hommes sont vieux maintenant, les enfants se trouvent dégoûtés comme les vieillards, nos mères s'ennuyaient quand elles nous ont conçus, on n'était pas comme ça autrefois, n'est-ce pas vrai ?

– C'est vrai, repris-je, les maisons où nous habitons sont toutes pareilles, blanches et mornes comme des tombes dans des cimetières ; dans les vieilles baraques noires qu'on démolit la vie devait être plus chaude, on y chantait fort, on y brisait les brocs sur les tables, on y cassait les lits en faisant l'amour.

– Mais qui te rend si triste ? tu as donc bien aimé ?

– Si j'ai aimé, mon Dieu ! assez pour envier ta vie.

– Envier ma vie ! dit-elle.

– Oui, l'envier ! car, à ta place, j'aurais peut-être été heureux, car, si un homme comme tu le désires n'existe pas, une femme comme j'en veux doit vivre quelque part ; parmi tant de cœurs qui battent, il doit s'en trouver un pour moi.

– Cherche-le ! cherche-le !

– Oh ! si, j'ai aimé ! si bien que je suis saturé de désirs rentrés. Non, tu ne sauras jamais toutes celles qui m'ont égaré et que dans le fond de mon cœur, j'abritais d'un amour angélique. Écoute, quand j'avais vécu un jour avec une femme, je me disais : « Que ne l'ai-je connue depuis dix ans ! tous ses jours qui ont fui m'appartenaient, son premier sourire devait être pour moi, sa première pensée au monde, pour moi. Des gens viennent et lui parlent, elle leur répond, elle y pense, les livres qu'elle admire, j'aurais dû les lire. Que ne me suis-je promené avec elle, sous tous les ombrages qui l'ont abritée ! il y a bien des robes qu'elle a usées et que je n'ai pas vues, elle a entendu, dans sa vie, les plus beaux opéras et je n'étais pas là ; d'autres lui ont déjà fait sentir les fleurs que je n'avais pas cueillies, je ne pourrai rien faire, elle m'oubliera, je suis pour elle comme un passant dans la rue », et quand j'en étais séparé je me disais : « Où est-elle ? que fait-elle, toute la journée, loin de moi ? à quoi son temps se passe-t-il ? » Qu'une femme aime un homme, qu'elle lui fasse un signe, et il tombe à ses genoux ! Mais nous, quel hasard qu'elle vienne à nous regarder, et encore !... il faut être riche, avoir des chevaux qui vous emportent, avoir une maison ornée de statues, donner des fêtes, jeter l'or, faire du bruit ; mais vivre dans la foule, sans pouvoir la dominer par le génie ou par l'argent, et demeurer aussi inconnu que le plus lâche et le plus sot de tous, quand on aspire à des amours du ciel, quand on mourrait avec joie sous le regard d'une femme aimée, j'ai connu ce supplice.

– Tu es timide, n'est-ce pas ? elles te font peur.

– Plus maintenant. Autrefois, le bruit de leurs pas seulement me faisait tressaillir, je restais devant la boutique d'un coiffeur, à regarder les belles figures de cire avec des fleurs et des diamants dans les cheveux, roses, blanches et décolletées, j'ai été amoureux de quelques-unes ; l'étalage d'un cordonnier me tenait aussi en extase : dans ces petits souliers de satin, que l'on allait emporter pour le bal du soir, je plaçais un pied nu, un pied charmant, avec des ongles fins, un pied d'albâtre vivant, tel que celui d'une princesse qui entre au bain ; les corsets suspendus devant les magasins de modes, et que le vent fait remuer, me donnaient également de bizarres envies ; j'ai offert des bouquets de fleurs à des femmes que je n'aimais pas, espérant que l'amour viendrait par là, je l'avais entendu dire ; j'ai écrit des lettres adressées n'importe à qui, pour m'attendrir avec la plume, et j'ai pleuré ; le moindre sourire d'une bouche de femme me faisait fondre le cœur en délices, et puis c'était tout ! Tant de bonheur n'était pas fait pour moi, qu'est-ce qui pouvait m'aimer ?

– Attends ! attends encore un an, six mois ! demain peut-être, espère !

– J'ai trop espéré pour obtenir.

– Tu parles comme un enfant, me dit-elle.

– Non, je ne vois même pas d'amour dont je ne serais rassasié au bout de vingt-quatre heures, j'ai tant rêvé le sentiment que j'en suis fatigué, comme ceux que l'on a trop fortement chéris.

– Il n'y a pourtant que cela de beau dans le monde.

– À qui le dis-tu ? je donnerais tout pour passer une seule nuit avec une femme qui m'aimerait.

– Oh ! si au lieu de cacher ton cœur, tu laissais voir tout ce qui bat dedans de généreux et de bon, toutes les femmes voudraient de toi, il n'en est pas une qui ne tâcherait d'être ta maîtresse ; mais tu as été plus fou que moi encore ! Fait-on cas des trésors enfouis ? les coquettes seules devinent les gens comme toi, et les torturent, les autres ne les voient pas. Tu valais pourtant bien la peine qu'on t'aimât ! Eh bien, tant mieux ! c'est moi qui t'aimerai, c'est moi qui serai ta maîtresse.

– Ma maîtresse ?

– Oh ! je t'en prie ! je te suivrai où tu voudras, je partirai d'ici, j'irai louer une chambre en face de toi, je te regarderai toute la journée. Comme je t'aimerai ! être avec toi, le soir, le matin, la nuit dormir ensemble, les bras passés autour du corps, manger à la même table, vis-à-vis l'un de l'autre, nous habiller dans la même chambre, sortir ensemble et te sentir près de moi ! Ne sommes-nous pas faits l'un pour l'autre ? tes espérances ne vont-elles pas bien avec mes dégoûts ? ta vie et la mienne, n'est-ce pas la même ? Tu me raconteras tous les ennuis de ta solitude, je te redirai les supplices que j'ai endurés ; il faudra vivre comme si nous ne devions rester ensemble qu'une heure, épuiser tout ce qu'il y a en nous de voluptés et de tendresses, et puis recommencer, et mourir ensemble. Embrasse-moi, embrasse-moi encore ! mets là ta tête sur ma poitrine, que j'en sente bien le poids, que tes cheveux me caressent le cou, que mes mains parcourent tes épaules, ton regard est si tendre !

La couverture défaite, qui pendait à terre, laissait nos pieds à nu ; elle se releva sur les genoux et la repoussa sous le matelas, je vis son dos blanc se courber comme un roseau ; les insomnies de la nuit m'avaient brisé, mon front était lourd, les yeux me brûlaient les paupières, elle me les baisa doucement du bout des lèvres, ce qui me les rafraîchit comme si on me les eût humectés avec de l'eau froide. Elle aussi, se réveillait de plus en plus de la torpeur où elle s'était laissée aller un instant ; irritée par la fatigue, enflammée par le goût des caresses précédentes, elle m'étreignit avec une volupté désespérée, en me disant : « Aimons-nous, puisque personne ne nous a aimés, tu es à moi ! »

Elle haletait, la bouche ouverte, et m'embrassait furieusement, puis tout à coup, se reprenant et passant sa main sur ses bandeaux dérangés, elle ajouta :

– Écoute, comme notre vie serait belle si c'était ainsi, si nous allions demeurer dans un pays où le soleil fait pousser des fleurs jaunes et mûrit les oranges, sur un rivage comme il y en a, à ce qu'il paraît, où le sable est tout blanc, où les hommes portent des turbans, où les femmes ont des robes de gaze ; nous demeurerions couchés sous quelque grand arbre à larges feuilles, nous écouterions le bruit des golfes, nous marcherions ensemble au bord des flots pour ramasser des coquilles, je ferais des paniers avec des roseaux, tu irais les vendre ; c'est moi qui t'habillerais, je friserais tes cheveux dans mes doigts, je te mettrais un collier autour du cou, oh ! comme je t'aimerais ! comme je t'aime ! laisse-moi donc m'assouvir de toi !

Me collant à sa couche, d'un mouvement impétueux, elle s'abattit sur tout mon corps et s'y étendit avec une joie obscène, pâle, frissonnante, les dents serrées et me serrant sur elle avec une force enragée ; je me sentis entraîné comme dans un ouragan d'amour, des sanglots éclataient, et puis des cris aigus ; ma lèvre, humide de sa salive, pétillait et me démangeait ; nos muscles, tordus dans les mêmes noeuds, se serraient et entraient les uns dans les autres, la volupté se tournait en délire, la jouissance en supplices.

Ouvrant tout à coup les yeux ébahis et épouvantés, elle dit :

– Si j'allais avoir un enfant !

Et passant, au contraire, à une câlinerie suppliante :

– Oui, oui, un enfant ! un enfant de toi !... Tu me quittes ? nous ne nous reverrons plus, jamais tu ne reviendras ? penseras-tu à moi quelquefois ? j'aurai toujours tes cheveux là, adieu !... Attends, il fait à peine jour.

Pourquoi donc avais-je hâte de la fuir ? est-ce que déjà je l'aimais ?

Marie ne me parla plus, quoique je restasse bien encore une demi-heure chez elle ; elle songeait peut-être à l'amant absent. Il y a un instant, dans le départ où, par anticipation de tristesse, la personne aimée n'est déjà plus avec vous.

Nous ne nous fîmes pas d'adieux, je lui pris la main, elle y répondit, mais la force pour la serrer était restée dans son cœur.

Je ne l'ai plus revue.

J'ai pensé à elle depuis, pas un jour ne s'est écoulé sans perdre à y rêver le plus d'heures possible, quelquefois je m'enferme exprès et seul, je tâche de revivre dans ce souvenir ; souvent je m'efforce à y penser avant de m'endormir, pour la rêver la nuit, mais ce bonheur-là ne m'est pas arrivé.

Je l'ai cherchée partout, dans les promenades, au théâtre, au coin des rues, sans savoir pourquoi j'ai cru qu'elle m'écrirait ; quand j'entendais une voiture s'arrêter à ma porte, je m'imaginais qu'elle allait en descendre. Avec quelle angoisse j'ai suivi certaines femmes ! avec quel battement de cœur je détournais la tête pour voir si c'était elle !

La maison a été démolie, personne n'a pu me dire ce qu'elle était devenue.

Le désir d'une femme que l'on a obtenue est quelque chose d'atroce et de mille fois pire que l'autre, de terribles images vous poursuivent comme des remords. Je ne suis pas jaloux des hommes qui l'ont eue avant moi, mais je suis jaloux de ceux qui l'ont eue depuis ; une convention tacite faisait, il me semble, que nous devions nous être fidèles, j'ai été plus d'un an à lui garder cette parole, et puis le hasard, l'ennui, la lassitude du même sentiment peut-être, ont fait que j'y ai manqué. Mais c'était elle que je poursuivais partout ; dans le lit des autres je rêvais à ses caresses.

On a beau, par-dessus les passions anciennes, vouloir en semer de nouvelles, elles reparaissent toujours, il n'y a pas de force au monde pour en arracher les racines. Les voies romaines, où roulaient les chars consulaires, ne servent plus depuis longtemps, mille nouveaux sentiers les traversent, les champs se sont élevés dessus, le blé y pousse, mais on en aperçoit encore la trace, et leurs grosses pierres ébrèchent les charrues quand on laboure.

Le type dont presque tous les hommes sont en quête n'est peut-être que le souvenir d'un amour conçu dans le ciel ou dès les premiers jours de la vie ; nous sommes en quête de tout ce qui s'y rapporte, la seconde femme qui vous plaît ressemble presque toujours à la première, il faut un grand degré de corruption ou un cœur bien vaste pour tout aimer. Voyez aussi comme ce sont éternellement les mêmes dont vous parlent les gens qui écrivent, et qu'ils décrivent cent fois sans jamais s'en lasser. J'ai connu un ami qui avait adoré, à 15 ans, une jeune mère qu'il avait vue nourrissant son enfant 7 ; de longtemps il n'estima que les tailles de poissarde, la beauté des femmes sveltes lui était odieuse.

À mesure que le temps s'éloignait, je l'en aimais de plus en plus ; avec la rage que l'on a pour les choses impossibles, j'inventais des aventures pour la retrouver, j'imaginais notre rencontre, j'ai revu ses yeux dans les globules bleus des fleuves, et la couleur de sa figure dans les feuilles du tremble, quand l'automne les colore. Une fois, je marchais vite dans un pré, les herbes sifflaient autour de mes pieds en m'avançant, elle était derrière moi ; je me suis retourné, il n'y avait personne. Un autre jour, une voiture a passé devant mes yeux, j'ai levé la tête, un grand voile blanc sortait de la portière et s'agitait au vent, les roues tournaient, il se tordait, il m'appelait, il a disparu, et je suis retombé seul, abîmé, plus abandonné qu'au fond d'un précipice.

Oh ! si l'on pouvait extraire de soi tout ce qui y est et faire un être avec la pensée seule ! si l'on pouvait tenir son fantôme dans les mains et le toucher au front, au lieu de perdre dans l'air tant de caresses et tant de soupirs ! Loin de là, la mémoire oublie et l'image s'efface, tandis que l'acharnement de la douleur reste en vous. C'est pour me la rappeler que j'ai écrit ce qui précède, espérant que les mots me la feraient revivre ; j'y ai échoué, j'en sais bien plus que je n'en ai dit.

C'est, d'ailleurs, une confidence que je n'ai faite à personne, on se serait moqué de moi. Ne se raille-t-on pas de ceux qui aiment, car c'est une honte parmi les hommes ; chacun, par pudeur ou par égoïsme, cache ce qu'il possède dans l'âme de meilleur et de plus délicat ; pour se faire estimer, il ne faut montrer que les côtés les plus laids, c'est le moyen d'être au niveau commun. Aimer une telle femme ? m'aurait-on dit, et d'abord personne ne l'eût compris ; à quoi bon, dès lors, en ouvrir la bouche ?

Ils auraient eu raison, elle n'était peut-être ni plus belle ni plus ardente qu'une autre, j'ai peur de n'aimer qu'une conception de mon esprit et de ne chérir en elle que l'amour qu'elle m'avait fait rêver.

Longtemps je me suis débattu sous cette pensée, j'avais placé l'amour trop haut pour espérer qu'il descendrait jusqu'à moi ; mais, à la persistance de cette idée, il a bien fallu reconnaître que c'était quelque chose d'analogue. Ce n'est que plusieurs mois après l'avoir quittée que je l'ai ressenti ; dans les premiers temps, au contraire, j'ai vécu dans un grand calme.

Comme le monde est vide à celui qui y marche seul ! Qu'allais-je faire ? Comment passer le temps ? à quoi employer mon cerveau ? comme les journées sont longues ! Où est donc l'homme qui se plaint de la brièveté des jours de la vie ? qu'on me le montre, ce doit être un mortel heureux.

Distrayez-vous, disent-ils, mais à quoi ? c'est me dire : tâchez d'être heureux ; mais comment ? et à quoi bon tant de mouvement ? Tout est bien dans la nature, les arbres poussent, les fleuves coulent, les oiseaux chantent, les étoiles brillent ; mais l'homme tourmenté remue, s'agite, abat les forêts, bouleverse la terre, s'élance sur la mer, voyage, court, tue les animaux, se tue lui-même, et pleure, et rugit, et pense à l'enfer, comme si Dieu lui avait donné un esprit pour concevoir encore plus de maux qu'il n'en endure !

Autrefois, avant Marie, mon ennui avait quelque chose de beau, de grand ; mais maintenant il est stupide, c'est l'ennui d'un homme plein de mauvaise eau-de-vie, sommeil d'ivre mort.

Ceux qui ont beaucoup vécu ne sont pas de même. À 50 ans, ils sont plus frais que moi à vingt, tout leur est encore neuf et attrayant. Serai-je comme ces mauvais chevaux, qui sont fatigués à peine sortis de l'écurie, et qui ne trottent à l'aise qu'après un long bout de route, fait en boitant et en souffrant ? Trop de spectacles me font mal, trop aussi me font pitié, ou plutôt tout cela se confond dans le même dégoût.

Celui qui est assez bien né pour ne pas vouloir de maîtresse parce qu'il ne pourrait la couvrir de diamants ni la loger dans un palais, et qui assiste à des amours vulgaires, qui contemple, d'un oeil calme, la laideur bête de ces deux animaux en rut que l'on appelle un amant et une maîtresse, n'est pas tenté de se ravaler si bas, il se défend d'aimer comme d'une faiblesse, et il terrasse sous ses genoux tous les désirs qui viennent ; cette lutte l'épuise. L'égoïsme cynique des hommes m'écarte d'eux, de même que l'esprit borné des femmes me dégoûte de leur commerce ; j'ai tort, après tout, car deux belles lèvres valent mieux que toute l'éloquence du monde.

La feuille tombée s'agite et vole aux vents, de même, moi, je voudrais voler, m'en aller, partir pour ne plus revenir, n'importe où, mais quitter mon pays ; ma maison me pèse sur les épaules, je suis tant de fois entré et sorti par la même porte ! j'ai tant de fois levé les yeux à la même place, au plafond de ma chambre, qu'il en devrait être usé.

Oh ! se sentir plier sur le dos des chameaux ! devant soi un ciel tout rouge, un sable tout brun, l'horizon flamboyant qui s'allonge, les terrains qui ondulent, l'aigle qui pointe sur votre tête ; dans un coin, une troupe de cigognes aux pattes roses, qui passent et s'en vont vers les citernes ; le vaisseau mobile du désert vous berce, le soleil vous fait fermer les yeux, vous baigne dans ses rayons, on n'entend que le bruit étouffé du pas des montures, le conducteur vient de finir sa chanson, on va, on va. Le soir on plante les pieux, on dresse la tente, on fait boire les dromadaires, on se couche sur une peau de lion, on fume, on allume des feux pour éloigner les chacals, que l'on entend glapir au fond du désert, des étoiles inconnues et quatre fois grandes comme les nôtres palpitent aux cieux ; le matin on remplit les outres à l'oasis, on repart, on est seul, le vent siffle, le sable s'élève en tourbillons.

Et puis, dans quelque plaine où l'on galope tout le jour, des palmiers s'élèvent entre les colonnes et agitent doucement leur ombrage, à côté de l'ombre immobile des temples détruits ; des chèvres grimpent sur les frontispices renversés et mordent les plantes qui ont poussé dans les ciselures du marbre, elles fuient en bondissant quand vous approchez. Au-delà, après avoir traversé des forêts où les arbres sont liés ensemble par des lianes gigantesques, et des fleuves dont on n'aperçoit pas l'autre rive du bord, c'est le Soudan, le pays des nègres, le pays de l'or ; mais plus loin, oh ! allons toujours, je veux voir le Malabar furieux et ses danses où l'on se tue ; les vins donnent la mort comme les poisons, les poisons sont doux comme les vins ; la mer, une mer bleue remplie de corail et de perles, retentit du bruit des orgies sacrées qui se font dans les antres des montagnes, il n'y a plus de vague, l'atmosphère est vermeille, le ciel sans nuage se mire dans le tiède Océan, les câbles fument quand on les retire de l'eau, les requins suivent le navire et mangent les morts.

Oh ! l'Inde ! l'Inde surtout ! Des montagnes blanches, remplies de pagodes et d'idoles, au milieu de bois remplis de tigres et d'éléphants, des hommes jaunes avec des vêtements blancs, des femmes couleur d'étain avec des anneaux aux pieds et aux mains, des robes de gaze qui les enveloppent comme une vapeur, des yeux dont on ne voit que les paupières noircies avec du henné ; elles chantent ensemble un hymne à quelque dieu, elles dansent... Danse, danse, bayadère, fille du Gange, tournoie bien tes pieds dans ma tête ! Comme une couleuvre, elle se replie, dénoue ses bras, sa tête remue, ses hanches se balancent, ses narines s'enflent, ses cheveux se dénouent, l'encens qui fume entoure l'idole stupide et dorée, qui a quatre têtes et vingt bras.

Dans un canot de bois de cèdre, un canot allongé, dont les avirons minces ont l'air de plumes, sous une voile faite de bambous tressés, au bruit des tam-tams et des tambourins, j'irai dans le pays jaune que l'on appelle la Chine ; les pieds des femmes se prennent dans la main, leur tête est petite, leurs sourcils minces, relevés aux coins, elles vivent dans des tonnelles de roseau vert, et mangent des fruits à la peau de velours, dans de la porcelaine peinte. Moustache aiguë, tombant sur la poitrine, tête rase, avec une houppe qui lui descend jusque sur le dos, le mandarin, un éventail rond dans les doigts, se promène dans la galerie, où les trépieds brûlent, et marche lentement sur les nattes de riz ; une petite pipe est passée dans son bonnet pointu, et des écritures noires sont empreintes sur ses vêtements de soie rouge. Oh ! que les boîtes à thé m'ont fait faire de voyages !

Emportez-moi, tempêtes du Nouveau Monde, qui déracinez les chênes séculaires et tourmentez les lacs où les serpents se jouent dans les flots ! Que les torrents de Norvège me couvrent de leur mousse ! que la neige de Sibérie, qui tombe tassée, efface mon chemin ! Oh ! voyager, voyager, ne jamais s'arrêter, et, dans cette valse immense, tout voir apparaître et passer, jusqu'à ce que la peau vous crève et que le sang jaillisse !

Que les vallées succèdent aux montagnes, les champs aux villes, les plaines aux mers. Descendons et montons les côtes, que les aiguilles des cathédrales disparaissent, après les mâts de vaisseaux pressés dans les ports ; écoutons les cascades tomber sur les rochers, le vent dans les forêts, les glaciers se fondre au soleil ; que je voie des cavaliers arabes courir, des femmes portées en palanquin, et puis des coupoles s'arrondir, des pyramides s'élever dans les cieux, des souterrains étouffés, où les momies dorment, des défilés étroits, où le brigand arme son fusil, des joncs où se cache le serpent à sonnettes, des zèbres bariolés courant dans les grandes herbes, des kangourous dressés sur leurs pattes de derrière, des singes se balançant au bout des branches des cocotiers, des tigres bondissant sur leur proie, des gazelles leur échappant.. .

Allons, allons ! passons les océans larges, où les baleines et les cachalots se font la guerre. Voici venir comme un grand oiseau de mer, qui bat des deux ailes, sur la surface des flots, la pirogue des sauvages ; des chevelures sanglantes pendent à la proue, ils se sont peint les côtes en rouge ; les lèvres fendues, le visage barbouillé, des anneaux dans le nez, ils chantent en hurlant le chant de la mort, leur grand arc est tendu, leurs flèches à la pointe verte sont empoisonnées et font mourir dans les tourments ; leurs femmes nues, seins et mains tatoués, élèvent de grands bûchers pour les victimes de leurs époux, qui leur ont promis de la chair de blanc, si moelleuse sous la dent.

Où irai-je ? la terre est grande, j'épuiserai tous les chemins, je viderai tous les horizons ; puissé-je périr en doublant le Cap, mourir du choléra à Calcutta ou de la peste à Constantinople !

Si j'étais seulement muletier en Andalousie ! et trotter tout le jour, dans les gorges des sierras, voir couler le Guadalquivir, sur lequel il y a des îles de lauriers-roses, entendre, le soir, les guitares et les voix chanter sous les balcons, regarder la lune se mirer dans le bassin de marbre de l'Alhambra, où autrefois se baignaient les sultanes.

Que ne suis-je gondolier à Venise ou conducteur d'une de ces carrioles, qui, dans la belle saison, vous mènent de Nice à Rome ! Il y a pourtant des gens qui vivent à Rome, des gens qui y demeurent toujours. Heureux le mendiant de Naples, qui dort au grand soleil, couché sur le rivage, et qui, en fumant son cigare, voit aussi la fumée du Vésuve monter dans le ciel ! Je lui envie son lit de galets et les songes qu'il y peut faire ; la mer, toujours belle, lui apporte le parfum de ses flots et le murmure lointain qui vient de Caprée.

Quelquefois je me figure arriver en Sicile, dans un petit village de pêcheurs, où toutes les barques ont des voiles latines. C'est le matin ; là, entre des corbeilles et des filets étendus, une fille du peuple est assise, elle a ses pieds nus, à son corset est un cordon d'or, comme les femmes des colonies grecques ; ses cheveux noirs, séparés en deux tresses, lui tombent jusqu'aux talons, elle se lève, secoue son tablier ; elle marche, et sa taille est robuste et souple à la fois, comme celle de la nymphe antique. Si j'étais aimé d'une telle femme ! une pauvre enfant ignorante qui ne saurait seulement pas lire, mais dont la voix serait si douce, quand elle me dirait, avec son accent sicilien : « Je t'aime ! reste ici ! »

Le manuscrit s'arrête ici, mais j'en ai connu l'auteur, et si quelqu'un, ayant passé, pour arriver jusqu'à cette page, à travers toutes les métaphores, hyperboles et autres figures qui remplissent les précédentes, désire y trouver une fin, qu'il continue ; nous allons la lui donner.

Il faut que les sentiments aient peu de mots à leur service, sans cela le livre se fût achevé à la première personne. Sans doute que notre homme n'aura plus rien trouvé à dire ; il se trouve un point où l'on n'écrit plus et où l'on pense davantage, c'est à ce point qu'il s'arrêta, tant pis pour le lecteur !

J'admire le hasard, qui a voulu que le livre en demeurât là, au moment où il serait devenu meilleur ; l'auteur allait entrer dans le monde, il aurait eu mille choses à nous apprendre, mais il s'est, au contraire, livré de plus en plus à une solitude austère, d'où rien ne sortait. Or il jugea convenable de ne plus se plaindre, preuve peut-être qu'il commença réellement à souffrir. Ni dans sa conversation, ni dans ses lettres, ni dans les papiers que j'ai fouillés après sa mort, et où ceci se trouvait, je n'ai saisi rien qui dévoilât l'état de son âme, à partir de l'époque où il cessa d'écrire ses confessions.

Son grand regret était de ne pas être peintre, il disait avoir de très beaux tableaux dans l'imagination. Il se désolait également de n'être pas musicien ; par les matinées de printemps, quand il se promenait le long des avenues de peupliers, des symphonies sans fin lui résonnaient dans la tête. Du reste, il n'entendait rien à la peinture ni à la musique, je l'ai vu admirer des galettes authentiques et avoir la migraine en sortant de l'Opéra. Avec un peu plus de temps, de patience, de travail, et surtout avec un goût plus délicat de la plastique des arts, il fût arrivé à faire des vers médiocres, bons à mettre dans l'album d'une dame, ce qui est toujours galant. quoi qu'on en dise.

Dans sa première jeunesse, il s'était nourri de très mauvais auteurs, comme on l'a pu voir à son style ; en vieillissant, il s'en dégoûta, mais les excellents ne lui donnèrent plus le même enthousiasme.

Passionné pour ce qui est beau, la laideur lui répugnait comme le crime ; c'est, en effet, quelque chose d'atroce qu'un être laid, de loin il épouvante, de près il dégoûte ; quand il parle, on souffre ; s'il pleure, ses larmes vous agacent ; on voudrait le battre quand il rit et, dans le silence, sa figure immobile vous semble le siège de tous les vices et de tous les bas instincts. Aussi il ne pardonna jamais à un homme qui lui avait déplu dès le premier abord ; en revanche, il était très dévoué à des gens qui ne lui avaient jamais adressé quatre mots, mais dont il aimait la démarche ou la coupe du crâne.

Il fuyait les assemblées, les spectacles, les bals, les concerts, car, à peine y était-il entré, qu'il se sentait glacé de tristesse et qu'il avait froid dans les cheveux. Quand la foule le coudoyait, une haine toute jeune lui montait au cœur, il lui portait, à cette foule, un cœur de loup, un cœur de bête fauve traquée dans son terrier.

Il avait la vanité de croire que les hommes ne l'aimaient pas, les hommes ne le connaissaient pas.

Les malheurs publics et les douleurs collectives l'attristaient médiocrement, je dirai même qu'il s'apitoyait plus sur les serins en cage, battant des ailes quand il fait du soleil, que sur les peuples en esclavage, c'est ainsi qu'il était fait. Il était plein de scrupules délicats et de vraie pudeur, il ne pouvait, par exemple, rester chez un pâtissier et voir un pauvre le regarder manger sans rougir jusqu'aux oreilles ; en sortant, il lui donnait tout ce qu'il avait d'argent dans la main et s'enfuyait bien vite. Mais on le trouvait cynique, parce qu'il se servait des mots propres et disait tout haut ce que l'on pense tout bas.

L'amour des femmes entretenues (idéal des jeunes gens qui n'ont pas le moyen d'en entretenir) lui était odieux, le dégoûtait ; il pensait que l'homme qui paye est le maître, le seigneur, le roi. Quoiqu'il fût pauvre, il respectait la richesse et non les gens riches ; être gratis l'amant d'une femme qu'un autre loge, habille et nourrit, lui semblait quelque chose d'aussi spirituel que de voler une bouteille de vin dans la cave d'autrui ; il ajoutait que s'en vanter était le propre des domestiques fripons et des petites gens.

Vouloir une femme mariée, et pour cela se rendre l'ami du mari, lui serrer affectueusement les mains, rire à ses calembours, s'attrister de ses mauvaises affaires, faire ses commissions, lire le même journal que lui, en un mot exécuter, dans un seul jour, plus de bassesses et de platitudes que dix galériens n'en ont fait en toute leur vie, c'était quelque chose de trop humiliant pour son orgueil, et il aima cependant plusieurs femmes mariées ; quelquefois il se mit en beau chemin, mais la répugnance le prenait tout à coup, quand déjà la belle dame commençait à lui faire les yeux doux, comme les gelées du mois de mai qui brûlent les abricotiers en fleurs.

Et les grisettes, me direz-vous ? Eh bien, non ! il ne pouvait se résigner à monter dans une mansarde, pour embrasser une bouche qui vient de déjeuner avec du fromage, et prendre une main qui a des engelures.

Quant à séduire une jeune fille, il se serait cru moins coupable s'il l'avait violée, attacher quelqu'un à soi était pour lui pire que de l'assassiner. Il pensait sérieusement qu'il y a moins de mal à tuer un homme qu'à faire un enfant : au premier vous ôtez la vie, non pas la vie entière, mais la moitié ou le quart ou la centième partie de cette existence qui va finir, qui finirait sans vous ; mais envers le second, disait-il, n'êtes-vous pas responsable de toutes les larmes qu'il versera depuis son berceau jusqu'à sa tombe ? sans vous, il ne serait pas né, et il naît, pourquoi cela ? pour votre amusement, non pour le sien à coup sûr ; pour porter votre nom, le nom d'un sot, je parie ? autant vaudrait l'écrire sur un mur ; à quoi bon un homme pour supporter le fardeau de trois ou quatre lettres ?

À ses yeux, celui qui, appuyé sur le Code civil, entre de force dans le lit de la vierge qu'on lui a donnée le matin, exerçant ainsi un viol légal que l'autorité protège, n'avait pas d'analogue chez les singes, les hippopotames et les crapauds, qui, mâle et femelle, s'accouplent lorsque des désirs communs les font se chercher et s'unir, où il n'y a ni épouvante et dégoût d'un côté, ni brutalité et despotisme obscène de l'autre ; et il exposait là-dessus de longues théories immorales, qu'il est inutile de rapporter.

Voilà pourquoi il ne se maria point et n'eut pour maîtresse ni fille entretenue, ni femme mariée, ni grisette, ni jeune fille ; restaient les veuves, il n'y pensa pas.

Quand il fallut choisir un état, il hésita entre mille répugnances. Pour se mettre philanthrope, il n'était pas assez malin, et son bon naturel l'écartait de la médecine ; – quant au commerce, il était incapable de calculer, la vue seule d'une banque lui agaçait les nerfs. Malgré ses folies, il avait trop de sens pour prendre au sérieux la noble profession d'avocat ; d'ailleurs sa justice ne se fût pas accommodée aux lois. Il avait aussi trop de goût pour se lancer dans la critique, il était trop poète, peut-être, pour réussir dans les lettres. Et puis, sont-ce là des *états ? Il faut s'établir, avoir une position dans le monde, on s'ennuie à rester oisif, il faut se rendre utile, l'homme est né pour travailler :* maximes difficiles à comprendre et qu'on avait soin de souvent lui répéter.

Résigné à s'ennuyer partout et à s'ennuyer de tout, il déclara vouloir faire son droit et il alla habiter Paris. Beaucoup de gens l'envièrent dans son village, et lui dirent qu'il allait être heureux de fréquenter les cafés, les spectacles, les restaurants, de voir les belles femmes ; il les laissa dire, et il sourit comme lorsqu'on a envie de pleurer. Que de fois, cependant, il avait désiré quitter pour toujours sa chambre, où il avait tant bâillé, et dérangé ses coudes de dessus le vieux bureau d'acajou où il avait composé ses drames à quinze ans ! et il se sépara de tout cela avec peine ; ce sont peut-être les endroits qu'on a le plus maudits que l'on préfère aux autres, les prisonniers ne regrettent-ils pas leur prison ? C'est que, dans cette prison, ils espéraient et que, sortis, ils n'espèrent plus ; à travers les murs de leur cachot, ils voyaient la campagne émaillée de marguerites, sillonnée de ruisseaux, couverte de blés jaunes, avec des routes bordées d'arbres, - mais, rendus à la liberté, à la misère, ils revoient la vie telle qu'elle est, pauvre, raboteuse, toute fangeuse et toute froide, la campagne aussi, la belle campagne telle qu'elle est, ornée de gardes champêtres pour les empêcher de prendre les fruits s'ils ont soif, fournie en gardes forestiers, s'ils veulent tuer du gibier et qu'ils aient faim, couverte de gendarmes, s'ils ont envie de se promener et qu'ils n'aient pas de passeport.

Il alla se loger dans une chambre garnie, où les meubles avaient été achetés pour d'autres, usés par d'autres que lui ; il lui sembla habiter dans des ruines. Il passait la journée à travailler, à écouter le bruit sourd de la rue, à regarder la pluie tomber sur les toits.

Quand il faisait du soleil, il allait se promener au Luxembourg, il marchait sur les feuilles tombées, se rappelant qu'au collège il faisait de même ; mais il ne se serait pas douté que, dix ans plus tard, il en serait là. Ou bien il s'asseyait sur un banc et songeait à mille choses tendres et tristes, il regardait l'eau froide et noire des bassins, puis il s'en retournait le cœur serré. Deux ou trois fois, ne sachant que faire, il alla dans les églises à l'heure du salut, il tâchait de prier ; comme ses amis auraient ri, s'ils l'avaient vu tremper ses doigts dans le bénitier et faire le signe de la croix !

Un soir, qu'il errait dans un faubourg et qu'irrité sans cause il eût voulu sauter sur des épées nues et se battre à outrance, il entendit des voix chanter et les sons doux d'un orgue y répondre par bouffées.

Il entra. Sous le portique, une vieille femme, accroupie par terre, demandait la charité en secouant des sous dans un gobelet de fer-blanc ; la porte tapissée allait et venait à chaque personne qui entrait ou qui sortait, on entendait des bruits de sabots, des chaises qui remuaient sur des dalles ; au fond, le choeur était illuminé, le tabernacle brillait aux flambeaux, le prêtre chantait des prières, les lampes, suspendues dans la nef, se balançaient à leurs longues cordes, le haut des ogives et les bas-côtés étaient dans l'ombre, la pluie fouettait sur les vitraux et en faisait craquer les filets de plomb, l'orgue allait, et les voix reprenaient, comme le jour où il avait entendu sur les falaises la mer et les oiseaux se parler. Il fut pris d'envie d'être prêtre, pour dire des oraisons sur le corps des morts, pour porter un cilice et se prosterner ébloui dans l'amour de Dieu... Tout à coup un ricanement de pitié lui vint au fond du cœur, il enfonça son chapeau sur ses oreilles, et sortit en haussant les épaules.

Plus que jamais il devint triste, plus que jamais les jours furent longs pour lui ; les orgues de Barbarie qu'il entendait jouer sous sa fenêtre lui arrachaient l'âme, il trouvait à ces instruments une mélancolie invincible, il disait que ces boîtes-là étaient pleines de larmes. Ou plutôt il ne disait rien, car il ne faisait pas le blasé, l'ennuyé, l'homme qui est désillusionné de tout ; sur la fin, même, on trouva qu'il était devenu d'un caractère plus gai. C'était, le plus souvent, quelque pauvre homme du Midi, un Piémontais, un Génois, qui tournait la manivelle. Pourquoi celui-là avait-il quitté sa corniche, et sa cabane couronnée de maïs à la moisson ? il le regardait jouer longtemps, sa grosse tête carrée, sa barbe noire et ses mains brunes, un petit singe habillé de rouge sautait sur son épaule et grimaçait, l'homme tendait sa casquette, il lui jetait son aumône dedans et le suivait jusqu'à ce qu'il l'eût perdu de vue.

En face de lui on bâtissait une maison, cela dura trois mois ; il vit les murs s'élever, les étages monter les uns sur les autres, on mit des carreaux aux fenêtres, on la crépit, on la peignit, puis on ferma les portes ; des ménages vinrent l'habiter et commencèrent à y vivre, il fut fâché d'avoir des voisins, il aimait mieux la vue des pierres.

Il se promenait dans les musées, il contemplait tous ces personnages factices, immobiles et toujours jeunes dans leur vie idéale, que l'on va voir, et qui voient passer devant eux la foule, sans déranger leur tête, sans ôter la main de dessus leur épée, et dont les yeux brilleront encore quand nos petits-fils seront ensevelis. Il se perdait en contemplations devant les statues antiques, surtout celles qui étaient mutilées.

Une chose pitoyable lui arriva. Un jour, dans la rue, il crut reconnaître quelqu'un en passant près de lui, l'étranger avait fait le même mouvement, ils s'arrêtèrent et s'abordèrent. C'était lui ! son ancien ami, son meilleur ami, son frère, celui à côté de qui il était au collège, en classe, à l'étude, au dortoir ; ils faisaient leurs pensums et leurs devoirs ensemble ; dans la cour et en promenade, ils se promenaient bras dessus bras dessous, ils avaient juré autrefois de vivre en commun et d'être *amis jusqu'à la mort.* D'abord ils se donnèrent une poignée de main, en s'appelant par leur nom, puis se regardèrent des pieds à la tête sans se rien dire, ils étaient changés tous les deux et déjà un peu vieillis. Après s'être demandé ce qu'ils faisaient, ils s'arrêtèrent tout court et ne surent aller plus loin ; ils ne s'étaient pas vus depuis six ans et ils ne purent trouver quatre mots à échanger. Ennuyés, à la fin, de s'être regardés l'un et l'autre dans le blanc des yeux, ils se séparèrent.

Comme il n'avait d'énergie pour rien et que le temps, contrairement à l'avis des philosophes, lui semblait la richesse la moins prêteuse du monde, il se mit à boire de l'eau-de-vie et à fumer de l'opium ; il passait souvent ses journées tout couché et à moitié ivre, dans un état qui tenait le milieu entre l'apathie et le cauchemar.

D'autres fois la force lui revenait, et il se redressait tout à coup comme un ressort. Alors le travail lui apparaissait plein de charmes, et le rayonnement de la pensée le faisait sourire, de ce sourire placide et profond des sages ; il se mettait vite à l'ouvrage, il avait des plans superbes, il voulait faire apparaître certaines époques sous un jour tout nouveau, lier l'art à l'histoire, commenter les grands poètes comme les grands peintres, pour cela apprendre les langues, remonter à l'antiquité, entrer dans l'Orient ; il se voyait déjà lisant des inscriptions et déchiffrant des obélisques ; puis il se trouvait fou et recroisait les bras.

Il ne lisait plus, ou bien c'étaient des livres qu'il trouvait mauvais et qui, néanmoins, lui causaient un certain plaisir par leur médiocrité même. La nuit il ne dormait pas, des insomnies le retournaient sur son lit, il rêvait et il s'éveillait, si bien que, le matin, il était plus fatigué que s'il eût veillé.

Usé par l'ennui, habitude terrible, et trouvant même un certain plaisir à l'abrutissement qui en est la suite, il était comme les gens qui se voient mourir, il n'ouvrait plus sa fenêtre pour respirer l'air, il ne se lavait plus les mains, il vivait même dans une saleté de pauvre, la même chemise lui servait une semaine, il ne se faisait plus la barbe et ne se peignait plus les cheveux. Quoique frileux, s'il était sorti dans la matinée et qu'il eût les pieds mouillés, il restait toute la journée sans changer de chaussures et sans faire de feu, ou bien il se jetait tout habillé sur son lit et tâchait de s'endormir ; il regardait les mouches courir sur le plafond, il fumait et suivait de l'oeil les petites spirales bleues qui sortaient de ses lèvres.

On concevra sans peine qu'il n'avait pas de but, et c'est là le malheur. Qui eût pu l'animer, l'émouvoir ? l'amour ? il s'en écartait ; l'ambition le faisait rire ; pour l'argent, sa cupidité était fort grande, mais sa paresse avait le dessus, et puis un million ne valait pas pour lui la peine de le conquérir ; c'est à l'homme né dans l'opulence que le luxe va bien ; celui qui a gagné sa fortune, presque jamais ne la sait manger ; son orgueil était tel qu'il n'aurait pas voulu d'un trône. Vous me demanderez : Que voulait-il ? je n'en sais rien, mais, à coup sûr, il ne songeait point à se faire plus tard élire député ; il eût même refusé une place de préfet, y compris l'habit brodé, la croix d'honneur passée autour du cou, la culotte de peau et les bottes écuyères les jours de cérémonie. Il aimait mieux lire André Chénier que d'être ministre, il aurait préféré être Talma que Napoléon.

C'était un homme qui donnait dans le faux, dans l'amphigourique et faisait grand abus d'épithètes.

Du haut de ces sommets, la terre disparaît et tout ce qu'on s'y arrache. Il y a également des douleurs du haut desquelles on n'est plus rien et l'on méprise tout ; quand elles ne vous tuent pas, le suicide seul vous en délivre. Il ne se tua pas, il vécut encore.

Le carnaval arriva, il ne s'y divertit point. Il faisait tout à contretemps, les enterrements excitaient presque sa gaieté, et les spectacles lui donnaient de la tristesse ; toujours il se figurait une foule de squelettes habillés, avec des gants, des manchettes et des chapeaux à plumes, se penchant au bord des loges, se lorgnant, minaudant, s'envoyant des regards vides ; au parterre il voyait étinceler, sous le feu du lustre, une foule de crânes blancs serrés les uns près des autres. Il entendit des gens descendre en courant l'escalier, ils riaient, ils s'en allaient avec des femmes.

Un souvenir de jeunesse lui repassa dans l'esprit, il pensa à X..., ce village où il avait été un jour à pied, et dont il a parlé lui-même dans ce que vous avez lu ; il voulut le revoir avant de mourir, il se sentait s'éteindre. Il mit de l'argent dans sa poche, prit son manteau et partit tout de suite. Les jours gras, cette année-là, étaient tombés dès le commencement de février, il faisait encore très froid, les routes étaient gelées, la voiture roulait au grand galop, il était dans le coupé, il ne dormait pas, mais se sentait traîné avec plaisir vers cette mer qu'il allait encore revoir ; il regardait les guides du postillon, éclairés par la lanterne de l'impériale, se remuer en l'air et sauter sur la croupe fumante des chevaux, le ciel était pur et les étoiles brillaient comme dans les plus belles nuits d'été.

Vers dix heures du matin, il descendit à Y... et de là fit la route à pied jusqu'à X... ; il alla vite, cette fois, d'ailleurs il courait pour se réchauffer. Les fossés étaient pleins de glace, les arbres, dépouillés, avaient le bout de leurs branches rouge, les feuilles tombées, pourries par les pluies, formaient une grande couche noire et gris de fer, qui couvrait le pied de la forêt, le ciel était tout blanc sans soleil. Il remarqua que les poteaux qui indiquent le chemin avaient été renversés ; à un endroit on avait fait une coupe de bois, depuis qu'il avait passé par là. Il se dépêchait, il avait hâte d'arriver. Enfin le terrain vint à descendre, là il prit, à travers champs, un sentier qu'il connaissait, et bientôt il vit, dans le loin, la mer. Il s'arrêta, il l'entendait battre sur le rivage et gronder au fond de l'horizon, *in altum ;* une odeur salée lui arriva, portée par la brise froide d'hiver, son cœur battait.

On avait bâti une nouvelle maison à l'entrée du village, deux ou trois autres avaient été abattues.

Les barques étaient à la mer, le quai était désert, chacun se tenait enfermé dans sa maison ; de longs morceaux de glace, que les enfants appellent *chandelles des rois,* pendaient au bord des toits et au bout des gouttières, les enseignes de l'épicier et de l'aubergiste criaient aigrement sur leur tringle de fer, la marée montait et s'avançait sur les galets, avec un bruit de chaînes et de sanglots.

Après qu'il eut déjeuné, et il fut tout étonné de n'avoir pas faim, il s'alla promener sur la grève. Le vent chantait dans l'air, les joncs minces, qui poussent dans les dunes, sifflaient et se courbaient avec furie, la mousse s'envolait du rivage et courait sur le sable, quelquefois une rafale l'emportait vers les nuages.

La nuit vint, ou mieux ce long crépuscule qui la précède dans les plus tristes jours de l'année ; de gros flocons de neige tombèrent du ciel, ils se fondaient sur les flots, mais ils restaient longtemps sur la plage, qu'ils tachetaient de grandes larmes d'argent.

Il vit, à une place, une vieille barque à demi enfouie dans le sable, échouée là peut-être depuis vingt ans, de la christe marine avait poussé dedans, des polypes et des moules s'étaient attachés à ses planches verdies ; il aima cette barque, il tourna tout autour, il la toucha à différentes places, il la regarda singulièrement, comme on regarde un cadavre.

À cent pas de là, il y avait un petit endroit dans la gorge d'un rocher, où souvent il avait été s'asseoir et avait passé de bonnes heures à ne rien faire, – il emportait un livre et ne lisait pas, il s'y installait tout seul, le dos par terre, pour regarder le bleu du ciel entre les murs blancs des rochers à pic ; c'était là qu'il avait fait ses plus doux rêves, c'était là qu'il avait le mieux entendu le cri des mouettes, et que les fucus suspendus avaient secoué sur lui les perles de leur chevelure ; c'était là qu'il voyait la voile des vaisseaux s'enfoncer sous l'horizon, et que le soleil, pour lui, avait été plus chaud que partout ailleurs sur le reste de la terre.

Il y retourna, il le retrouva ; mais d'autres en avaient pris possession, car, en fouillant le sol, machinalement, avec son pied, il fit trouvaille d'un cul de bouteille et d'un couteau. Des gens y avaient fait une partie, sans doute, on était venu là avec des dames, on y avait déjeuné, on avait ri, on avait fait des plaisanteries. « Ô mon Dieu, se dit-il, est-ce qu'il n'y a pas sur la terre des lieux que nous avons assez aimés, où nous avons assez vécu pour qu'ils nous appartiennent jusqu'à la mort, et que d'autres que nous-mêmes n'y mettent jamais les yeux ! »

Il remonta donc par le ravin, où si souvent il avait fait dérouler des pierres sous ses pieds ; souvent même il en avait lancé exprès, avec force, pour les entendre se frapper contre les parois des rochers et l'écho solitaire y répondre. Sur le plateau qui domine la falaise, l'air devint plus vif, il vit la lune s'élever en face, dans une portion du ciel bleu sombre ; sous la lune, à gauche, il y avait une petite étoile.

Il pleurait, était-ce de froid ou de tristesse ? son cœur crevait, il avait besoin de parler à quelqu'un. Il entra dans un cabaret, où quelquefois il avait été boire de la bière, il demanda un cigare, et il ne put s'empêcher de dire à la bonne femme qui le servait : « Je suis déjà venu ici. » Elle lui répondit : « Ah ! mais, c'est pas la belle saison, m'sieu, c'est pas la belle saison », et elle lui rendit de la monnaie.

Le soir il voulut encore sortir, il alla se coucher dans un trou qui sert aux chasseurs pour tirer les canards sauvages, il vit un instant l'image de la lune rouler sur les flots et remuer dans la mer, comme un grand serpent, puis de tous les côtés du ciel des nuages s'amoncelèrent de nouveau, et tout fut noir. Dans les ténèbres, des flots ténébreux se balançaient, montaient les uns sur les autres et détonaient comme cent canons, une sorte de rythme faisait de ce bruit une mélodie terrible, le rivage, vibrant sous le coup des vagues, répondait à la haute mer retentissante.

Il songea un instant s'il ne devait pas en finir ; personne ne le verrait, pas de secours à espérer, en trois minutes il serait mort ; mais, de suite, par une antithèse ordinaire dans ces moments-là, l'existence vint à lui sourire, sa vie de Paris lui parut attrayante et pleine d'avenir, il revit sa bonne chambre de travail, et tous les jours tranquilles qu'il pourrait y passer encore. Et cependant les voix de l'abîme l'appelaient, les flots s'ouvraient comme un tombeau, prêts de suite à se refermer sur lui et à l'envelopper dans leurs plis liquides...

Il eut peur, il rentra, toute la nuit il entendit le vent siffler dans la terreur ; il fit un énorme feu et se chauffa de façon à se rôtir les jambes.

Son voyage était fini. Rentré chez lui, il trouva ses vitres blanches couvertes de givre, dans la cheminée les charbons étaient éteints, ses vêtements étaient restés sur son lit comme il les avait laissés, l'encre avait séché dans l'encrier, les murailles étaient froides et suintaient.

Il se dit : « Pourquoi ne suis-je pas resté là-bas ? » et il pensa avec amertume à la joie de son départ.

L'été revint, il n'en fut pas plus joyeux. Quelquefois seulement il allait sur le pont des Arts, et il regardait remuer les arbres des

Tuileries, et les rayons du soleil couchant qui empourprent le ciel passer, comme une pluie lumineuse, sous l'Arc de l'Étoile.

Enfin, au mois de décembre dernier, il mourut, mais lentement, petit à petit, par la seule force de la pensée, sans qu'aucun organe fût malade, comme on meurt de tristesse, ce qui paraîtra difficile aux gens qui ont beaucoup souffert, mais ce qu'il faut bien tolérer dans un roman, par amour du merveilleux.

Il recommanda qu'on l'ouvrît, de peur d'être enterré vif, mais il défendit bien qu'on l'embaumât.

25 octobre 1842.

ISBN : 978-3-96787-680-2

CPSIA information can be obtained
at www.ICGtesting.com
Printed in the USA
BVHW031136280920
589766BV00001B/149

9 783967 876802